BASTEI
LÜBBE
TASCHENBUCH

Astrid Fox

DIE AUSSEN-SEITERIN

Erotischer Roman

Aus dem Englischen von
Anna Wichmann

BASTEI
LÜBBE
TASCHENBUCH

BASTEI LÜBBE TASCHENBUCH
Band 16 096

1. Auflage: Juni 2011

Vollständige Taschenbuchausgabe

Bastei Lübbe Taschenbuch in der Bastei Lübbe GmbH & Co. KG

Deutsche Erstausgabe

Titelillustration: © istockphoto/Asian
Umschlaggestaltung: Gisela Kullowatz
Satz: Urban SatzKonzept, Düsseldorf
Gesetzt aus der Palatino
Druck und Verarbeitung: CPI – Ebner & Spiegel, Ulm
Printed in Germany
ISBN 978-3-404-16096-9

Tesser war so feucht, dass es schon unanständig war. Neben Kevin, dem gut gebauten, jugendlich frischen 18-Jährigen kam sie sich schwer, sinnlich und wollüstig vor. Er konnte sein Glück kaum fassen und war sofort bereit, als ob Tesser ihr Angebot zurückziehen könnte, wenn er ihr nur genug Zeit zum Nachdenken ließe. Tesser hatte das Gefühl, sie wäre ein heißes Schokoladenkaramellbonbon und er eine Zitrone: Sie war hemmungslos, erfahren und verdorben, während er durchschaubar, unschuldig und gradlinig wirkte. Doch er war bereit, sich verderben zu lassen – und das war alles, was zählte.

Für Justine – den heißesten Feger der Stadt

1

War Tesser die Einzige, der die Sache mit dem Starbucks-Logo jemals aufgefallen war? Okay, es war eine Meerjungfrau, aber eine mit gespreizten Beinen – oder vielmehr mit gespreiztem Schwanz. In jeder Hand hielt sie eine Hälfte ihres schuppigen und jetzt gespreizten Hinterteils. Das glich einem Firmenlogoporno. Eine fröhlich grinsende Sirene, die sich wie eine Exhibitionistin zur Schau stellte: Schau dir meine feuchte Stelle an, benetzt mit der Flüssigkeit, die ich dir verkauft habe, trink aus, und ich zeig dir noch mehr, und diesmal bekommst du auch ein Stück von mir …

Tesser presste ihre Beine fest zusammen und wandte den Blick einen Moment lang von ihrem Latte ab. Sie war so geil, dass sie schon begann, Fantasien über ihren gottverdammten Kaffee zu haben. Großer Gott! Außerdem war das Getränk ohnehin Geldverschwendung, da sie so was von pleite war. Aber, hey, sie musste einige Zeit totschlagen, und sie hatte geglaubt, wenn sie sich zehn Minuten hinsetzte, könnte sie ein wenig nachdenken. Etwas runterkommen. Denn wenn sie nicht bald gefickt würde, müsste sie sich die Hand unter den Bund ihres waldgrünen Rocks stecken und es sich hier, mitten in einem Coffeeshop auf der Liverpool Street Station, selbst besorgen. Ihre Muschi fühlte sich bereits klebrig an, und sie wäre *für einen Fick gestorben*.

Die ersten Monate nach ihrem Umzug von Seattle nach London hatte sie einen Fick nach dem anderen gehabt: einen üblen nach einem guten, einen drei Nächte andauernden nach einem One-Night-Stand sowie alles von dreckigen, heftigen, verstohlenen Ficks in einer Nebenstraße bis hin zu ruhigen, fast schon romantischen, sich langsam aufbauenden Ficks, nach denen ihre Klit zu brennen schien. Es war sogar eine monogame Beziehung darunter gewesen, die allein auf dem Ficken basiert hatte. Außerdem war sie im oberen Stockwerk von Reihenhäusern, im Keller von Sozialwohnungen, an der Rückwand von Tesco Metro in Islington, in der Mitte des Brockwell Parks, inmitten einer Menschenmenge in Glastonbury sowie in Hörweite von achtzehn aufmerksam lauschenden Masturbierenden in einem Zwanzig-Bett-Zimmer einer Jugendherberge gefickt worden.

Im Großen und Ganzen war sie davon ausgegangen, dass sie genug gefickt hatte.

Dann war sie Jamie begegnet.

Und jetzt war sie so geil, als wäre sie nicht mehr geleckt, gefickt oder befingert worden, seitdem sie im guten alten London gelandet war. Als hätte sie die Monate ihrer Eingewöhnung hier nicht damit verbracht, ihre eigene süße Muschi gegen dicke, harte Schwänze jeglicher Größe und darüber hinaus auch gegen einige heiße Muschis zu pressen. Doch jetzt fühlte sie sich wie eine gottverdammte Nonne, und zwar wie eine, die sich verzweifelt danach sehnte; wie eine junge, unschuldige, wohlriechende Nonne, die vor der Abendandacht in Schweiß ausbrach und in ihre abgeschiedene Klosterzelle verschwinden musste, um sich selbst einen schmutzigen, geheimen Orgasmus zu verschaffen, und an ihren Fingern roch, wenn sie sich zurück zum Abendgebet geschlichen hatte. So eine Nonne hatte Tesser gerade im Sinn.

Denn so fühlte sie sich wegen Jamie.

Und jetzt hatte sie beschlossen, ihn aus ihrem Kopf zu verbannen. Als sie also an diesem Morgen erneut mit diesem Geisterjäger-Gefühl aufgewacht war, hatte sie entschieden, ein wenig auf Männerjagd zu gehen. Sie hatte eine Nummer angerufen, die sie in der *Break-Time* gefunden hatte, und es war sogar noch ein Platz frei gewesen.

Zu den erfolgreichsten Methoden der Männerjagd, die Tesser je entdeckt hatte, gehörte die Geisterjagd – auch »verrücktes historisches Wichs-Abenteuer« genannt –, die in den billigen Kleinanzeigen von Wochenmagazinen angepriesen wurde. Sie hatte bereits *Jack the Ripper* und *Die Frauen von Henry VIII.* mitgemacht und freute sich jetzt darauf, einige Zeit mit den *Prostituierten von Hoxton Village* zu verbringen, wenn das nur bewirken würde, dass sie Jamie aus dem Kopf bekam. Ein wenig Frischfleisch, ein junger zwanzigjähriger Student, gelehrig, geil und scharf auf Indie-Musik, würde dazu schon ausreichen. Ja, sie würde ihn mitnehmen und in seinem Studentenwohnheim ficken – oder vielleicht würden sie einfach bei der Geisterjagd zurückbleiben und es dann in einem der imposanten Spukzimmer treiben, wo sie ihm einen blasen und er es ihr mit den Fingern machen würde, denn auf diese Weise konnte sie sich Jamie ganz bestimmt aus dem Kopf schlagen.

Sie schickte Kitty schnell eine SMS, da diese immer sehr amüsiert über Tessers räuberische Natur war – DIE JAGD BEGINNT. T WIRD ZUSCHLAGEN –, und trank noch einen Schluck von ihrem mittlerweile lauwarmen Latte. Ja, genau. Sie hatte bisher geglaubt, Jamie zu vergessen wäre genauso einfach, wie ihm aus dem Weg zu gehen. Es war auch nicht gerade hilfreich, dass sie dieselben eigentümlichen Interessen hatten – simple Spiele, Geisterjagden, No-Budget-Super-8-Filme, hiesige Flohmärkte, Gratis-Klassikkonzerte in der Kirche, Wohltätigkeitsbasare …

Großer Gott! Tesser verschluckte sich an ihrem Kaffee. Wenigstens hatte sie es auf den Punkt gebracht. Das, was sie und Jamie gemeinsam hatten, war, dass sie beide Billigheimer waren. Einen Augenblick lang hielt sie inne und sah auf ihre hurenrot lackierten Fingernägel und ihre zerrissene himmelblaue Netzstrumpfhose, dann betrachtete sie im Wandspiegel ihre kurzen, wasserstoffblonden Haare und ihren lilafarbenen Lidschatten. Sie hatte ihren einzigartigen Stil immer als funky angesehen, aber vielleicht war er auch einfach nur billig.

Billig, billig, billig.

Sie war ein billiges Mädchen. Ein *armes* Mädchen. Aber das bedeutete, dass Jamie – Außenseiter-Künstler und momentaner Liebling der alternativen Presse – ein billiger *Kerl* war. Teufel noch mal, ja. Aber er lebte freiwillig in primitiven Verhältnissen, während ihr gar nichts anderes übrig blieb. Letztes Wochenende hatte er sich auf dem Konzert in der Conway Hall gezeigt (das zwar nicht gratis war, aber auch keine sechs Mäuse gekostet hatte, wodurch es immer noch – tja, sehen wir den Tatsachen ins Auge … billig war), und natürlich war Tesser der Fünfzig-Pfund-Schein aufgefallen, den er bei einem der musikalisch interessierten anarchistischen Achtzigjährigen, die die Konzertreihe ins Leben gerufen hatten, wechseln wollte. Fünfzig Pfund waren mehr Geld, als sie in einem Monat gesehen hatte. Ach was, scheiß auf ihn. Sie würde sich auch ohne ihn gut amüsieren. Und sie wollte verdammt sein, wenn sie jammernd zu Hause auf der Bettkante säße – wie es alle Briten taten, wenn sie pleite waren –, wo man doch so vieles praktisch umsonst tun und sehen konnte, wenn man nur ein Fahrrad hatte und es schaffte, morgens aus dem Bett zu kommen. Es gab schließlich Museen, oder nicht? Das einzige Problem war, dass Tesser letzte Woche in der National Gallery das Pech hatte, im Sainsbury Room Jamie zu begegnen. Ebenso wie am Samstagmorgen auf dem Flohmarkt an der Methodistenkirche in Hackney. Und dann am nächsten Tag schon wieder, beim Konzert in der Conway Hall.

Sie waren natürlich kultiviert miteinander umgegangen.

Wie es für zwei Menschen, die eine Nacht mit überwältigendem Sex erlebt hatten und am nächsten Morgen übereingekommen waren, »nur Freunde« zu bleiben, angemessen war.

Und daher würde alles wieder besser werden, wenn Tesser nur damit aufhörte, an Jamies schlanken, muskulösen Körper und seine sexy, schwermütigen Augen zu denken, denen es gelang, gleichzeitig hundeartig wie auch unglaublich pervers zu blicken; und an die Art, wie er seine Finger durch ihr zu der Zeit rotes Haar gefahren hatte; und daran, wie sie sich geküsst hatten, als er in dieser Nacht seinen Schwanz in sie gleiten ließ, ganz langsam, einfach nur schön; und daran, wie ihr Herz eine gute halbe Stunde gebraucht hatte, um nicht mehr mit dreifacher Geschwindigkeit zu schlagen, nachdem er sie mit seinen langen, anmutigen Fingern berührt und zu einem unglaublichen Orgasmus massiert hatte. Wenn Tesser doch nur endlich aufhören könnte, an all diese Dinge zu denken.

Doch das war ihr bisher nicht gelungen, und jetzt musste sie einfach Sex haben. Sie war schließlich auch angemessen gekleidet. Sie überprüfte ihr Spiegelbild im vorderen Fenster des Coffeeshops. Verdammt, sie sah echt *heiß* aus. Sie wollte spüren, wie sich unbekanntes Fleisch gegen ihr eigenes presste, die Ungezwungenheit eines einmaligen Ficks, nur um ein wenig abzukühlen. Nur um sich ein wenig Erleichterung zu verschaffen. Und der Geisterjagdtrick war der beste, den sie kannte. Vergiss die Bars und Clubs am Meat Market – wenn man von einem nichtsnutzigen Kerl gevögelt werden wollte, machte man bei einer Geisterjagd mit.

Und die würde bald beginnen. Tesser stand auf, nahm einen letzten Schluck, wischte sich den Mund mit einer Serviette ab, auf der ebenfalls der Meerjungfrauenporno abgebildet war, und hob ihren überfüllten Rucksack auf. Dann schob sie sich an der Mittdreißiger-Geschäftsschlampe vorbei, die wichtig in ein Handy hineinplapperte, das gerade mal so groß wie Tessers Daumen war, und die sich vehement weigerte, aus dem Weg zu gehen.

Tesser erntete einen wütenden Blick von der Geschäftsfrau. Doch sie riss sich zusammen und kramte ihren gesamten Stolz hervor, und mit einer Art umgekehrter *Noblesse oblige* ignorierte sie die Yuppie-Tante und ging durch die Tür auf den Bahnhof hinaus, während ihre hohen roten Absätze auf dem Boden klapperten. Das elektrische Licht tat ihr in den Augen weh. Sie schirmte sie davor ab, während sie gleichzeitig nach dem Bishopsgate-Ausgang Ausschau hielt. In der Liverpool Street Station fand sie sich nie zurecht und hatte den Bahnhof schon manches Mal an einer völlig anderen Seite verlassen, als sie es eigentlich vorgehabt hatte. Doch diesmal fand sie den richtigen Ausgang, und dort stand auch, wie geplant, die Gruppe in der Nähe des Zeitungskiosks. Dazu gehörten die üblichen amerikanischen Touristen (die sich natürlich von Tesser unterschieden – sie war schließlich eine amerikanische Reisende!), mehrere Ehepaare, eine Familie mit zwei-dreiviertel Kindern (nun ja, das dritte Kind war zumindest sehr, sehr klein) und zwei junge Männer, die ihre Erwartungen voll und ganz erfüllten.

Oh, heute war wirklich ihr Glückstag. Jamie sollte verdammt sein! Genau das dachte sie. Sie würde schon bekommen, was sie wollte, und sie würde sehr viel Spaß dabei haben. Dachte er etwa, aus seinem Schwanz würden Rosen wachsen? Wohl kaum, Kumpel.

Sie musste unbedingt aufhören, an den blöden, sexy Jamie zu denken. Also zurück zu den Jungs. Einer der beiden Geisterjäger entsprach Tessers üblichem schlaksigen Typ – er wirkte wie ein Student und sah aus wie jemand, der in der Zeit, in der er seine Kurse schwänzte, schlechte Gedichte schrieb, die er dann abends im Pub leicht zu beeindruckenden Erstsemesterinnen vortrug. Hey, sie wusste, wie solche

Typen tickten. Er hatte herabhängendes, hellblondes Haar und große blassblaue Augen, und er schien sie unter den langen Wimpern hindurch zu mustern. Oh ja, sie wusste, wie er tickte. Empfindsam erscheinen, um punkten zu können. Diese Art von Typen musste man nur richtig behandeln, um Spaß mit ihnen zu haben.

Der potenzielle Fickkandidat Nummer zwei war anders. Er war nicht gerade groß und ein wenig stämmig, was ihm allerdings gut stand. Er hatte einen niedlichen Arsch, dunkle Augen und schwarze Haare. Und auch er sah Tesser an. Sein Blick war fest auf ihre Brüste geheftet, die Tesser in ihrem Fünfziger–Jahre-Bustier aus dem Secondhand-Shop zugegebenermaßen wirksam zur Schau stellte. Sie stufte ihn eher als kanadischen Touristen ein – ein wohlhabender Junge, der durch Europa reiste, sich nur einen Tag in London aufhielt und etwas wirklich Abgefahrenes erleben wollte. Darum eigneten sich die Geisterjagden auch so gut zum Aufreißen: Sie zogen immer Leute an, die von Natur aus ein wenig eigentümlich und unkonventionell waren und daher auch nicht nur Interesse an zurückhaltendem, bequemem, vorhersehbarem Pärchensex hatten, und außerdem hielten sie sich nicht lange in der Stadt auf – was perfekt war für einmalige Sexabenteuer, die Tesser nun mal bevorzugte. Zumindest war es so gewesen, bis sie Jamie begegnet war.

Aber genug von ihm.

Der Dunkelhaarige – potenzielle Fickkandidat Nummer zwei – wirkte nett. Sie hoffte, er wusste, wie man fickte, und sie hoffte außerdem, dass er sich ein Hotelzimmer genommen hatte. Schließlich hatte sie nicht vor, das Erlebnis in der Jugendherberge noch einmal zu haben.

»Hallo! Sind alle von der Liste jetzt da?« Die Stimme der Führerin riss Tesser aus ihren schmutzigen Gedanken. »Ich erwarte sechzehn Teilnehmer. Sind alle da?« Während die vogelgesichtige ältere Frau, auf deren Schild HALLO, MEIN NAME IST CAROLYN stand, begann, die Gruppe zu zählen, sah Tesser erst in die blauen und dann in die dunklen Augen, um schließlich wieder in die blauen zu blicken. Oh ja. Das würde ein *schöner* Nachmittagsspaziergang werden. Ihre Klit war bereits hart, und ihr Höschen war so feucht, dass sie sich vermutlich erkälten würde, wenn sie nicht bald diesen Fick bekäme. Aber mit welchem von beiden? Tesser strich sich mit den Fingern durch das kurze blonde Haar, rückte ein Bein ihrer Netzstrumpfhose zurecht und grinste. Vielleicht mit beiden. Verdammt, warum nicht? Schließlich lächelten sie gerade zwei junge Männer an, und es war offensichtlich, dass sie die Gegenwart des jeweils anderen ebenfalls bemerkt hatten, da sie begannen, unruhig mit den Füßen zu scharren und einander neidische und trotzige Blicke zuzuwerfen. Es gefiel ihr, die beiden gegeneinander ausspielen zu können.

Tesser lächelte die beiden jungen Männer nacheinander verstohlen an.

»Tesser? Tesser Roget?« Die Führerin sprach Tessers Nachnamen aus, als wäre sie Französin, aber Tesser ließ sich dadurch von ihrem konzentrierten Gestarre nicht ablenken und antwortete. Sie drehte sich nicht einmal um, um die Führerin anzusehen, sondern lächelte einfach weiter.

»Roget. Rodge-it. Reimt sich auf Hobbit. Oder würde es zumindest, wenn in Hobbit ein »J« wäre. Es wird nicht so hochgestochen ausgesprochen. Sie wissen doch, wie unkultiviert wir Amis sind.«

Die Führerin räusperte sich, offenbar peinlich berührt von Tessers besserwisserischer Antwort und augenscheinlich unsicher, ob sie deren Aussage zustimmen sollte. Tesser stellte sich vor, wie die ältere Frau innerlich mit sich rang: Natürlich! Amerikaner kennen keine Ironie! Macht das Mädchen jetzt einen Witz oder nicht?

Doch Tesser wandte noch immer nicht den Kopf, um die Reaktion der Dame zu sehen. Sie hatte es jetzt eilig: Ihren Blick hielt sie bereits auf den Schritt von Dunkelauge gerichtet, ein nettes Paket, das in luxuriösen Cordsamt eingebettet war, wie ihn viele Männer am Wochenende trugen. Sie spürte, dass Blauauge über ihre mangelnde Aufmerksamkeit derart erzürnt war, dass er schon zu überlegen schien, ob er den jungen Mann mit den wunderschönen dunklen Augen und dem auf wunderbare Weise anschwellenden Schritt verprügeln sollte.

»Ich bin Alistair«, sagte Blauauge, und Tessers Blick wanderte aufgrund der Unterbrechung nach oben. Er streckte die Hand aus und schien zu erwarten, dass sie sich ebenfalls vorstellte. »Und du bist ...?«

Widerwillig schüttelte Tesser Alistairs Hand. Dunkelauge starrte sie noch immer an. »Tesser Roget. Rodge-it.«

»Was für ein Name ist denn Tesser?« Jetzt sah sich Dunkelauge gezwungen, in der Arena anzugreifen. Das war ganz in Tessers Sinn. Es ging doch nichts über ein wenig gesunde Konkurrenz. Er war Nordamerikaner, Tesser hatte also richtig geraten.

»Das ist die Abkürzung von Contessa, dem Namen meiner Großmutter. Und ich hasse ihn wie die Pest. Daher lasse ich mich Tesser nennen, seit ich acht bin.«

»Ich werde mir deine Vorlieben garantiert merken, Tesser.« Dunkelauge schenkte ihr ein einschmeichelndes Lächeln, und einen Augenblick lang verspürte Tesser den Drang, ihn zu schlagen, der beinahe genauso stark war wie der, ihn besinnungslos zu ficken.

»Und wer bist du?«, fragte sie eher rüde.

Dunkelauge warf Alistair einen Blick zu, den Tesser nur als Abstecken seines Territoriums in Bezug auf sie interpretieren konnte, und dann erwiderte er: »Eric.«

»Habt ihr schon einmal bei einer Geisterjagd mitgemacht?«

Eric schüttelte den Kopf und verneinte, aber Alistair gab zu, in Cambridge schon einmal an einer teilgenommen zu haben.

»Du bist Absolvent von Cambridge?« Tesser klimperte ironisch mit ihren stark getuschten Wimpern, aber Alistair nickte nur und bejahte damit ihre Frage. »Und du bist zweifellos Kanadier«, fuhr Tesser fort und wandte sich erneut an Eric. Der Sohn reicher Eltern auf einer kurzen Urlaubsreise. So musste es einfach sein.

»Ich stamme aus Maine.« Einen Punkt Abzug für Tessers hellseherische Fähigkeiten. »Bin nur für eine Woche hier und quasi auf der Durchreise.« Einen Pluspunkt. Für sie war es ein Unentschieden. »Du kommst auch aus den Staaten?«

Innerlich aufstöhnend fügte sich Tesser und gewährte ihnen einen kurzen Abriss, indem sie ihnen erzählte, dass ihr Vater Brite, ihre Mutter aber Amerikanerin war, dass sie in Seattle aufgewachsen und zur Filmhochschule gegangen war, dass sie die doppelte Staatsbürgerschaft hatte und sich jetzt seit fünf Monaten in England aufhielt, nur um herauszufinden, wie das Leben hier so ist. Beide hörten höflich zu, und die Feindseligkeit zwischen ihnen schien sich ein wenig gelegt zu haben, was Tesser allerdings gar nicht so gut fand. Sie stand zwar nicht gerade auf den Scheiß mit den Rittern, die sich im Zweikampf übten, aber ihr war auch klar, dass ein knackiger Arsch wie der ihre durchaus ein *kleines* Duell wert war …

»Okay, Geisterjäger – es geht los!« Carolyn, die Führerin, legte den Enthusiasmus einer betagten Pfadfinderin an den Tag, und sie führte die Geisterjäger etwa eine Viertelstunde lang von Bishopsgate nach Hoxton, wobei sie unterwegs zwar auf zahlreiche geschichtlich interessante Punkte, aber nur auf sehr wenige Spukstätten hinwies. Tesser lauschte nur halbherzig, während Carolyn versuchte, ihnen einzureden, dass es in den Seuchegruben, an denen sie vorbeigingen, zweifellos spukte, doch diese Aussage wirkte viel zu sehr an den Haaren herbeigezogen. Mehr und mehr hatte Tesser das Gefühl, dass ihr die ganze Sache auf die Nerven ging – sowohl Alistairs als auch Erics Interesse an ihr schien nachgelassen zu haben, seitdem sie sich ihnen vorgestellt hatte. Die beiden sprachen miteinander über so langweilige Männerthemen wie Fußball und ignorierten sie völlig, sodass es langsam danach aussah, als würde sie doch keinen Sex haben, und jetzt suchten sie nicht einmal richtige Spukhäuser auf. Vielleicht sollte sie Jamie *doch* anrufen. Er hatte ihr seine Nummer auf eine Visitenkarte geschrieben, aber bisher hatte sie nicht wirklich in Betracht gezogen, ihn auch anzurufen. Jetzt verzweifelte sie allerdings langsam. Sie war nicht so sehr wegen ihm verzweifelt, sondern einfach, weil sie endlich ficken wollte.

Doch da ließ Carolyn die Gruppe vor einem baufälligen, aber immer noch beeindruckenden sehr alten Gebäude anhalten, an dem in ausgeblichenen Buchstaben über der Tür THE CORNUCOPIA MUSIC HALL stand.

»Das«, erklärte Carolyn mit einigem Stolz in der Stimme, »ist der frühere Wohnsitz der berühmten Schauspielerin und Liebesdame Hettie LaFonche. Einigen dürfte sie bei ihren Studien als Mätresse des Königs über den Weg gelaufen sein. Aber sie war weitaus mehr als das. Überdies war sie eine sehr gute Schauspielerin, und ihr Geist soll noch immer in diesem Theater spuken, doch diese Geschichte werde ich erzählen, während wir durch dieses wirklich beeindruckende alte Gemäuer gehen. Damals, zu ihrer Zeit, hieß es natürlich noch Bainbridge Playhouse, und es wurde erst in den neunziger Jahren des 19. Jahrhunderts umbenannt.«

Trotz ihrer Geilheit stellte Tesser fest, dass sie sich überraschenderweise sehr für Carolyns Anekdoten interessierte, als alle sechzehn Geisterjäger pflichtbewusst die Marmortreppe hinaufstiegen. Das Treppenhaus war mit üppigen rubinroten Vorhängen ausgestattet, und auf jedem Absatz stand eine prachtvolle Statue, deren Entwurf auf der klassischen Ästhetik zu beruhen schien, an deren Stelle jedoch viktorianische Arroganz getreten war. Die Treppe schien endlos zu sein, und Carolyn führte die Gruppe an wie eine erbarmungslose Schulsprecherin auf Speed, der zu entgehen schien, dass die Kinder jammerten und selbst die Erwachsenen zu keuchen begannen. Als sie den dritten Stock erreicht hatten, ließ sich Tesser zurückfallen. Sie *wusste*, dass sie in letzter Zeit zu viel Dope geraucht hatte. Ihre Lungen schienen nicht mehr richtig zu funktionieren. Sie musste erst einmal wieder zu Atem kommen.

Interessanterweise blieben auch Alistair und Eric zurück, als Tesser eine Pause einlegte. Und es war offensichtlich, dass sie über sie sprachen, auch wenn sie ihre Worte nicht genau verstehen konnte. Hey, hey, hey. Vielleicht war der Dreier ja doch nicht so abwegig. Bingo. Endlich.

Da machte es auch keinen Sinn, lange hinterm Berg zu halten. Sie würde ihre Karten einfach auf den Tisch legen.

Also blieb sie stehen und lächelte beide schüchtern an. Alistair lächelte ebenso zurückhaltend zurück und warf Eric dann einen schnellen Blick zu, als würde er ihn um Erlaubnis bitten, auch wenn Gott allein wusste, wieso er das tat. Tessers Herz begann erneut, freudig zu pochen. Sie mochten vielleicht glauben, dass sie eine Art Macho-Dreier erwartete, doch diese Sache würde allein nach Tessers Bedingungen ablaufen. Oh ja.

Tesser sah so gesittet, wie sie nur konnte, über die Schulter zu den beiden hin und deutete zu der Tür auf dem Treppenabsatz, auf dem sie sich gerade befanden. Carolyn hatte diese

Etage mit keinem Wort erwähnt und schien begierig gewesen zu sein, zum fünften und letzten Stockwerk zu gelangen, auf dem offenbar jeden Morgen der Blutfleck einer Prostituierten erschien, auch wenn man vergeblich versucht hatte, ihn wegzuschrubben. Tesser legte die Hand auf den Messingtürknauf und drehte ihn. Die Tür ging auf. Tesser ging hinein. Die jungen Männer folgten ihr, und hinter ihnen schlug die Tür mit einem hörbaren Knall wieder zu.

Der Raum war karg und staubig, und es standen keine Möbelstücke mehr darin. Doch aufgrund der verstaubten Gemälde an den Wänden und den wunderschön verzierten Simsen wirkte er noch immer sehr opulent. Er sah aus, als hätte er früher als eine Art Wohnzimmer gedient – vielleicht hatten die gefeierten Schauspieler und Schauspielerinnen, die hier gewohnt hatten, hier ihre Freunde empfangen. Und sie musste sich eingestehen, dass er in Bezug auf die Hygiene kein völliger Reinfall war. Man hätte zwar mal abstauben und durchwischen können, doch schmutzig wirkte das Zimmer noch lange nicht. Tesser war sogar der Ansicht, dass dieser Raum den Begriff »verblasster Glanz« perfekt widergab. Dieser Eindruck wurde durch die Tatsache verstärkt, dass es hier sehr hell war – die Sonne strahlte durch die von den Vorhängen befreiten Fenster herein und erzeugte noch in den entferntesten Winkeln seltsame Schattenspiele.

Die drei starrten einander an. Tesser wusste, dass sie in dieser Situation die Oberhand gewänne, wenn sie als Erste den Mund aufmachen würde. Doch stattdessen bewegte sie sich, wobei ihr Herz immer schneller schlug und ihre Handflächen vor Nervosität ganz feucht wurden. Sie trat nah an Eric heran, der dicht neben ihr stand. Dieser starrte sie mit leerem Blick an und wirkte ebenso erstarrt wie all die Statuen, die sie in der Halle gesehen hatten. Tesser musterte seinen Körper von oben bis unten. Er wich keinen Millimeter zurück. Dann nahm sie ihren Rucksack herunter, schleuderte ihn in eine Ecke und ging in die Hocke – wobei ihr Rock sehr weit hochgeschoben wurde –, um den Reißverschluss seiner Cordhose zu öffnen.

Oh, Gott sei Dank. Sie würde doch noch Sex haben. Sie war so begierig darauf, dass sie vor Vorfreude beinahe zu zittern begann; und sie hatte Angst, den Mund aufzumachen, da sie sich fürchtete, etwas Falsches zu sagen, schließlich schien im Moment ja alles nach Plan zu laufen. Sex in einem öffentlichen Raum zu haben, in dem es spukte, genau das hatte sie im Sinn gehabt, als sie an diesem Morgen aufgewacht war. Doch Eric drückte ihre Schultern herab, und sie sank noch weiter nach unten, bis sie schließlich kniete. Der billige Stoff ihres grünen Rockes riss, als sie die Oberschenkel weit spreizte und sich vorbeugte, wobei sie ihre Hand eng um seinen Schwanz legte. Er war wunderschön: lang, fest und hart wie Beton. Tesser fing fast an zu sabbern. Sie rieb einige Male darüber, wobei sie die Hand über die gesamte Länge seines Penis gleiten ließ. Ihre roten Fingernägel gaben ein schönes pornografisches Bild ab. Es sah wirklich anrüchig aus, als würde sie ihm insgeheim und verstohlen einen runterholen. Er musste denselben Gedanken gehabt haben, denn er stöhnte noch lauter, als er hinabsah.

Hinter sich konnte Tesser hören, wie sich Alistair hastig an seinem Reißverschluss zu schaffen machte, als könne er es ebenfalls kaum erwarten, von ihr berührt zu werden. Sie fühlte sich schmutzig. Schmutzig, anrüchig, frech und frei. Sie hielt den Schwanz eines Mannes in der rechten Hand, und er war wie ein Fels – sie hätte damit Nägel in die Wand schlagen können, so steif war er. Tesser schluckte schwer, bewegte die Hand immer schneller und spürte, wie sich der Schweiß auf ihrer Stirn ausbreitete, ihr Mund trocken, ihre Armbeugen jedoch umso feuchter wurden. Aber alles verlief irgendwie umgekehrt: Er war derjenige, der fast den Verstand verlor. Nicht sie. Er. Doch das war ihr in diesem Moment scheißegal. Sie wollte ihren Mund weit öffnen und diesen dicken Schwanz darin aufnehmen, bis ihr übel wurde. Doch zuvor leckte sie ihn vom Ansatz bis zu der feuchten Spitze genüsslich ab, und über ihr begann Eric zu zittern. Tessers Hände zitterten auch, aber sie hatte ihre Gedanken noch so weit beisammen, dass sie zu ihm aufsehen konnte, um ihm zu zeigen, dass sie die Kontrolle hatte, obwohl sie es war, die kniete. Er hingegen sah sie mit einem Gesichtsausdruck an, der an Verzweiflung grenzte. Er konnte nicht einmal mehr sprechen.

Tesser starrte ihn einige Sekunden lang an, dann neigte sie den Kopf nach vorn, bewegte ihren Mund über seinen steifen Schwanz, ließ bedächtig ihre Lippen darübergleiten, wobei sie eine dünne Lippenstiftspur hinterließ. Oh, jetzt war er ein gezeichneter Mann.

Er stöhnte erneut, und endlich nahm Tesser ihn zwischen ihre Lippen und ließ seinen Penis in die warme, rote, feuchte Höhle gleiten. Augenblicklich begann er, zuzustoßen, und sie kniff die Augen zu und saugte so fest, wie sie nur konnte. Verdammt, sie war feucht, sie konnte ihren himbeerfarbenen Lippenstift noch immer auf seinem Schwanz schmecken, ebenso wie seinen moschusartigen, tierischen Geruch. Er stöhnte unverständliche Worte, aber es war, als wäre Tesser auf einmal taub geworden, da sie ein seltsames Brüllen in den Ohren hatte. Ihr Geist, ihr Mund und ihre Kehle schienen voll mit seinem Schwanz zu sein. Das war genau das, wofür sie geboren worden war. Oh, Scheiße. Sie saugte stärker, und Eric stieß wie ein gottverdammter Kolben in sie hinein und pumpte sich in ihren Mund. Tesser zitterte derart, dass sie schon glaubte, ihre Knie würden unter ihr nachgeben. Ihre Muschi war feucht, ihre Klit war so hart wie der Schwanz, an dem sie saugte, und sie musste es einfach besorgt kriegen. Und zwar *sofort*.

Sie wechselte ein wenig die Position und rammte eine Hand unter den Bund ihres Rockes, direkt bis in ihren Schritt, und während sie ihn mit dem Mund so kraftvoll bearbeitete, wie sie nur konnte, bewegte sie einen Finger über ihrer Klit immer wieder hoch und runter. Je stärker sie seinen Schwanz mit ihrer Spucke benetzte und je härter sie ihn bearbeitete, desto wilder rieb sie auch an sich selbst. Er stieß immer wieder in sie hinein. Sie versuchte, immer mehr und mehr von ihm in ihrem Mund aufzunehmen, allein durch die Kraft ihrer Lippen. Und sie rieb sich so fest, dass sie schon glaubte, ihre Hand würde abfallen.

Tesser wollte mehr. Jedes Mal, wenn sie sich selbst berührte und wenn ihr Mund über seinem Schwanz hin und her strich, spürte sie diese unglaubliche Freude. Sie hatte das Gefühl, ihre Brüste würden derart anschwellen, dass sie wie die eines Pornostars aussahen, und sie spürte, wie ihre Beine zitterten, während sie verzweifelt darum bemüht war, die Position zu halten, sie spürte, wie ihre blaue Netzstrumpfhose immer weiter gedehnt wurde und schließlich nachgab und riss. Sie saugte den ganzen himbeerfarbenen Lippenstift von ihm ab, und als er seine Ladung in ihren Mund schoss und sie begann, diese gierig und durstig herunterzuschlucken, als sie das Sperma schluckte, das sie aus ihm herausgesaugt hatte – in diesem Moment spürte sie, dass auch ihr Höhepunkt nahe war. Sie bewegte die Hand immer schneller über ihre Klit.

»Verdammte Scheiße!«, murmelte Tesser. Dann grinste sie.

Und dann brachte sie ihn dazu, sie aufstehen zu lassen, damit er sich selbst hinknien und sie *lecken* konnte. Sie zog ihm währenddessen das T-Shirt aus, und er hielt kurz inne, damit sie es ihm über den Kopf streifen konnte. Er hatte einen schönen Rücken, und sie sah wohlwollend auf diesen hinab, während er sich gehorsam hinkniete und ihre nasse Muschi zu lecken begann. Seine Haut war braun und fest, und er hatte eine merkwürdige Tätowierung mit einem umgedrehten Herzen auf dem Oberarm. Eine bewegliche Tätowierung, die sich wellte, wenn er seine Muskeln bewegte, als er sich ans Werk machte und es ihr ordentlich besorgte.

Die ganze Zeit über konnte sie Alistair aus dem Augenwinkel sehen, der heftig masturbierte und seinen Blick immer zwischen Eric und ihr hin und her schweifen ließ. Sie war so feucht und ihr war so schwindlig vom Sex, dass sie den Rücken gegen die Wand lehnte und ihren Rock mit beiden Händen hochhielt, damit er ihr blassblaues Nylonhöschen beiseiteschieben und sie ordentlich lecken konnte. Doch dann hatte sie Alistair tatsächlich vergessen, und als sie so das zweite Mal gekommen war und Eric sich ihren süßen Saft vom Mund abwischte, bedeutete sie Alistair, doch näher zu kommen.

»Er ist noch nicht gekommen«, informierte Tesser Eric. »Obwohl er sich sehr angestrengt hat, nicht wahr, Alistair?«

Alistair trat näher, sagte aber kein Wort.

»Ich dachte, ihr Jungs wollt euch vielleicht ein wenig zur Hand gehen.«

Tesser sah zu, wie sie einander prüfend musterten. Eric war bereits wieder steif, weil er sie geleckt hatte. Auf diese Weise erkannte man am besten, ob ein Typ Muschis mochte – wenn er hart wird, weil er es dir mit dem Mund besorgt. Und ein durch Muschilecken hart gewordener Schwanz ist ein wirklich schöner Anblick.

Tesser wusste aber auch, wie die meisten heterosexuellen Männer drauf waren. Sie würden eher ihre eigene Großmutter ficken als einen anderen Mann – wenn sie nüchtern waren. Sie wusste auch, wie die meisten heterosexuellen Männer wurden, nachdem sie etwas getrunken hatten. Ihre Hemmungen schwanden, und sie nahmen, was sie kriegen konnten, ob Schwanz oder Muschi. Das war dann völlig egal. Aber das entsprach der Realität: Alkohol war und ist der stärkste Auslöser von Bisexualität. *In vino veritas* und so weiter. Vielleicht sollten die Menschen einfach immerzu betrunken sein. Möglicherweise hatte Baudelaire ja recht.

Diese jungen Männer waren nicht betrunken, aber sie waren definitiv vom Sex high, und das war sogar noch besser.

Und so rückte Alistair Eric immer näher. Zuerst sah Eric aus, als würde er einen Rückzieher machen, doch dann schloss er die Augen, als Alistair seinen hübschen Mund um seinen Schwanz legte, und er stöhnte vor Wonne, als er seinen zweiten Blowjob an diesem Nachmittag bekam, der Glückspilz.

Als die beiden begannen, sich miteinander zu beschäftigen, machte Tesser einen Schritt nach hinten. Sie gaben hier im hellen nachmittäglichen Sonnenschein einen schönen Anblick ab, wobei ihre Gesichter abwechselnd angespannt vor Erwartung und dann wieder entspannt und strahlend vor Vergnügen waren, wenn die nächste Welle des Verlangens über sie hereinbrach.

Auf seltsame Weise sah es aus wie ein Bild aus den vierziger Jahren, als hätte Henri Cartier-Bresson ein Standbild in Schwarz-Weiß aufgenommen, wie Julian Sands einem jungen Marlon Brando einen blies. Natürlich in einem alternativen Universum.

Tesser zog ihr verrutschtes feuchtes Höschen zurecht, ließ ihren Rock wieder über die Hüften gleiten und versuchte, einige Karos in der ramponierten Netzstrumpfhose zu reparieren, wobei sie die Action die ganze Zeit im Auge behielt. Mit geschlossenen Augen sahen die beiden jungen Männer hinreißend aus – wenn nicht gar episch.

Es war wunderschön. Sie *musste* es einfach filmen. Langsam ging sie zu ihrem Rucksack hinüber, öffnete ihn und holte leise ihre Super-8-Kamera heraus, wobei ihre Finger kurz über das Klappmesser glitten, das sie stets bei sich trug. Sie war davon überzeugt, dass der Akku der Canon-Kamera immer noch genug Saft hatte. Und Alistair war noch mit Eric beschäftigt; sie bewegten sich in einem stetigen Rhythmus vor und zurück. Eric stöhnte wieder, und sein Gesicht verzog sich, sodass Tesser wusste, dass er gleich kommen würde.

Sie begann zu filmen. Sie versuchte, den Schnittbild-Entfernungsmesser zu benutzen, doch es schien ein Problem mit der Fokussierung zu geben. Eric machte jetzt so viel Krach, als er schnaufte und keuchte, dass Tesser etwa eine halbe Minute lang glaubte, sie würde mit ihrer Aktion durchkommen. Aber dann gab es eine dieser kurzen Pausen, wie sie immer auftreten, kurz bevor man richtig zur Sache kommt. Eigentlich ist es eher eine Anspannung, also das genaue Gegenteil von einer Pause. Dummerweise bemerkten die beiden jungen Männer in diesem Augenblick der Stille das leise Surren von Tessers Kamera.

Eric zog sich so schnell aus Alistairs Mund zurück, dass Tesser schon glaubte, ihm würden seine Kronjuwelen abgebissen.

»Du verdammte Schlampe!«, schrie er, schnappte sich seine Cordhose und stieß Alistair aus dem Weg, damit er zu Tesser gelangen konnte.

In diesem Moment rannte Tesser los. Mit wackelnden Brüsten, die von ihrem Bustier aus den Fünfzigern nur halbwegs bedeckt wurden, hochgeschobenem Rock und nur noch einem Schuh an den Füßen steckte Tesser die Kamera in ihren Rucksack und sprintete zur Treppe. Sie hatte einen leichten Vorsprung, weil Eric noch immer damit beschäftigt war, seine Hose anzuziehen, daher zog sie schnell den verbliebenen hochhackigen roten Schuh aus (dessen Farbe natürlich perfekt zu dem Lippenstift passste, den sie heute trug) und rannte nun mit bloßen Füßen, die nur noch von der dünnen Strumpfhose geschützt wurden, los. Sie glitt so schnell sie konnte die Treppe hinunter und hastete auf die große viktorianische Tür des Schauspielhauses zu, durch deren Fenster sie bereits das Tageslicht von draußen hereinschimmern sah!

Flucht.

»Schlampe!« Hinter sich, etwa einen Treppenabsatz weiter oben konnte Tesser hören, wie Eric die Treppe hinunterrannte, wobei seine nackten Füße auf dem Marmorfußboden platschende Geräusche machten.

Und jetzt, verdammt noch mal, war sie endlich an der Tür. Sie packte den Türknauf, schob die Tür auf und versuchte, hinauszugelangen, ohne den Rucksack fallen zu lassen, der über ihrer Schulter hing und hin und her baumelte. Sie hatte nur wenige Sekunden, um sich umzusehen. Auf der rechten Seite erhaschte sie gerade noch einen Blick auf die anderen Geisterjäger, die hinter einer Mauer verschwanden. Sie mussten den Hinterausgang genommen haben. Der gewissenhaften Carolyn war anscheinend noch nicht aufgefallen, dass sie drei ihrer Schützlinge auf dem Weg verloren hatte. Auf der linken Seite war nichts zu sehen. Also rannte Tesser nach links.

Sie hastete um die Ecke, rannte drei Blocks weiter und beschloss dann, zu der Stelle zurückzukehren, an der die Geisterjägergruppe ihren Spaziergang begonnen hatte und die sich in der Nähe der Sozialwohnungen von Hoxton befand, da sie nicht davon ausging, dass Eric und Alistair hier nach ihr suchen würden. Sie rannte immer noch, den Rucksack über eine Schulter geworfen, die Schuhe in einer Hand und im Großen und Ganzen eher spärlich bekleidet. Sie atmete immer noch schwer und war *völlig* erschöpft. Außerdem war sie immer noch in Panik – und seltsamerweise immer noch geil.

Dann hastete sie um eine Ecke und prallte direkt gegen Jamie.

2

»Großer Gott! Was machst *du* denn hier?« Tesser keuchte nach dem Sprint, lehnte sich mit dem Rücken an die Ziegelsteinwand und sah Jamie an, während sie versuchte, wieder zu Atem zu kommen. Er schien nicht sehr überrascht zu sein, sie zu sehen.

»Ähm ... tja ...« Jamie stockte. Er sah zu Tesser herab, und seine hochgewachsene Gestalt bildete einen starken Kontrast zu ihrer eher geringen Größe. Selbst mit acht Zentimeter hohen Absätzen war sie gerade mal einen Meter fünfundsechzig groß. »Ich schätze, ich wollte dich sehen«, gab er angespannt zu. Tesser sah ihn genau an und versuchte, seinen Gesichtsausdruck zu deuten. Seine dunklen Augen funkelten hinter seiner Brille, seine Worte klangen irgendwie abgehackt, als wäre er unruhig, nervös oder so. Vielleicht war er das ja auch.

Dann traf sie die Wucht seiner Worte wie ein heftiger Schlag in den Bauch. Sie sah ihm in die Augen, und ein Lächeln blitzte in ihrem Gesicht auf. Eine Sekunde lang ignorierte sie die Tatsache, dass sie von ihren vorherigen Bewunderern verfolgt wurde. »Du bist mir doch nicht etwa *gefolgt*, oder? Gib es zu.«

Verdammt, der Außenseiter-Künstler Jamie Desmond folgte ihr durch die ganze Stadt. Das war irgendwie schmeichelhaft.

Jamie blickte noch immer auf sie herab. Erneut konnte Tesser seinen Gesichtsausdruck nicht deuten. Er konnte ebenso wütend wie neugierig sein. Dann grinste Jamie breit, wodurch sein ganzes Gesicht zu strahlen schien. »Ich gebe es zu. Du bist unwiderstehlich. Dieses Blond, das du dir da zugelegt hast, ist einfach der Hammer.«

Als sie Jamie das letzte Mal gesehen hatte, war sie noch rothaarig gewesen. Blond war eine Vision, die ihr gestern Nachmittag erschienen war, und sie hatte sich von ihrer Mitbewohnerin Jana ein Bleichmittel geliehen, um die Vision Realität werden zu lassen.

»Na komm schon, Tesser. Ich geb dir einen Kaffee aus, damit du wieder runterkommen und mir erzählen kannst, warum du es eben so eilig hattest.«

Der Plan klang gut – möglicherweise. Nervös blickte sie um die Hausecke. Doch da war niemand.

»Wie wär's, wenn wir in diese Richtung weitergehen und den Spitalfields Market hinter uns lassen?«, schlug Jamie vor. »Dort gibt es einige coole alte Gebäude und angeblich auch einige Theater, in denen es spukt und die wir uns ansehen könnten. Hast du mir nicht erzählt, dass du auf solche Sachen stehst?«

»Na gut, obwohl ich gerade aus dieser Richtung komme«, erwiderte Tesser rasch, und dabei führte sie Jamie genau den Weg zurück, auf dem sie gerade gekommen war. Das war ein alter Detektivtrick: Wenn man auf der Flucht war, musste man kehrtmachen und sich seinen Verfolgern auf die Fährte setzen. Oder seinen eigenen Weg komplett zurückgehen. Auf diese Weise konnten sie einen nie fangen. »Dieser Mist über Geister-Theater basiert doch nur darauf, dass einige Leute mit der Jack-the-Ripper-Geschichte Geld verdienen wollen. Das ist ein alter Hut, die wollen einen bloß übers Ohr hauen. Einige ermordete Prostituierte, die angeblich diese Gegend heimsuchen, und so weiter. Daran ist eigentlich nichts Außergewöhnliches.«

»Wenn du das sagst.« Jamie nahm Tessers Hand, und sie gingen am Bishopsgate entlang, wobei sie dann an einer Stelle abbogen und in Richtung Old Street weitermarschierten. Sie musste zugeben, dass es ihr gefiel, so mit ihm über die Straße zu laufen, insbesondere dann, wenn er ihre Hand drückte. Sie sah ihm ins Gesicht, und er zwinkerte.

Das Café in der Old Street war vornehm und protzig, voller *nouveau* Hoxtoniten, die gerade erst West London hinter sich gelassen hatten und nun freiwillig in einer einfacheren Gegend lebten. Sie stellte sich brav in der Schlange an, hielt den Kopf hoch und tat so, als würde es ihr nichts ausmachen, dass sie die anderen Kundinnen musterten und ihren ganzen Körper nach Designerlabeln absuchten, diese jedoch nicht finden konnten. Sie beschloss, dass sie Jamie beim Wort nehmen und sich von ihm einen Kaffee ausgeben lassen würde, wenn sie endlich an der Reihe wären. Sie sagte der Frau, die ihre Bestellung entgegennahm, dass sie einen großen teuren Cappuccino trinken wollte, und konzentrierte sich dann darauf, ihren Rock zurechtzurücken und ihr Haar wieder in Ordnung zu bringen, weil sie spürte, dass es in wilden blonden Strähnen von ihrem Kopf abstand. Großer Gott. Nach dem Nachmittag, den sie hinter sich hatte, konnte sie eine Auffrischung gut gebrauchen. Daher nahm sie sich vor, so bald wie möglich auf die Toilette zu gehen und den Zustand ihres Lippenstifts zu überprüfen, denn sie hatte irgendwie das Gefühl, dass er über ihr halbes Gesicht verschmiert war.

»Hier drüben, Tesser«, sagte Jamie. Er hatte die beiden schaumigen Cappuccinos in der Hand und bahnte sich einen Weg durch das überfüllte Café, wobei er mit seinen kurzen Dreadlocks und der Brille mit dem breiten Rahmen umwerfend gut aussah – wie eine Mischung aus Malcolm X und einem wütenden jungen Independent-Filmemacher. Im *Sentinel* war am vergangenen Wochenende ein speichelleckerischer Artikel erschienen, in dem es allein um Jamie Desmond ging – »Der Außenseiter-Künstler, der noch kein einziges Bild verkauft hat« –, und seitdem schien Jamie überall erkannt zu werden – einige der jungen Damen, die Tesser mit abschätzenden Blicken bedacht hatten, schienen sie nun mit weitaus größerem Respekt anzusehen, als wäre sie seine East-End-Muse oder so etwas, mit ihren Klamotten vom Flohmarkt.

»Entschuldigung«, murmelte Tesser, als sie sich an allen vorbeizwängte und versehentlich – oder doch eher absichtlich – auf einen in italienisches Leder gezwängten Zeh trat. Die Besitzerin des Fußes schrie auf, aber Tesser sah es nicht ein, sich ein zweites Mal zu entschuldigen. Diese »It-Girls« *rafften* es einfach nicht. Sie steckten ihre Körper in einfache Grunge-Kleidung und sahen immer noch so poliert und unpersönlich aus wie dieses Café. Das war bisher mit jedem Look von der Straße so gewesen – Punk, Grunge, Gangsta Rap, was auch immer. Die teuren Prada-Stiefel an dieser Tussi waren ein eindeutiges Zeichen, trotz ihrer sorgsam ausgeblichenen Jeans. Die Frau warf Tesser einen wütenden Blick zu, doch diese hatte nicht die geringste Absicht, sich den Gepflogenheiten der oberen Mittelklasse zu unterwerfen. Wenn es eine Sache gab, die sie auf den Tod nicht ausstehen konnte, dann war das diese ständige »Entschuldigung, tut mir leid, Verzeihung«-Litanei der Briten, wenn ein einfaches »Entschuldigung« völlig ausreichte. Die Schlampe hätte ihre Füße ja auch nicht mitten in den Weg stellen müssen, oder?

»Ich folge dir«, meinte Tesser zu Jamie und zwängte sich an einigen noch schickeren Mädels in ihren auf einfach getrimmten Jeans und Manolo-Bla-bla-bla-nik-Schuhen vorbei. Sie war eher eine Manolo-Verweigerin. Auf wundersame

Weise hatte Jamie einen freien Tisch am Fenster gefunden, direkt an der Rückwand des Ladens, und Tesser folgte ihm dorthin. Gott, Jamie sah von hinten umwerfend aus. Sein Arsch allein war schon ein Kunstwerk. Er trug eine Designerjeans, die sich verlockend um die muskulösen Rundungen eines Fiorentino-Nackten zu schmiegen schien. Der Gedanke an diese homoerotische Kunst ließ Tesser wieder an die jungen Männer in dem Schauspielhaus denken, und sie spürte, dass sie rot wurde, gerade als sie den Tisch erreichte. Sie zog sich einen Stuhl heran und setzte sich dicht an den Tisch, unter dem bereits Jamies lange Beine weit hervorragten. Oh Mann, dachte Tesser, ich mag große Männer.

»Du scheinst ein wenig durch den Wind zu sein«, stellte Jamie fest. »Ich mache dich doch nicht etwa nervös, oder?«

Tesser war nicht klar, was er mit dieser Aussage bezwecken wollte.

»Nein, nein, nein«, antwortete sie. »Ich hatte nur einen … interessanten Nachmittag, das ist alles.«

»Inwiefern interessant?« Jamie drehte sich weiter zu ihr um, und Tesser konnte nicht anders, als zu bemerken, wie sich seine Jeans in seinem Schritt dehnte. Wie nett.

»Interessant auf heiße Weise. Auf dreifach heiße Weise.« Sie sah Jamie direkt in die Augen, denn sie wollte ihm klarmachen, dass sie keine Frau war, die sich als feste Freundin eignete, dass sie ihre Freiheit liebte und dass sie ficken würde, wen sie wollte und wann sie es wollte. Selbst wenn sie in diesem Moment *ihn* ficken wollte. Trotzdem sollte er das begreifen.

»Ach ja?« Anstatt eifersüchtig oder aufgebracht zu wirken, begannen Jamies Augen auf einmal zu glänzen, und er beugte sich weiter vor. Wenn sie genauer darüber nachdachte, hätte sie *ein wenig* Eifersucht durchaus schmeichelhaft gefunden. Er schien allerdings überhaupt nicht verlegen zu sein, nachdem ihm Tesser gerade freudig ihre eigene Promiskuität gestanden hatte. »Möchtest du mir mehr darüber erzählen?« Er blickte ihr tief in die Augen, und dann senkte er den Blick immer weiter, bis er sich in der genaueren Betrachtung ihrer Oberweite verlor.

Tesser wurde rot, als Jamie weiter auf ihre Titten starrte, die von dem schwarzen, im Kellnerinnenstil gehaltenen Bustier zur Schau gestellt wurden, und dabei hätte sie doch überhaupt nicht rot werden müssen. Unbehaglich rutschte sie auf ihrem Stuhl herum. Doch dann bekam sie sich wieder in den Griff. Sie hatte in dieser Nicht-Beziehung doch die sexuelle Oberhand, oder nicht? Er war derjenige, der *ihr* gefolgt war, nicht andersrum. Und jetzt versuchte er, Kontrollpunkte zu erzielen. Damit sie sich unbehaglich fühlte. Tesser fuhr sich mit den Fingern durch ihr blondiertes Haar, beugte sich vor und leckte sich über die Lippen. Jamie schluckte schwer, und sie widerstand dem Impuls, ihm ihre Titten direkt ins Gesicht zu schieben – denn dieses Spiel konnten schließlich auch zwei spielen, oder nicht? Stattdessen setzte sie sich aufrecht hin und ließ ihren Tonfall bewusst beiläufig und langsam klingen. »Tja-ha«, begann sie und zog das Wort auf texanische Weise in die Länge, was für ein Mädchen von der Westküste, wie sie eins war, schon eine reife Leistung darstellte. »Nu-hun, ich bin zufällig zwei sehr netten jungen Männern begegnet, die heute mit mir an einer der Geisterjagden teilgenommen haben.«

»Ein Pärchen?«

Tesser blinzelte. »Wie kommst du denn auf die Idee?«

»Das kam mir einfach nur in den Sinn. Aber erzähl weiter.«

Er wirkte ein wenig zu lässig und sorglos, und das ließ in Tesser die Entschlossenheit aufkeimen, ihm einen genauen Bericht der Dinge, die sich zugetragen hatten, zu geben. Offenbar musste er mal schockiert werden. »Sie waren absolut kein Pärchen, Jamie. Das waren zwei Typen, die durch und durch hetero waren, Männer wie du ...«

»Also schwarze Männer. Zwei aufrechte schwarze Männer aus der Mittelklasse, die durch und durch hetero sind, genau wie ich.«

»Ach, komm schon, Jamie – soll ich die Geschichte jetzt erzählen oder nicht?«

»Schon okay. Red weiter.«

»Jedenfalls habe ich während der Geisterjagd eine Situation herbeigeführt, in der ich nicht nur mit einem, sondern gleich mit beiden dieser unglaublichen Knackärsche in einem verlassenen Hinterzimmer eines Spuktheaters alleine war.«

»Von diesen Hinterzimmern habe ich schon gehört. Aber ich dachte, du hättest gesagt, diese ganzen Spukgeschichten über die Theater wären nichts als Mist? Und du hast auch behauptet, dass diese Männer durch und durch hetero waren.«

»So ist es auch. Das waren sie. Zumindest bis ich die Situation derart manipuliert hatte, dass sie sich gegenseitig einen geblasen haben, und ich kann dir sagen, Mister, das war wahrlich ein wunderschöner Anblick.«

»Und du bist abgehauen, bevor es zur homosexuellen Panik kommen konnte, um dem Schwulenhass aus dem Weg zu gehen? Gut gemacht, Tesser. Ich habe dich schon immer als jemanden gesehen, der auf sich aufpassen kann.« Tesser konnte nicht einschätzen, ob seine Stimme eher sarkastisch oder eher bewundernd klang. Vielleicht hatte sie diese britische Ironie ja trotz allem noch nicht wirklich begriffen.

»Eigentlich bin ich nicht so abgebrüht. Ich würde die verborgenen Emotionen zweier überaus hetero angelegter Jungs nicht wecken und dann einfach abhauen. Das heute war eher ein Fall künstlerischer Neugier.« Tesser trank einen Schluck Cappuccino und holte dann tief Luft, damit sie gleich weiterreden und Jamie die ganze Sache mit der Kamera und der darauf folgenden Verfolgungsjagd erzählen konnte. »Also ...«

Doch da beugte sich Jamie noch näher zu ihr. »Halt doch einfach mal einen Augenblick den Mund, okay?« Er schob seine Hand direkt unter ihren linken Oberschenkel, sodass diese ihre Netzstrumpfhose noch weiter in ihr Fleisch drückte.

So eine Frechheit! Tesser hasste es, wenn ihr andere sagten, sie solle den Mund halten, selbst wenn das Teil eines erotischen Vorspiels war. »Ich werde *nicht* den Mund halten, verstanden?« Jamies Hand fuhr nun über den Rand ihres grünen Rockes, und seine Finger tauchten in die diamantförmigen Löcher ihrer Strumpfhose. Das fühlte sich gut an, und sie schloss die Augen, um das Gefühl zu genießen. »Wenn ich den Mund halte«, fuhr sie fort, »dann nur, weil ich das auch selber will.« Verdammt, aber seine Hand fühlte sich so gut auf ihrem Bein an, wie sie sie dort streichelte.

»Okay«, erwiderte Jamie.

Tesser schloss erneut die Augen, damit sie sich besser darauf konzentrieren konnte, wie sich Jamies Hand anfühlte, die warme Reibung an ihrem Oberschenkel. Sie war von dem Zwischenspiel im Theater immer noch ziemlich angeturnt, und sie hatte im Kopf dieses seltsame »Alles fühlt sich gut an«-Gefühl, daher schob sie ihr Bein näher an ihn heran, wobei ihr sein Aftershave in die Nase stieg – sie glaubte, es wäre Old Spice, aber sie war sich nicht ganz sicher –, um ihm einen besseren Zugang zu ihrer langsam wieder munterer werdenden Muschi zu gewähren.

Sie öffnete den Mund, um etwas zu sagen, beschloss dann jedoch, ihm nicht die Befriedigung zu verschaffen, sie sprechen zu hören. Doch Jamie strich einfach weiterhin mit dem Daumen über ihre Netzstrumpfhose, was auf sie ebenso reizvoll wie irritierend wirkte. Mann, komm doch endlich zur Sache! Sie wollte, dass er seine Hand ganz ihr Bein hinaufgleiten ließ. Sie wollte, dass er ihr Höschen beiseiteschob, einmal auf diese sexy, stoßartige Weise einatmete und dann einfach seine Finger in sie hineinsteckte. Sie war so feucht, dass sie es sich am liebsten selbst mit seiner starken Hand besorgt hätte.

»Hat es dir die Sprache verschlagen? Was ist aus dem angekündigten umfassenden Bericht geworden? Ist alles in Ordnung mit dir?«

Tesser öffnete die Augen und sah Jamie direkt ins Gesicht. Seine Augen funkelten. Dieser Bastard!

»Hey, mir geht's gut!«, antwortete sie und bereitete sich darauf vor, ihre Hüften nach vorn zu schieben, damit ihre Muschi endlich seine Hand berührte. Verdammt, ihre Atmung wurde jetzt immer schneller. Mit allem ihr zur Verfügung stehenden Anstand beugte sie sich vor und hob ihre Cappuccinotasse hoch. Diese balancierte sie vorsichtig in einer Hand, aber jetzt sang ihre Muschi schlechte Musik aus den Achtzigern: *Touch me!*, schrie sie. Jamie konnte die schmalzigen Texte von Samantha Fox nicht hören; er sah sie direkt an und schien darauf zu warten, dass sich ihr Gesichtsausdruck veränderte, oder darauf zu hoffen, ein Zittern oder Erbeben zu beobachten. Tesser hatte nicht vor, ihm dieses Vergnügen zu gewähren. Sie nahm einen großen, großen Schluck des schaumigen Getränks. Der Kaffee verbrannte ihr beinahe den Gaumen, aber das war es wert, denn so gelang es ihr, sich wieder den Anschein zu geben, vollkommen selbstbeherrscht zu sein. »Der Kaffee schmeckt nicht schlecht«, meinte sie dann in beiläufigem Tonfall zu Jamie.

»Oh ja, er schmeckt wirklich nicht übel«, entgegnete Jamie ebenso unerschütterlich, und dann bewegte sich seine Hand endlich weiter ihr Bein hinauf, und seine Finger strichen an ihren Schamlippen entlang. Wenn er überrascht darüber war, dass sie ein Höschen trug, so ließ er sich das nicht anmerken, allerdings meinte sich Tesser zu erinnern, dass sie beim letzten Mal, als sie gefickt hatten, keins getragen hatte.

Verdammt sollte er sein. Er berührte sie nicht einmal richtig – er strich einfach nur mit dem Finger in der Nähe ihrer Muschi entlang, wie er es zuvor auf ihrem Bein getan hatte. Tesser trank einen weiteren Schluck Kaffee, doch dieses Mal schluckte sie ihn zu schnell herunter.

»Hey, pass auf«, sagte Jamie mit leicht spöttischem Unterton. Und in diesem Moment schob er seine Finger in ihre Spalte, und sie keuchte auf, während er grinste.

Er hatte sie sehr feucht und sehr heiß gemacht. Tesser hielt ihren Cappuccino gut fest und war darauf bedacht, keinen Tropfen zu verschütten.

Und genau in diesem Augenblick kam Tesser – zu ihrem eigenen Entsetzen – die Melodie eines Liedes von Britney Spears in den Sinn.

Hit me, baby, one more time!

Sie hasste diesen Song. Ihr Verstand wollte sie verarschen. Ebenso wie ihr Körper. Sie war eine Sklavin ihrer eigenen feuchten Muschi und von Jamies tastenden Fingern.

Da sie mit dem Rücken zu den anderen Gästen saß und Jamie dicht an sie herangerückt war, glaubte Tesser nicht, dass irgendjemand genau sehen konnte, was hier gerade vor sich ging, aber sie war sich auch nicht völlig sicher, ob dem wirklich so war. Ach Gott! Das ist doch völlig egal, dachte sie. Ja, ja, fick mich, lass deine Finger schön feucht werden und fick mich damit, Jamie. Wie wär's?

I-yai-yai, will-always-lo-o-ove-you-oo-oo-oo-oo-oo ...

Jetzt startete Whitney Houston einen Angriff auf ihre Hirnwellen. Würde die Folter denn niemals aufhören?

»Schieb deine Finger rein«, zischte sie Jamie ungestüm zu.

Doch anstatt tiefer in sie einzudringen, fuhren Jamies Finger damit fort, sie in diesem seltsamen, kitzelnden Rhythmus zu berühren, der ihr immer vertrauter wurde, sie aber auch mächtig irritierte.

Tesser hielt den Atem an und wartete.

Endlich tauchten seine kühlen Finger in ihre Feuchtigkeit ein, so geschmeidig wie in Schlagsahne. Sie glitten hinein, und sie keuchte, presste sich gegen ihn und beugte sich weiter vor. Er packte sie mit dem anderen Arm und zog sie an sich, um sie zu küssen, wobei Tesser vermutete, dass er das vor allem tat, damit die anderen Gäste nicht sehen konnten, dass er sie befingerte. Anstatt sie jedoch sofort mit der Hand zu ficken, strich Jamie immer wieder nur leicht über ihre Klit. Und dabei küsste er sie wie verrückt, seine vollen Lippen pressten sich gegen ihre und seine heiße rote Zunge stieß in ihren Mund. Tessers Puls schlug immer schneller und schneller, während sein Daumen ihre Klit bearbeitete. Sie hatte das Gefühl, innerlich zu schmelzen. So gut sollte es sich doch gar nicht anfühlen, so ... emotional. Nicht mit jemandem, mit dem sie nichts weiter als eine einzige zusammen verbrachte Nacht verband. Sie würde ihren Kaffee fallen lassen. Gleich würde sie ihren Kaffee fallen lassen.

Ihre Körper waren einander so nah. Tessers Bustier und somit ihre Titten pressten sich gegen sein beigefarbenes kurzärmeliges Hemd. Sie stellte fest, dass ihr unerwartete Details ihrer Umgebung ins Auge stachen, wie die glatte, kunststoffartige Textur seines Vintage-Sta-Press-Hemdes. Wie sich die Schokostreusel in dem weißen Schaum auf dem Mocha der Frau auflösten, die in einiger Entfernung rechts von ihr saß. Die blaue Vinylpolsterung ihres eigenen Stuhls, der direkt an den von Jamie herangerückt war. Trotz dieser Bruchstücke an Klarheit, die zu ihr durchdrangen, versank sie immer tiefer in einem Nebel voller Empfindungen, und jedes Mal, wenn seine Finger über sie strichen, versank sie ein wenig mehr. Aber dann kam es zu einer Art Crescendo, weil sie mit jeder verstreichenden Sekunde zunehmend erregter wurde, und schon bald zappelte sie auf dem blau gepolsterten Stuhl herum, und jetzt drückte sich Jamies halbe wunderschöne braune Hand in ihre Feuchtigkeit, während sein Daumen weiterhin magische Kreise zwischen ihren Beinen zog. Die Kaffeetasse aus Porzellan zitterte in ihrer Hand und war in immer größerer Gefahr, auf dem Boden zu zerschellen.

Tesser schloss einfach die Augen, ließ sich von ihm ficken und spürte, wie sich seine Finger in ihr bewegten – und sie sooooo wunderbar berührten. Sie konzentrierte sich auf den markanten Geruch seines Aftershaves und auf die Stoppeln an seinem Kinn, die an ihrer Haut entlangstrichen, und schon bald blitzten vor ihrem inneren Auge pornografische Bilder auf, wie ihre Muschi jetzt aussehen musste – ganz rosafarben und heiß und nass. Seine Handfläche war benetzt von ihrer Feuchtigkeit und Intensität, und nadelspitzenartige heiße Empfindungen drangen von den Stellen, an denen seine Finger ihr Fleisch berührten, empor, und es war einfach nur sexy, sexy, sexy. Er küsste sie noch intensiver, und dabei kam Tesser auf seiner Hand: auf seinem ihre Klit rubbelnden Daumen und auf seinen Fingern, die tief in sie hineinstießen, auf wunderschöne und kraftvolle Weise.

Als die letzten Erschütterungen ihres Höhepunkts vorüber waren, stieß Tesser ein tiefes, lang gezogenes Stöhnen aus, und dann – endlich – stellte sie die Tasse mit ihrem Cappuccino wieder auf den Tisch. Sie versuchte, die Tatsache zu ignorieren, dass ihre Hand zitterte wie ihr Lieblingsvibrator auf Höchstgeschwindigkeit. Dann holte sie einmal ganz tief Luft.

Jamie saß einfach nur da und sah sie an, wobei das ganze Café die angeschwollene Form seines Schwanzes sehen konnte, da er sich jetzt rücklinks gegen die Wand lehnte. Tesser war klar, dass die anderen Gäste ihr Stöhnen gehört haben mussten, aber man weiß ja, wie das ist – wenn man diesen Moment erlebt, ist einem nicht wirklich bewusst, wie laut die Geräusche wirklich sind, die man gerade macht.

Und Tesser hatte das Gefühl, dass sie ziemlich laute Geräusche von sich gegeben hatte.

Sie warf Jamie einen verstohlenen Blick zu, weil sie wissen wollte, ob sie an seinem Gesichtsausdruck erkennen konnte, dass das tatsächlich der Fall gewesen war, aber Jamie wirkte, als wäre es ihm scheißegal, ob ihnen irgendjemand zugesehen oder etwas gehört hatte. Er lehnte nachlässig an der Wand und hatte die Beine weit gespreizt, als wolle er andere nur dazu auffordern, einen Spruch über den dicken, erregten Schwanz unter seiner Jeans zu machen. Doch niemand sagte ein Wort. Es schien eher so, als würden die Leute absichtlich woanders hinsehen, nur ja nicht zwischen Jamies Beine, und das galt sogar für die Schnepfe, die ihn mit ihren Blicken verschlungen hatte, als sie das Café betreten hatten. Tesser wusste nicht einmal, wie das weibliche Äquivalent dieser offen zur Schau gestellten Erregung aussehen mochte – vielleicht die reale Version der Starbucks-Meerjungfrau? Gespreizte Beine, durchnässte Unterwäsche, offensichtlich *feucht*. Nein, das war zu bedrohlich – wenn sie sich so gegen die Wand lehnte, wie Jamie es gerade tat, den Rock hochzog, die Beine spreizte, sodass man ihre Muschi durch die zerrissene blaue Netzstrumpfhose sehen konnte, wenn sie den Blick auf ihr vor Erregung durchnässtes Höschen freigab. Damit würde sie niemals durchkommen. Doch es war ein verlockender Gedanke.

»Bist du jetzt bereit, mir zu erzählen, was passiert ist? Was geht dir durch den Kopf?«, fragte Jamie ruhig, als würde er nicht da sitzen und den hochnäsigen Weibern hinter Tessers Rücken seinen dicken, erregten Schwanz zeigen.

Auf gewisse Weise wollte sie, dass er sie in einem guten

Licht sah, daher konnte sie ihm nicht sagen, was *wirklich* in ihr vorging und ihr schon fast auf den Lippen lag – sie stand tatsächlich kurz davor, eine Ballade von Phil Collins zu summen, nur um etwas runterzukommen. Das ist meine Muschi, die mir diese schlechten Lieder in den Kopf pflanzt, dachte Tesser. Meine Muschi hat vermutlich den schlechtesten Musikgeschmack der ganzen Welt.

Nein, sie hätte viel eher ihre Fantasien von öffentlichem Exhibitionismus eingestanden oder zumindest erzählt, was sich tatsächlich im Cornucopia Theatre zugetragen hatte.

Sie musste kichern. »Na gut«, meinte sie dann, »ich erzähle dir, was heute Nachmittag passiert ist.« Und das tat sie dann auch. Sie konnte nicht umhin zu bemerken, dass Jamie unruhig auf seinem Stuhl herumrutschte, insbesondere als sie zu der Stelle kam, wo sie dem Amerikaner einen geblasen hatte, während der andere Kerl nur herumgestanden und zugesehen hatte. Tesser schmückte ihre Leistung ein wenig aus, sodass es wirkte, als wäre sie deutlich besser darin, jemandem einen zu blasen, als sie es tatsächlich war. Dann setzte sie ihre Erzählung jedoch schnell fort, als ihr klar wurde, dass Jamie ihre Fellatio-Fähigkeiten bereits kennengelernt hatte. Vor drei Wochen. Als sie das erste Mal gefickt hatten.

»... und so«, schloss sie ihren Bericht, »wurde ich nicht nur dabei erwischt, wie ich sie insgeheim gefilmt habe, sondern stand sogar kurz davor, mir eine Tracht Prügel einzufangen, denn zumindest einer der Kerle war stinksauer wegen der ganzen Sache.«

»Verdammt«, erwiderte Jamie, als Tesser fertig war, »das war ziemlich heiß.«

Tesser war erstaunt. Sie hatte immer gedacht, alle Hetero-Männer hätten ein Problem mit Schwulensex. Daher fragte sie Jamie, ob das tatsächlich der Fall sei.

»Was bringt dich auf den Gedanken, dass ich hetero bin? Das ist ziemlich anmaßend.«

»Tja, du hast mich gefickt, oder etwa nicht? Hör mal, Süßer, ich krieg es mit, wenn man mir was vorspielt. Und glaub mir, Jamie, du hast mir nichts vorgespielt.«

»Das stimmt«, gab Jamie zu. »Ich habe dir nichts vorgespielt.« Er lächelte und zog Tesser näher zu sich heran, um sie zu küssen. Er schmeckte wunderbar – ein bisschen nach Zimt. Oder vielleicht war das auch wieder sein Aftershave. Im Grunde genommen war das Tesser völlig egal. Im Endeffekt zählte nur, dass Jamie gut schmeckte, gut roch und gut aussah. Vielleicht sogar ein wenig zu gut.

»Du zahlst nächstes Mal«, meinte er dann, als er einen Fünf-Pfund-Schein aus der Tasche zog und ihren Kaffee bezahlte, bevor sie gemeinsam das Café verließen.

»Was bringt dich auf die Idee, dass es ein nächstes Mal geben könnte?«, fragte ihn Tesser. »Das ist ziemlich anmaßend.«

Sie erreichten die Liverpool Street Station, ohne dass sie ein weiteres Mitglied der Geisterjägergruppe zu Gesicht bekamen, auch nicht die beiden, mit denen sie Sex gehabt hatte. Auf dem Rückweg hielten sie sich nicht an den Händen, Jamie und sie, aber das war Tesser auch ganz recht, denn ihr wurde die Sache ehrlich gesagt ein wenig zu nett und gemütlich, und wenn das so weiterging, würde sie Jamie vielleicht bald noch anflehen, sich Porzellan bei Heals auszusuchen oder etwas Ähnliches.

Sie gingen an der riesigen bunten und menschenähnlichen Skulptur vorbei, die draußen vor dem Bahnhof Wache stand. Die Skulptur erinnerte Tesser immer daran, wie sie sich nach einem harten Wochenende fühlte: in mehrere Stücke zerrissen, ein Auge neben den Zehen, das andere neben das Ohr geklemmt. Sie wurde nicht langsamer, sah Jamie jedoch einige Sekunden lang an: Er wirkte nonchalant und summte leise etwas vor sich hin – das Lied klang tatsächlich wie ein Samantha-Fox-Song, woraufhin Tesser rot wurde, weil sie verzweifelt hoffte, dass sie es nicht selbst vor sich hingesummt hatte. Zu ihrer Bestürzung bemerkte Jamie, dass sie ihn anstarrte, und er grinste mit geschlossenen Lippen, während er ihr wie üblich zuzwinkerte. Tesser grinste nicht zurück, sondern beschleunigte stattdessen ihre Schritte, sodass ihre roten hochhackigen Schuhe ein schnelles Stakkato auf dem Straßenpflaster erzeugten. Na super, dachte sie, jetzt denkt er vermutlich, dass ich in ihn verknallt bin oder etwas Ähnliches.

Doch als sie weitergingen, wurde sie nicht etwa ruhiger, sondern zunehmend geiler. Zugegebenermaßen konnte sie dieses Gefühl auch auf einer Beerdigung überkommen, aber heute schien sie unersättlich zu sein. Sie konnte sich in etwa vorstellen, wie sich Jamie fühlen musste, der ja nicht gekommen war. Aber er schien weiterhin seine Coolness zu behalten.

»Hast du in nächster Zeit mal eine Ausstellung?«, fragte Tesser, als sie am Bahnhof auf der Rolltreppe standen – und bezweckte damit vor allem, sich mit einer Unterhaltung von ihren lüsternen Gedanken abzulenken.

»Die habe ich tatsächlich«, erklärte Jamie. Sie betraten den gefleckten Marmorboden der Liverpool Street Station. »Und zwar in zwei Monaten. Dabei geht es um hybride Eigenschaften und das Verschmelzen kultureller Symbole.« Er wirkte, als wäre er irgendwie abgelenkt.

»Erzähl mir mehr«, forderte ihn Tesser mit kokett verstellter Stimme auf, dann ging sie hinter Jamie durch die Schalterhalle, um einen besseren Blick auf seinen Arsch zu haben.

»›Cyborg-Kultur, alte Mythen und ein Schlag ins Gesicht des gefälligen Postmodernismus‹ – das ist aus der Presseerklärung.« Die Art, wie sich seine schmale Taille zu seinem beeindruckenden und festen Rücken verbreiterte, dieses halbe Stolzieren, das ihn frech wie einen Teenager wirken ließ ...

»Hä?«, erwiderte Tesser.

»Ach, vergiss es, das ist sowieso nichts weiter als Blödsinn.«

Die Art, wie er sich umdrehte, um sie anzusehen – intensiv und suchend. Dieses geniale Flackern in seinen dunklen Augen ...

»Pass auf«, meinte Jamie dann auf einmal, »ich werde jetzt einfach ehrlich zu dir sein, und du kannst mir auch sagen, dass ich mich verpissen soll, wenn du das willst. Ich würde dich jetzt wirklich, wirklich, wirklich gern ficken. Ich kann an nichts anderes mehr denken. Ich bin so geil, wie man nur sein kann.«

Einen Sekundenbruchteil überlegte Tesser, ob sie mädchenhaft und gesittet reagieren sollte, doch dann beschloss sie, dass das die Mühe nicht wert sei. Prüde Mädchen hatten keinen Spaß. Sie sah sich wild um – hoch zum Lautsprecher, rüber zu den Zügen, zu der Buchhandlung, in der sie mal versucht hatte, eine Ausgabe von *No Logo* einzustecken und von einem Wachmann dabei erwischt worden war. Sie sah überall hin, nur um Jamie nicht ansehen zu müssen, und dabei war sie sich die ganze Zeit bewusst, dass er sie anstarrte. In der Luft lag Spannung.

Dann entdeckte sie das Schild. Es hing vor einer Rolltreppe, die zu den Toiletten ein Stockwerk tiefer führte. Und darauf stand: TOILETTEN MOMENTAN WEGEN REINIGUNGSARBEITEN GESCHLOSSEN. Jamie erblickte es zur gleichen Zeit wie sie, und er zog sie sofort auf die Rolltreppe.

Sie mussten beide lachen, als sie hinunterhasteten. Am Fuß der Rolltreppe befand sich ein weiteres gelbes Plastikschild, auf dem WEGEN REINIGUNGSARBEITEN GESCHLOSSEN stand. Sie gingen durch das Drehkreuz in die Herrentoilette hinein.

»Hallo?«, rief Jamie laut, aber es antwortete niemand, als sie über die glatten, frisch gewischten Fliesen gingen. Der ganze Raum roch nach Desinfektionsmittel, und Tesser war sich nicht sicher, ob es überhaupt legal war, dass sie sich in der Herrentoilette aufhielt. Sie drang hier doch nicht unbefugt ein, oder? Nun, in gewisser Weise tat sie das: Sie bewegte sich unbefugt auf einem Gebiet, das Männern vorbehalten war. Dabei fiel ihr wieder das Gefühl ein, das sie gehabt hatte, als sie als elfjähriges Küken im ansonsten nur aus Jungen bestehenden Baseballteam der Little League mitgespielt hatte. Aber sie konnte damals schließlich auch den härtesten Curveball der Liga werfen.

Und jetzt hielt sie sich in der Toilette der Männer auf, und das rief erneut dieses schöne alte rebellische Gefühl in ihr hervor. Sie mochte dieses Gefühl. Denn Herrentoiletten waren allein schon wegen ihrer Fremdartigkeit faszinierend, und Tesser hätte sich am liebsten nach all den ihr fremd erscheinenden Dingen umgesehen – nach dem nicht vorhandenen Tamponautomaten, den Urinalen. Aber zumindest die Inspektion der Urinale kam ihr dann irgendwie doch krankhaft übertrieben vor. Sie war überaus dankbar, dass diese hier erst vor Kurzem gründlich gereinigt worden waren. Wie ihr schon beim Betreten des Raumes aufgefallen war, roch alles nach Desinfektions- und Bleichmitteln. Den Geruch empfand sie keinesfalls als unangenehm – sondern eher als klinisch, und die Dämpfe prickelten in ihrer Nase. Ihr Blick fand im Spiegel den von Jamie, und er lächelte sie an.

»Sollen wir?«, meinte er und deutete auf eine der Kabinen.

Tesser hielt die Luft an. Gleich würden sie in der Herrentoilette Sex haben. Nun ja, das war ja auch der Grund, warum sie hergekommen waren. Und es wäre auch nicht das erste Mal, dass sie in einer öffentlichen Toilette Sex hatte. Das hatte sie schon früher gehabt. Sie sah rasch nach links und rechts – als würde ich eine verdammte Straße überqueren, schoss es ihr durch den Kopf –, und dann huschte sie hinter Jamie in die Kabine. Dort empfing er sie grob, womit sie absolut nicht gerechnet hatte. Er packte sie, zog sie an sich und knallte dann die Tür hinter ihr zu. Sie ließ ihren Rucksack fallen. Seine Hände lagen bereits auf ihren Titten und hatten ihr Bustier geöffnet.

»Großer Gott!«, stieß Tesser aus. »Warte doch mal einen Moment, ja? Lass mich erst mal in Fahrt kommen.«

Doch sie bekam keine Gelegenheit mehr, noch etwas zu sagen, da ihr Jamie bereits die Zunge in den Hals steckte. Dann nahm er ihre Hand und presste sie zwischen seine Beine, um damit immer wieder über seine Erektion zu reiben, als würde er über die motorischen Funktionen ihrer Hand bestimmen und nicht sie. Sie sah ihn genauer an. Seine Augen waren glasig, und er atmete schnell.

»All das nur, weil du dir keine Erleichterung verschaffen konntest!« Tesser grinste und strich ihm mit der Hand über den Nacken. Sie drückte sich näher an seinen Hals, sodass ihr warmer Atem die feinen Härchen an seinem Haaransatz bewegte. Er roch nach Gewürzen, Kokosnuss-Haaröl und auch ein klein wenig nach Schweiß. Das war eine Kombination, die Tessers Knie weich werden ließ.

»Spiel keine Spielchen mit mir, Tesser. Das ist mein Ernst.«

»Oh ja, die Libido eines Mannes ist eine gefährliche Angelegenheit.« Jamie sah ihr in die Augen. Jetzt lächelte er nicht mehr. Doch als sie erst einmal angefangen hatte zu reden, konnte Tesser einfach nicht mehr aufhören. »Doch das sehe ich anders, Jamie Desmond. Denn du musst erst mal die volle Stärke meiner *Libida* erreichen, wenn ich das mal so ausdrücken darf.«

Abrupt küsste sie ihn, und als sich ihre Zungenspitzen berührten, hatte sie das Gefühl, als hätte man ihrer Muschi einen Kickstart verpasst. *Pow!*

Sie griff ihm in den Schritt seiner Jeans und drückte fest die Beule. Gleichzeitig ließ er seine Hand unter ihren Rock gleiten und befingerte sie durch ihr Höschen. Daraufhin ließ sie sich mit dem Rücken gegen die Kabinenwand sinken und seufzte. Sie breitete die Finger über dem angespannten Jeansstoff aus und packte dann fester zu. Sein Schwanz fühlte sich sehr steif und erregt an, er drückte sich gegen seine Jeans, und das machte sie noch viel mehr an. Sie ließ die Hand fest darüber gleiten. Dann bemerkte sie in einem fernen Winkel ihres Verstands, dass jemand den Raum betrat – vielleicht jemand vom Reinigungspersonal –, doch das geriet schnell wieder in Vergessenheit, als ihr Jamie in die Lippe biss und sie keuchte: »Großer Gott, verdammt!« Ihre Muschi war bereits mehr als feucht.

»Sei still!«, zischte ihr Jamie ins Ohr. Also hielt sie den Mund, öffnete stattdessen den Reißverschluss von Jamies Hose und begann, mit dem Handrücken über die ganze Länge seines Penis zu streichen, der sich noch in seiner dünnen weißen Boxershorts befand. Bewundernd sah sie seinen flachen Bauch mit den sich deutlich abzeichnenden Konturen an, und sie bestaunte den sexy Kontrast zwischen seiner kaffeebraunen Haut und der leuchtend weißen Boxershorts. Er sah so heiß aus. Sie hätte ihm am liebsten die Hose vom Leib gerissen und ihm ordentlich einen geblasen. Ihr lief bereits das Wasser im Mund zusammen, als sie an seinen steifen Schwanz dachte, und sie senkte bereits den Kopf und bereitete sich darauf vor, ihr Vorhaben in die Tat umzusetzen.

»Hmm.« Sie blickte Jamie an und klimperte mit den Wimpern wie eine Drag-Queen.

»Wirst du wohl ruhig sein?«, flüsterte ihr Jamie erneut ins Ohr. Tesser konnte hören, wie jemand über den gekachelten Boden ging, und zwar genau in Richtung der Kabine, in der sie sich befanden. Na und? Sie öffnete den Mund und war bereit, ihm ein Tesser-Spezial zu gönnen, doch zu ihrer Bestürzung zog Jamie sie an der Hüfte hoch, und Tesser unterdrückte mit Mühe und Not einen Aufschrei. Er setzte sich auf den geschlossenen Toilettendeckel und hielt sie noch immer an der Hüfte fest – und jetzt war sie dankbar dafür, dass er so groß war und sie nur eine leichte, kleine Blume, denn bei dem Balanceakt, den sie gerade vollführten, kam ihnen das sehr gelegen. Sie biss sich auf die Lippe, um ja keinen Ton von sich zu geben, doch anstatt zu lachen musste sie auf einmal keuchen, als Jamie ihr Höschen beiseiteschob und sie einfach direkt auf seinen Schwanz setzte. Sie war sehr feucht, aber von seinem Schwanz aufgespießt zu werden war dennoch ein gewisser Schock für sie. Sie zuckte zusammen, und Jamie bedeutete ihr erneut, sie möge leise sein.

Zuerst kam Tesser die ganze Situation albern vor, wie sie sich mit ihren hochhackigen Schuhen fest gegen die gegenüberliegende Wand der Kabine stemmte, die Knie beugte und wie Jamie sie fest mit den Händen stützte, damit sie nicht von ihm herunter und auf den Boden fiel. Doch dann war sie auf einmal ganz dabei und begann, sich auf seinem wunderbar dicken Schwanz vor und zurück zu bewegen, immer vor und zurück, und zwar nur ein kleines Stückchen. Aufgrund der Position war das Ganze eine ziemlich enge Angelegenheit, und Tesser gefiel es, dass sie es war, die die Bewegungen und das Zustoßen kontrollieren konnte. Oooh ja. Er sah so süß aus, wie er da saß, keuchend, sie festhaltend, mit den Hüften immer ein wenig nach oben stoßend, wenn sie zu ihm herunterkam, damit er mit voller Länge in ihre Feuchtigkeit hineingleiten konnte. Eine ihrer Titten war aus dem Bustier gerutscht und hüpfte jetzt auf und ab, wenn sie ihre Hüften auf Jamie nach oben und unten bewegte, und sie war so geil und so feucht, als sie an seinem Pfahl auf- und abglitt.

»Das ist unglaublich geil!«, flüsterte sie Jamie zu.

»Sei still, Tesser.«

Sie konnte hören, dass sich definitiv noch jemand anderes im Raum aufhielt, aber sie kam gerade erst richtig in Fahrt, kam langsam so richtig in Wallung, und sein Schwanz war der Weg zur Erfüllung. Er fühlte sich großartig an. Und trotz seiner Proteste war es offensichtlich, dass Jamie ebenfalls voll dabei war, denn als Tesser ihm ins Gesicht sah, bemerkte sie, dass er die Augen hinter der schicken Brille mit dem schwarzen Rahmen fest geschlossen hatte, dass seine kurzen Dreads wackelten, wenn er den Kopf bewegte, und obwohl er die Augen zu hatte und leise durch den offenen Mund keuchte, schien er bereit zu sein, Tesser noch weiter auf seinem Schwanz herumreiten zu lassen, immer weiter, fester und tiefer. Und das tat sie auch. Diesmal war er es, der aufstöhnte.

»Ist alles in Ordnung, Kumpel?«, fragte ein Mann, der an einem der Urinale zu stehen schien.

»Ja, ja«, brachte Jamie gerade so hervor, »ich hab nur Magenprobleme, das ist alles.«

»Das kann jedem mal passieren«, erwiderte die Stimme, und Tesser hörte, wie ein Reißverschluss hochgezogen wurde.

»Tiefer.« Jamie beugte sich vor und flüsterte Tesser ins Ohr: »Du bist so feucht, Liebling.«

Tesser errötete bei dem Gedanken, dass die Feuchtigkeit ihrer Muschi seinen Schwanz immer glitschiger machte, und das bis hinunter zur Wurzel. Sie sank auf ihn herunter, und ihre Netzstrumpfhose zerriss noch weiter. Die hatte heute einiges mitgemacht, so viel stand fest. Vermutlich konnte sie sie später wegwerfen. Hmm. Jamies Schwanz fühlte sich so verdammt gut an. Sie rammte ihn in ihre Muschi hinein, ihre heiße, feuchte, nasse Vagina nahm seinen Penis ganz in sich auf – so – weit – es – ging. Das war das Fick-Äquivalent zu einem »Schluck alles runter«-Blowjob. Und Jamie genoss es, so viel stand fest, denn sein Gesicht spannte sich immer wieder an, wenn sie ihn in sich hineingleiten ließ, nur um dann wieder zu erschlaffen. Sie wusste, dass sie sich Mühe geben sollte, leise zu sein, aber wer immer sich da nach Jamies Wohlergehen erkundigt hatte, war offenbar jetzt fort, und außerdem konnte jeder außerhalb der Kabine nur ein Beinpaar sehen – und das gehörte Jamie.

»Deine Muschi ist so feucht«, murmelte Jamie erneut.

Das ist die schönste Muschi, die du für den Rest des Monats bekommen wirst, Jamie Desmond, so viel steht fest. *Let's talk about sex, bay–Bee. Let's talk about YOU and ME.*

In ihrem Kopf ging es schon wieder leise mit schlechter Musik los, doch es gelang ihr, diese auszublenden.

Großer Gott, ihre Beine zitterten. Ihr Mund war ganz trocken, und sie hatte auf einmal einen Moment der Klarheit, in dem offensichtlich wurde, dass das Einzige, was sie tun konnte – das einzig wirklich Wichtige –, war, dass sie kam, und zwar bald.

Scheiß auf den Hunger in der Welt, die Umweltprobleme, das von Präsident Bush angezettelte Wettrüsten – um diese Dinge konnte sie sich in einer oder zwei Stunden immer noch Sorgen machen. Jetzt war das *Einzige*, was für Tesser wirklich zählte, das pochende Vergnügen eines potenziellen Orgasmus. Sie war unglaublich angespannt. Gott, sein Schwanz fühlte sich so gut an. Und sein Mund war so sexy, diese vollen, dunkelroten Lippen. Mann, wie sie es liebte, ihn zu ficken.

Indem sie ihr Gleichgewicht aufs Spiel setzte, ließ Tesser ihre Hand zu ihrer Muschi gleiten, wo sie kurz die Stoßbewegungen spürte, wenn ihre Muschi Jamies Schwanz in sich aufnahm und dann wieder freiließ. Ihre Hand konnte Dinge erleben, die ihren Augen verborgen blieben, zumindest ohne einen Spiegel oder einen Camcorder. Sie schloss die Augen und konzentrierte sich, während sie ihre Finger an sich entlangbewegte und feste Kreise um ihre Klit zu ziehen begann, stark zudrückte, ihre Finger gegen ihr Fleisch rieb. Das fühlte sich auch gut an. Sogar sehr gut. Sie würde in wenigen Sekunden kommen. Sie konnte das Brennen des Desinfektionsmittels in der Nase spüren, was sie daran erinnerte, dass sie sich an einem für sie verbotenen Ort aufhielt, einem Ort, der nur für Jungs bestimmt war – aber scheiß auf sie, sie war trotz allem hier. Sie war Tesser Roget, und sie war in dieses Männerreich vorgedrungen, und während ihre Finger zwischen ihren Beinen rieben und sich dazwischen ein dicker, praller Schwanz befand, stand sie kurz vor einem Orgasmus. Sie hatte Jamie fast völlig vergessen, so sehr war sie in ihrer eigenen Lust aufgegangen. Hmm. Sein Schwanz war aber wirklich der Hammer. Sie kam – knurrend, wild über ihre Klit reibend und sich dabei schwer auf Jamies Penis hinunterdrückend.

Er pumpte trotzdem weiter. Seine Augen waren geschlossen, und auf seiner Haut lag ein leichter Glanz, und er stieß immer wieder seinen Schwanz in sie hinein. Sein Atem ging schwer, in diesem keuchenden Rhythmus, und sein Keuchen kam immer schneller und schneller, sodass Tesser klar war, dass er ebenfalls bald kommen würde. So schnell und verstohlen, wie sie nur konnte, wühlte sie mit einer Hand in ihrem Rucksack herum und zog das Taschenmesser hervor, dass sie stets bei sich trug. Ihre Muschi pochte noch immer vor Vergnügen. Während Jamies Augen noch immer geschlossen waren und sein Schwanz sie fickte, was sich verdammt gut anfühlte, hob sie die Klinge rasch auf Höhe ihrer Hüfte. Es war gut, dass Jamie nichts als ihre Muschi im Kopf hatte, denn wenn er seine Augen geöffnet hätte, dann hätte er Tessers Meinung nach einen Riesenschreck bekommen, da sich das Messer derart nah an seinen Familienjuwelen befand. Doch da war es nun mal, und sie schnitt damit rasch die letzten Fäden ihrer Netzstrumpfhose wie auch beide Seiten ihres Höschens auf.

Dann klappte sie das Messer wieder zu und verbarg es geschickt zwischen ihren Brüsten in ihrem Bustier. Den jetzt überflüssigen hellblauen feuchten Stofffetzen drückte sie indes in Jamies rechte Hand, genau in dem Moment, in dem er fest nach ihrem Hintern griff. Als seine Finger das benetzte Material berührten, öffnete er die Augen. Einen Augenblick lang starrte er Tessers Höschen an, als wäre er sich nicht sicher, warum sie das getan hatte. Aber recht schnell ging ihm ein Licht auf, und er hielt es sich unter die Nase, inhalierte den Duft ihrer Erregung und leckte über den klebrigen Fleck, den ihre Muschi genau in der Mitte des Schritts hinterlassen hatte. Dabei stieß er seinen Schwanz immer heftiger in Tesser hinein, und seine echte Geilheit war ein Anblick, den Tesser genoss. Der Effekt war, dass Tesser schon wieder geil wurde. Sie ritt ihn, so fest sie konnte, und es gelang ihr insgeheim, einen Finger auf ihre Klit zu legen, sodass ihr zweiter Orgasmus sichergestellt war. Orgasmo, Part deux. Nicht übel, gar nicht übel. Dieses Mal war die Empfindung bittersüß und überflutete ihren ganzen Körper mit schmerzhaftem Vergnügen.

Jamie zuckte unter ihr immer heftiger, wobei er Nase und Mund mit dem zerrissenen blauen Höschen bedeckte und keuchte, und Tesser traf eine schnelle Entscheidung. Mit einer einzigen Bewegung gelang es ihr, sich von Jamie zu erheben und beide Füße wieder auf den Boden zu stellen.

Jamie war so überrascht, dass er nur ein kurzes Wimmern von sich gab und den Mund offen stehen ließ. Er sah sehr witzig aus, mit seinem verletzten Blick, mit dem er sie über ihre Unterwäsche hinweg anspähte wie ein aufgeschreckter Perverser mit einem Lone-Ranger-Fetisch. Im umgekehrten Fall wären Tesser nicht gerade die freundlichsten Gedanken durch den Kopf geschossen, das war ihr klar. Einige ihrer früheren Liebhaber hatten ihre wütenden Tiraden zu spüren bekommen, als solche Episoden mit für sie unbefriedigendem Ergebnis geendet hatten, da sie das weibliche Äquivalent zu »dicken Eiern« nicht ertragen konnte.

Daher gab sie Jamie auch gar nicht erst die Gelegenheit, länger über diesen schockierenden Zustand nachzudenken, und sank augenblicklich auf die Knie und schluckte seinen harten Schwanz, so weit es ging. Und dann schob sie ihre feuchten Lippen vor und zurück, immer an seiner Erektion entlang, vor und zurück, schön gleichmäßig und ruhig, und Jamie ließ sich zurücksinken und stöhnte laut, während er sich völlig ihren Bemühungen hingab. Tesser fragte sich, ob sich erneut jemand außerhalb ihrer Kabine im Toilettenbereich aufhielt, da ihre Beine jetzt für jeden Zuschauer gut zu sehen waren, außerdem stöhnte Jamie beständig, als wäre es ihm letztendlich beständig egal, ob sie jemand entdeckte. Das wunderte sie, aber dann saugte sie nur noch fester.

Es dauerte nicht lange. Die Kombination aus ihrer feuchten Unterwäsche und ihrem Mund, der seinen Schwanz bearbeitete, brachte Jamie dazu, seine Hüften noch intensiver in Richtung ihrer Lippen zu pressen, und im letzten Moment setzte er sich auf, legte seine Hand um seinen Schwanz und zog ihn heraus, um sein Sperma über ihre Brüste zu ergießen. Sein cremiges Sperma verteilte sich über Tessers nackte Brüste, sodass ihr Dekolleté jetzt glänzte und obszön aussah, wie poliertes und feuchtes weißes Porzellan.

»Gib mir das Höschen«, flüsterte Tesser und steckte die Unterwäsche in ihren Rucksack, während Jamie versuchte, seinen Penis wieder in der Hose zu verstauen. Die ganze Aktion verkomplizierte die Dinge. Tesser trat auf ihre zerfetzte Netzstrumpfhose, zog sie aus und stopfte sie ebenfalls in ihren Rucksack.

»Kann ich nicht wenigstens deinen Slip behalten? Um mich an dich zu erinnern?«

Tesser sah ihm direkt in die Augen. »Gib mir deinen«, zischte sie.

»Was?« Seine Stimme war ebenso leise wie ihre.

»Gib mir deine Unterwäsche.«

Er schüttelte erstaunt den Kopf, aber er hörte nicht auf zu grinsen und ließ die Jeans herunter, bis sie sich auf Höhe der Knie bauschte. Als er schon die Schuhe ausziehen wollte, hielt Tesser ihn auf. Sie zog das jetzt recht verklebte Messer zwischen ihren Brüsten hervor und wurde von Jamie mit ängstlichem Blick dabei beobachtet, wie sie die Beinlöcher auf beiden Seiten durchschnitt. Dann hielt sie sich den Stoff, der zuvor noch einen Zweck erfüllt hatte, nah an ihr Gesicht. Er war sauber, frisch gewaschen und roch zwar nicht direkt nach Sex, aber immerhin leicht nach Zimt. Sie wollte es aus keinem besonderen oder perversen Grund haben – auch wenn es vielleicht den Anschein erweckte –, aber irgendwie gefiel ihr der Gedanken, ein Andenken zu haben und diese ganze »Mann bekommt Höschen der Frau«-Geschichte mal auf den Kopf zu stellen. Moment mal. Das Wort »Andenken« kam der Sache mit dem kämpfenden Ritter und der romantischen Liebe zu nahe, oder? Sie wollte es doch lieber als Trophäe bezeichnen. Genau das war es auch. Eine Trophäe.

Jamie zog sie nah an sich heran und sagte ihr leise ins Ohr: »Nicht, dass ich etwas brauche, um mich an dich zu erinnern.« Ihre nackten, von der Strumpfhose befreiten Beine drückten sich gegen seine G-Stars, und auf einmal fühlte sie sich sehr empfindsam und schlüpfrig. Seinen Körper so zu spüren gefiel ihr. Sie mochte es auch, so im Arm gehalten zu werden, so eng und fest. »Bereit?« Er sah sie an, bevor er die Tür entriegelte. Tesser nickte.

Vorsichtig verließen sie die Kabine – es war niemand zu sehen –, und Tesser ging rasch zum Waschbecken. Sie verstaute das Klappmesser sicher in ihrem Rucksack und bespritzte ihre Brüste mit kaltem Wasser, dann sah sie sich ihr Spiegelbild genauer an. Eigentlich war sie nicht wirklich besorgt gewesen, dass man sie erwischen könnte. Tatsächlich hatte sie die ganze Zeit, in der sie in der Toilette gefickt hatten, im Hinterkopf die leise verlockende Hoffnung gehabt, dass vielleicht *doch* jemand lauschen würde. In Verbindung mit dem leichten Thrill, sich an einem Ort zu befinden, der Männern vorbehalten war, hatte sie das Ganze noch mehr erregt. Bravo, Jamie.

Sie drehte sich um und wollte ihm gerade erzählen, was ihr durch den Kopf gegangen war, doch er wandte ihr den Rücken zu und starrte eine der Kabinen an – nicht die, die sie gerade erst verlassen hatten, sondern eine am anderen Ende der Reihe. Die daraus ertönenden Geräusche ließen deutlich erkennen, dass sich darin gerade jemand einen runterholte, und das Stöhnen wurde schneller und schneller, während derjenige zum Höhepunkt kam.

Tesser wusch sich schnell – ihre Brüste waren jetzt rosig und glänzten –, und als sie fertig war, stöhnte der Mann in der Kabine laut auf. Dann hörten sie das Rascheln von Kleidungsstücken und die Toilettenspülung, und danach verließ der Mann die Kabine. Es war ein sehr gut aussehender weißer junger Mann, schlank mit kurz geschnittenem Haar und grünen Augen. Als er aus der Kabine trat, grinste er erst verschmitzt, doch das Grinsen verging ihm schnell, als er Tesser sah, danach wirkte er nur noch schockiert.

Er sah von Jamie zu Tesser und wieder zurück zu Jamie. Dann lachte er kurz auf. »Ich habe die ganze Zeit gelauscht. Allerdings dachte ich, ihr wärt zwei Kerle«, erklärte er. »Doch ich schätze, ein Mädel kann auch ziemlich gut blasen.« Er musterte Tesser anerkennend von Kopf bis Fuß. »Du ähnelst ein wenig meiner Freundin, Süße. Und du, Kumpel …«, er drehte sich zu Jamie um, »du siehst aus wie ein cooler feuchter Traum. Macht euch noch einen schönen Tag, Leute, was immer ihr heute noch so vorhabt.« Er pfiff kurz und ging dann aus dem Raum, ohne sich noch einmal umzudrehen.

Tesser und Jamie sahen einander an und fingen dann an zu kichern.

»Na komm«, meinte Jamie und nahm Tessers Hand, »wir sollten lieber von hier verschwinden. Ich bin mir nicht sicher, ob der Nächste, der hier pissen gehen will, ebenso polysexuell tolerant sein wird. Viele Männer mögen es nicht, ein hübsches Mädchen auf der Herrentoilette anzutreffen. Dann können sie sich nicht so gut konzentrieren.«

»Wo wir gerade bei polysexueller Toleranz sind«, warf Tesser ein, als sie die Treppe zum Hauptbereich des Bahnhofs hocheilten, »da fallen mir wieder die beiden jungen Männer ein, die ich vorhin kennengelernt habe. Witzig, was? Sie waren so bei der Sache, hängten sich derart rein, aber dann dreht der Amerikaner auf einmal total durch, nur weil ihn jemand dabei filmt, wie er Sex mit einem anderen Mann hat. Das ist doch wieder typisch. Die Vorurteile der Menschen sitzen tief, auch wenn es um sie selbst geht.«

»Vielleicht hatte er nur etwas dagegen, beim Sex gefilmt zu werden, ohne vorher sein Einverständnis gegeben zu haben«, schlug Jamie in sanftem Tonfall vor. »Ich habe eine alte Videokamera, und ich weiß, wie das ist. Bei solchen Dingen werden die Leute auf einmal ziemlich empfindlich.«

»Ach, du hättest diesen Typen sehen sollen. Der war richtig sauer. Das perfekte Beispiel für jemanden, der seine wahre Neigung verbirgt. Das kannst du mir glauben.«

»Hmm.« Jamie gab ein unverbindliches Geräusch von sich.

Tesser begleitete ihn zum U-Bahn-Eingang und wartete, während er sich ein Ticket kaufte. Sie selbst würde zurück nach Hackney laufen, weil sie ihr ganzes Bargeld am Morgen bei Starbucks verprasst hatte. Der Spaziergang würde etwa eine Stunde dauern, aber das verdarb ihr nicht die Laune.

»So«, sagte Jamie, als sie da standen und einander unsicher ansahen.

Tesser wurde langsam nervös und verspürte den Drang, von hier zu verschwinden. »Ähm«, erwiderte sie.

»Wie stehen meine Chancen, dich wiederzusehen, ohne alle preisgünstigen Events der ganzen Stadt auf der Suche nach dir abklappern zu müssen?«

Tesser war sich nicht sicher, ob sie seine Formulierung nun ärgerte oder nicht.

Er sah ihr immer noch ins Gesicht. »Wie sieht es aus?«

»Wie sieht was aus?«

»Wie wäre es, wenn wir uns nächste Woche in einem All-you-can-eat-Restaurant am Chapel Market treffen und uns für vier Pfund vegetarisches Curry reinziehen? Das dürfte dir doch gefallen, oder nicht?«

Es war tatsächlich so, dass Tesser liebend gern in diese All-you-can-eat-Curryläden am Chapel Market ging, wann immer sie genug Geld dafür hatte, doch das würde sie ihm jetzt nicht gestehen.

Die Dreimal-Sex-Regel, Tesser. Denk an die Dreimal-Sex-Regel. Die hatte sie nach Noriko festgelegt. Die Regel besagte, dass sie mit jemandem nie öfter als zweimal Sex haben durfte, denn nach dem dritten guten Fick begannen die Leute, sich emotional aneinander zu binden, unabhängig davon, welche Vorbehalte sie zuvor gehabt hatten. Bisher hatten sie bei zwei verschiedenen Gelegenheiten Sex gehabt – in der Nacht, in der sie sich kennengelernt hatten, und heute.

»Nächste Woche hab ich ziemlich viel zu tun«, erwiderte sie kurz angebunden und sah zur Seite, da sie Jamie jetzt auf keinen Fall in die Augen sehen wollte.

»Was machst du denn?« Er blieb beharrlich und war noch nicht bereit, aufzugeben.

»Ich muss einen Film fertigstellen. Für das Geyser Independent Film Festival in zwei Wochen. Daher werde ich sehr, sehr beschäftigt sein mit meiner Muse.«

»Wer ist er? Oder sie?«, wollte Jamie wissen.

»Sehr aufmerksam«, erwiderte Tesser. »Nein, ich werde nichts als Filmschnitt und Kamerawinkel im Kopf haben.«

Nun sah sie ihn doch an. Er lächelte sie auf gütige Weise an, als hätte er bereits mit ihren Ausreden gerechnet und würde sich dadurch nicht im Geringsten beleidigt fühlen. Mit einer Hand strich er über seine kurzen Dreads und grinste dann noch breiter.

»Okay!« Tesser war leicht verärgert, fühlte sich aber auch geschmeichelt. Sie würde sich an die Dreimal-Sex-Regel halten, aber es sprach nichts gegen eine platonische Freundschaft. »Ich würde mich freuen, wenn wir uns dort sehen. Das Festival wird am Dreizehnten eröffnet, in Stoke Newington. Ach ja …«, sie wühlte in ihrem Rucksack herum, »hier ist ein Flyer. Meine Sachen werden gegen 20:30 Uhr gezeigt, glaube ich, aber solche Events laufen meist eh nie so ab, wie es im Programm steht.«

»Ich werde auf jeden Fall versuchen zu kommen«, erklärte Jamie, beugte sich vor und küsste Tesser auf die Wange.

»Natürlich nur, wenn ich nicht gerade mit einer Muse beschäftigt bin, oder sogar zweien.« Er grinste breit und ging davon, wobei er eine Melodie pfiff, die verdächtig nach »Reach for the Stars« von S-Club 7 klang.

Tesser starrte Jamies Rücken an, während dieser seinen Fahrschein in den Fahrkartenentwerter steckte und seinen knackigen Arsch durch das Drehkreuz schwang.

Aus irgendeinem Grund störte sie der Gedanke, dass er einen ganzen Harem voller Musen haben könnte, weitaus mehr, als sie erwartet hatte.

Sie dachte den ganzen Heimweg nach Hackney über an Jamie – mit und ohne Musen –, und das widersprach absolut ihrer Dreimal-Sex-Regel. Tesser war sich bewusst, dass sie ihn nicht auf die Weise abgewiesen hatte, wie sie es normalerweise mit One-Night-Stands tat. Ganz im Gegenteil, stellte Tesser fest und stolperte fast auf ihren hochhackigen Schuhen, als sie die Treppe hochging, die zuerst in die Küche und danach in ihr unordentliches Schlafzimmer führte: Sie hatte ihm sogar einen geblasen.

3

Durch die Tür, die Treppe hinauf und an der Gemeinschaftsküche vorbei.

In flottem Tempo eilte Tesser an diesem gemeinschaftlichen Treffpunkt des besetzten Hauses vorbei und schaffte es so, beiläufige Unterhaltungen mit ihren Mitbewohnern zu vermeiden, schaffte es, ihren beiden engsten Freunden Kitty und Jake ebenso wie mehreren anderen, die um den Küchentisch herumsaßen und lauwarmen Tee tranken, aus dem Weg zu gehen. Das Radio war auch an, KLKR spielte die Hits der Achtziger, Neunziger und des neuen Jahrtausends, und das war genau der Sender, der Tesser jeden Tag eine Gehirnwäsche verpasste, indem er ihr schnöden Schlagerpop eintrichterte. Außerdem ging ihr so einiges durch den Kopf, über das sie erst einmal nachdenken musste, und sie war sich nicht sicher, ob sie das alles in einer Gruppensitzung genauestens ausdiskutieren wollte. Also marschierte sie direkt in ihr Zimmer. Dort zog sie sich den grünen Rock und das Bustier aus. Obwohl es Sommer war, hatte sie beim Marsch durch Hackney eine Gänsehaut auf ihren nackten Beinen bekommen, daher war ihr nächster Stopp das Badezimmer, wo sie ein heißes Bad nehmen wollte. Jamies Unterhose warf sie in einen Gemeinschaftsmülleimer, an dem sie zufällig vorbeikam, weil Souvenirs nun ehrlich gesagt überhaupt nicht ihr Ding waren. Es war doch allein der Augenblick, der zählte, oder nicht? Doch es war ein verdammt guter Augenblick gewesen. Während das Wasser einlief, lackierte sie sich die Fußnägel mit hellblauem, glänzendem, schnell trocknendem Nagellack, und dann seufzte sie erleichtert, als sie endlich in den Schaum trat. Sie ließ sich in das schaumige Badewasser sinken und war unendlich dankbar dafür, dass weder das Wasser noch die Gasheizung bisher abgestellt worden waren.

Es ging doch nichts über ein reinigendes Bad, um wieder einen klaren Kopf zu bekommen.

Doch je länger sie nachdenklich in der Badewanne lag, nackt und die Wärme genießend, und mit hinter dem Kopf verschränkten Armen die Decke anstarrte, desto mehr wurde ihr klar, dass sie keine gottverdammte Ahnung hatte, was sie mit Jamie machen wollte. Sie war sich nicht einmal wirklich sicher, was sie für ihn empfand. Sie mochte ihn. Sie mochte ihn nicht. Sie wollte Freiheit. Sie wollte seine Arme um sich spüren.

Das Wort, das ihren Zustand am besten beschrieb, war ihrer Meinung nach »ambivalent«.

Jemand rüttelte an der Tür. Vermutlich Jana.

»Tesser?! Die Zeit ist um, findest du nicht auch?« Direkt auf den Punkt gebracht. Tesser war entschlossen, das heiße Wasser noch einige Minuten lang zu genießen. Aber je mehr sie an Jamie dachte, desto verwirrter wurde sie, bis Jana schließlich heftig gegen die Tür schlug und herumjammerte, dass sie dringend duschen müsse, weil sie am frühen Abend verabredet sei – und außerdem war Tesser der Lösung des Jamie-Dilemmas, wie sie es von jetzt an bezeichnen wollte, ohnehin keinen einzigen Schritt näher.

Also seufzte sie, schrubbte sich rasch ab, stieg aus der Badewanne und tropfte den Boden voll – was Jana auf jeden Fall richtig wütend machen würde und was Tesser darüber nachdenken ließ, wieso Jana überhaupt in einem besetzten Haus wohnte. Vermutlich, weil sie keine Miete zahlen musste, da Jana definitiv sehr geizig war. Einhundert Mal hatte Tesser sie schon bei den angeblich informellen Haustreffen dabei beobachtet, wie sie einen Taschenrechner hervorzog, um damit zu bestimmen, wer in dieser Woche die Teebeutel zu bezahlen hatte. Ihre Einstellung widersprach eigentlich völlig der Idee des Zusammenwohnens.

»Es gehört dir.« Tesser verließ das Badezimmer mit so viel Würde, wie sie aufbringen konnte, und hatte das Handtuch fest um den Körper gewickelt. Zu den angenehmen Dingen gehörte auf jeden Fall, dass sie nach den fünf Orgasmen an diesem Tag angenehm müde war. Sie streckte sich voller Wonne. Das zumindest ist etwas, das ich mit Sicherheit weiß, dachte sie – aber ihre Gedanken wurden von einem Schrei unterbrochen, der über den Flur hallte.

»Ich rieche Nagellack!«, kreischte Jana im Badezimmer. »Hast du schon wieder meinen blauen Nagellack benutzt, Tesser?«

Tesser tat so, als ob sie Jana nicht gehört hätte, eilte in ihr Schlafzimmer und verschloss die Tür – was ebenfalls der Gemeinschaftsidee widersprach, aber eine solche Doppelmoral hatte ihr noch nie großes Kopfzerbrechen bereitet. Dann ließ sie das Handtuch aufs Bett fallen, ging hinüber zur Heizung und drehte diese, so hoch es ging. Das Einzige, was sie mit Sicherheit wusste, war: Die Dreimal-Sex-Regel stimmte. Großer Gott, sogar sie war ihr schon zum Opfer gefallen, damals bei Charles, vor Jahren, und vor Kurzem bei Noriko. Sie war ganz sanft und romantisch geworden, und im zweiten Fall hatte man ihr dabei das Herz gebrochen. Daher wollte sie nicht noch einmal darauf reinfallen, wie süß Jamie auch sein mochte. Keine Chance, niemals. Nein, meine Freunde, dieses Mal müsst ihr euch eine andere Dumme suchen.

Sie begann, »Why do Fools fall in Love« zu summen – ihr geistiger Soundtrack wurde langsam besser – und zog ein dünnes Negligé aus den Siebzigern an, das bis zum Boden reichte und sogar den glänzenden blauen Lack auf ihren Fußnägeln verdeckte. Jana schien sich wieder beruhigt zu haben – zumindest vorerst. Tesser holte ihre elektronische 814 XL-Kamera aus ihrem Rucksack. Großer Gott! Allein der Gedanke an die tollen, verzückenden Bilder, die sich darin befanden. Sie konnte es kaum abwarten, alles loszuschicken und entwickeln zu lassen. Aber Moment mal ... Super-8-Entwicklungsanlagen wurden vielleicht misstrauisch, wenn sie etwas entwickeln sollten, das im Grunde genommen zur Pornografie zählte. Sie hatte Gerüchte gehört, dass man Pornos nicht mal mehr entwickeln lassen konnte, wenn man eine echte (!) Porno-Produktionsfirma hatte. Und es gab auch nicht wirklich viele Zentren, die Super-8-Filme entwickelten. Wenn sie dort auf die schwarze Liste geriet, dann würde sie *Chain of Lurve* niemals fertigstellen können.

Ihr ultimatives Super-8-Ziel, *Chain of Lurve*, gegen das *The Passion Flowchart* nichts als eine kleine Aufwärmübung war. Ihr wichtiges, künstlerisch bedeutsames, impressionistisches Super-8-Projekt, das die wundersamen Verkettungen moderner Romanzen beschrieb, zu denen es kam, wenn man mit der Freundin des Exfreundes seines Liebhabers schlief. Tesser hatte beschlossen, dass Eric und Alistair einen kurzen, aber anonymen Auftritt darin haben sollten, um ihre muskulösen Oberkörper und ihre Knackärsche wirksam zur Schau stellen zu können. Aber sie wollte kein Risiko eingehen. Letzten Endes konnte sie einen Teil dieser Interaktion zwischen zwei Männern auch ganz allein in *The Passion Flowchart* schneiden.

Also begann Tesser, die Gefäße bereitzustellen und die Entwicklungsflüssigkeiten hineinzugießen, wobei sie darauf achtete, dass nichts davon auf ihr Negligé tropfte, für das sie vor einigen Monaten die stattliche Summe von zwanzig Pence bei einem Garagenflohmarkt bezahlt hatte. Sie zog die Vorhänge zu und stellte überdies noch Pappe davor, bevor sie die Bottiche zu dem Kleiderschrank trug, den sie in eine Dunkelkammer umfunktioniert hatte. Dann zog sie langsam und vorsichtig die Filmrolle heraus und wickelte sie in die Flüssigkeit ab. Auf seltsame Weise war das ein sehr sinnlicher und fast schon erotischer Vorgang, diese Konzentration auf seine Fertigkeiten und Fähigkeiten in der Dunkelkammer. Sie kannte die Prozedur auswendig und konnte sie blind ausführen.

Farbe. Sex. Farbe. Sex. Farbe. Sex. In Jamies Kopf gab es nur zwei Dinge. Den ganzen Heimweg über hatte er in der U-Bahn gesessen und das dringende Verlangen verspürt zu malen – denn durch Sex kamen auch seine kreativen Säfte immer in Wallung. Als er jetzt wieder in seiner Wohnung in Islington war, zog er ein Stanley-Messer hervor und schnitt ein großes Rechteck aus dem Pappkarton, in dem sich mal ein Kühlschrank befunden hatte und auf den er hinter dem Haushaltswarengeschäft etwas weiter die Straße hinunter gestoßen war. Am liebsten hätte er Gips darauf aufgetragen, wie man es bei Öl- oder Acrylgemälden machte, aber er hatte seinen letzten Kübel aufgebraucht. Sein Vater hatte ihm letzten Monat den Unterhalt halbiert, und jetzt musste sich Jamie in Bezug auf derartige Vorräte etwas zurückhalten. Außerdem stand es einem selbst ernannten Außenseiter-Künstler auch nicht gut zu Gesicht, derart konventionelle und kostspielige Grundierungen zu verwenden. Vielleicht konnte er die flache braune Pappe auch einfach mit etwas matter Wandfarbe bestreichen. Ja, das müsste funktionieren. Und dann hätte er eine leere Leinwand zur Verfügung, auf der er mit seinem nächsten Werk beginnen konnte. Pappe: die Leinwand des armen Mannes.

Die Gegensprechanlage piepte. Abwesend ging Jamie hinüber und drückte auf den Knopf.

»Hallo, mein kleiner gefiederter Freund«, schrie Trevor zu ihm hinauf. Jamie ließ ihn herein.

Als Trevor die nicht verschlossene Tür aufstieß, legte Jamie bereits sorgfältig die stark glänzenden Bodendielen mit den Seiten des *Sentinels* der letzten Woche aus. Die Wohnung, die Jamies Vater gehörte, war ein solch vornehmer Ort, dass Jamie sich nicht einmal die Mühe machte, die Haustür zu verschließen, nachdem er den großen Gebäudekomplex betreten hatte, da es hier in den letzten zwölf Jahren nicht einen Raub gegeben hatte.

»Komme ich ungelegen?«

Jamie grinste kurz. »Nein.« Sein Stiefbruder sah so verkommen aus wie immer, und er hatte sich im Nu-Metal-Stil ein Bandana um den Schädel gewickelt. Trevor strengte sich einfach viel zu sehr an. Jamie vermutete, dass Trevor die Tatsache, dass sein Stiefbruder Jamie farbig war, in jeder Unterhaltung zur Sprache brachte, nur um sein eigenes Ansehen ein kleines bisschen zu steigern.

»Cooler Artikel im *Sentinel*, Bro.«

Diese amerikanische Ausdrucksweise ging Jamie mächtig auf die Nerven. Er versuchte, sich davon nicht aus der Ruhe bringen zu lassen und sah hinüber zur gegenüberliegenden Wand, an der dreißig vollendete Gemälde lehnten – einige gerahmt, andere jedoch rahmenlos. Dreißig fantasievolle, sehr detailreiche Gemälde, geschaffen aus Kunstfertigkeit, Energie, Leidenschaft und Liebe. Und nicht ein einziges davon war bisher verkauft worden.

Nicht eines.

»Wie ich sehe, sind sie vor allem auf diesem ›Hat noch nicht ein einziges Bild verkauft‹-Scheiß herumgeritten«, meinte Trevor beiläufig. Seine Fähigkeit, Jamies Gedanken lesen zu können, funktionierte zuweilen erschreckend gut.

»Tja, wenigstens haben sie nicht behauptet, mir würde es

an Talent mangeln.« Jamie begann, eine Seite der Pappe mit einfacher Wandfarbe zu bedecken.

»Hey, Ehre, wem Ehre gebührt. Du bist wunderbar. Du wurdest in Magazinen in ganz England gelobt – sogar gepriesen –, und das weißt du auch.« Bei irgendeiner anderen Person hätte dieser Kommentar sarkastisch geklungen, aber für Trevor war sein Stiefbruder ein Idol, und er meinte diese Schmeichelei tatsächlich ernst.

»Vergiss meine Fans in Amerika nicht«, fügte Jamie mit gewisser Selbstironie hinzu, und einen Augenblick lang wanderten seine Gedanken zu Tesser.

»Das stimmt! Du bist ein aufstrebender Künstler! Dein Tag wird kommen, Jamie Desmond – schon *bald, sehr bald*«, intonierte Trevor.

»Vielleicht.« Zu seinem eigenen Erstaunen hatte Jamie im letzten Monat drei Fanseiten aus den USA im Internet entdeckt, die sich allein seinen Werken widmeten, doch das konnte auch daran liegen, dass er Mitte der Neunziger einige Cover für diverse Zeitschriften aus der Gegenkultur entworfen hatte, bevor das Internet 1997 den gewaltigen Durchbruch erlebte. »Irgendwo in der zwielichtigen Szene, die sich mit geklauten, subversiven fotokopierten Veröffentlichungen befasst, habe ich einige Anhänger aus Bösewichten und Freaks aus dem Untergrund gewonnen.«

»Jedenfalls ist es nicht wahr, dass du noch nie ein Bild verkauft hast. Du hast eins gegen meine Kopie von *Shogun Assassin* getauscht. Weißt du das noch? Und das Werwolfbild habe ich für einen Stapel CDs bekommen.«

»Tauschen zählt in dieser Hinsicht nicht.«

»In meiner neuen Weltordnung werden obskure japanische Techno-CDs durchaus als Währung angesehen.«

Jamie war gerade damit fertig geworden, die kniffligen Ecken der Pappe zu weißen.

»Zählt das Verschenken von Gemälden an geliebte und bewundernde Freunde und Familienmitglieder?«, wollte Trevor neugierig wissen.

»Nein.«

»Zählt der Tausch gegen Gemälde von anderen Künstlern, die du bewunderst?«

»Nein.«

»Dann haben sie es doch richtig dargestellt, Bro. Du hast noch nie ein Gemälde verkauft.«

»Bitte hör auf, mich ›Bro‹ zu nennen«, bat Jamie ihn.

»Das ist echt erstaunlich. Denn du bist gut, Br... Du bist gut, Jamie. Das bist du wirklich. Zumindest ich bin dein Fan.«

Jamie überlegte, ob Trevor möglicherweise recht hatte. Schließlich hatte der emotionale Artikel, der im *Sentinel* in der letzten Woche im Feuilleton erschienen war, sich ausgiebig über seinen Gebrauch »subversiver Medien«, sein »außerordentliches Talent« und seine »alarmierend geniale Bosch-artige Vision« ausgelassen.

»Diese Anerkennung bringt mir nicht wirklich was«, sagte Jamie laut, wenn auch nicht wirklich an seinen Bruder gewandt.

Trevor ließ sich auf einen großen Sitzsack fallen und holte einen Joint hervor. »Das hängt davon ab, was du willst, ob du Respekt von den widerlichen Kunstkritikern willst oder von den Leuten, die du bewunderst.«

Jamie stellte fest, dass er am vergangenen Wochenende von seinen Freunden im Damaged Loon, dem Islington-Gothic-Pub, in den er gelegentlich ging, tatsächlich einige Drinks ausgegeben und gratulierende Klopfer auf die Schulter bekommen hatte. Das war doch zumindest etwas.

Respekt. Wer wusste schon, was das bedeutet?

Als Tesser den Film abgerollt hatte, schloss sie die Schranktür und entfernte sich vorsichtig von ihrer behelfsmäßigen Dunkelkammer. Auch wenn sie es nie würde erklären können, so verspürte sie Ehrfurcht vor dieser Verwandlung, vor der Magie, dass sich Bilder aus Bromid und Silber entwickelten. Einen Film zu entwickeln war wie in einer Kirche zu sitzen, man musste dabei gewisse Rituale kennen und Rücksicht nehmen. Also schnappte sie sich rasch ihre Kamera und einige Filmrollen und schloss hinter sich die Zimmertür. Sie wollte endlich den Fokus reparieren.

Erst als sie den Korridor schon halb hinter sich gelassen hatte, fiel ihr auf, dass sie nur spärlich bekleidet war. Zum zweiten Mal ging sie völlig anti-sozial an der Küche vorbei, aber niemand forderte sie auf, hereinzukommen, und keiner machte irgendeinen Kommentar über ihre (fehlende) Kleidung. Alle hatten sich längst daran gewöhnt, dass sie öfter mal in einem seltsamen Aufzug herumspazierte.

»Hello Kitty«, rief Tesser ihrer Freundin zu – Kitty war bereits daran gewöhnt – und ging weiter, in den Keller hinunter, wo sie eine Tür öffnete und eine der tragbaren Heizungen einschaltete. Es war verdammt kalt hier unten. Sie zitterte wie Espenlaub, doch das strombetriebene Heizgerät verbreitete schon bald etwas Wärme. Das Gebäude hatte früher das Klubhaus einer Arbeitergruppe beherbergt, und der Keller war riesig. Obwohl es hier unten ziemlich unheimlich war, gefiel es Tesser, hier alleine zu sein. Sie ging näher an das Fenster heran, um das Licht vollständig ausnutzen zu können. Jana hatte beim letzten Haustreffen darauf hingewiesen, dass sie nicht den Anschein erwecken durften, dass sie die Elektrizität und das heiße Wasser anzapften. Und in diesem Punkt hatte sie vermutlich sogar recht. Tesser wollte auf jeden Fall den Luxus heißer Schaumbäder und funktionierender Kühlschränke genießen, solange es nur ging.

Sie strich mit den Fingern über ihre Kamera und fand das Problem. Es ließ sich leicht reparieren, und sie brachte alles schnell wieder in Ordnung. Dann drückte sie die Start-Taste, um das Gerät zu testen, und da sie kein geeignetes Motiv zum Filmen fand, zog sie ihr Negligé ein wenig hoch und filmte ihre blauen Fußnägel. Ja, der Entfernungsmesser funktionierte wieder perfekt. Die gesamte Kamera schien in Bestzustand zu sein.

Das Licht des späten Nachmittags war immer noch ziemlich hell, und Tesser sah einen Augenblick lang aus dem Fenster. Großer Gott, was für ein Tag doch hinter ihr lag. All diese Action von vorn und von hinten, bevor die Sonne überhaupt untergegangen war. Dann blickte sie etwas intensiver aus dem Fenster. Sie glaubte, eine Bewegung hinter einem der Fenster auf der gegenüberliegenden Straßenseite zu erkennen.

Und tatsächlich bewegte sich dort etwas.

Jamie sah von der jetzt milchweißen Pappe auf, auf der die Farbe glänzte. Es würde etwa eine Stunde dauern, bis sie getrocknet wäre.

»Okay. Vielleicht habe ich auch die falsche Einstellung«, gab er zu.

»Genau!«, erwiderte Trevor aufgeregt. »Schließlich bist du doch auf Ruhm und Ansehen aus und nicht auf Geld. Wenn du viel Geld verdienen wolltest, dann hättest du auch deine Seele verkaufen und die Niederungen der kommerziellen Kunst betreten können.«

»Dad hat dir letzten Monat nicht auch den Unterhalt gekürzt, oder?«

»Äh, nein.«

»Ich wusste es. Er versucht, mich auf diese Weise zu ermutigen, dass ich mir einen richtigen Job suche – am besten als Bankmanager oder etwas ähnlich spirituell Lohnenswertes.« Er hämmerte den Deckel mit dem Handballen wieder auf die Dose mit der weißen Farbe. »Mann, wenn ich doch nur sein könnte wie dieses Mädchen, das ich heute gefickt habe.«

»Wie wer?«

»Oh, dieses Mädchen. Sie ist auch eine Kreative, aber ihr scheint es völlig egal zu sein, ob sie für ihre Arbeit gelobt wird oder nicht. Sie macht sie einfach, Schluss, aus. Jemand wie sie ist mir noch nie zuvor begegnet.«

»Das klingt ziemlich cool«, erwiderte Trevor in gewissem ermutigenden Tonfall.

»Sie ist cool. Aber sie ist auch echt niedlich und sexy und eine richtige Wildkatze – und das nicht nur im Bett. Sie hat erzählt, dass sie mit ihrer winzigen Kamera einen Dreißig-Minuten-Film drehen will. Und weißt du, was das Verrückte ist? Sie wird mit allem, was sie anfängt, Erfolg haben. Sie ist unglaublich. Wenn sie im selben Geschäft wäre wie Dad, dann wäre sie eine tödliche Waffe.«

»Und wenn sie so unglaublich ist, warum ist sie dann jetzt nicht hier, und warum hängst du hier ganz alleine rum?«

»Keine Ahnung. Sie folgt ihrem eigenen Stern. Und ich folge ihr wie ein dummer kleiner Hund.«

»Du läufst ihr *nach*?«

»Ähm. Ich bin mir nicht sicher. Im letzten Monat war ich an jedem Ort, den sie in unserer ersten Nacht erwähnt hat: in bestimmten Second-Hand-Läden, in der Conway Hall, der Haupteinkaufsstraße von Hackney, überall, in der Hoffnung, ihr über den Weg zu laufen.«

»Dann hat sie also einen erlesenen Geschmack.«

Jamie sah seinen Stiefbruder gequält an und fuhr dann fort: »Manchmal hatte ich Glück, manchmal aber auch nicht. Aber wenn ich sie ›zufällig getroffen‹ habe, dann war sie immer sehr nett. Zu nett – eigentlich eher beiläufig freundlich. Als wäre ich nichts weiter als eine nette Ablenkung.«

Trevor starrte Jamie ungläubig an. »Verdammt noch mal, Bro, dich hat es echt übel erwischt. Die hat dir eine Abfuhr erteilt. Die tut erst ganz heiß und dann ganz kalt. Oh Mann, Jamie, vergeude keine Zeit mit diesen frigiden Weibern, die nur ihre Spielchen spielen. Die sind es nicht wert. Glaub's mir.«

»Als kalt würde ich sie nicht gerade bezeichnen. Und ›frigide‹ ist auch nicht gerade ein Adjektiv, das ich benutzen würde.« Jamie dachte an das, was sie in der Kabine der Herrentoilette mit ihm gemacht hatte, und er wurde schon wieder steif. Sie war munter und ungehemmt. Sie war frech, und man musste sie einfach gern haben. »Sie verkauft sich nicht«, versuchte er seinem Stiefbruder die Lage zu erklären. »Die soziale Anerkennung ist ihr völlig egal.«

»Hast du ihre Arbeit gesehen?«

»Noch nicht.« Jamie hasste es, wenn das Wort »Arbeit« derart anmaßend verwendet wurde, aber da Trevor nun mal sein Stiefbruder war, sagte er nichts. »Ich hoffe nur, dass mich keine Enttäuschung erwartet. Ich glaube nicht, dass ich damit fertig würde, wenn sich ihre Werke als Müll herausstellen. Oder, schlimmer noch, langweilig sind. Vielleicht wäre das aber auch völlig egal.«

»Mann, du stehst so sehr auf sie, dass dir das völlig gleichgültig wäre? Du hast dich in sie verknallt, hör auf meine Worte.« Trevor ging in die Küche, öffnete den Kühlschrank, ohne um Erlaubnis zu fragen, holte eine Bierdose heraus und öffnete sie.

Jamie stand mitten in seinem Wohnzimmer und starrte den Pinsel an, den er in der Hand hielt. Er hatte sich *wirklich* in sie verknallt. Und er kannte noch nicht einmal ihre Telefonnummer oder ihre Adresse – er wusste nur, dass sie im tiefsten, finstersten Hackney wohnte. Er wollte sie. Er wollte sie im Arm halten. Er wollte jeden Samstagmorgen mit ihr zusammen im Bett liegen und kichern. Er wollte sie so lange ficken, bis selbst die unersättliche Tesser Roget genug hatte.

Schließlich zog Trevor wieder ab. In den nächsten zwei Stunden wanderte Jamie durch seine Wohnung, bis er richtig aufgewühlt war. Er war sich nicht sicher, ob er geil war oder ob er einfach nur etwas malen musste. Denn immer, wenn er an Sex dachte, kamen ihm die Rundungen von Tessers Hüften oder die Art, wie sie sich auf die Lippe biss oder ähnlicher romantischer Blödsinn in den Sinn. Mit einem Gefühl der Hilflosigkeit setzte er sich an seinen Schreibtisch. Er musste damit aufhören, an sie zu denken. Vielleicht fand er sie nur aus ästhetischen Gründen attraktiv. Möglicherweise war es auch nur sein Verlangen zu malen, das ihn so unruhig machte. Das musste es sein.

Er holte einen Bleistift, einige Pinsel und einige alte Tuben Acrylfarbe hervor. Vorsichtig legte er seine Hand auf die Pappe, die er mit weißer Farbe bepinselt hatte. Sie fühlte sich trocken und fest an. Er begann, träge vor sich hin zu malen. Er hatte keine Ahnung, was er eigentlich auf die Leinwand bringen wollte, aber er hoffte, dass ihm wie einem Tarotkartenleser irgendwann eine Eingebung kommen würde. Dann stellte er fest, dass er das Profil von Tessers mit einigen Sommersprossen bedeckter Nase gemalt hatte. Dass ihn ihr Gesicht von seiner Leinwand anstarrte. Und er hatte nicht einmal vorgehabt, ein Porträt zu malen. Eigentlich hatte ihm eher eine Fantasielandschaft vorgeschwebt, etwas Surrealistisches und Merkwürdiges, und keine Zeichnung eines Liebeskranken.

Es hatte ihn schwer getroffen, als sie ihm am Bahnhof eine Abfuhr erteilt hatte. Er war sich so sicher gewesen, dass sie Ja sagen würde. Ihr Gesicht war vom Sex mit ihm noch ganz gerötet gewesen, und ihre Augen hatten gefunkelt. Und er hatte ein freudiges, optimistisches Gefühl verspürt und geglaubt, die Dinge würden richtig gut laufen. Er war davon ausgegangen, dass es ihr ebenso erging, bis sie nicht auf seinen Vorschlag eingegangen war, sondern stattdessen diesen schnippischen Kommentar darüber gemacht hatte, dass sie mit einer Muse beschäftigt wäre. Ja, das konnte sich Jamie gut vorstellen. Und er fragte sich, was das arme Schwein wohl empfinden würde, wenn sie ihn einfach so rausschmiss. Vielleicht mochte er es aber auch, von ihr misshandelt zu werden.

Jamie kannte das Gefühl.

Zum Teufel mit ihr. Sie hatte ihn beleidigt, und das hatte ihm überhaupt nicht gefallen. Und jetzt war er verdammt wütend wegen der ganzen Sache. Er schmiss seinen Stift durch den gesamten Raum – *klack!* –, und dann warf er sich auf seinen beigefarbenen Lieblings-Sitzsack. In diesem Zustand konnte er kein Kunstwerk schaffen. Er konnte nicht einmal die Skizze als Vorbereitung für das Gemälde erstellen. Gänzlich unerwünschte Bilder stiegen in seinem Kopf auf: wie er auf Tessers blondes Haar herabgesehen hatte, als sie an seinem Schwanz gelutscht hatte, wie Tesser ihn gemustert hatte, als sie zum Bahnhof gegangen waren, wie Tesser ihre Kaffeetasse festgehalten hatte, als er seine Finger in ihre feuchte, heiße Muschi gleiten ließ. Verdammt, verdammt, *verdammt*! Er war wütend. Er war geil. Er war beides. Er blickte auf seine Jeans herab, und selbst dort gab es Dinge, die ihn an sie erinnerten – mehrere kurze blonde Haare, als hätte er mit einer verwöhnten blonden Perserkatze gekuschelt. Unbehaglich rutschte er herum und stand dann auf. Sein Schwanz wurde steifer, fester und dicker, als er gegen den Jeansstoff rieb, was ihn schmerzlich an die fehlende Unterwäsche-Trophäe erinnerte, die Tesser mitgenommen hatte. Er zog sich das Hemd über den Kopf. Ihm war heiß und er schwitzte. Seine Haut schien unangenehm eng über seinen Knochen zu liegen. Er musste sich einen runterholen. Er musste duschen. Und danach würde er malen.

Er griff durch den Stoff seiner G-Stars nach seiner härter werdenden Erektion und lehnte sich gegen die geflieste Badezimmerwand, wobei sein Herz immer schneller schlug. Tesser war nicht die Einzige, die sich jederzeit eine Muse herbeirufen konnte. Er dachte an ihren feuchten, warmen Mund und begann, sich selbst zu berühren.

Tesser konnte kaum glauben, was sie da sah! Sie stand verblüfft am Fenster und nahm den Anblick in sich auf. Es beunruhigte sie nicht im Geringsten, dass man sie beim Zusehen erwischen könnte, denn das Paar, das sie beobachtete, schien sich deswegen auch keine Gedanken zu machen. Es war ganz offensichtlich, dass die beiden ganz andere Dinge im Sinn hatten.

Sie lehnte sich gegen das Fensterbrett und hielt die Kamera dabei in der Hand. Der Mann fickte die Frau sehr hart und von hinten. Er hatte keine Haare, aber Tesser konnte erkennen, dass er noch jung war. Vermutlich hatte er sie sich einfach abrasiert. Er sah auf jeden Fall gut aus, er wirkte wie ein junger Hardcore-Techno-Freak. Sie kniff die Augen zusammen und versuchte zu erkennen, ob er irgendwelche Piercings besaß, aber sie konnte keine sehen – was jedoch aufgrund der Entfernung nichts zu bedeuten hatte. Allerdings besaß er einige Tätowierungen. Die Frau lehnte sich gegen das Fenster, sie drückte die gespreizten Finger fest gegen das Glas, wodurch sie ganz weiß geworden waren. Dieses Detail konnte Tesser sogar von ihrem Standpunkt aus erkennen. Die Frau hatte lange rote Haare und genoss es augenscheinlich, auf diese Weise von hinten gefickt zu werden und dabei diesen leicht exhibitionistischen Thrill zu erleben. Tesser konnte sich vorstellen, wie gut sich das anfühlte. Sie mochte es auch gern von hinten, wenn sich ein dicker, praller Penis oder ein Umschnalldildo in sie hineinpresste, sodass ihr schon allein aufgrund der Penetration die Luft wegblieb. Sie liebte das. Dann zog sie ihre Muschi um den harten Schaft zusammen und drückte sich selbst dagegen, um tiefer und immer tiefer gefickt zu werden.

Sie fragte sich, ob die Frau wohl ebenso feucht wurde wie sie selbst. Außerdem hätte sie gern gewusst, wie es sich für den Mann anfühlte, diese Frau zu vögeln, seine Geilheit und seine Lust zurückzuhalten, während sich die Muschi der Rothaarigen eng um seinen Schwanz zusammenzog und er diesen immer wieder in sie hineinstieß und herauszog, rein und raus, oooh …

Tesser wurde langsam wieder geil. Sie beobachtete das fickende Paar, sah zu, wie der dicke Schwanz des Mannes immer wieder ohne jegliche Hemmungen in die Muschi der Frau hineinstieß, als würde sie eine Sendung auf dem Discovery Channel ansehen. Tessers Haut wurde unter dem Nylonschlüpfer, den sie trug, auf einmal ganz empfindlich, und ihre Brustwarzen verhärteten sich unter dem dünnen beigefarbenen Material.

Pornofilme hatten ihr eigentlich nie sonderlich viel gegeben. Falls sie überhaupt irgendeine Präferenz ausmachen konnte, so hatten sie Bilder in Zeitschriften immer sehr viel mehr angemacht als Filme – was eigentlich merkwürdig war, da sie doch selbst eine leidenschaftliche Filmemacherin war. Sie war sich sicher, dass ihre ehemaligen Filmdozenten an der Universität sagen würden, dass sie statische, kontrollierte Bilder als Fetisch benötigte oder ähnliches Psychogelaber. Andererseits hatten dieselben Professoren vermutlich ein

Problem mit Frauen, die sich Pornografie ansahen. Das war doch der übliche Blödsinn über den angeblich typischen Blick von Männern und Frauen – und letzten Endes der ultimativ sexistische politisch korrekte Intellektualismus. Tatsache war nun mal, dass Frauen, die sich Sex ansahen, bedrohlich wirkten. Diese Bilder waren nur zur Erbauung der Männer gedacht. Wenn sie sich solche Darstellungen ansah, brachte das die ganze Marktwirtschaft durcheinander.

Sie persönlich stand nicht gerade auf dürre, mit Photoshop bearbeitete Blondinen mit zu langen Fingernägeln und Silikontitten, sondern eher auf die Drallen aus den billigeren Magazinen, die eine fleischige, runde Figur hatten und wirkten, als würde es ihnen tatsächlich Spaß machen, gefickt zu werden. Die, bei denen das Öl auf ihren von Natur aus großen Brüsten glänzte, denen der Samen von der Zunge tropfte und die ihre Ärsche dem grellen Kameralicht und den Linsen entgegenstreckten, wobei sie den Leser direkt ansahen, stolz und ohne jegliche Scheu. Die, die man gerne ficken wollte. Genau das gefiel ihr. Sie hatte es sich einmal selbst gemacht, während sie das Bild einer berühmten üppigen Blonden in der Zeitschrift *Saturday Sportlife* betrachtete, das von hinten aufgenommen worden war, wobei diese die Pobacken sogar noch auseinanderzog. Während sie masturbierte, hatte sich Tesser vorgestellt, wie es sein würde, diese Frau von hinten zu ficken. Allerdings war sie davon überzeugt gewesen, dass sie nicht zur eigentlichen Zielgruppe dieses Magazins gehörte. Pornografische Bilder besaßen für sie also einen gewissen Reiz, wohingegen sie diese ganze Live-Action eher kalt ließ.

Aber jetzt, als sie dabei zusah, wie diese Rothaarige von dem Glatzkopf genommen wurde, und da sie wusste, dass das real und nicht nur ein arrangierter Fick für Geld und für einen Auftraggeber war, nun … da lag die Sache ein wenig anders. Sie hielt sich die Kamera vors Gesicht und benutzte die Powerzoom-Linse. Das war sogar noch besser – jetzt konnte sie beinahe die Hitze spüren, die von dem Paar ausging, als die Frau auch noch begann, sich selbst zu berühren, während der Mann weiterhin von hinten in sie eindrang. Tesser blinzelte, damit sie die wunderbare seidige Feuchtigkeit auf dem Schwanz des Mannes glitzern sehen konnte, wann immer er diesen ein wenig herauszog. Die Haut der Frau war fleischig, saftig und glatt wie die polierte Oberfläche einer reifen Nektarine. Auf ihrer Stirn war eine dünne Schweißschicht zu erkennen, ihre Haare hingen ihr nun ins Gesicht, und die schwere kastanienbraune Mähne verhinderte, dass Tesser ihren Gesichtsausdruck erkennen konnte. Der kahle Kopf des Mannes glänzte. Er hatte einen festen, blassen, muskulösen Körper. Tesser bemerkte, dass Oberarmtätowierungen offenbar wieder in Mode zu sein schienen, was ihr Alistair – oder war es Eric? – aus dem Schauspielhaus wieder ins Gedächtnis rief. Nein, sie konnte nicht einmal den groben Umriss des Gesichts der Frau erkennen, aber es bestand kein Zweifel daran, dass sie das Ganze zu genießen schien, da sie begonnen hatte, ihr Hinterteil bei jedem Stoß des rasierten Kerls in dessen Richtung zu drücken, und außerdem bewegten sich ihre Finger immer schneller und schneller über ihre Klit. Großer Gott, sie sah so heiß aus. Ihre Klit war vermutlich ganz hart und feucht, und ihre Muschi quoll vor Nässe bestimmt schon über. Tesser hätte am liebsten ihr Gesicht darin vergraben.

Sie wünschte sich, dass sie die Gesichter der beiden besser erkennen könnte, doch außer der Tatsache, dass der Mann eine Glatze und die Frau lange rote Haare hatte und dass beide fit und tierisch geil waren, ließen sich einfach keine weiteren Details ausmachen. Doch sie ließ die Kamera weiterlaufen. Vielleicht sollte sie doch über eine Karriere als Pornofilmerin nachdenken – die verdienten schließlich eine Menge Geld, oder nicht? –, doch diese Industrie war genauso gekünstelt wie die Musikindustrie. Und erst diese ganzen Stereotypen! Das würde sie auf Dauer nicht aushalten!

Gegenüber stand eines der Fenster offen. Am liebsten hätte sie jetzt auch noch ein Audiogerät laufen gehabt, denn diese besondere Kamera, ihr Baby, besaß nur einen Impulsgeber für synchronen Sound. Und aus diesem Grund war ihr kleiner Schatz in dieser Entfernung taub. Sie fragte sich, ob sie wohl etwas hören konnte, wenn sie ihr eigenes Fenster öffnete. Das war einen Versuch wert, oder nicht? Sie balancierte die Kamera in einer Hand, öffnete das Fenster und ließ es langsam und vorsichtig aufgleiten. »Die Kamera als Voyeur«, konnte sie einen ihrer früheren Professoren in ihrem Kopf sagen hören. Zumindest hörte sie diesmal nicht Phil Collins singen. Aber sie konnte die beiden hören! Der Mann stöhnte laut, und die Frau machte einige sehr hohe wiehernde Geräusche, außerdem gab es da dieses obszöne, feuchte »Klatsch-Klatsch-Klatsch«-Geräusch, während sie fickten, als wären ihre Genitalen aneinander festgeklebt wie ein gut geölter Kolben, der sich immer wieder vor und zurück bewegte, eine Sexmaschine, die von Feuchtigkeit, Schweiß und Lust geölt wurde.

Get on down, like a sex machine!

Es bestand das geringe Risiko, dass sie ihre Kamera hören konnten, was Tesser ein wenig nervös machte – sie hätte sich echt geärgert, wenn sie an diesem Tag schon zum zweiten Mal dabei erwischt würde, wie sie ein anderes Paar beim Sex filmte. Hey, vielleicht sollte sie tatsächlich Pornofilmerin werden. Ach nein. Vielmehr konnte sie diesen Schwarz-Weiß-Film fertigstellen und rechtzeitig für das Festival entwickeln, während die harmloseren Szenen in einem Entwicklungsstudio bearbeitet würden, und dann ließen sich diese beiden

Sexepisoden, Mann und Mann sowie Mann und Frau, auf künstlerische, lyrische Art und Weise in ihren aktuellen Kurzfilm hineinschneiden. Tesser passte den Zoom an und kam sich ziemlich idiotisch vor, wie sie am helllichten Tag in ihrem Nachthemd dort stand und filmte. Aber so war es nun mal.

Oh Mann. Jetzt legte er aber richtig los. Tesser filmte weiter, streckte den Arm aus, um ein besseres Blickfeld zu haben, und dann fokussierte sie sorgfältig neu. Sie war unglaublich erregt, während sie mit ansah, wie der Mann seine Hüfte immer wieder gegen die Frau rammte, und erneut war sie sich nicht sicher, wen von den beiden sie lieber ersetzt hätte. Ungeduldig zog sie den Saum ihres Negligés hoch, damit sie ihre Muschi mit ihrer freien Hand streicheln konnte. Wenn – sie – sich – nur – selbst – berühren – konnte ... großartig. Sie war so feucht, schon richtig glitschig, und so streichelte sich Tesser selbst, während sie weiter filmte und den großartigen, feuchten, heftigen Fick gegenüber aufnahm. Sie begann zu zittern, als sie ihre Masturbation beschleunigte und diese intensiver wurde, und kurz bevor ihr Filmmaterial zur Neige ging, sah sie, wie die Frau den Rücken durchbog, während ihre Hand weiterhin zwischen ihren Beinen lag, und der Mann einen gewaltigen lustvollen Stoß in ihr versenkte. Tesser sank auf dem kalten Betonboden des Kellers zusammen, wo man sie nicht mehr sehen konnte, lehnte sich an die Wand und rieb wie wild weiter an sich herum. Sie hoffte, dass so bald niemand den Keller betreten und sie dabei erwischen würde, wie sie mit weit gespreizten Beinen dasaß und sich so schnell zwischen den Beinen streichelte, dass sie glaubte, ihre Hand sei nur noch verschwommen zu sehen. Doch selbst wenn jemand hereingekommen wäre, hätte sie bestimmt nicht aufhören können. Sie hätte denjenigen nur mit gerötetem Gesicht angesehen, gestöhnt und dann weiter ihre

Muschi gerieben, wie sie es auch jetzt tat, und sich fest und stetig dem Höhepunkt entgegengetrieben.

Die Kamera lag vergessen an ihrer Seite, aber die Bilder, die damit auf Film gebannt worden waren, standen noch immer deutlich vor Tessers innerem Auge, als sie masturbierte, wobei sie die Finger immer wieder in ihre feuchte Muschi schob und dann damit über ihre Klit rieb. Es – fühlte – sich – so – verdammt – gut – an. Und die Bilder waren wirklich überaus klar.

Danach ging sie nach oben und nahm noch ein Bad – was Jana vermutlich wieder sehr aufregte – und masturbierte gleich noch mal, wobei sie an Jamie dachte. Zu ihrer eigenen Irritation. Nach der Episode am frühen Nachmittag war sie davon ausgegangen, dass sie ihn langsam aus ihren Gedanken verbannt hätte.

»Außerdem«, meinte Tesser während der Unterhaltung, die sie mit Kitty über den Zahlenwert, den man der Niedlichkeit eines Mannes zuweisen konnte, um seinen Gesamtquotienten zu berechnen (nach Tessers Meinung musste dieser Zahlenwert ziemlich hoch sein), »gibt es wichtigere Dinge als Jamie, um die ich mich kümmern muss.«

Tesser saß später an diesem Abend in ihrem Bademantel in der Küche, plauderte und genoss eine Tasse PG-Tips-Tee. Der Teebeutel kam bereits zum dritten Mal zum Einsatz, und das Getränk sah zunehmend anämischer aus, was sich auch nicht dadurch änderte, dass sie den Teebeutel mehrmals fest gegen den Innenrand der Tasse drückte. Zum Glück hatten sie jedoch ein potenteres Stimulationsmittel in Form eines feinen Skunk-Joints, den Kitty großzügigerweise gestiftet hatte.

»Und die wären?«

»Ich brauche Kohle. Wie soll ich sonst *Chain of Lurve* finanzieren?«

»*Chain of Lurve*?«

»Das Nachfolgewerk meines bald sehr gefeierten Kurzfilms *The Passion Flowchart*.«

Kitty reichte Tesser den Joint, nur um im nächsten Moment einen Schluck aus der Whiskyflasche zu nehmen, die sie stets bei sich trug. »Wenn du von der Finanzierung sprichst, über welche Summe reden wir da genau?« Tesser hatte schon einige Zeit vermutet, dass Kitty ein Alkoholproblem hatte, aber sie hatte sich nie getraut, sie darauf anzusprechen, weil ihre Angst zu groß war, dass ihre Freundin ihr mit der chromummantelten Flasche einen über den Schädel ziehen könnte.

Tesser ließ sich mit der Antwort Zeit, inhalierte tief das Gras und behielt es in sich, bis ihre Lungenflügel zu platzen schienen. Dann atmete sie es wieder aus und sprach weiter. »Jede Filmrolle kostet dreizehn Pfund, inklusive Entwicklung, und jede Rolle ist etwa dreißig Minuten lang. Für einen Dreißigminuten-Farbfilm muss das Budget also mindestens hundertfünfzig Pfund betragen. Und dabei dürfen nicht viele Fehler passieren, die Darsteller müssen von Anfang an gut sein und so weiter.«

Kitty schluckte schwer und schürzte die Lippen, schraubte dann wieder den Deckel auf ihre Flasche und versteckte diese in einer ihrer Jackentaschen. »Das ist Wahnsinn. Du solltest zu DVD wechseln, wie jeder andere. Oder Video, selbst Videos im alten Format wären billiger.«

»Ja, das weiß ich, aber ich bin nun mal Puristin. Und ich mag die Ästhetik der Super-8-Filme. Außerdem könnte ich mir eine neue Ausrüstung noch viel weniger leisten.« Sie zog noch ein weiteres Mal an dem Joint.

Kittys Mitgefühl schien sich in Grenzen zu halten. »Wir

sind alle pleite, Tesser. Ich bin eine Spätstudierende, um Gottes willen. Und es heißt, uns stünde eine weitere Rezession bevor. Ich habe mich noch nicht mal von der letzten erholt.«

»Hör mal, meine Cash-Flow-Probleme fangen schon auf unterster Ebene an. Selbst die Tüte Kartoffelchips, die ich gerade esse, habe ich nur durch zweifelhafte Mittel erworben.«

»Ach ja?« Kittys Interesse schien nun endlich geweckt worden zu sein. »Ich hatte gedacht, du hättest sie wie üblich Jana stibitzt. Außerdem könntest du mir auch den Joint endlich wieder rübergeben.«

Widerwillig reichte Tesser Kitty die Selbstgedrehte. »Dieser kohlenhydratreiche Snack ist das Resultat des halblegalen Umtausches eines Zehn-Pfund-Buchgutscheins, den ich als Wintersonnenwendengeschenk von Jake erhielt, der ihn wiederum als Extrageschenk bei seinem Job im Buchladen des Museums bekommen hat. Ich bin zu Waterstones gegangen, habe eines dieser Penguin-Minibücher für sechzig Pence gekauft – *The Diary of an Opium Eater*, und das sogar auf deine Empfehlung hin – und mir das Wechselgeld dann auszahlen lassen. Und selbst das war nur möglich, weil ich mit dem Kassierer auf Teufel komm raus geflirtet habe. Neun echte Pfund sowie vierzig Pence, die ich ausgeben kann, wie ich will. Abzüglich der fünfunddreißig Pence, die diese Chipstüte gekostet hat.«

»Jetzt ist mir klar, wo das Problem liegt.«

Der Tonfall ihrer Freundin ging Tesser langsam auf die Nerven. »Jetzt mal im Ernst, Kitty, ich versuche wirklich, über die Runden zu kommen.«

»Hmmm ... Für mich klingt es eher so, als würdest du einigen Luxus genießen, vor allem, wenn man bedenkt, was du heute Morgen gemacht hast.«

»Okay, okay, okay.« Tesser wusste, dass Kitty recht hatte. »Ich hätte mein Busgeld nicht für den verdammten Latte ausgeben sollen. Ich weiß, dass Starbucks nichts als multinationale Ausbeutung und all das bedeutet. Aber es ist nun mal so, dass ich einen guten Kaffee zu schätzen weiß, und ich brauchte unbedingt ein wenig Koffein.«

»Ich meine eigentlich eher das Geld, das du für diese Touren ausgibst, bei denen du Männer aufreißt. Wie nennt man sie doch gleich? Geisterjagden. Genau die meine ich.«

»Das ist billiger als Geld für einen Loser-Club voller betrunkener Penner auszugeben oder sich Drinks in einem Pub zu kaufen, bis entweder ein Mann oder ich den Mumm haben, den ersten Schritt zu machen.«

»Stimmt auch wieder. Wenn du allerdings meine gesittete Ausstrahlung besitzen würdest, dann hätte dich schon längst jemand aufgerissen, bevor du überhaupt Geld auf die Bar gelegt hättest. Und zwar in der Minute, in der du den Laden betreten hättest.« Nachdem sie das verkündet hatte, begann Kitty zu singen, wobei sie ihren Joint zwischen zwei Fingern hielt und ihn so über den Küchentisch »laufen« ließ. *»Hey, big spender! Spe-e-nd a little time with me ...«*

Tesser, die nun schon ein wenig stoned war, kicherte bei dem Gedanken, dass Kitty gesittet genug wirken könnte, um von einem Typen in einer Bar aufgerissen zu werden. Sie war umwerfend – eine Jurastudentin mit rasiertem Schädel und strahlend blauen Augen –, aber gesittet und beeinflussbar wirkte sie keineswegs. »Hör mal, Süße – ich weiß alles darüber, wie man Geld spart. Als ich verschiedene Zeitarbeitsbilligjobs in Seattle gemacht habe, hatte ich mich auf Kleinkriminalität für Angestellte spezialisiert: Ich habe Magazine für meine Freunde kopiert, bin im Netz gesurft, wann immer mein Boss mir den Rücken zugedreht hat, habe Gedichte auf dem rosa Telefonnotizblock geschrieben, den alle Teilzeitrezeptionisten erhielten, und so weiter.«

»Wow. Pass ja auf, WTO.«

»Ach, komm schon. Lass mich ausreden. Diese Freiheiten waren nur die Spitze des Eisbergs: Es gab noch eine ganze Reihe von anderen antisozialen Verhaltensweisen, die mich morgens dazu motiviert haben, überhaupt aufzustehen.«

»Lass mich raten: Viele kleine, unbedeutende, erbärmliche Vergehen, die deiner Ansicht nach völlig gerechtfertigt waren und deren Ausführung auf dich jedes Mal wie ein kleiner Sieg wirkte.«

»Ähm, ja. Das stimmt in etwa. Ich will nicht reich werden, Kitty – ehrlich, das will ich wirklich nicht. Ich will weder den Lebensstil noch die Kopfschmerzen, die dazugehören. Aber das ist halt ein echtes Dilemma, denn ohne Geld kann ich nun mal keine Kunst schaffen, die anti-monetär ist.«

»Warum wirfst du dann nicht einfach mal einen Blick auf das Schwarze Brett an der Uni? Da werden immer jede Menge seltsamer Jobs angeboten. Arzneimitteltests, beispielsweise, und andere Dinge. Du hast doch letzten Sommer selbst einen davon gemacht.«

»Ich werde es mir überlegen.« Tesser zog noch einmal lange und nachdenklich an dem Joint. Aber nur, wenn es keinen anderen Ausweg gibt, fügte sie innerlich hinzu.

»Das Schwarze Brett mit den Jobs befindet sich in der Eingangshalle, gleich wenn du reinkommst, da, wo es schon immer hing. Und es gibt inzwischen bestimmt auch eine Online-Version.«

Tesser hustete, und Kitty musste ihr erst einige Sekunden lang auf den Rücken klopfen, bis sich der Anfall wieder legte. »Wie gesagt, ich werde darüber nachdenken.«

»Denk, so viel du willst, aber komm hinterher nicht angekrochen und jammer rum, dass du Geld brauchst, wenn du vorher nichts getan hast, um welches zu verdienen. Hör mal, ich muss gehen. Der Honigtopf ist niemals leer.«

»Was soll denn das jetzt wieder bedeuten? Ist das so eine Cockney-Wortspielerei zum Thema Geld?«

»Nein, das ist mein eigener kleiner Idiolekt. Ich muss pissen. PG Tips machen aus mir einen Wasserspeier, spätestens nach der dritten Tasse. Bis später, Chica.«

Igitt.

Jamie hatte endlich seine Muse gefunden, oh ja, und nach einem Abend des Posens und Fickens und Saugens und Leckens hatte die Muse ihr kurzes blondes Haar nach hinten geworfen, ihre Zehen wieder in die hochhackigen Schuhe geschoben, auf denen sie hereinspaziert war, und sich in die hintersten Winkel seines übersexualisierten Verstandes zurückgezogen. Er hatte den ganzen Abend masturbiert, aber jetzt glaubte Jamie endlich, entspannt genug zum Malen zu sein. Befriedigt. Endlich hatte er das verrückte amerikanische Mädchen aus seinem Kopf verbannt.

Jetzt setzte er sich an die Pappe, die er zuvor präpariert hatte, und schon bald malte er einen dichten, gruseligen Wald voller bizarrer, sexuell anmutender, blühender Pflanzen und seltsamer, bedrohlicher Bäume.

Am nächsten Tag schickte Tesser ihren nicht so anrüchigen Super-8-Film zum Entwickeln. Der Zweimannporno, den sie in der vorangegangenen Nacht selbst entwickelt hatte, war wunderschön geworden, ebenso wie der Schwarz-Weiß-Spannerfilm von dem Paar auf der anderen Straßenseite, den sie am folgenden Tag in ihrer Entwicklerflüssigkeit zum Leben erweckt hatte. Sie beschloss, die Nachbarn für sich zu behalten und einen Teil der Eric-Alistair-Aktion in *The Passion Flowchart* einfließen zu lassen. Sie war sich allerdings nicht sicher, wie das in die Handlung passte, zumindest noch nicht. Doch da würde ihr schon noch etwas einfallen. Etwas Subversives und Homoerotisches.

Aber natürlich hatte sie professionelle Skrupel. Sie würde ihre Gesichter nicht im Film zeigen – nur ihre schwitzenden, einander fickenden Körper. Voilà. Ladies and Gentlemen, hier sehen Sie Mr. X und Mr. XXX. Sehen Sie sich ihre Schwänze an. Das nenne ich Liebe machen.

4

Jamie rührte abwesend in einer Tasse Instantkaffee, als Trevor in die Wohnung hereinplatzte. Ich muss langsam damit anfangen, die Tür abzuschließen, dachte Jamie, und darf das nicht immer vergessen.

Trevor warf einen Blick auf die Kaffeetüte, die auf dem Tisch stand, und schnaubte verächtlich. »Das Zeug ist übel, Mann, du solltest den Mist echt nicht trinken. Die zwingen Frauen, ihre Babys mit Schokomilch anstelle echter Muttermilch zu ernähren.«

»Hä?« Jamie war so abgelenkt, dass er Trevor gar nicht richtig gehört hatte. »Such dir einen Job, du reicher Sohn«, reagierte er endlich. Trevor sah ihn tadelnd an und wartete. »Oh, klar. Nächstes Mal werde ich ihn nicht kaufen, wenn dir das auf die Titten geht.«

Über Jamies Witz konnte Trevor nur gequält lächeln, dann verdrehte er die Augen. »Was ist los mit dir?«

Auf einmal hob Jamie den Kopf. »Hey. Hast du schon mal von Geyser gehört?«

»Was ist das? Ein Club? Ein Restaurant? Ein Brunnen in Island?«

Jamie warf ihm einen irritierten Blick zu, stand auf und kehrte mit einem Blatt Papier zurück. »Wie wäre es damit? Hört sich das für dich gut an?«

Daraufhin starrten sie beide den Flyer an, auf dem stand:

GEYSER – EINE EXPLOSION DES UNDERGROUND NO-BUDGET-/LOW-BUDGET-KINOS. FESTIVALPREMIERE AM FREITAG, DEM 13. JULI.

»Hmm«, murmelte Trevor. »Das hat doch wieder mit diesem Mädchen zu tun, oder nicht? Der Kleinen, von der du mir erzählt hast.«

»Hör mal, der 13. Juli ist doch morgen Abend.«

Trevor sah Jamie misstrauisch an. »Ja, und …?«

»Tja, du wirst mich begleiten.«

»Großer Gott, Jamie. Ich hasse diesen Scheiß.«

»Ein hausweites Verbot übler Kaffeemarken, das biete ich dir im Gegenzug dafür.«

»Na gut, okay …«, erwiderte Trevor. »Aber nur, damit das multinationale wirtschaftliche System endlich zerstört wird.«

»Ich wusste doch, dass du irgendwann zur Vernunft kommst.«

In den vierzehn Tagen zwischen dem Tag, an dem sie Jamie in Spitalfields begegnet war, und dem Beginn des Geyser-Festivals machte sie zwei weitere Geisterjagden mit: *Boo! Battersea Boo!* und *Spirits of the Tower*. Die zweite war eine Wiederholung – die ältliche Tourführerin erkannte sie wieder und schien zu glauben, ihre Anwesenheit würde bedeuten, dass sie dieses Mal wirklich etwas *lernen* wollte, da sie bei der letzten Tour durch den Tower offenbar nicht gut genug aufgepasst hatte. Tesser konnte sich kaum noch daran erinnern – nur an einen mädchenhaften Jungen namens Flynn, wenn sie das recht im Kopf behalten hatte –, doch dieses Mal schmollte sie während des gesamten *Spirits of the Tower*-Rundgangs, der völlig ereignislos verlief. Bei der ersten Geisterjagd, die im Battersea Park stattfand, hatte Tesser eine verklemmte Bibliothekarin namens Marlene aufgerissen. Sie hatten sich gerade hinter eine der Statuen im Park zurückgezogen, um zu knutschen, als einer der Parkwächter aufgetaucht war, der glaubte, es würde ein Überfall stattfinden. Die Bibliothekarin hatte sich aus dem Staub gemacht, sodass Tesser dem peinlich berührten Mann die ganze Sache erklären musste.

Und nun hatte sie zwar hinsichtlich des Filmschnitts kreative Erfolge vorzuweisen, doch in Bezug auf sexuelle Aktivitäten waren die vierzehn Tage eher ereignislos verlaufen. Und da sie einen beträchtlichen Teil ihrer mageren Geldmittel für zwei erfolglose Geisterjagden auf den Kopf gehauen hatte, waren ihr jetzt nur noch zehn Pfund für den restlichen Juli geblieben, was bedeutete, dass sie zu Hause bleiben musste, weil sie zu pleite war, um auszugehen. Zu ihrem Glück würde das Festival am folgenden Abend beginnen. So hatte sie wenigstens etwas, auf das sie sich freuen konnte – die Weltpremiere von *The Passion Flowchart*: eine berührende Geschichte der Lust in Stop-Motion-Bildern und semifotografischem Stil. Oh ja!

Und sie konnte sich auf etwas anderes freuen als auf eine leere Speisekammer. Vielleicht sollte sie wirklich mal versuchen, sich irgendwo was zum Frühstück zu besorgen. Sie wühlte im Schrank herum, konnte aber nichts finden, was sie gekauft hatte und demzufolge verzehren durfte. Rasch sah sie sich um und griff dann ins oberste Fach und holte eine von Janas noch nicht geöffneten Tüten mit Cheese-and-Onion-Chips herunter. Jana kaufte gern Snacks, die auf einen Menschen, der schnell mal etwas essen wollte, äußerst verlockend wirkten, und dann rastete sie völlig aus, wenn sie merkte, dass man der Verlockung erlegen war. Doch Tesser nahm sich vor, ihr das Geld dafür zu geben, sobald sie es denn besaß.

Sie knabberte an Janas leckeren Chips herum und dachte über ihre Geldprobleme nach. Es war so schwer, hier zu leben, wenn man keinen guten Job hatte und auch keine Arbeitslosenunterstützung bekam. Sie musste sich unbedingt informieren, ob sie – dank ihrer doppelten Staatsbürgerschaft – Anspruch auf die Stütze hatte, doch selbst das würde vermutlich bedeuten, dass sie einen seelenlosen Billigjob annehmen musste. Aber zumindest gab es in England Arbeitslosenunterstützung. Damals in Seattle, als sie wirklich pleite gewesen war, hatte sie Blut spenden müssen – alle zwei Wochen fünfundzwanzig Mäuse für Plasma. Zumindest war das eine regelmäßige Einnahmequelle gewesen. Fünfzig Pfund jeden Monat und dazu noch einige Gratis-Kekse und etwas Kräutertee – doch jetzt war sie in einem Land, in dem selbst das Wort »Kräuter« einen seltsamen Beigeschmack hatte. In einem Land, in dem es unmoralisch zu sein schien, Leute dafür zu bezahlen, Blut zu spenden. Das war ein Punkt, in dem Tesser den direkten pragmatischen Kapitalismus der Vereinigten Staaten durchaus zu schätzen wusste.

Sie steckte sich einen weiteren Kartoffelchip zwischen die Lippen. Was wäre der nächste Schritt in ihrem unaufhaltsamen Abstieg? Kellnern? Strippen? Sie hatte nicht die Zeit, um nachts zu arbeiten, und war auch für alles andere noch nicht abgestumpft genug.

Verdammt. Gerade war ihr wieder eingefallen, dass sie an der Reihe war, Lebensmittel einzukaufen.

Wenn sie einen Job hätte, dann würden außer ihr freilich noch zahlreiche andere davon profitieren: Es würden weniger Klopapierrollen in der öffentlichen Toilette im historischen Sutton House fehlen! Es gäbe weniger leere Zahnstocher auf den Probetabletts im Hackney-Tesco! Und die Weintrauben in der Obst- und Gemüseabteilung von Somerfield würden auch nicht mehr so zerrupft aussehen. Es gäbe insgesamt weniger Ladendiebstahl, denn so nannte man diese Übergriffe nun mal. Tesser sah das aber eigentlich etwas anders – Toilettenpapier und die blöden Trauben fielen in dieselbe Kategorie wie Kugelschreiber und Regenschirme: Sie waren im Grunde genommen öffentliches Eigentum.

Doch sie kam zu dem Schluss, dass sie den Rat, den ihr Kitty in betrunkenem und bekifftem Zustand gegeben hatte, wohl beherzigen und dem Schwarzen Brett der Universität mal einen Besuch abstatten musste.

Sie kam jedoch nicht bis zur Universität, wie sie es geplant hatte.

Als sie die Wohnung verließ und in Richtung der Lower Clapton Road losmarschierte, wurde ihr mehr und mehr bewusst, dass sich hinter ihr jemand befand, der mit ihr Schritt hielt. Sie wirbelte herum. Es war ein junger Mann Anfang zwanzig, also etwas jünger als sie. Er trug graue Turnschuhe, eine armeegrüne weite Hose und ein hellrotes T-Shirt. Seine dunklen, glatten Haare waren vorne lang, hinten aber kurz geschnitten, im sogenannten »New Romantic«-Stil. Oder ist das schon »Nu-New Romantic«?, überlegte Tesser beunruhigt. Ach was, war doch auch egal. Sie ging langsamer, und Mr. Trendy ließ sich ebenfalls ein wenig zurückfallen.

Er lächelte schüchtern. »Ich bin Karan.«

»Tesser.« Sie schüttelten sich die Hand.

»Wohnst du hier in der Nähe?«

»Nein«, log Tesser. Sie sagte einem Typen normalerweise nie, wo sie wohnte, denn sonst fing er noch an, nachts Kieselsteine an ihr Fenster zu werfen, ihr ein Ständchen zu singen oder Ähnliches.

Tja, das war's erst mal. Sie gingen etwa eine Minute lang weiter in Richtung Bushaltestelle, und dann griff Karan nach ihrer Hand. Eine weitere halbe Minute später küssten sie sich wie Teenager und blockierten den Bürgersteig, während geschäftige Passanten, die um zehn Uhr morgens offenbar eine Menge zu tun hatten, an ihnen vorbeieilten.

Einige Sekunden später musste Karan nach Luft schnappen. »Wollen wir zu mir gehen?«, fragte er. »Meine Mitbewohner sind nicht mehr zu Hause. Und ich hab verschlafen.«

Warum zum Teufel nicht? Tessers Haut unter dem Kapuzensweatshirt und dem kurzen Jeansrock prickelte und sehnte sich nach seiner Berührung. Und sein Körper war fest und schlank. Also ging sie mit ihm mit und kicherte und wurde stoned, und er gab ihr die Kopfhörer seines Walkmans, der ausgerechnet die cool-süßen Melodien des *Nussknacker*-Balletts spielte. Dann schob er ihren Rock nach unten, ebenso wie ihre Strumpfhose und ihre Unterwäsche, um seinen Kopf zwischen ihren Beinen zu vergraben und sie zu lecken, bis sie schrie. Die Musik dröhnte durch die Kopfhörer in ihren Ohren, als sie kam, was für sie eine neue Erfahrung war. Danach sah sie nach unten und erhaschte seinen Blick, und da erkannte sie, dass der kleine Frechdachs heimlich die Lautstärke aufgedreht hatte, und sie mussten beide lachen. Sein Gesicht war völlig benetzt von ihrer Feuchtigkeit: Seine Lippen glänzten nass und rosa von ihren Säften, und dann entfernte er sich langsam von ihrem Geschlecht, hielt sein Gesicht ganz nah an ihres – und küsste sie.

Der Geschmack ihrer Muschi auf seinen Lippen ließ Tesser sofort wieder geil werden, und seine Zunge glitt sanft in ihren Mund, war eiskalt wie ein Diamant in ihrem roten Mund, und sie küssten sich genüsslich eine für sie ewig erscheinende Zeit. Die klassische Musik war wunderschön, daher lauschte sie ihr einfach und genoss das Gefühl seiner sanften, heißen Küsse. Er war hart, doch er schien deswegen nichts unternehmen zu wollen.

»Ich spare mich für meine Freundin auf«, erklärte er ihr und lächelte sie an, als sie nebeneinander auf seinem Einzelbett lagen und sich sein Kissen teilten.

Ups.

»Ich muss los«, meinte Tesser hastig.

Karan, der immer noch komplett bekleidet war, sah sie mit seinem gleichgültigen Blick an und streckte die Arme aus. »Okay«, meinte er und grinste. »Ich hoffe, du schaffst es doch noch in die Stadt.«

Und noch mal ups.

»Und das«, beendete Tesser ihre Erklärung, die sie Kitty vortrug, »ist der Grund dafür, dass ich heute Morgen nicht in die Stadt gekommen bin, um einen Blick auf die Jobanzeigen zu werfen.«

Kitty sah auf ihre Uhr. »Es ist gerade mal drei Uhr nachmittags. Du könntest es immer noch schaffen, weißt du.«

Tesser spürte, wie eine Sex-Woge durch ihren Körper bis in ihre Muschi raste, als sie sich daran erinnerte, wie sich die Zunge des großartigen Karan auf ihrer Klit angefühlt hatte. »Was? Ach ja. Du hast recht. Ich werde einen zweiten Versuch unternehmen. Ich könnte mit dem Fahrrad hinfahren, schätze ich, und das Busgeld sparen. Ich bin so pleite, dass ich nach der Sache mit Karan drei Weintrauben bei Tesco geklaut habe. Ich habe sie mir direkt vor den Augen des Supermarkt-Sicherheitsmannes in den Mund gesteckt. Wenn ich nicht bald zu Geld komme, werde ich noch wirklich und wahrhaftig zur Verbrecherin.«

»Ja – in dem Moment, in dem Tesser Roget zu Geld kommt, werden *alle* Besitzer hiesiger Supermärkte einen erleichterten Seufzer ausstoßen.«

»Mal abgesehen davon, dass ich meine kleinen Sünden vor

allem wegen des minimalen und nichtssagenden Thrills an der Sache begehe: wie das illegale Brennen von kopiergeschützten CDs ...«

»Das Klauen von Probe-Lippenstiften«, fügte Kitty hinzu.

»Ja, und damit hört es dann bei mir aber wirklich auf«, gab Tesser zu. »Trotz dieser Tatsache stehle ich keine größeren Sachen. Ich bin vermutlich einfach nicht Hardcore genug.«

»Hardcore, so ein Unsinn. Hör mal, nachdem du neulich so rumgejammert hast, überkamen mich Robin-Hood-mäßige Schuldgefühle, und als ich dann vor diesem schicken und hippen Elektronikladen an der Straße nach Islington stand, habe ich sogar überlegt, ob ich nicht reingehen und ein Softwarepaket für digitales Filmen in meinen Rucksack stopfen sollte.«

»Großer Gott! So ein großes Risiko würde ich niemals eingehen!«

»Ach, keine Sorge. Ich habe es auch nicht getan, weil ich nie damit durchgekommen wäre. Doch andernfalls hätte ich es gemacht. Rein aus Prinzip, aufgrund der aktuellen Verteilung der Reichtümer. Aber versteh mich nicht falsch: Ich halte es für wirklich widerlich, wenn kleine Leute ausgeraubt werden. Die Räuber sollten sich davor in Acht nehmen, den kleinen Laden um die Ecke auszurauben – aber die Kapitalistenschweine, denen die großen Megaketten gehören, die haben für sich gut vorgesorgt, davon bin ich überzeugt. Wenn sie dich dafür einbuchten wollen, dass du eine Weintraube geklaut hast, dann sollen sie das nur versuchen. Ich werde dich bis vor das höchste Gericht verteidigen. Und das mache ich sogar *pro bono*. Das wird der Fall, mit dem ich mir einen Namen machen werde.«

Tesser dachte kurz darüber nach. »Oder wie wäre es damit, ein Paar Schuhe aus den Wohltätigkeitsläden der Heilsarmee mitzunehmen, wenn man seine alten dafür dalässt?«

Kitty schien sie nicht gehört zu haben, und sie war jetzt richtig in Fahrt: »Bestehle die Reichen! Selbst wenn die Armen weniger Schlösser an den Türen haben! Du solltest dich in dieser Hinsicht immer nach oben orientieren, Tesser, selbst wenn dir stattdessen oft anstelle einer Belohnung nur Tugend winkt. Doch das ist ein Preis, der immer wieder und wieder zu dir zurückkommen wird.« Kitty war jetzt ganz rot im Gesicht. Tesser hatte schon seit langer Zeit nicht mehr erlebt, dass sie sich derart für ein Thema engagiert hatte.

»Tugend«, wiederholte sie langsam und an Kitty gewandt, »ist nicht gerade eine Eigenschaft, die bei mir hoch im Kurs steht.«

»Was wäre dir denn lieber?«

»Die Vermeidung einer langen Haftstrafe, daher kommen Computer einfach nicht infrage. Ich sagte doch, dass es kein großer Diebstahl sein darf.«

»Zumindest keine Computer aus kleinen Geschäften«, fügte Kitty hinzu.

»Wohingegen wohltätige Secondhandshops einfach nicht über die Ressourcen verfügen, als dass sie einen wegen des Austauschs von Schuhen gerichtlich belangen würden«, meinte Tesser.

Kitty starrte sie an. »Das ist verwerflich, Tesser. Ich denke, es wird höchste Zeit, dass du dir einen Job suchst.«

Am Schwarzen Brett in der Universität hingen mehrere lukrative Optionen. Das war nicht das erste Mal, dass Kitty Tesser dazu überredet hatte, sich etwas Geld mit der Teilnahme an psychologischen oder kognitiven wissenschaftlichen Experimenten zu verdienen. Im letzten Sommer hatte Tesser diese Möglichkeit ausgeschöpft, so gut es ging, bis ihr sogar die Forschungsstudenten der abnormalen Psychologie aus dem Weg gingen, sobald sie sie sahen. Doch da hatte es auch diese nette Doktorandin mit der schicken Brille gegeben, mit der Tesser letzten August im Fotokopierraum der Doktoranden rumgemacht hatte. Die war wirklich süß gewesen. Simone hieß sie. Sie hatten auf der Damentoilette im zweiten Stock des Informatikgebäudes gefickt. Hmmm ... Danach hatte sie ihre Nummer aufgeschrieben und Tesser grinsend den Zettel überreicht.

Tesser hatte die Nummer natürlich noch am selben Tag in einem der öffentlichen Verkehrsmittel verloren. War ja wieder typisch für sie.

Sie tippte eine SMS an Kitty – BIS JETZT IST HIER NICHTS! Doch sie schickte sie nicht ab, denn das kostete schließlich zehn Pence pro Nachricht. Und sie musste ihre finanzielle Lage im Auge behalten, nicht wahr, denn das war doch der Hauptgrund, warum sie überhaupt hierhergekommen war.

Sie sah sich sämtliche Aushänge am Schwarzen Brett an und suchte nach etwas, womit sie sich einige Kröten verdienen konnte. Es gab Langzeit-Arzneimitteltests, die nicht gut für sie waren, da man das Geld erst bekam, wenn man ein Jahr lang aufgrund der Nebenwirkungen nur noch gezittert und gesabbert hatte. Dann gab es da eine Nachricht, dass Freiwillige eine angemessene Vergütung für einen Gehirnscan bekommen könnten, allerdings wurden nur rechtshändige Männer gesucht. Nein. Bei den Geisteswissenschaften hing ein A4-Blatt, auf dem stand, dass Tutoren in Französisch gesucht wurden. Dummerweise sprach Tesser Roget, die hervorragend französisch küssen konnte, wie die meisten Amerikaner nur Englisch. Wirklich eine Schande. Dort würden sie vermutlich viele dunkelhaarige junge Studenten mit hellen Augen erwarten, die begierig waren, etwas zu lernen, und denen sie nur zu gern ein oder zwei Dinge beigebracht hätte. Mann. Diese Woche war die Ausbeute aber echt mickrig. Sie schrieb sich die Nummer und die Einzelheiten zu dem Experiment mit männlichen Rechtshändern auf. Vielleicht würde sie einfach mal dort anrufen und nachfragen, ob sie als Kontrollgruppe auch noch linkshändige Frauen brauchten. Dann fiel ihr eine Karte auf, die ganz in der Ecke angepinnt und ihr bis jetzt nicht ins Auge gestochen war.

Endlich, das war es! Bingo! Es war fast so, als hätte Kitty irgendwie insgeheim gewusst, dass es dort den perfekten Job für sie gab. Als Tesser genauer hinsah, erkannte sie anhand des Datums, dass der Zettel erst an diesem Morgen aufgehängt worden war.

STUDENTISCHER FILMEMACHER FÜR WOHLTÄTIGKEITSDOKUMENTATION & ANDERE PHILANTROPHISCHE AKTIVITÄTEN GESUCHT.

Tja, es würde ihr wirklich sehr leichtfallen, sich als Studentin auszugeben. Überhaupt kein Problem.

WIR BRAUCHEN JEMANDEN, DER HART ARBEITEN KANN, ERFAHREN UND FANTASIEVOLL IST. GROSSZÜGIGE ENTSCHÄDIGUNG VON 250 PFUND. AUSRÜSTUNG WIRD GESTELLT, SPESEN WERDEN BEGLICHEN. PROJEKT IN ZUSAMMENARBEIT MIT DEM HACKNEY-KONGRESS-POPULARITÄTSAUSSCHUSS. BITTE MELDEN BEI DER ABTEILUNG »BLAIRSTONE CHEMICALS« VON AMI INDUSTRIES UNTER 0208 328 3094. FRAGEN SIE NACH DR. MIRIAM SHARKEY. LABORNUMMER 552.

Rasch riss sie den ganzen Zettel ab, damit ihn niemand anderes für sich beanspruchen konnte. Zweihundertfünfzig

Mäuse wären genug für ihre geringen Lebensunterhaltskosten sowie die Lebensmittel für alle im Haus – und sogar für ihren Film! Ja, wenn sie das Geld pflichtbewusst auf ihr Konto einzahlen würde, dann könnte sogar *Chain of Lurve* Realität werden.

Sie verließ das Gebäude, da der Empfang im Freien besser war, und rief mit ihrem Handy die Nummer an.

»Hallo, AMI Industries. Wie kann ich Ihnen helfen?«, meldete sich eine Rezeptionistin mit eisiger Stimme.

»Ähm, ja, mein Name ist Tesser Roget.«

Es gab eine längere Pause.

»Und?«

»Und ich würde gern mit Dr. Sharkey über die Wohltätigkeitsdokumentation sprechen.«

»Haben Sie einen Termin?«

»Nein, ich rufe an, um einen Termin zu bekommen.« Tesser zählte im Kopf bis fünf, bevor sie weitersprach. »Ich bin eine von ihren Studentinnen … äh, ich habe drüben im, äh, Zentrallabor gearbeitet. Ich sehe Dr. Sharkeys bahnbrechende Arbeit als äußerst wichtig für meine eigenen Studien an.«

Diese Lüge war dann doch etwas zu dick aufgetragen, und die Rezeptionistin ließ sich nicht täuschen, sondern schnaubte hörbar und blaffte Tesser dann an. »Wie bitte, Sie sehen *was*? *Was* tun Sie? Und *wie* lautet Ihr Name?«

»Tesser Roget.«

»Tut mir leid, Tesser *wie*?«

Sie wiederholte ihren Namen mehrmals, bis die Rezeptionistin ihn verstanden hatte, und in einem besonders inspirierten Moment gab sie ihr als Referenz sogar noch Kittys Pagernummer. »Ich muss wirklich dringend mit Dr. Sharkey sprechen. Sie hat mich angerufen, wissen Sie, und es war nicht gerade einfach für mich, mir Zeit für ein Treffen zu nehmen. Die Umstände waren nicht gerade die besten.«

»Entschuldigen Sie bitte, aber ich habe Ihren Namen noch nie zuvor gehört. Ich werde nachfragen, ob sich Dr. Sharkey an Sie erinnert, okay?« Sie stellte Tesser in die Warteschleife. Als sie wieder zu hören war, klang ihre Stimme überrascht. »Dr. Sharkey sagt, dass sie sich sehr gut an Sie erinnert, und sie würde gern wissen, ob Sie heute um 17 Uhr zu einem Vorstellungsgespräch kommen könnten.«

Tesser schluckte schwer. Sie war nicht daran gewöhnt, dass ihre Schwindeleien so großen Erfolg hatten. Rasch ließ sie sich von der aufgeblasenen Rezeptionistin die Adresse geben. Ironischerweise befand sich AMI Industries direkt in Hackney an den Kanälen, ganz in der Nähe des Hauses, in dem sie wohnte. Wenn sie jetzt in die Pedale trat, dann schaffte sie es vorher sogar noch nach Hause.

Sie machte sich sofort auf den Weg, weil sie noch kurz in ihrem Zimmer vorbeischauen wollte. Als sie dort eintraf, sah sie sich liebevoll in ihrem unaufgeräumten Reich um. Sie war keine Schlampe, die sich für ihr Chaos hasste. Eigentlich gefiel es ihr sogar ganz gut, in dieser Verwahrlosung zu hausen, daher misstraute sie von Natur aus anderen Menschen, bei denen man den Fußboden erkennen konnte. Doch sie trödelte nicht lange herum, denn sie hatte schließlich eine Verabredung mit dem Schicksal. Sie befestigte ihren Super-8-Projektor sowie die Schachtel, in der sich die Rolle mit *The Passion Flowchart* befand, auf ihrem Fahrrad, nur für den Fall, dass man sie darum bitten würde, Dr. Sharkey etwas von ihrer Arbeit zu zeigen. Beides band sie mit einem Flexgurt fest.

Mist. Sie würde verdammt schnell radeln müssen, wenn sie um 17 Uhr dort ankommen wollte. Der Nebel stieg träge vom Kanal auf, als sie an der Südseite des Kanalsystems an Joggern vorbeisauste. Atemlos kam sie vor einem alten Backsteingebäude an, vor dem ein Schild stand, auf dem AMI INDUSTRIES zu lesen war. Sie holte ihr Klappmesser hervor und versteckte es in ihrem BH – man konnte ja nie wissen, und schließlich wusste sie so gut wie nichts über diese Frau oder diese Firma. Sie schloss ihr Fahrrad schnell auf dem Parkplatz hinter dem Gebäude an, ging durch die Hintertür hinein und rannte einige Treppenstufen hinauf, während sie ihre Ausrüstung umklammerte, um danach einigen Schildern zu folgen, die mit BLAIRSTONE LABOREMPFANG beschriftet waren. Offenbar lag das eigentliche Labor noch ein Stockwerk höher.

Der Rezeptionsbereich sah nicht gerade nach einer Laborumgebung aus, sondern eher wie jede andere Rezeption auch: langweilig, beige, öde. Tesser wusste nicht, was sie erwartet hatte – Laborkittel, blubbernde Glasphiolen, lodernde Bunsenbrenner …

»Kann ich Ihnen helfen?«, fragte die Rezeptionistin. Aha! Das war die Frau, mit der sie zuvor telefoniert hatte. Passend zu ihrer eisigen Stimme hatte sie auch noch weißblonde Haare. Und sie musterte Tesser eindringlich.

Ja, du kannst mir verdammt noch mal sehr gut helfen, du oberflächliche Kuh. Doch sie riss sich zusammen und nannte höflich ihren Namen und den Grund ihres Besuchs. Nachdem die Rezeptionistin Tesser einen Blick zugeworfen hatte, durch den klargestellt worden war, dass ihre Zeit zu kostbar war, um sie mit niederen Studenten und Emporkömmlingen zu verbringen, informierte sie Tesser in angesäuertem Tonfall, dass ihre Chancen darauf, heute etwas mit Dr. Sharkey zu besprechen, nahezu aussichtslos waren, da die Verabredung so kurz vor Feierabend terminiert worden sei – und dass es tatsächlich sinnvoller wäre, jetzt einen neuen Termin zu machen und am nächsten Tag erneut herzukommen.

Tesser schenkte der Frau ein Lächeln, das, wie sie hoffte, höchst gewinnend war. »Ich versuche doch bloß, meinen Fuß in die Tür zu bekommen.« Einen Fuß in die Tür zu bekommen und möglichst schnell den Tag zu erreichen, an dem ihr Bankkonto über das Guthaben von zweihundertfünfzig Pfund verfügte.

Die Rezeptionistin ignorierte diesen freundlichen Annäherungsversuch und tippte stattdessen eine Nummer in ihr Telefon. »Wenn Sie nichts dagegen haben?« Sie warf Tesser einen Blick mit hochgezogener Augenbraue zu, und Tesser trat einige Schritte vom Schreibtisch zurück. Die Rezeptionistin drehte ihr nun den Rücken zu und flüsterte dann etwas in den Telefonhörer.

Tesser ging zu einer Sitzgruppe und ließ sich nieder. Sie holte ihr Handy heraus und tippte eine SMS an Kitty: BIN JETZT DA. GIB MIR EINE GUTE REFERENZ, WENN SIE ANRUFEN. WIE ES LÄUFT? KEINE AHNUNG.

Die Rezeptionistin besaß ihrer Arbeitgeberin gegenüber eine übermäßige Loyalität, die Tesser auf die Nerven ging. »Ich komme irgendwie nicht durch«, informierte sie Tesser. Allerdings war mehr als offensichtlich, dass sie log.

»Hören Sie, ich bin mir ziemlich sicher, dass sie mich sehen will. Und ich bin nur fünf Minuten zu spät dran. Sie hätte mir doch gar nicht erst einen Termin gegeben, wenn sie nicht mit mir sprechen wollte.«

Tessers Prahlerei schien ihren Zweck zu erfüllen, denn die Rezeptionistin gab erneut eine Telefonnummer ein, und nachdem sie in ehrerbietendem Flüsterton eine Unterhaltung über das Telefon geführt hatte, teilte sie Tesser missbilligend mit, dass Dr. Sharkey sie in einer Viertelstunde empfangen würde, wenn sie denn so lange warten wolle. Die gepolsterten Armsessel waren allerdings nicht so bequem, wie sie aussahen. Die Minuten vergingen quälend langsam. Ein Mann mit einem sehr breiten Kiefer und in Radlerhosen, die stämmige Beine enthüllten, saß einige Plätze weiter und wartete vermutlich ebenfalls auf ein Vorstellungsgespräch, doch dieses Mal hatte Tesser Geld und nicht Sex im Kopf. Sie würde damit die Lebensmittel bezahlen, ihr überzogenes Konto decken und sich eine Katze zulegen können ...

Die Rezeptionistin sah sie an. Sie hätte sogar recht hübsch sein können – wenngleich auf diese Yuppie-hafte Weise –, wenn sie nicht so sauertöpfisch gewesen wäre. Doch warum sollte ein It-Girl so einen ShIt-Job annehmen?

»Ich sagte«, murmelte die Rezeptionistin mit zusammengebissenen Zähnen, »dass Dr. Sharkey Sie jetzt empfangen wird.«

»*Vielen* Dank«, erwiderte Tesser ebenso kühl und stolperte über die muskulösen und gewiss – falls es denn einen Gott gab – genetisch dominanten jungen Beine des Augenschmauses zu ihrer Linken. Sie näherte sich einem Zimmer am Ende des Empfangsbereiches. Die Tür war ein Stück geöffnet, und eine Wolke aus Zigarettenrauch drang aus dem Raum hervor.

Sie zögerte.

»Kommen Sie herein.« Die Stimme war tief und resonant.

Das Erste, was Tesser beim Betreten des Zimmers sah, war eine schlanke Gestalt mit einem riesigen Dutt aus grauen Haaren, die sich auf einem jener Bürostühle, die aussahen, als würden sie sich an die Prinzipien der Ergonomie halten, nach vorn beugte.

»Schließen Sie die Tür.« Die Stimme schmetterte ihr weiter mit dieser erstaunlichen Resonanz entgegen – als hätten die Stimmbänder entweder zu viel Whisky oder auch zu viele Zigaretten erdulden müssen. »Bitte setzen Sie sich.« Die Hand, die die Zigarette hielt, deutete auf einen Stuhl, der etwa eineinhalb Meter von der Sprecherin entfernt stand, was eine beeindruckende und nicht gerade intime Distanz darstellte. Tesser setzte sich und wartete darauf, dass Dr. Sharkey wieder den Mund aufmachte, denn jetzt erschien es fast so, als wäre sie es gewesen, die Tesser aufgesucht hatte, und nicht andersherum.

»Tesser? Ist das richtig? Tesser Roget.« Tesser stellte fest, dass ihr Mund ganz trocken war und dass sie nicht sofort antworten konnte. Verdammt. Dr. Sharkey war wirklich umwerfend.

»Äh, ja. Die meisten Menschen sprechen es nicht richtig aus.«

»Ach was. So eine charmante transatlantische Variation.« Der Tonfall ihrer Stimme ließ bei dem Wort »Variation« unvorstellbare und perverse Verlockungen in Tessers Fantasie aufkeimen.

Sie fühlte sich unbehaglich. Die Frau sah ebenso umwerfend aus wie eine geschmeidige lohfarbene Löwin. Sie musste um die vierzig sein und hatte ihr dunkles, von grauen Strähnen durchzogenes Haar in einem festen Dutt hochgesteckt. Ihre riesigen grüngrauen Augen sahen Tesser fragend, intelligent und gefährlich an. Güte lag gewiss nicht darin. Sie trug einen locker sitzenden karamellfarbenen Wickelrock und ein langärmeliges apricotfarbenes Rollkragenshirt, das sich verwirrend eng über ihre spitzen, kleinen Brüsten spannte. Zumindest wirkte es auf Tesser verwirrend – sie versuchte verzweifelt, irgendwo anders hinzusehen, nur um Dr. Sharkey nicht anschauen zu müssen.

Auf einmal wurde ihr klar, dass Dr. Sharkey Kitty angerufen haben musste, um sich nach ihr zu erkundigen. Ansonsten hätte sie ihren Namen wohl kaum richtig ausgesprochen. Kitty musste sie wärmstens empfohlen haben, da sie sich jetzt tatsächlich in Dr. Sharkeys Büro befand.

Und das sah ganz und gar nicht so aus, wie sie sich ein Büro an den Hackney-Kanälen vorgestellt hatte. Es hatte auch nicht diesen allgemeinen geschäftsmäßigen Touch, den der Empfangsbereich ausgestrahlt hatte. Hier hingen echte Samtvorhänge am Fenster, bernsteinfarbene, und die vornehmen Ledermöbel hatten ebenfalls die Farbe warmen, reifen

Whiskys. Die luxuriösen Armsessel, das Sofa und sogar der dunkle mahagonifarbene Schreibtisch sahen brandneu aus.

»Doktor Ridley sagte, dass Sie hervorragend arbeiten würden.«

Einen Augenblick lang war Tesser verwirrt und bekam Angst, doch dann hatte sie den Faden wiedergefunden. Sie hätte wirklich damit rechnen müssen, dass sich Kitty Ridley um Ausschmückung bemühen und sich einen Doktortitel zulegen würde. Zumindest hätte sie nicht das gesagt, was jeder echte frühere Arbeitgeber gesagt hätte: dass Tesser an jedem Arbeitstag mindestens zwanzig Minuten zu spät gekommen war.

»Ich werde meine Karten gleich auf den Tisch legen.« Die Doktorin sprach schnell und geschäftsmäßig, sobald sich Tesser hingesetzt hatte. Die Frau vergeudet wirklich keine Zeit, dachte Tesser voller Bewunderung, als sich Dr. Sharkey über den Tisch näher zu ihr beugte, wobei sie beide Handflächen auf das polierte Holz legte. »Zuallererst möchte ich mehr über Sie erfahren. Ich habe mich bereits länger mit Ihrer Referenz unterhalten, daher sind mir die meisten Ihrer Antworten vermutlich schon bekannt, aber ich möchte dennoch einiges bestätigt haben. Einverstanden?«

»Natürlich«, antwortete Tesser.

»Gut.«

Das Tempo, in dem die Doktorin jetzt sprach und sich bewegte, verblüffte Tesser. Sie bekam zunehmend das Gefühl, dass man ihr Gehirn durch eine Knoblauchpresse drückte.

»Zeigen Sie mir erst einmal, was Sie haben.«

Tesser sah sich wild nach einer Steckdose um, und als sie eine entdeckt hatte, schloss sie den Projektor an und ließ *The Passion Flowchart* auf der Wand aufflackern. Das nachfolgende Feedback würde das erste sein, das sie zu ihrem Werk erhielt. Doch Dr. Sharkey, die nun entnervend dicht neben ihr stand, sagte während der gesamten Vorführung des Films kein Wort, und sie wirkte auch völlig teilnahmslos, als Tesser das elegante Gesicht mit den feinen Gesichtszügen heimlich musterte. Mit einem unguten Gefühl im Magen schaltete Tesser den Projektor wieder ab und begann, den Film zu verstauen. Sie schien keinen Eindruck gemacht zu haben.

»Sie sind wegen der Stelle als Filmemacherin hier«, stellte Dr. Sharkey auf einmal fest. Ach was, Sherlock. Doch das war eine Aussage und keine Frage.

»Das bin ich tatsächlich. Obwohl es sich dabei um ein Video handelt, oder? Anstelle eines Films, meine ich.«

»Das ist ja großartig. Wirklich. Sie sind tatsächlich vom Fach, was? Bezaubernd. Ja, es geht um ein Video, nicht um einen Film. Ich hoffe, Sie wissen, wie man mit einer Videokamera umgeht.« Dr. Sharkey warf den Kopf in den Nacken und stieß ein leises, kehliges Kichern aus. »Ich hoffe ferner, dass diese *Videokamera* Ihr *Werk* nicht derart ausbremst, dass Sie das Interesse verlieren, Ms. Roget. Wir haben nicht so viele Rückmeldungen erhalten, wie wir erwartet hatten, und ich würde es nur ungern sehen, wenn Sie diese Gelegenheit nur aufgrund Ihres Snobismus gegenüber dem künstlerischen Medium ungenutzt lassen würden. Ein Mangel an Flexibilität ist in meinen Augen ein eindeutiger Minuspunkt.« Es gelang ihr, bei diesen Worten, gleichzeitig sarkastisch und amüsiert zu klingen.

Mann! Sie wollte den Job doch jetzt nicht gleich wieder verlieren. »Ehrlich gesagt«, erwiderte Tesser, »denke ich, dass sich meine *künstlerische* Schwäche eher so zeigen wird, dass ich mich zu sehr auf meine Arbeit konzentriere und zu hart arbeite. Ich habe Erfahrung und kann hart arbeiten. Und ich habe eine sehr große Fantasie.« Auf einmal befürchtete Tesser, die Worte auf dem Zettel an dem schwarzen Brett zu wiederholen, aber sie war sich nicht sicher, ob das wirklich darauf gestanden hatte.

Bei Tessers Antwort schlug Dr. Sharkey beide Handflächen mit einem lauten Knall auf die Tischplatte. »Ihre *künstlerische* Schwäche. Sehr drollig, Ms. Roget. Nun gut – dann erzählen Sie mir doch noch ein wenig über sich. Und ich will nicht die Standardantworten hören, die man aus jedem Vorstellungsgespräch kennt. Ich möchte echte Informationen über Sie. Ich will Flair. Ich will persönliche Details, die mich davon überzeugen, dass Sie das Herz für so ein Projekt wie das unsrige haben.«

Tesser starrte die Doktorin mit offenem Mund an. Die grauhaarige Frau spielte offenherzig mit einer ihrer Brustwarzen, die sie durch das dünne, glatte Material ihres Rollkragenshirts hindurch streichelte. Tesser war sich nicht sicher, ob sie das bewusst tat oder nicht, daher wandte sie den Blick ab und schluckte einmal schwer, um dann, die Augen auf den Boden gerichtet, zu murmeln: »Ähm, ich bin Tesser Roget, allein lebende fleischfressende Zweifüßerin und vierundzwanzig Jahre alt.«

»Oh, Sie werden leichtsinnig«, warf Dr. Sharkey ein, »wie reizend. Bitte fahren Sie fort.«

Tesser war sich unangenehm bewusst, dass Dr. Sharkey noch immer durch den Stoff hinweg an ihrer Brust rieb, deren Spitze sich jetzt als harter kleiner Punkt abzeichnete, daher redete sie rasch weiter, wobei sie immer noch den Boden anstarrte. »Ich wohne im unmodernen Teil des Londoner East Ends in einem schäbigen Dachgeschosszimmer in einer heruntergekommenen Wohnung. In meinem Zimmer befinden sich meine Kamera, viele heiße Klamotten und Schuhe sowie eine Matratze, um die herum sich leere Chipstüten, Bücher und nicht zusammengelegte Wäschestücke stapeln. Mein Fachgebiet sind Super-8-Filme, und der Grund dafür, dass ich trotz meiner ständigen Geldknappheit in London geblieben bin, ist, dass ich ... so ein Gefühl habe ... eine Vermutung ...«

»Vielleicht eine *Vorahnung*?«, schlug Dr. Sharkey vor.

Tesser nickte und hatte das Gefühl, dass ihr Gehirn langsam zu Brei wurde. Jetzt strich die gute Doktorin mit ihrem Finger über die Rundung ihrer rechten Brust, nahe ihres Halses, und streichelte den dünnen Stoff. Tesser stellte sich das helle weiße Fleisch darunter vor …

»Und diese Vorahnung sagt Ihnen, dass …?«, wollte Dr. Sharkey in spöttischem Ton wissen.

»Ähm, dass ich hier in London endlich meinen dreißigminütigen Super-8-Film fertigstellen werde, mit dem ich vor meinen Freunden schon prahle, seitdem ich die Filmhochschule verlassen habe. *The Passion Flowchart* ist nur eine Art Vorspiel.«

»Tja, Ms. Roget, ich muss Ihnen leider sagen, dass Ihre Erfahrung durchaus ausreichend ist. Oder sagen wir, gerade so eben ausreichend. Und ich war sehr freundlich zu Ihnen, müssen Sie wissen. Ich habe Sie zu einem Vorstellungsgespräch eingeladen, obwohl es offensichtlich war, dass Sie hinsichtlich der Tatsache, wir würden uns persönlich kennen, gelogen haben. Doch ich muss zugeben, dass ich Ihre Initiative bewundernswert finde. Und dennoch hat mich absolut nichts von dem, was Sie hier gesagt haben oder was ich beobachten konnte, bisher davon überzeugen können, dass eine Zusammenarbeit Großes bis Herausragendes zustande bringen würde.«

Heilige verdammte Scheiße, dachte Tesser – hier geht es doch nur um ein dämliches Wohltätigkeitsvideo! Komm doch mal von deinem hohen Ross runter!

»Wenn Sie«, fuhr Dr. Sharkey fort, »mich nicht noch irgendwie umstimmen können, dann lautet meine Antwort leider nein.«

In Tessers Kopf rasten die Gedanken wild durcheinander, während sie verzweifelt und wie wahnsinnig an die schwindenden Hoffnungen und Träume dachte, *Chain of Lurve* fertigstellen zu können – das hier war ihre einmalige Chance, das Geld dafür zusammenzubekommen und den Durchbruch zu schaffen.

»Sind Sie bereit, mich zu überzeugen?«

Tesser war sich nicht sicher, ob sie die andere Frau richtig verstanden hatte. Gott. Sie war eine Schlampe, aber sie war außerdem unglaublich schön, eine kühlere Version von Catherine Deneuve. Selbst der Stoff, der so elegant über ihren Beinen platziert war, sah aus, als würde er sich kühl, aber auch sehr sinnlich anfassen ...

»Ich würde Sie nur zu gern überzeugen«, versicherte Tesser Dr. Sharkey. Sie stellte sich vor, wie die Doktorin ausgestreckt auf diesem glatten, glänzenden, dunklen Holzschreibtisch lag, wobei sich ihre nackten Titten gegen dessen schimmernde Oberfläche pressten, ihr der gelbe Rock auf den Knien hing und sie immer wieder schrie, Tesser solle mit dem Ficken aufhören, weil sie genug hatte. Das war eine Technik, die Tesser häufig einsetzte, wenn sie sich in einer Situation unsicher fühlte – dann stellte sie sich vor, dass sie die völlige sexuelle Kontrolle über diese Person hatte, die wiederum verzweifelt um ihre Gunst buhlte ...

»Und wie gedenken Sie, mich zu überzeugen?«

»Wie bitte?« Tesser wurde rot und war peinlich berührt, dass sie solch schmutzige Gedanken gehabt hatte. Dr. Sharkey meinte natürlich, wie sie sie mithilfe ihrer bisherigen Arbeit überzeugen wollte. »Ich, äh, habe schon einmal eine Protestaktion gefilmt, daher hätten wir visuelle Beweise, falls die Polizei lügt, wie sie es immer tut, und vielleicht wäre dieser »Straßen-Look« ja auch gar nicht verkehrt für ein populistisches Video, wie Sie eines machen ... Ähm, außerdem habe ich viel Erfahrung beim Filmen der Kanäle, und ich weiß, wie schlecht der Hackney-Kongress in letzter Zeit in der Presse weggekommen ist, daher würde ich mein Bestes geben, um die öffentliche Meinung zu ändern, und ...«

»Ms. Roget ...« Die Doktorin holte ein Klemmbrett aus ihrem Schreibtisch und schob ihren Drehstuhl näher an Tesser heran, sodass sie sie jetzt fast berühren konnte. »... haben Sie wirklich gedacht, dass ich mit ›überzeugen‹ einen derartigen Unsinn meine?«

»Nicht?« Jetzt konnte Tesser förmlich spüren, wie ihr Gesicht knallrot wurde.

Dr. Sharkey gab keinen weiteren Kommentar ab, und auch auf ihrem Gesicht ließ sich nicht ablesen, was sie gerade dachte. Tesser war der Ansicht, dass für sie beide offensichtlich sein sollte, dass das, was Tesser Roget wollte, Geld war. Wie ein Magnet wurden Tessers Augen langsam von den Brüsten der Doktorin angezogen. Zumindest das war ihrer Meinung nach etwas, was sie wollte. Die Brustwarzen der Doktorin zeichneten sich steif unter dem Stoff ab, und ihre Brüste sahen unter dem gelblichen Material aus wie zwei goldene Pfirsiche: fest und rund. Tesser verschränkte die Beine und konzentrierte sich auf den kleinen, dunklen Leberfleck auf Dr. Sharkeys Gesicht, einen Schönheitsfleck gleich links neben den Lippen. Irgendwie kam es ihr sicherer vor, sich diese Stelle anzusehen.

»N... Nicht?«, wiederholte sie. Großer Gott, jetzt fing sie sogar schon an zu stottern.

»Wenn das Ihr überzeugendes Argument sein soll ...« Jetzt beugte sich Dr. Sharkey vor und verschränkte die Hände. Augenblicklich war Tesser klar, wie sich eine Maus fühlen musste, mit der eine Katze spielte, denn Dr. Sharkey hatte offensichtlich alle Informationen, die Tesser ihr gegeben hatte, in sich aufgesogen und würde sie jetzt irgendwie verwenden, um Tessers Seele und ihren Körper auszuwringen. »... dann bin ich nicht beeindruckt. Ich hatte daran gedacht, Ihnen diese

Position anzubieten, aber jetzt bin ich mir nicht mehr so sicher ...« Sie hielt inne und zögerte einen Moment, wobei sie Tesser abschätzend musterte, während sie langsam mit ihren pfirsichfarben lackierten Fingernägeln gegen ihren Wangenknochen tippte. »Ich war davon ausgegangen, dass Künstler empfindsamer und aufmerksamer wären«, meinte sie auf einmal. »*Sind* Sie eine Künstlerin, Ms. Roget?«

Tesser hatte das Gefühl, als würde sich alles um sie herum drehen. Sie wusste nicht mehr, wo oben und unten war. Und um die Sache noch schlimmer zu machen – o großer Gott! –, spreizte Dr. Sharkey jetzt die Oberschenkel, und da der Wickelrock sehr günstig fiel, konnte Tesser jetzt die komplette Innenseite ihrer glatten, blassen Oberschenkel sehen. Verdammt, verdammt, gottverdammt! »Ja, ich bin eine Künstlerin. Bekommen Künstler mehr Geld?« Vielleicht wäre ja eine Provision angebracht – oder sogar eine finanzielle Unterstützung. Tesser beugte sich ein wenig vor und sah ihr Gegenüber durch leicht gesenkte Wimpern hindurch an. Doch das bereute sie sofort wieder, denn so konnte sie jedes einzelne feuchte Detail der Muschi der Doktorin erkennen. Diese war verlockend, herrlich und offensichtlich erregt.

Vor Lust zitterte Tesser fast schon. Sie wollte die köstliche pinkfarbene Vagina der Frau lecken, bis diese um Gnade winselte. Sieh sie dir doch nur an!, dachte sie. Eine wunderbar feuchte Muschi, die sich ihren Blicken darbot. Sie zappelte auf ihrem Stuhl herum, schloss die Augen und betete um die Stärke, nicht weiter in Dr. Sharkeys Schoß sehen zu müssen. Und sie begann, unsinnige Lügen von sich zu geben: »Oh ja, ich drehe eigentlich schon seit Jahren künstlerisch wertvolle Filme.« Doch alles, woran sie denken konnte, war das, was die gute Doktorin ihr da zeigte, wenngleich vielleicht nicht mit Absicht, aber das Verlangen pochte in stetigem Rhythmus in ihrer eigenen Muschi.

Ich muss gefickt werden, dachte Tesser. *Ich – muss – gefickt – werden.* Sie konnte an nichts anderes mehr denken als an Muschis. Sie konnte nichts anderes mehr riechen als den Duft von Muschis. Sie hätte nichts lieber getan, als sich hinzuknien, ihren Mund gegen Dr. Sharkeys feuchte, heiße Schamlippen zu pressen und ihr Gesicht in diesem köstlichen Saft zu baden ...

Sie zwang sich, den Blick von Dr. Sharkeys Schoß abzuwenden und lächelte schwach. Dr. Sharkey lächelte auch, ihr Lächeln wirkte allerdings eher grausam.

Tat sie das etwa mit Absicht? Nein, entschied sich Tesser, das konnte unmöglich so sein. Eine solche Frau steht nicht auf ein ungehobeltes Mädchen wie mich. Aber dann machte irgendetwas in ihrem Gehirn »Ping!«. Hatten diese High-Society-Ladys denn nicht alle diesen Lady-Chatterley-Komplex? Sehnten sie sich nicht alle danach, ein wenig grober angepackt zu werden? Tesser presste erneut die Beine zusammen und stöhnte leise.

»Wie bitte?« Dr. Sharkey sah von ihrem Klemmbrett auf.

»Ach, nichts«, erwiderte Tesser. Großer Gott! Die Frau zeigte ihr jetzt sogar noch mehr. Gegen sie wirkte Sharon Stone wie eine Nonne. Tesser schluckte und spürte, wie ihr Gesicht erneut hellrot aufleuchtete.

»Ihnen scheint sehr warm zu sein, Ms. Roget. Soll ich vielleicht ein Fenster öffnen ...?«

»Nein!«, entgegnete Tesser. »Öffnen Sie ja nichts weiter. Schließen Sie einfach nur ... ähm ... Ich weiß nicht.«

»Was soll ich schließen, Ms. Roget?«

Tesser sackte auf ihrem Stuhl zusammen und schloss die Augen. Sie hatte das Gefühl, gleich in Ohnmacht zu fallen.

»Sie möchten, dass ich meine Beine schließe?«

Das brachte Tesser dazu, ihre Augen wieder zu öffnen. Sie starrte die ältere Frau an. Dr. Sharkey stand auf – sie besaß die

Anmut einer Wildkatze –, legte ihr Klemmbrett auf den breiten Schreibtisch und kehrte dann zurück, wobei sie Tesser so nahe kam, dass sich ihr Schoß fast direkt vor deren Augen befand. Im Zimmer war es jetzt totenstill, aber Tesser hatte das Gefühl, dass das ganze Zimmer vor Feuchtigkeit tropfte, wie eine Aprikose bei heißen Temperaturen, die langsam ihre Süße ausschwitzte, Tropfen konzentrierten Geschmacks. Tesser musste nur noch ihre Zunge ausstrecken, um die Lust der Doktorin schmecken zu können. So nah stand diese vor ihr. Gehorsam senkte sie die Lider und bewegte die Lippen näher an die reife, saftige Muschi der Doktorin heran, die so feucht und so köstlich vor ihr schwebte ... Tesser atmete ihren Duft ein, und dieser Geruch sorgte dafür, dass ihr eigenes Höschen auf einmal ganz feucht wurde ...

Klatsch!

»Au!« Tesser blickte die Doktorin verletzt an und legte eine Hand auf ihre schmerzende Wange. »Das hätten Sie nicht tun müssen. Wenn Sie mir auf diese Weise etwas anbieten, dürfen Sie es mir nicht übel nehmen, wenn ich auch mal kosten will.«

»Sie ungehobelte kleine Schlampe. Knien Sie sich augenblicklich hin und entschuldigen Sie sich.«

»Was?« Das lief ganz und gar nicht so, wie sich Tesser die Sache vorgestellt hatte. Sie hatte geplant, es der Doktorin zu besorgen, bis sich diese in herrlicher Unterwürfigkeit unter ihr wand und Tesser intime Dinge ins Ohr seufzte. Es kam jedoch nicht gerade häufig vor, dass man ihr selbst noch etwas beibringen konnte, daher sollte sie sich der ihr Überlegenen vielleicht einfach beugen. Außerdem war die Vorstellung, von einer strengen Doktorin Befehle erteilt zu bekommen, gar nicht so übel. Spontan fragte sie: »Kann ich die heiße Krankenschwester sein?« In einem engen blauen Baumwollkleid sah sie vor ihrem inneren Auge sehr sexy aus, und sie stellte sich vor, wie Dr. Sharkey eine Hand auf ihre Brüste legte und eine ihrer Brustwarzen hart und schmerzhaft rieb, während sich Tesser gegen die Chirurgin presste. Oh ja!

»Ich bin Doktorin der Philosophie und keine Ärztin, Sie dumme Nuss. Und jetzt gehen Sie endlich runter auf die Knie und entschuldigen Sie sich anständig und lange bei mir.«

Ah, jetzt hatte Tesser es begriffen. Pflichtbewusst glitt sie vom Stuhl und begann, sanft die Muschi der älteren Frau zu küssen, um dann die Zunge in die wunderschöne, feuchte Spalte unter der winzigen, harten Klit zu pressen. Dann leckte sie diese rhythmisch, wobei sie ihre Zunge immer nur ein kleines Stückchen bewegte. Oh, sie schmeckte so gut. Tessers Gesicht war mit dem süßen Saft bedeckt, und sie glaubte fast, allein durch das Lecken selbst zu kommen. Oh ja, und wie sie kommen wollte. Ja. Die Doktorin seufzte. Tesser ließ eine Hand unter den Saum ihres eigenen Jeansrockes gleiten, aber sie kam nicht ganz bis an die richtige Stelle heran, ohne den Reißverschluss zu öffnen. Also leckte sie einfach weiter, trank den Muschisaft und rieb ihr Gesicht im Schoß der Doktorin. Dieser war warm, glitschig und geil wie nur was. Also öffnete sie den Reißverschluss ihres Rockes und schob ihre Hand weiter gen Süden. Großer Gott, ihre Finger fühlten sich auf ihrer Muschi so gut an. Sie stöhnte und begann zu reiben, wobei ihr Mund den Rhythmus beibehielt. Großer Gott, ja. Das war gut. Sie schob ihren Mittelfinger in ihre Muschi und ließ den Daumen über ihrer Klit kreisen. Heißes Verlangen durchströmte sie, in ihrem Mund schmeckte sie den süßen Moschussaft, und dabei rieb sie ihre eigene Muschi ...

»Oh nein, meine Liebe.«

»Wa...?«

Nein! Die Doktorin zog ihre Hand sanft, aber entschieden nach oben, sodass sie sich nicht mehr selbst berühren konnte.

»Bitte ...«, jammerte Tesser, doch der Griff der Doktorin blieb fest.

»In dem Moment, in dem Sie damit anfangen, verlieren Sie die Konzentration. Das ist wirklich egoistisch, Ms. Roget. Doch leider kann ich nicht darauf vertrauen, dass Sie sich so auch gebührend der vor Ihnen liegenden Aufgabe widmen werden.«

»Doch, das können Sie«, versicherte ihr Tesser. Sie wollte nichts weiter, als sich erneut in der Muschi der Doktorin verlieren. Oder sich selbst berühren. Teufel noch mal, sie wollte beides. Oder zumindest eines davon. »Ich werde artig sein«, versprach sie.

Doch die Doktorin ging bereits auf einen der Wandschränke zu. Sie wirkte stilvoll, aber ihre Figur entsprach der eines anrüchigen Showgirls, insbesondere ihr Hintern mit den festen, spitzen Pobacken. Sie schritt einfach dahin. Doch trotz der Tatsache, dass sie jetzt nichts als ein enges Rollkragenshirt und ein Paar sehr teurer Pumps trug, hatte sie nicht ein bisschen ihrer Würde verloren. Ihr Hintern schwankte verlockend hin und her, als sie verschiedene Schubladen aufzog. Tesser spürte, wie ihr das Wasser im Mund zusammenlief, doch als sie sich vom Boden erheben und auf die ältere Frau zugehen wollte, drehte sich die Doktorin um und kehrte mit etwas in der Hand zurück, das aussah wie eine Rolle Silberfaden.

»Setzen Sie sich vor den Stuhl auf den Boden«, wies sie Tesser an.

»Hey!«, erwiderte Tesser. »Ich kann mir nicht vorstellen, dass mich dieses Band zurückhalten kann. Und außerdem stehe ich eigentlich nicht so auf diesen Bondage-Kram, okay?«

»Nein, tut mir leid, aber das ist nicht okay«, erwiderte Dr. Sharkey. »Leider muss ich darauf bestehen, dass Sie das mitmachen. Wenn Sie den Job haben wollen.«

Natürlich schoss Tesser sofort wieder der Dreißigminutenfilm in den Kopf, den sie so gern drehen wollte, der ihr Traum war. Dann sah sie Dr. Sharkey an, und auf einmal wurde sie innerlich ganz locker. Wie war das mit den Träumen? Sie wollte sich einfach nur vor diese Frau auf den Boden legen und sie tun lassen, was immer sie wollte. Oh, Tesser musste sie unbedingt noch einmal schmecken, und sie wollte ihre Hände wieder gegen diese kräftigen, schlanken Oberschenkel pressen. Leise wimmerte sie. Sie brauchte das. Verdammt, ja, sie brauchte das. Mit einem seltsamen Gefühl der Ruhe, als würde sie hoch auf einer Wolke reiner Lust schweben, setzte sie sich vor den Stuhl auf den Boden, wobei sie die Beine unter sich verschränkte.

Sie ließ zu, dass die Doktorin die Ärmel ihres Sweatshirts hochschob und das dünne Band um ihre Arme und Finger wickelte, um sie dann damit an die Armlehnen des Stuhls zu fesseln. Das wird niemals halten, dachte Tesser, aber sie hielt den Mund. Sie war wie hypnotisiert vom Schoß der Doktorin, der sich vor ihr faszinierend hin und her bewegte, während sie erst den rechten und dann den linken Arm festband, das dünne glitzernde Band anpasste und festzog. Endlich schien sie mit ihrem Werk zufrieden zu sein und machte einen Schritt nach hinten, wobei sie Tesser genau beäugte. Tesser verspürte erneut dieses merkwürdige ehrfurchtsvolle Gefühl, als müsse sie respektvoll den Blick senken. Und sie staunte selbst darüber, dass sie das tatsächlich tat.

»Gutes Mädchen«, murmelte Dr. Sharkey sanft. »Sie sehen so nett aus, wie Sie die Beine sittsam verschränkt haben, die Arme heben und die Titten ausstrecken.« Sie hielt inne und schien einen Augenblick lang nachzudenken. »Wie Leda. Ich denke dabei an ein besonders surrealistisches Gemälde, bei dem sie und der Schwan von Fesseln gehalten werden. Ja, das passt. Und Sie sind jetzt selbst ein festgebundener Vogel, komplett verschnürt, und können nirgendwohin fliegen. Kennen Sie die Geschichte?«

Tesser konnte nur den Kopf schütteln. Sie spürte, wie sie eine seltsame Schwerfälligkeit überkam. Die Fäden waren nicht fest gebunden, aber ihre Arme wurden schwächer, da sie sie selbst hochhalten musste. Sie hatte das Gefühl, sich in einem abgefahrenen, surrealistischen Traum zu befinden.

»Jetzt hören Sie mir gut zu, Tesser ...« Das war das erste Mal, dass sie Tessers Vornamen benutzte. »... ich möchte nicht, dass Sie auch nur einen der Fäden zerreißen. Keinen einzigen, haben Sie verstanden?«

»Ja«, flüsterte Tesser.

»Sie werden nicht von Handschellen, Gürteln oder Seilen festgehalten. Sie sind nur mit einem dünnen Silberfaden gefesselt, meine Liebe, und von der Kraft Ihrer eigenen schmutzigen Fantasie. Wenn Sie auch nur einen einzigen Faden zerreißen, höre ich auf, und Sie müssen sofort gehen. Und ich werde mich auch nicht durch Bitten oder Betteln umstimmen lassen. Das ist schließlich Ihre zweite Chance.«

»Verstehe«, konnte Tesser gerade noch so mit rauer Stimme hervorpressen. Sie spürte, wie der feine Faden in die weiche Haut ihrer Unterarme schnitt, aber sie wusste, dass dieser bei der kleinsten Bewegung reißen und dass damit alles zu Ende sein würde.

»Freut mich, dass Sie es verstehen«, sagte Dr. Sharkey, und dann trat sie näher heran und hielt ihre feuchte Muschi vor Tessers Gesicht. »Leck mich, du eingebildete kleine Schlampe.«

O Gott! Tesser war gar nicht bewusst gewesen, wie sehr sie sich nach diesem Geschmack gesehnt hatte, und erneut begann sie, die Doktorin zwischen den Beinen zu lecken, sie mit ihrer Zunge zu liebkosen, wobei sie sich die ganze Zeit über bewusst war, dass sie an den Fäden zog – Fäden, die sie jetzt wie Eis in die Haut bissen, als sie versuchte, den Kopf zu bewegen, um auch den köstlichen Anus der älteren Frau lecken zu können. Die Fäden fühlten sich an ihren Armen wie kaltes Feuer an, das sich von den Handgelenken bis zu den Ellenbogen hinaufzog, aber sie durfte sie nicht zerstören, denn dann würde sie *Chain of Lurve* niemals drehen und auch die Muschi dieser Frau nicht weiter schmecken können …

So geübt und kraftvoll, wie sie konnte, leckte sie weiter, und als Belohnung spürte sie, wie Dr. Sharkey über ihr erbebte und aufseufzte. Sie wusste, wann die Doktorin kam, denn die Frau drückte ihre Muschi so fest auf Tessers Gesicht und bewegte die Hüften noch ruckartiger vor und zurück, wobei sie ihre Klit heftig an Tessers dargebotener Zunge rieb. Dann rief Dr. Sharkey: »Fuck, fuck, fuck, fuck«, was Tesser erschreckte, denn jedes andere Wort, das bisher aus dem Mund der Doktorin gekommen war, hatte diese mit Sorgfalt gewählt.

Fick *mich*! Leck *mich*!, schrie Tesser in ihrem Kopf, aber sie wagte es nicht, auch nur ein Wort laut auszusprechen. Sie wollte nichts lieber tun, als die Fäden zu zerreißen und die Hand in die Muschi der Frau stecken, diese spüren und sie dann ficken. Nein, sie wollte selbst gefickt werden – sie wollte, dass Dr. Sharkey ihre Finger in sie steckte, nein, sie wollte … sie wollte …

»*Sehr* gut«, verkündete Dr. Sharkey dann in anerkennendem Tonfall. Tesser hatte nicht mal bemerkt, dass die Doktorin nicht mehr stöhnte, sondern jetzt vor ihr stand, wieder völlig gefasst wirkte und die Fäden untersuchte, mit denen sie Tesser an den Stuhl gebunden hatte. »Der hier ist ein wenig zerfranst, aber im Großen und Ganzen kann ich nur sagen: *Sehr* gut. Und auch sehr energisch geleckt. Ich bin wirklich sehr beeindruckt.«

Tesser wollte so inständig gefickt werden, dass sie das

Gefühl hatte, ihr ganzer Körper würde brennen – von den Haarwurzeln bis hinunter zu den Zehen und zu den Armen, in denen es jetzt kribbelte, da sie sie die ganze Zeit so angestrengt gehalten hatte. »Sie können mich jetzt auch berühren«, schlug sie auf eine ihrer Meinung nach respektvolle Art und Weise vor.

Dr. Sharkey lachte kurz auf und ließ dann die Hand unter Tessers Kapuzensweatshirt gleiten. Doch sie musste das kalte Metall des Messers, das Tesser in ihren BH gestopft hatte, gespürt haben, denn sie zog die Finger rasch wieder weg. Dann schien sie sich zu sammeln und ließ eine Hand in Tessers immer noch offenen Rock gleiten. »Meine Güte, Sie sehen ja aus wie eine kleine Nutte mit Ihrem offen stehenden Rock.«

»Bitte ...« Tesser konnte nicht mal mehr ihrer Stimme vertrauen. Bitte streicheln Sie mich und hören Sie nicht wieder auf, beendete sie den Satz in ihrem Kopf.

Einen Moment lang sah es so aus, als würde Dr. Sharkey genau das tun. Sie berührte kurz Tessers harte, erregte Klit und tauchte die Finger in den heißen Teich zwischen den Beinen der jüngeren Frau. »Oh ...«, seufzte Tesser. Das war perfekt. Das war wunderbar. Sie hatte so lange darauf gewartet ...

»Nein ...«, sagte Dr. Sharkey. »Ich denke, Sie haben mich bereits überzeugt.« Sie zog ihre Hand zurück und saugte an ihren feuchten Fingern, wobei kurz ihre rosafarbene Zungenspitze zu sehen war. »Hmmm ... Ja, ich brauche keine weitere Überzeugungsarbeit mehr. Sie sind Filmemacherin, haben Sie gesagt? Ich würde mir gern Ihren Lebenslauf ansehen, wenn Sie nichts dagegen haben.« Sie ging zu ihrem Stuhl und zog ihren Rock geschickt wieder an der Taille zusammen – und schien dem Anschein nach sehr gefasst zu sein. Wohingegen Tesser auf dem Boden lag, an einen Stuhl gebunden und mit geöffnetem Rock wie eine billige Hure. Und sie war ebenso verzweifelt auf einen Fick aus wie eine billige Hure!

Die Doktorin wollte sie nicht ficken! Tesser konnte ihre Wut fast nicht zurückhalten. Aber die Gefahr war groß, dass sie diesen Job verlor, trotz allem, was sie getan hatte – dabei hatte sie ihn sich doch verdient! O Gott!

»Keine Bewegung, meine Gute.«

Tesser erstarrte. Vielleicht würde es jetzt doch noch geschehen. Wenn sie einfach nur still hielt, während die Löwin näher kam.

Als wäre sie wahrlich besorgt wegen Tessers Muschiqualen, kam Dr. Sharkey jetzt mit mitfühlendem Blick auf Tesser zu und steckte dann mit einer überraschend schnellen Bewegung die Hand vorn in Tessers Sweatshirt, holte das Messer heraus, klappte es auf und schnitt methodisch all die hellen Fäden durch.

Die hätte ich auch selbst zerreißen können, dachte Tesser – aber sie war nicht schnell genug gewesen, und es war offensichtlich, dass die Doktorin die Freilassung ebenso wie das Fesseln selbst übernehmen wollte. Einen Augenblick lang hielt sie inne, sah auf Tesser herab und lächelte. »Sie waren eine wunderbare Leda«, erklärte sie und legte Tesser kurz die Hand auf die Wange. Dann verstaute sie das Messer sorgfältig wieder zwischen Tessers Brüsten.

Scheiß auf Leda, wer immer das war! Tesser wollte einen Fick! Aber es sah nicht so aus, als ob das hier noch geschehen würde.

»Der Lebenslauf«, erinnerte sie Dr. Sharkey, die jetzt wieder sehr geschäftsmäßig wirkte.

»Ich werde Ihnen meinen Lebenslauf morgen per E-Mail schicken.« Tesser stand auf. Ihre Knie zitterten. Sie musste sich dringend hinsetzen, wenn sie nicht zusammenbrechen und in Dr. Sharkeys Armen landen wollte, wobei ihr der Gedanke ambivalente Gefühle entlockte. Doch eigentlich wollte sie in diesem Moment nichts lieber, als an einem abgeschiedenen Ort alleine sein und sich die Hand zwischen die Beine stecken. Sie sah auf den Boden des Büros. Der einzige Hinweis darauf, dass sich hier irgendetwas abgespielt hatte, waren die dünnen silbernen Fäden, die wie Lametta aus dem Vorjahr auf dem Teppich lagen.

»Mir wäre es lieber, wenn Sie ihn per Post schicken könnten. In manchen Dingen bin ich doch sehr altmodisch.«

Scheiße. Tesser hätte den Internetdienst in der öffentlichen Bibliothek von Hackney benutzen können, aber jetzt musste sie auch noch das Porto bezahlen. Es war offensichtlich, dass nun von ihr erwartet wurde, dass sie ging. Abgesehen von dem Spaß, der ihr jedoch keine Erfüllung gebracht hatte, konnte sie nur hoffen, dass sich dies als vernünftige Investition herausstellen würde. Ihr Magen knurrte und erinnerte sie daran, dass sie den ganzen Tag noch nichts Vernünftiges gegessen hatte. Möglicherweise ließ sie einen Teil ihrer Irritation und ihrer Verzweiflung wegen ihres Geldmangels durchblicken, denn bevor sie das Büro verlassen konnte, rief Dr. Sharkey ihren Namen. Tesser blieb im Türrahmen stehen.

»Keine Sorge, Tesser«, sagte Dr. Sharkey, die nun wieder hinter ihrem Schreibtisch saß, »Sie haben den Job. Wenn Sie dringend Geld brauchen, kann Ihnen Fiona einen Vorschuss von fünfzig Pfund geben. So viel hat sie in ihrer Portokasse. Machen Sie bei ihr einen Termin für Mittwochmorgen um elf Uhr, und sagen Sie ihr, dass ich den Vorschuss genehmigt habe. Den Rest der Woche brauche ich Sie nicht, aber jeder Mittwoch ist wichtig.«

Endlich Geld. Finanzielle, wenn auch keine körperliche Erleichterung, durchströmte Tesser. Sie verabschiedete sich und zog sorgfältig die Tür hinter sich zu.

Aber Fiona wollte nichts davon hören; die verdrießliche Rezeptionistin bestand darauf, erst Dr. Sharkey anzurufen und sich bestätigen zu lassen, dass sie den Vorschuss auch tatsächlich auszahlen durfte. Erst danach zählte sie mit misstrauischem Blick die fünfzig Pfund in bar ab – Gott sei Dank! – und trug einen Termin für den kommenden Mittwoch um elf Uhr in ihren Kalender ein.

Tesser hatte gewissermaßen die Wette gewonnen.

Sie steckte das Geld ein. Erst in diesem Augenblick verspürte sie zum ersten Mal eine leichte Sorge hinsichtlich ihrer Fähigkeit, die erforderliche Arbeit auch erledigen zu können, trotz all ihrer Aufschneiderei. Es war ja nicht so, dass sie unfähig war, aber die Doktorin umgab ein Hauch von altmodischer, mentorenhafter Autorität, sodass Tesser Angst bekam, sie könne sie enttäuschen. Das war ihr Lehrerkomplex: Ein gewisser strenger Frauentyp hatte schon immer diese Wirkung auf sie gehabt. Wunderbar streng. Ja, in der Tat.

Tesser spürte, wie ihr Selbstwertgefühl wuchs. Innerlich lächelte sie und sorgte dann dafür, dass Fiona ihr Grinsen auch mitbekam – die blöde kleine Schlampe hatte sich letzten Endes doch geirrt. Tesser *gehörte* hierher. Sie war eine talentierte junge Underground-Filmemacherin, und sie konnten sich glücklich schätzen, dass sie ihre Fähigkeiten in Anspruch nehmen durften. In Zukunft würden Menschen wie Dr. Miriam Sharkey an ihre Tür klopfen, weil sie mit ihr zusammenarbeiten wollten.

Oh, aber Tesser war immer noch geil. Vielleicht sollte sie Jamie anrufen. Ja, genau. Und die Dreimal-Sex-Regel erneut unter Beweis stellen. Nie im Leben. Sie würde nach Hause gehen und mit ihrem perlenbesetzten Lieblingsvibrator spielen. Ja, genau. Und sich chinesisches Essen nach Hause bestellen. *Das* hörte sich doch mal nach einer guten Idee an. Lockeren Schrittes ging sie auf die Tür zu, die zur Treppe führte, doch auf einmal schwankte sie und ihr Kopf wurde von einem Schwindelanfall erfasst. Als sie aufsah, grinste Fiona sie höhnisch an; sie war in diesen Sekunden offensichtlich getaumelt.

»Brauchen Sie Hilfe?«, erkundigte sich Fiona mit gehässiger Stimme. Tesser wusste nicht, wie es ihr gelang, angetrunken zu klingen, doch so war es. Und die Tür war immer noch verdammt weit weg.

»Nein«, antwortete Tesser. Ihre Stimme klang belegt. Sie fühlte sich nicht gut. »Alles in Ordnung.«

»Sie sollten sich einen Moment hinsetzen.« Das war eine neue Stimme, und sie gehörte dem gut aussehenden Radfahrer, den Tesser zuvor schon ausgiebig gemustert hatte. Er saß noch immer dort und wartete. Vermutlich wartete er schon sehr, sehr lange. Tesser hatte nicht die geringste Ahnung, wie lange ihr Vorstellungsgespräch gedauert hatte.

»Nein, es ist wirklich alles okay.« Tesser hatte sich jetzt wieder ganz erholt. Verdammter Nahrungsmangel, das war alles. Sie versuchte, etwas Würde zurückzugewinnen, indem sie schwungvoll durch die Tür ging, doch stattdessen stieß sie sich auch noch den Kopf am Türrahmen.

Vielleicht lag es nur an der seltsamen Situation, aber ihre Blicke trafen sich genau zur richtigen Zeit.

»Ich brauch eine Zigarette«, sagte der durchtrainierte junge Mann, stand auf und streckte die Arme aus. Er sah gar nicht so aus, als würde er rauchen. Tesser grinste und vermutete hinter seinen Worten eine List. »Wird es noch lange dauern?«, fragte er Fiona.

»Ich bin keine Hellseherin«, erwiderte diese schnippisch. »Wenn Dr. Sharkey Sie ruft und Sie nicht hier sind, dann verfällt Ihr Termin eben, so einfach ist das. Ich werde nicht durch ganz London laufen und versuchen, Sie aufzuspüren.«

»Dann werde ich dieses Risiko wohl eingehen müssen«, meinte der junge Mann. »Rauchen Sie eine mit mir?« Er warf Tesser einen ganz bestimmten Blick zu, als er ihr die Frage stellte, und ihr Herz schlug plötzlich doppelt so schnell wie zuvor.

»Aber klar«, antwortete sie, und sie schwang leicht die Hüften, als sie durch die Glastüren des Empfangsbereichs schritt. Höflich vermittelte sie ihm die Neuigkeit, dass sie den Job bereits in der Tasche hatte. Vielleicht war sie dabei auch nicht allzu freundlich. Dabei warf sie einen Blick zur Seite und musterte seine knackigen, muskulösen Beine. Sie wollte es, und verdammt noch mal, *dieses* Mal würde sie es auch bekommen. Jawohl! Als sie die Treppe hinter sich gelassen hatten, war sie ganz rot im Gesicht.

Der junge Mann jedoch nicht. »Ich heiße Andy«, stellte er sich vor und kam dann direkt zur Sache: »Warum gehen wir nicht um die Ecke und rauchen da? Da haben wir etwas mehr Privatsphäre«, fügte er bedeutungsvoll hinzu.

Tesser folgte ihm. Ja, ja, ja! Er war wirklich niedlich. Ein schneller, befriedigender Fick war genau das, was sie brauchte. Das chinesische Essen konnte noch ein wenig warten. Sex kam vor Nahrung. Gut, ihre Prioritäten schienen wieder die richtige Reihenfolge zu haben. Außerdem war dieser Radfahrer nett und direkt – tatsächlich erinnerte er sie sogar ein wenig an Jamie. Sie holte ihre Zigaretten hervor, für den unwahrscheinlichen Fall, dass sie seine Signale falsch gedeutet hatte. Normalerweise rauchte sie gerade mal drei Zigaretten pro Woche, aber eine Schachtel Zigaretten war immer gut zum Aufreißen geeignet.

Auch wenn es sich dabei um schaurige Mentholzigaretten handelte, die sie von einem Typen auf dem Schwarzmarkt direkt um die Ecke des Lidl-Markts in ihrer Straße gekauft hatte, aber die hatten den Vorteil, dass nur wenige Leute Tesser noch anschnorren wollten, wenn sie ihre Zigaretten erst einmal hervorgeholt hatte.

5

In einem besonderen Moment der Trägheit am nächsten Morgen färbte sie ihre Haare hellgrün. Den restlichen Morgen verbrachte sie damit, ihren Film zu schneiden, zusammenzusetzen und ihm den letzten Schliff zu verleihen. Zum Teufel mit Dr. Sharkeys anfänglich lauwarmer Kritik zu der Vorschau. Sie wusste, dass er gut war, und daher würde sie sich eine zweite Meinung einholen. Sie arbeitete sehr hart daran, und als sie mit dem Ergebnis zufrieden war, gewährte sie Kitty eine Privatvorstellung in ihrem Schlafzimmer. Tesser fand, dass sie ihren Kurzfilm durch die Liebesszenen zwischen den beiden Männern absolut bereichert hatte.

»Wow!«, sagte Kitty, als der zehnminütige Kurzfilm vorbei war und Tesser das Licht wieder einschaltete. »Das war ... sehr explizit.«

»Du meinst die Sexszenen? Die sind ziemlich heiß, nicht wahr, wenn auch ein wenig unscharf ...? Ja, nun, wenn man darüber nachdenkt, dann hat im Grunde genommen doch jeder schon mal jemand gefickt, der schon jemand anderen gefickt hat, es sei denn, man ist eine Jungfrau, dann funktioniert das natürlich nicht. Aber stell dir mal vor, du könntest alle Sexpartner deines aktuellen Lovers sehen! Das ist ja schließlich auch eine These des Films. Wenn man richtig darüber nachdenkt, dann ist alles irgendwie miteinander verbunden: Wir teilen alle auf irgendeine Weise das intime körperliche Vergnügen mit irgendjemandem auf dem Planeten, oder nicht?«

Auf einmal war Tesser doch besorgt. »Du konntest doch nicht wirklich irgendein Gesicht erkennen, oder?«

»Nein.«

»Gut.«

Aber Tesser hatte noch etwas entdeckt, als sie den Kurzfilm in letzter Minute umgeschnitten hatte – etwas, das ihr beim Entwickeln und auch beim Zusammenstellen des ersten Schnitts nicht aufgefallen war. Zur Sicherheit hatte sie sich noch mal das Material angesehen, das sie von ihren Nachbarn aufgenommen hatte. Und es passte perfekt zusammen: Erics Tätowierung war identisch mit der des glatzköpfigen Mannes. Wie hatte sie das zuvor nur übersehen können? Aber andererseits war sie zu der Zeit, als die Aufnahme entstanden war, auch ziemlich abgelenkt gewesen. Die Tätowierung war ein herzförmiges Muster auf dem Oberarm, wie eine Art abgefahrener Valentinsgruß. Das Motiv schien momentan echt in Mode zu sein. Aber sie wollte sich nicht zu sehr damit beschäftigen, da sie ohnehin nicht vorhatte, den Glatzköpfigen und seine Freundin in eines ihrer Filmprojekte aufzunehmen. Doch sie konnte sich gut vorstellen, dass sie sich die Aufnahme von Zeit zu Zeit zu ihrer eigenen Erbauung ansehen würde. Tesser war schon angeturnt davon, nur das Filmmaterial aufzurollen, aber anstatt es erneut anzusehen, befasste sie sich damit, die mit NACHBARN VON NEBENAN beschriftete Filmrolle einzuwickeln und dann neben ihrem Bett zu verstauen.

Wer konnte ihr das schon verdenken? Man musste ein Heiliger sein, wenn man bei einer solchen Show keine weichen Knie bekam. Sie hatte sich NACHBARN VON NEBENAN bereits viermal angesehen. Gestern hatte sie das auf Film gebannte Liebesspiel des Paares so inspiriert, dass sie in einem besonders aufgegeilten – oder vielleicht auch verzweifelten Moment – zum Nachbarhaus hinübergegangen war und vorgeben wollte, sich eine Tasse Zucker zu borgen, in der schwachen Hoffnung, dass man sie für die nächste Sitzung vielleicht einladen würde. Sie hatte wiederholt geklingelt, bis ein älterer Mann, der im Garten des Hauses nebenan den Rasen pflegte, ihr zu berichten wusste, dass das Haus verlassen war und dass seit fünf Jahren niemand mehr darin wohnte. Es gab zwar einen Besitzer, der irgendwo in der Gegend arbeitete, aber der kam nur selten vorbei.

»Wohnen denn vielleicht Leute darin, die es besetzt haben?«, erkundigte sich Tesser.

»Mit Hausbesetzern gehen wir hier in der Gegend nicht gerade freundlich um«, antwortete der Mann und sah Tesser mit einem so abfälligen Blick an, dass sie aufhörte, gegen die Tür zu hämmern, und zusah, dass sie von dort weg kam, wobei sie das leere Zuckerschälchen noch immer in der Hand hielt.

Heute, am wichtigen Tag der Festivaleröffnung, lag sie mit geschlossenen Augen auf ihrer Matratze und dachte darüber nach, wie das Paar ausgesehen hatte. Sie hatte das Filmkollektiv, welches das Festival leitete, angerufen und freiwillig ihre Hilfe beim Aufbau angeboten, damit um 20 Uhr auch wirklich alles fertig war. Daher musste sie sich jetzt entspannen und ihre Nervosität über die bevorstehende öffentliche Vorführung vertreiben. Und auf dem Bett zu liegen und an sich selbst herumzuspielen war eine bombensichere Methode, um sich abzulenken. Doch obwohl ihre Nachbarn wirklich eine große Inspiration gewesen waren, erzielte das Ganze nicht den gewünschten Effekt. Also beschwor sie stattdessen eine Vision von Dr. Sharkey herauf, wie diese sie mit einem Faden festband, der dieses Mal allerdings goldfarben war, und jeden Finger und jedes Bein einzeln verschnürte. Doch selbst diese Version, die durchaus ihren Reiz besaß, funktionierte nicht. Und dann – endlich – berührte sie sich selbst und dachte an Jamie. Das klappte. Danach schlief sie fröhlich und befriedigt ein.

Als sie mehrere Stunden später wieder erwachte, fühlte sie sich auf seltsame Weise erholt. Der Tag war wunderschön. Sie hatte immer noch jede Menge Zeit, und anstatt sich noch länger den Kopf über den Filmschnitt zu zerbrechen oder so lange zu masturbieren, bis sie bewusstlos wurde, hielt sie es für ratsamer, lieber einen Spaziergang zu machen oder etwas Ähnliches zu unternehmen. Sie musste sich entspannen und auf den Abend freuen. Zur Ruhe kommen. Also packte sie die Filmrolle in ihren Rucksack und begann, in Richtung Innenstadt zu radeln, durch London Fields und dann den Weg am Kanal entlang, der weiter westlich in die Stadt führte. Es war wunderbar, die Sonne auf dem hellgrünen Haar zu spüren. Als ein kleiner Junge mit einem Stein nach ihrem Fahrrad warf und »Hey, Grüne!« rief, störte sie das nicht einmal. Sie radelte in lässiger, planloser Weise durch London, bis sie sich zu ihrer eigenen Überraschung vor dem Londoner Zoo wiederfand.

Als sie ihr Fahrrad anschloss und ihr Portemonnaie hervorholte, traf es sie wie ein Schlag: Sie musste sich nicht länger Sorgen wegen ihres Geldmangels machen. Das war eine echte Erleichterung. Ja, ja, ja – normalerweise hatte sie schon das Gefühl, dass alles gut lief, wenn sie sich eine Tüte Salt-and-Vinegar-Chips leisten konnte. Doch ihre bevorstehende Arbeit als Autorenfilmerin bewirkte, dass sie die Dinge jetzt viel ernster sah. Vielleicht wurde sie ja langsam erwachsen.

Sie bezahlte den Eintritt – den verbilligten, da sie sich als Studentin ausgab – und ging hinein.

Dann wanderte sie zwischen den Tierhäusern herum und fühlte, wie sie nachdenklich wurde. Es wäre wirklich schön, wieder schwarze Zahlen auf dem Konto zu haben. Dummerweise lebte sie noch nicht lange genug in London, als dass sie genug enge Freunde hatte, die ihr durch eine persönliche

Krise, ob nun finanzieller oder anderer Natur, helfen konnten, ohne gleich ein Urteil über sie zu fällen. Es gab da einige Leute aus ihrer Hausbesetzergemeinschaft, mit denen sie reden konnte – Jake und Kitty. Sie waren Freunde. Auf einmal dämmerte es ihr, dass ihr ihre sexuellen Gewohnheiten nicht einen Menschen beschert hatten, der ihr in Zeiten der Not als Freund zur Seite stand, obwohl sie mit so vielen Leuten geschlafen hatte. Das galt möglicherweise nicht für ihre Exfreundin Noriko, doch Tesser hatte sie schon lange nicht mehr angerufen. Und vielleicht galt es auch nicht für Jamie, doch da war sich Tesser nicht sicher. Und das warf sie ziemlich aus der Bahn. Sie war einsamer, als sie gedacht hatte.

Schließlich stand sie vor dem Gorillabereich und starrte ein Jungtier an, dem die anderen Gorillas aus dem Weg zu gehen schienen. Diese Kreatur hatte wohl bewirkt, dass ihr all die Gedanken über ihre eigene Einsamkeit durch den Kopf schossen. Vielleicht hatte der junge Gorilla in der isolierten Gorillawelt riesige Probleme, die sich Tesser nicht einmal vorstellen konnte. Sie schickte Kitty eine SMS: GORILLAS SIND WIE WIR. Der Gorilla begann zu masturbieren, was Tesser dazu bewog, ihre Meinung wieder zu ändern. Scheiß auf diesen »Promiskuität ist böse und der Grund dafür, dass du einsam bist, denn nur Paare sind das Wahre«-Blödsinn – Tesser kannte Dutzende einsamer, unglücklicher Menschen, die sich zufälligerweise gerade in einer Beziehung befanden. Vielleicht gewährte ihr der Gorilla sogar eine kleine Inspiration: Er teilte ihr mit, dass es einige Dinge im Leben gab, die sogar mehr Spaß machten, wenn man alleine war. Vermutlich handelte es sich bei dem Tier sogar um einen gut angepassten Gorilla, der sehr zufrieden und beliebt bei seinen Spielkameraden war – und Tesser war der komische Primat, der empfindungslos dabei zusah, wie ein Gorilla masturbierte. Tesser sah sich um. Eine kleine Menschenmenge hatte sich versammelt und beobachtete den Gorilla, und Tesser vermutete langsam, dass dieser das nur tat, um anzugeben.

Als sie sich von dem Gehege wegdrehte, sah sie eine Visitenkarte auf dem schlammigen, ausgetretenen Weg liegen. Sie war aus sehr hochwertiger dünner Pappe. Tesser wusste, dass sie kurz zuvor noch nicht da gelegen hatte, denn dann wäre sie ihr aufgefallen, als sie noch die einzige Beobachterin des Gorillas gewesen war. Die schicke Karte musste von einem der anderen Gorillamasturbationszuschauer stammen. Die Visitenkarte eines hochrangigen Perversen, dachte Tesser und drehte sie um.

WAHRSAGEN UND KARTENLESEN, FINNA, 18 WEYPROPTH ROAD, stand auf der Karte. Finna? Das war ein ungewöhnlicher Name. Hatte sich eine Anhängerin des Okkulten unter den Zuschauern befunden oder sogar die Wahrsagerin selbst? Vielleicht handelte es sich dabei ja auch um eine Geheimgesellschaft. Tesser ließ den Blick über die ausgedünnte Menschenmenge schweifen, doch dann verlor sie das Interesse. Auf einmal schrak sie zusammen. Wie spät war es eigentlich, verdammt noch mal? »Entschuldigung?« Sie packte einen Mann in einem Tweedjackett am Arm. »Wie spät ist es?« Er sah erschrocken aus. Das lag bestimmt an ihren Haaren.

»Viertel vor sechs«, antwortete er.

»Danke.« Sie schenkte ihm ein sanftes Lächeln, wie um ihm zu versichern, dass alle Grünhaarigen gute Manieren hatten, ja, wirklich! Doch der Mann schien nicht überzeugt zu sein und hastete davon.

Verdammt, sie musste sich beeilen und schnell zurück nach Hackney radeln, damit sie wie vereinbart alles mit aufbauen konnte. Sie steckte die Karte als Souvenir in ihre Jackentasche und fuhr eilig Richtung Osten.

Jamie und Trevor kamen früh am Abend beim Geyser Underground Film Festival an, aber dort war bereits eine Menge los. Das Festival fand in einem riesigen Lagerhaus in der Nähe von Stoke Newington statt, dieser Ort wurde häufig für alternative Kunst-Events genutzt. Jamie hatte hier selbst mal an einer Ausstellung verrückter Gemälde teilgenommen. Als sie eintrafen, hielt sich bereits ein cooler Haufen an Freaks dort auf, aber es tummelte sich in dem Lagerhaus auch eine große, angeberische Hoxtoniten-Delegation, die den billigen Wein trank, der dort verkauft wurde, und sich lautstark darüber beschwerte, wie schlecht dieser war.

»Willst du ein Bier?«

»Ja, bring mir ein Becks mit.« Jamie reichte Trevor einen Fünfer, und der machte sich auf den Weg zur behelfsmäßigen Bar.

Wie sehr sich Jamie auch anstrengte, um zu einer interessanteren Gruppe zu gelangen, so folgten ihm die Stimmen der Hoxtoniten doch wie ein übler Gestank, und die Fetzen ihrer Unterhaltung vermengten sich zu einer heimtückischen Masse, aus der hin und wieder einzelne Dialoge herauszuhören waren. Letzten Endes gab Jamie es auf, ihnen aus dem Weg zu gehen, blieb einfach still stehen, sah zu und lauschte.

»Großer Gott, Tara, du hast mir ja gar nicht erzählt, dass es *so* verdammt underground sein würde«, sagte jemand, der aussah wie ein Kritiker, zu einer Blonden, die möglicherweise seine Muse war.

»Tut mir echt leid, Frederick«, hörte Jamie das Blondchen sagen, »das ist echt peinlich, was? Der zweite Film, der heute gezeigt wird, wurde von der Tochter meiner guten Freundin Marie gedreht. Ich hab echt keine Ahnung, *was* ich nach Maries Ansicht dazu sagen soll. Es ist wirklich lächerlich. Einfach lächerlich.« Rasch kippte sie den Inhalt ihres Glases herunter. »Rot oder weiß?«

»Rot. Das hättest du aber wissen müssen.«

Links von Jamie stand ein Mann in den Vierzigern, der irgendeinen Unsinn über Bill Viola von sich gab. Zu seiner Rechten ließ sich ein St.-Martins-Student darüber aus, wie sehr er billigen Wein mochte und wie er immer wegen der Zwei-Pfund-Sonderangebote in Somerfield einkaufen ging. Direkt voraus – oh Schreck! – stand ein allseits bekannter »Konzeptkünstler«. Die einzige Erleichterung war, dass niemand Jamie von dem *Sentinel*-Artikel wiederzuerkennen schien und ihn fragte, wieso er noch nie ein Gemälde verkauft habe.

»Tja«, meinte der Konzeptkünstler gerade zu einem speichelleckerischen Zuhörer, »ich hatte eine Ausstellung im ICA – nur eine kleine, natürlich –, denn die bilden sich ja heutzutage sonst was ein, nicht wahr? Ich glaube, die haben den Verstand verloren ... Nächstes Mal suche ich mir lieber eine kleinere Galerie, etwas Intimeres – ja, genau das werde ich tun.«

Der kriecherische Zuhörer stotterte beinahe vor Übereifer. »Hey, bist du schon in der Tate Modern gewesen?«

Jamie stellte fest, dass ihn das Gespräch auf krankhafte Weise faszinierte und dass er wissen wollte, wie es weiterging. Er verspürte sogar eine gewisse Vorfreude. Und natürlich geschah das Unausweichliche. Die Unterhaltungen der Hoxtoniten kamen zum Erliegen, und die Blicke unter den hochgezogenen Augenbrauen richteten sich auf den Arschkriecher. Doch dann setzte das Durcheinander der Stimmen wieder ein. Und so weiter und so fort.

Trevor kehrte zurück und reichte Jamie sein Bier.

»Ich habe sie noch nicht gesehen«, sagte Jamie.

»Aber sie wird bestimmt bald auftauchen.«

»Ja.«

»Hast du was zu rauchen dabei?«

»Nein.«

»Nicht mal Tabak und Blättchen?«, wollte Trevor wissen.

»Nein.«

»Hör mal, ich weiß, dass ich gesagt habe, ich komme dir zuliebe mit, aber ich brauch unbedingt was zu rauchen, daher musst du jetzt erst mal eine Weile alleine klarkommen.«

Auf einmal hatte Jamie Angst davor, ganz alleine hier rumzustehen. »Wo willst du hin?«

»Zu dem Kiosk unten an der Straße«, erwiderte Trevor, »ich hol mir Zigaretten. In fünfzehn Minuten bin ich wieder da. Hey, bleib ganz locker. Dir wird nichts passieren. Und wenn sie auftaucht, umso besser.«

Beruhigend klopfte er Jamie auf die Schulter, und dann bahnte er sich einen Weg durch die Menge. Jamie beobachtete, wie er an dem Getränkestand vorbeischlenderte, an dem eine junge Frau mit mürrischem Gesicht und in einem Werbegrafik-T-Shirt Wein in Plastikbecher goss. Ihr finsterer Gesichtsausdruck war aber nicht der eines Posers. Abgesehen von den Menschen, die um ihn herumstanden, sah auch sonst niemand wie ein Poser aus. Zwischen den klaren, durchsichtigen Weißweinen auf dem zur Bar umfunktionierten Tisch stand noch ein letzter Becher mit wundervoll rubinrotem Wein. Trevor ging lässig an dem Tisch vorbei, knallte eine Pfundnote darauf und schnappte sich den Becher Rotwein, was ihm einen bösen Blick von der Begleiterin des Kritikers einbrachte, die den Wein schon selbst ins Auge gefasst zu haben schien.

Jamie grinste. Doch wo zum Teufel blieb Tesser?

Großer Gott, war sie nervös. Sie konnte es nicht einmal über sich bringen, sich den ganzen Film anzusehen – das zehrte viel zu sehr an ihren Nerven. Als *The Passion Flowchart* gerade mal drei Minuten lief, eilte sie hinaus, um sich ein Bier zu holen und rasch eine zu rauchen. Doch es beruhigte sie ungemein, dass die meisten Zuschauer immer noch im Saal saßen und zusahen. Zumindest war noch kein Pulk herausgestürmt und hatte vehement die Rückzahlung des Eintrittsgeldes gefordert.

»Angeblich treibt sich hier heute auch irgendein wichtiger Agent rum«, sagte Kitty, die sich neben Tesser gesetzt hatte, in gedämpften Ton, während Tesser immer noch in ihrer Handtasche herumkramte und ihre Zigaretten suchte. »Versuch ihn zu beeindrucken, Süße.«

»Ich habe nicht vor, jemanden zu beeindrucken.«

»Das solltest du aber. Auch wenn du jetzt Geld hast, kannst du immer noch mehr gebrauchen – die Postproduktion kostet auch eine Stange Geld, und das weißt du.«

Tesser dachte darüber nach. Kitty ging derweil weiter, wobei sie ihren Flachmann wie eine Art alkoholsüchtiger fauler Jurastudent-Spion schwang.

»Hey!«, rief Tesser ihr nach. »Warum willst du dir meinen Triumph denn nicht mit ansehen?«

Kitty drehte sich um und antwortete: »Aus demselben Grund, aus dem du nicht da drin bist. Ich hab den Film doch schon gesehen. Und manche Dinge werden ruiniert, wenn man sie öfter als einmal erlebt. Das ist in etwa vergleichbar mit deiner Dreimal-Sex-Regel.«

Nervös sah Tesser auf ihre Uhr. Es war eine farbenfrohe »Caspar – Der freundliche Geist«-Uhr, die sie beim Kauf eines Tetrapacks Ribena gratis dazu erhalten hatte. »Ich wusste, dass der Typ nicht auftaucht. Du magst zwar spotten, Kitty, aber das ist die Dreimal-Sex-Regel, und ich bin verdammt kurz davor, gegen sie zu verstoßen. Heute Abend hätte ich mich das dritte Mal versündigt.«

Kitty verdrehte die Augen. »Vorausgesetzt, ihr hättet wirklich Sex gehabt. Du bist echt eingebildet, weißt du das? Aber glaub mir, der wird schon auftauchen. Vermutlich zieht er gerade Leinwände auf oder so was.« Sie hielt inne, offensichtlich abgelenkt von der einfachen Animation, die momentan in der anderen Ecke des Raumes gezeigt wurde. Kleine Schweinchen wanderten über ein riesiges, aufgeblähtes Würstchen und grunzten. »Hey – ich will mir das mal ansehen. Ich schlender hier ein wenig rum, okay?«

»Ja, alles klar. Ich werde noch ein Weilchen hier sitzen bleiben. Hier ist es wenigstens nicht so voll und man hat Luft zum Atmen. Vermutlich hänge ich ein bisschen rum und rauche am Notausgang Kette. Ich ertrage es nicht, mir meine eigenen Sachen anzusehen, und muss endlich mal runterkommen.«

»Das stimmt allerdings«, bestätigte Kitty und grinste. Zum Abschied meinte sie dann noch: »Denk an den Agenten! Geld, Geld, Geld!«

Arg! Das war genau das, was Tesser brauchte – noch mehr Druck. Aus dem Vorführraum waren jetzt laute Geräusche zu hören, und als Tesser überlegte, wie lange der Film schon lief, kam sie zu dem Schluss, dass jetzt der Teil gezeigt wurde, an dem die Männerkörper auf einmal zu einem Wirbel aus hellroten Herzen wurden. Diese Idee war ihr aufgrund der umgedrehten Tätowierung auf Erics Oberarm gekommen, und sie sah es als ihr kleines Valentinsgeschenk an Eric und Alistair ebenso wie als eine Art Dankeschön für die nette Zeit, die sie miteinander verbracht hatten. Den Effekt hatte sie mit Stop-Motion-Animationen hinbekommen, und ihrer Meinung nach passte er richtig gut an die Stelle. Es war definitiv sehr befriedigend, dass ihre harte Arbeit auch vom Publikum gewürdigt wurde.

Sie ging zum Notausgang, um noch eine Zigarette zu rauchen, und kam gerade rechtzeitig zurück, um das wunderbare Geräusch – wow! – aufbrausenden Applauses mitzubekommen. Langsam näherte sie sich der Tür. Der Programmleiter sagte gerade, dass es eine kurze Pause geben würde und das Publikum solange mit einer Feuerschlucker-Performance-Gedichtlesung unterhalten würde. Die Leute begannen, von ihren Klappstühlen aufzustehen und Richtung Tür zu gehen. Die erste Person, die herauskam, war eine ältere Frau in einem schicken Kostüm mit glatten, zu einem Bob geschnittenen dunklen Haaren. Hinter ihr kam ein junger Mann heraus. Hui, das waren Gegensätze! Und dann, bevor sie von der Tür weggehen und die Leute hindurchlassen konnte, saß Tesser auch schon in der Falle.

»Meine Liebe! Sie müssen Tesser Roget sein! Ich habe schon viel von Ihnen gehört.«

»Haben Sie das?« Tesser war verwirrt. Niemand hatte schon mal was von ihr gehört. Fühlte es sich etwa so an, berühmt zu sein? Passierte einem so etwas, wenn der eigene Kurzfilm erfolgreich war?

»Natürlich habe ich das. Ich bin Eve und eng mit Miriam befreundet.«

»Miriam?«

»Dr. Miriam Sharkey. Sie sagte, sie hätte Sie vor Kurzem in ihren Dienst gestellt ...« Das hat sie bestimmt erzählt, dachte Tesser. »... und außerdem hat sie Ihre Talente in den höchsten Tönen gelobt. Sie hat Sie auch sehr gut beschrieben.« Bei diesen Worten musterte sie Tessers Frisur. »Allerdings meine ich mich zu erinnern, dass sie gesagt hätte, Sie wären blond. Und das hier ...« Sie zog den jungen Mann nach vorn, der sehr gut aussah und weiches, hellblondes Haar hatte. »... Das ist mein Sohn Kevin. Er interessiert sich ebenfalls für das Filmemachen, nicht wahr, Kevin? Vielleicht könnten Sie ihn ein wenig hier herumführen, meine Liebe?«

Erwartungsvoll blickte sie Tesser an. Diese seufzte lautlos, aber sie wollte eine Freundin von Dr. Sharkey auch nicht enttäuschen und ihren Job dadurch riskieren. Also zwang sie sich zu einem Lächeln. »Aber gern.« Sie sah sich um, ob sie irgendwo jemanden entdecken konnte, der sie bei dieser Aufgabe unterstützen könnte, aber Kitty war schon lange verschwunden und Jamie bisher noch nicht aufgetaucht. »Dann komm mal mit, Kevin. Ich werde dir hier alles zeigen.«

Sie stellte Kevin einigen Leuten vom Geyser-Festival vor, denen sie früher am Abend bereits begegnet war, aber da sie sie selbst nicht wirklich gut kannte, fiel die Vorstellung recht knapp aus. Doch der Gruppe hätte sie sich gern angeschlossen, da sie cool und zynisch wirkte. Sie freute sich schon darauf, sie bei zukünftigen Gelegenheiten besser kennenzulernen. Dann standen Kevin und sie herum und tranken Bier – Tesser hatte für den Abend zwei Freibiere gut, da sie beim Aufbau geholfen hatte – und hörten den Geyser-Filmemachern dabei zu, wie sie über den total angeberischen Trupp schimpften, der früher am Abend aufgetaucht war. Jemand meinte, dass die *Break-Time* das Event als »hip und trendy« angepriesen haben musste und dass das der Grund dafür war, warum Leute aufgetaucht waren, die rummurrten, wenn die Projektoren ausfielen, oder die andere Leute böse ansahen, wenn sie laut diskutierten, während der Film noch lief. Diese kunstbeflissenen Typen verstanden es einfach nicht, da waren sich die Geyser-Filmemacher einig, und Tesser stellte fest, dass sie nickte und das Geplauder und die Sticheleien gegen die Leute, die sie Kulturtouristen nannten, genoss. Kevin schien hingegen immer unruhiger zu werden. Tesser musterte ihn aus dem Augenwinkel und erkannte die Zeichen.

»Du brauchst eine Dosis Nikotin, was?«, fragte sie.

»Ja! Meine Mutter weiß aber nicht, dass ich rauche.«

Tesser sah nach links und rechts, konnte seine Mutter aber nirgendwo entdecken. Außerdem – was war sie Dr. Sharkey und ihren Freunden denn eigentlich schuldig? »Na, dann komm«, sagte sie, »hier dürfen wir nicht rauchen, aber da vorn ist ein Notausgang, da hat niemand was dagegen.«

Sobald sie draußen waren, schien der Junge überaus beeindruckt davon zu sein, dass Tesser *The Passion Flowchart* gedreht hatte.

»Wow! Das war dein Film? Der war so super. Die These, dass jeder jeden anderen lieben kann und all das.«

»Ja, ja.« Tesser war leicht peinlich berührt. »Willst du eine Menthol?« Sie hatte nur noch zwei Zigaretten übrig. Normalerweise rauchte sie kaum, aber wegen des Festivals und all der anderen Dinge war sie sehr nervös gewesen. Und natürlich wegen des neuen Jobs. Und vielleicht auch ein bisschen wegen Jamie. Wo steckte er? Es war zu voll und zu dunkel gewesen, um erkennen zu können, ob er im Publikum gesessen hatte, und sie hatte sich hinter den Kulissen aufgehalten und versucht, einen Diaprojektor zum Laufen zu bringen, als der Programmleiter den Abend eröffnet und das Publikum begrüßt hatte.

Kevin warf einen Blick auf die angebotenen Zigaretten. »Nein, eigentlich will ich momentan gar nicht rauchen. Ich wollte nur die Chance haben, mit dir über den Film und all das zu reden. Du drehst auch Sachen für Dr. Sharkey, nicht wahr?«

Die Art, in der er sprach und mit der er sich vorbeugte, um ihr näherzukommen, kam Tesser auf einmal überaus bekannt vor. Sie verengte die Augen. »Hey«, meinte sie, »der Spruch mit der Zigarette war doch nicht etwa dazu gedacht, mich aufzureißen, oder?«

»Und wenn doch?« Kevin sah sie mit offener Bewunderung an. »Ich bin ein junger Mann und arbeite noch an meiner Technik.«

Tesser musste lachen. O großer Gott. Einsamkeit, Schmeichelei und los geht's. Eine Methode, die sie selbst ständig anwandte, und dann merkte sie es nicht einmal, wenn sie selbst zum Opfer wurde. Doch schnell versuchte sie, ihr Lachen zu unterdrücken, da Kevin ziemlich verärgert darüber zu sein schien.

»Hey, tut mir leid«, meinte sie. »Es war nur so offensichtlich, dass es ganz und gar nicht mehr offensichtlich war, wenn du verstehst. Du hast mich einfach ein bisschen überrascht.«

Kevin rückte näher an sie heran. »Und?«

Ein wenig überrumpelt machte Tesser einen Schritt nach hinten – allerdings keinen sehr großen, da sie sonst drei Stockwerke nach unten gestürzt wäre. »Kleiner, du bist ein bisschen zu jung für mich. Ich bin vierundzwanzig. Wie alt bist du?«

»Einundzwanzig.«

»Und wie alt bist du wirklich?«

Kevin sah auf seine Füße. »Achtzehn. Aber ich habe in vier Monaten Geburtstag.«

Tesser musterte ihn genauer. Er war ein niedlicher Junge – sehr blass, mit hellgrünen Augen. Und er hatte ebenso wie sie Sommersprossen. Sie konnte nicht anders, als seinen Mumm zu bewundern, denn sie war in seinem Alter genauso gewesen: geil und immer auf einen Fick aus. Versuchsweise küsste sie ihn leicht auf die Lippen. Doch er war viel schneller als sie und küsste sie hart zurück, wobei er seine Zunge sofort in ihren Mund hineinschob. Ein schlechter Küsser war er eigentlich nicht, aber sie entzog sich ihm dennoch.

»Ich bin noch mit jemandem verabredet«, erklärte sie.

»Und wo ist er?«

Tesser hatte ein ungutes Gefühl. »Er ist noch nicht aufgetaucht.« Und es war auch nicht sehr wahrscheinlich, dass er es jetzt noch tun würde. Sie wusste nicht, warum sie überhaupt geglaubt hatte, ihn hier zu treffen. Er hatte einfach nur so niedergeschlagen gewirkt, das war alles. Sie ging ein Stück von Kevin weg und drehte sich so, dass sie gegen das Geländer des Notausgangs gelehnt in die Ferne sehen konnte. Der Himmel hatte sich verdunkelt, und es war ein warmer Juliabend, aber es standen noch nicht sehr viele Sterne am Himmel. Stattdessen war dort ein seltsames, eher fluoreszierendes Glühen zu sehen – in London wurde es selten richtig dunkel, es sei denn, man wohnte in weniger dicht besiedelten Gegenden wie dem Kanalsystem. Es gab sogar ein Wort dafür – »Lichtverschmutzung« nannte man dieses Phänomen. Eine Stadt, die niemals schlief. Eine Stadt, in der die Lampen immerzu brannten. Eine Stadt, die ihre Kerzen stets an beiden Enden anzündete. Tesser fühlte sich auf einmal übermütig.

»Okay, Kevin«, sagte sie und drehte sich um. Ihr Bier stellte sie auf die Brüstung der Mauer. »Dann zeig mir mal, was du draufhast.«

»Eine ganze Menge, das wirst du schon sehen«, entgegnete Kevin und zog Tesser zu sich heran.

Ich brauche das, sagte sich Tesser, das ist genau das, was ich jetzt brauche. Sie musste alles andere aus ihrem Kopf verbannen, sich selbst loslassen, alles vergessen und nur noch genießen ... Das fiel ihr ziemlich leicht, als sie ihre Arme umeinander schlangen und zu knutschen begannen. Er roch gut und schmeckte gut, nach frischem Shampoo und Zahnpasta mit Pfefferminzgeschmack. Aber vielleicht fiel ihr das auch in diesem Moment nur so positiv auf, weil sie selbst nichts als Aschegeschmack im Mund hatte. Er küsste ihr Ohr. Das fühlte sich gut an. Dann beugte er sich etwas tiefer und knabberte an ihrem Hals. Das fühlte sich auch gut an. Er schob seine Hand auf ihrer Schachbrettmuster-Strumpfhose höher. Auch das fühlte sich gut an.

Einfach alles fühlte sich gut an.

Verdammt, es war so gut. Tesser dachte daran, wie sie sich bei Dr. Sharkey hatte gehen lassen und die Lust über sie hereingebrochen war. Nichts planen oder berechnen, einfach alles geschehen lassen. Vielleicht sollte sie das jetzt auch probieren. Sie ließ zu, dass der junge Kevin ihren Rücken gegen das harte Eisengeländer drückte, während der Nachthimmel über ihnen wunderschön mit der ihm eigenen Verschmutzung glühte, und küsste ihn sanft, leicht, wobei ihre Zungen erotisch und angespannt im Mund des jeweils anderen herumtasteten. Sie war erregt, wirklich erregt, feucht und bereit, und sie wollte es. Sie wollte, dass er sie mit seinem harten jungen Schwanz fickte. Sie wollte an nichts anderes als an Sex denken. Seine Hand knetete ihre Pobacke.

»Na los, komm schon, fick mich«, flüsterte sie.

Kevin schien sein Glück kaum fassen zu können. Und er ergriff die Gelegenheit, als ob sie es sich doch noch anders überlegen würde, wenn sie nur zu lange darüber nachdenken konnte. Er öffnete den Reißverschluss seiner Hose, ließ sie von seinen Hüften gleiten und hatte die Hände bereits am Saum seiner Unterhose. Und die Wahrheit war, dass sie ihr Angebot tatsächlich zurückgezogen hätte, hätte sie es sich nur einen Augenblick länger durch den Kopf gehen lassen. Doch so dachte sie einfach gar nicht mehr. Sie griff nach unten und packte seinen langen, dicken Schwanz, der bereits steif und an der Spitze ein wenig feucht war. Er zitterte, als er in seiner Tasche nach einem Kondom suchte, und sie fand das merkwürdig rührend, da er vorher so sehr den harten Kerl gespielt hatte. Aber er war einfach nur sehr jung, das war alles. Jung und gut bestückt. Sie begann, ihre Hand langsam über seinen Schwanz gleiten zu lassen, und wurde von seinem Stöhnen und Seufzen belohnt. O Gott, er war so leicht zu beeindrucken und auf gewisse Weise sehr empfindsam.

Tesser spürte, wie sich in ihrem Inneren eine Sanftheit ausbreitete, als sie sich auf ihn herabsenkte, wobei er sich gegen das Geländer lehnte, und sie ihn fickte. Sie war für ihn feucht geworden. Sie war für ihn nass. Sie glitt wie ein enger, glatter Handschuh über ihn und den darüber gespannten Latex, und – großer Gott – das fühlte sich verdammt gut an. Gott, war das geil. Langsam und dann immer schneller werdend bewegte sie sich auf ihm, wobei ihr Rock hochrutschte und das Höschen ohne Schritt, das sie in der Hoffnung, Jamie zu sehen und dann ohne Umschweife zur Sache kommen zu können, angezogen hatte, störte nicht im Geringsten, so wie es auch angepriesen worden war, als sie es für ein Pfund bei Anne Summers gekauft hatte. In ihr pochte es, sie fühlte sich sinnlich und wollüstig, als sie sich auf Kevin bewegte. Seine Augen waren geschlossen, Gott weiß, was er in diesem Moment dachte, und sein Mund stand offen, verletzlich und irgendwie süß. Seine blassen Lippen und seine dicken, blassen Augenlider. Tesser hatte das Gefühl, sie wäre ein heißes Schokoladenkaramellbonbon und er eher eine Zitrone: Ihre Gliedmaßen waren erotisiert, und ihre Lust war dunkel, schmelzend und brennend. Sie nahm ihn tiefer in sich auf, und sie stöhnte, als sein Schwanz etwas Weiches tief in ihrem Inneren berührte. Sie war erfahren. Verdorben. Sie war hemmungslos, erfahren und verdorben, während er wie eine frisch gepflückte Zitrusfrucht durchschaubar, unschuldig und gradlinig wirkte.

Doch er war bereit, sich verderben zu lassen.

Das war die Eigenschaft, die Tesser so attraktiv an ihm fand: seine ungehemmte Lust. Er packte eine ihrer Brüste und drückte sie so stark, dass es schmerzte. Tesser bat ihn jedoch nicht, damit aufzuhören, obwohl sie spürte, dass seine Finger durch ihr T-Shirt blaue Flecke hinterlassen würden. Er erinnerte sie so sehr daran, wie sie selbst in seinem Alter gewesen war. Verzweifelt nach Erfahrung lechzend, nach allen Früchten des Garten Edens verlangend, die es gab, und zwar am besten auf einmal, und alle berauschenden Säfte in sich aufnehmend, die sie kriegen konnte. Und sie hatte sich ebenfalls damit vollgestopft, bis sie derart erschöpft gewesen war, dass sie alles neu kosten wollte, und die Erfahrung hatte allen Akten, insbesondere den sexuellen, einen neuen Beigeschmack verliehen: neue, perverse Qualitäten, die vertraute Dinge durch das Erlebte erhielten. Er musste noch sehr viel lernen. Oh, sie war so feucht, dass es schon unanständig war: zu viel, zu feucht, zu geil. Sie hatte das nicht gewollt, und was hatte sie jetzt davon? Sie fickte diesen geilen, harten Jungen. Er glitt in sie hinein, sie war teuflisch glitschig, rund um seinen festen, dicken Penis, und sie bewegte sich immer hoch und runter, wobei sein mit Latex umwickelter Schwanz immer feuchter wurde und bereit zum Pumpen zu sein schien …

Er keuchte, riss die Hüften nach vorn und kam.

Verdammt. Das war's. Das war das Problem mit den jüngeren Männern.

Mit so viel Anstand, wie sie aufbringen konnte, schob sich Tesser von Kevin herunter und ging beiseite. Sie atmete schwer. Bei einem Gleichaltrigen hätte sie darauf bestanden, dass auch sie bis zum Ende kommen konnte. Und in diesem Moment hätte sie es eigentlich auch tun sollen, anstatt dem Jungen noch schlechte Manieren beizubringen. Doch drinnen lief das Festival weiter, auf dem irgendwo ein Geldsack namens Agent herumlief, und vielleicht sogar Jamie, und vermutlich sollte sie lieber drinnen sein und …

Kevin beeindruckte sie, indem er von allein vorschlug, es fortzusetzen. »Äh, du bist doch nicht, ähm … oder?«

»Nein.« Tesser sah ihn irritiert an, während sie bereits damit beschäftigt war, ihre Stumpfhose wieder zu richten.

»Und, willst du die Sache fortsetzen?«

Daraufhin warf Tesser einen Blick auf ihre Caspar-Uhr. Sie hatte schon Lust, doch es bestand auch die unwahrscheinliche Chance, dass Jamie inzwischen aufgetaucht war ...

»Na, komm schon«, bettelte er, »zieh die Unterhose aus.«

Sie sah Kevin in die Augen und schmolz ein wenig dahin. Es war wirklich sehr verlockend. Er wollte das Richtige tun. Und sie war drauf und dran, es ihn tun zu lassen. In diesem Augenblick konnte sie sich nichts Heißeres vorstellen, als an einem Notausgang geleckt zu werden. Auch wenn sie sich ziemlich sicher war, dass sie das unter normalen Umständen gekonnt hätte.

»Okay ...«, stimmte sie zögerlich zu.

»Aber ich will, dass du kommst«, meinte er ernst.

»Okay«, erwiderte sie genauso ernst. »Dann solltest du aber genau das tun, was ich dir sage.« In ihrem Blut jedenfalls pulsierte die Lust.

»Was genau soll ich tun?«

»Du willst wissen, wie Frauen kommen? Willst du das mit deiner Frage ausdrücken?«

»Die Klit – die Klitoris, nicht wahr?«

Tesser deutete nach unten, ließ sich dann auf die Knie fallen und stützte die Hände auf den Boden, sodass sich ihr Hintern vor seinem Gesicht befand und er den Anblick ihrer geöffneten, feuchten Muschi genießen konnte – die ihn rosafarben und glitschig erwartete. »Fang an zu lecken.«

Es fühlte sich großartig an, die feuchte Reibung an ihrer Muschi zu spüren, und sie wand sich an seinem Gesicht und verschmierte ihren Saft überall. Sie wusste, dass er keine Jungfrau mehr gewesen war, doch sie bezweifelte auch, dass er schon nennenswerte Erfahrungen hatte sammeln können, doch er leckte sie so gut, dass er ihrer Meinung nach Kurse auf dem Gebiet geben konnte.

»Lehn dich gegen die Wand.«

Tesser tat, worum er gebeten hatte, und stemmte die Hände gegen die Ziegelsteinmauer, als würde man sie filzen. Sie zog ihren Rock hoch, sodass ihr nackter Hintern zu sehen war, und er kniete sich unter sie und leckte ihre Muschi so langsam und sanft, dass sie zu zittern begann. Die kühle Brise strich über ihren Hintern. Sie fühlte sich so nuttig, und dann riskierte sie es sogar, ihr Gleichgewicht zu verlieren, nur um einen Schluck aus ihrer Bierflasche zu nehmen, während er weiterleckte. Seine Erregung wuchs ebenfalls wieder, da er immer schneller zu atmen begann, und er holte seinen Schwanz aus der Hose und wichste, er wichste, während er sie leckte. Seine Zungenspitze spielte mit ihrer Klit, und er hockte unter ihr, schmeckte sie und ließ sie vor Verlangen erbeben.

Ja. Sie rieb ihre Muschi an seinem Mund, seinen Lippen, seiner Zunge, befeuchtete sein Gesicht mit ihrem Saft und zitterte vor angestauter Lust, die sich immer mehr aufbaute, während sie sich dem köstlichen Höhepunkt näherte, wobei sie die Hände weiterhin gegen die Ziegelsteine presste – und seine Zunge kitzelte immer wieder leicht und frustrierend über ihre Klit, bis sie der Orgasmus übermannte und sie schnaubte wie ein Tier. Das fühlte sich so abgefahren an, so schlecht – so gut. Einen Moment lang blieb sie in der Position und keuchte, während ihre Muschi tropfte und den Elementen ausgesetzt war.

Seine Augen waren geschlossen, er wirkte, als würde er sich noch immer konzentrieren, und wenn sein Gesichtsausdruck nicht derart ekstatisch gewesen wäre, hätte Tesser fast vermutet, er würde beten. Oder vielleicht sah sein Gesicht auch nur so ekstatisch aus, *weil* er betete. Sie kannte ihn nicht. Es war durchaus möglich, dass er ein religiöser Fanatiker war.

»Okay, Kevin«, sagte Tesser und zwang ihn dadurch, die Augen zu öffnen, »du bist nicht übel – eigentlich bist du sogar ziemlich charmant –, und du bist definitiv kein egoistischer Liebhaber, und ich mag dich, daher verrate ich dir einen todsicheren Weg, wie du an Sex kommen kannst. Die Methode funktioniert bei Frauen ziemlich gut, aber ich habe gehört, dass auch Männer damit gut über die Runden kommen.«

Kevins grüne Augen weiteten sich erwartungsvoll. »Und welche ist das?«, wollte er wissen.

»Bleib tugendhaft«, riet ihm Tesser.

»Niemals!«, erwiderte Kevin, der offensichtlich enttäuscht war.

»Nein, ganz im Ernst, das funktioniert so: Für jede neue Eroberung gehst du wieder in den Zustand der Jungfräulichkeit zurück. Die meisten Menschen mögen es, der Erste zu sein, solange du bereit bist und nicht einfach nur stocksteif daliegst.« Sie warf ihm einen freundlichen Blick zu. »Und das tust du ja nicht.«

»Ich dachte, die Mädels wollen einen Kerl mit viel Erfahrung.«

»Das stimmt. Und Jungs mögen Mädels, die wissen, was sie im Bett zu tun haben. Aber glaube mir, das funktioniert, weil die meisten Menschen auch einen Hang zur Autorität verspüren. Du wirst lernen, den dominanten Blick in den Augen einer Dame zu genießen, immer wenn du mit zitternder Stimme gestehst, dass das dein erstes Mal ist. Aber setze das mit Bedacht ein, sonst findest du dich in einer Situation wieder, in der du die Methode ein zweites Mal einsetzt. Aber du hast Glück – du lebst in einer riesigen Stadt und du bist ein hübscher Kerl, daher sollte die Sache reibungslos funktionieren. Das ist mein Geschenk an dich, Kevin. Erinner dich an mich als deine einmalige sexuelle Mentorin.«

»Cool.« Kevin schien wirklich dankbar für den Ratschlag zu sein. »Das werde ich gleich mal ausprobieren. Da drin war ein süßes Mädchen mit rasiertem Kopf, die mich angelächelt hat, als ich reingekommen bin. Und sie sah auch aus, als wüsste sie, wie man sich amüsiert, denn sie trank immer wieder einen Schluck aus einer kleinen Flasche. Vielleicht komme ich ja damit bei ihr an.«

Kitty interessierte sich ausschließlich für die andere Seite, aber Tesser grinste nur und sagte kein Wort. Vielleicht würde Kitty ja ebenfalls dem »Jungfrauentrick« zum Opfer fallen.

Kitty schlenderte durch mehrere Räume, sah sich eine Kombination aus Gedichten/Diashows an sowie mit dem Videorekorder bearbeitete Filme, gefundene Videoschnipsel und Kurzfilme, die vor Sicherheitskameras gedreht worden waren. Vor dem letzten Raum verteilte ein Mädchen Flyer, auf denen stand, dass Bürger aufgrund des Gesetzes über die Wahrung von Staatsgeheimnissen das Recht hatten, die Herausgabe der Bänder von Sicherheitskameras zu verlangen, wenn sie dem Unternehmen, das die Kamera installiert hatte, zehn Pfund zahlten. Zu guter Letzt kam sie in einen 3-D-Raum, in dem man für zwei Mäuse eine 3-D-Brille ausleihen und sich einen dreidimensionalen Kurzfilm ansehen konnte.

Zögernd stand sie einen Augenblick lang davor und spielte mit dem Kleingeld in ihrer Tasche. Sie überlegte, ob sie Tesser, die notorisch pleite war, suchen und ihr den Eintritt bezahlen sollte – das 3-D-Element klang wie etwas, das ihr gefallen würde, und Kitty tat einer Freundin gern mal einen Gefallen. Doch sie konnte Tesser nirgendwo entdecken, daher ging sie alleine hinein. Das Ganze stellte sich als ziemlich cooles Erlebnis heraus, insbesondere die Fallschirmsprungsequenzen, und danach verließ sie den kleinen Raum und ihr war ein wenig schwindelig. So wanderte sie weiter herum und sah sich eine Vielzahl größtenteils verschwommener Filme an, bis sie jemandem begegnete, von dem sie wusste, dass er Tessers aktueller Schwarm war, dem Künstler, der früher und auch noch gegenwärtig als Jamie Desmond bekannt war. Malcolm X macht auf Jarvis Cocker. Tessers Beschreibung nach zu urteilen musste er es einfach sein. Und er pochte ungeduldig mit dem Fuß auf den Boden.

»Hi, bist du Jamie?«, fragte Kitty. »Ich hab gehört, dass du vielleicht auch herkommst.«

Jamie blickte auf. »Oh, hey. Schön, dich zu sehen, ähm ...«

»Kitty.«

»Schön, dich zu sehen, Kitty.«

Seine Stimme klang mehr als beiläufig, sodass Kitty überlegte, ob Tesser vielleicht damit richtig gelegen hatte, ihre emotionale Distanz aufrechtzuerhalten. Außerdem tat er so, als würde er sich an sie erinnern, was natürlich völlig unmöglich war, da sich ihre Wege bisher nie gekreuzt hatten. Das wirkte auf Kitty irgendwie heuchlerisch. »Ja, freut mich auch. Wartest du auf jemand Bestimmten?«

»Eigentlich nicht. Ich warte nur auf einen Kumpel. Was ist mit dir?«

Kitty sah Jamie ungläubig an. Tesser hatte so getan, als ob das gewissermaßen eine Verabredung wäre – und zwar eine, die sie außerordentlich nervös machte –, aber dieser Kerl tat ganz und gar nicht so. Was bezweckte er damit? »Wartest du schon lange?«

Auf einmal wirkte Jamie ein wenig besorgt. Aha! Der ist doch nicht so gleichgültig, wie er tut, dachte Kitty. Ihre Haltung ihm gegenüber wurde ein wenig milder. »Etwa zwanzig Minuten. Mein – äh – Freund wollte Zigaretten holen, aber so langsam befürchte ich, er könnte sich verlaufen haben.«

»Du wirkst ein wenig angespannt.«

»Bin ich aber nicht«, erwiderte Jamie, »ich bin nur stinksauer. Er hätte inzwischen längst zurück sein müssen.«

»Oh, okay«, meinte Kitty. Dann, nach einer kleinen Pause:

»Du solltest dir den 3-D-Raum oben ansehen, der ist verdammt gut. Natürlich wirkte meine Freundin Tesser auch ein wenig nervös, weil ein gewisser Jemand bisher noch nicht aufgetaucht ist. Solltest du also unwahrscheinlicherweise hier herumstehen und darauf hoffen, sie zu sehen, dann würde ich dir empfehlen, mal durch die Tür zu gehen, über der Notausgang steht. Da habe ich sie zumindest zuletzt gesehen. Tja, wir sehen uns zweifellos später noch.« Sie lächelte ihn an.

Jamie funkelte sie an, grinste aber nicht zurück. »Danke für den Tipp«, sagte er ernst.

Kitty ging in Richtung eines anderen Raums davon. Doch sie drehte den Kopf ein wenig und konnte aus dem Augenwinkel erkennen, wie sich ein Grinsen auf Jamies Gesicht ausbreitete. Als er Sekunden später zum Notausgang marschierte, wirkte sein ganzes Wesen irgendwie entschlossen.

Als sie ihre Unterwäsche wieder gerichtet hatte, tippte Kevin Tesser auf die Schulter. »Hey. Erinnerst du dich an mich?«

»Hey«, antwortete sie höflich, war mit den Gedanken aber schon ganz woanders.

»Ist alles okay?«, wollte Kevin wissen. »Du wirkst irgendwie nervös. Und mir fiel auf, dass du immer wieder auf die Uhr siehst. Das Caspar-Motiv ist übrigens echt süß. Das auf der Uhr, meine ich.«

»Nein, nein, es ist alles in Ordnung«, erklärte Tesser, als sie zurück in das Lagerhaus gingen. »Ich habe eigentlich nur auf jemanden gewartet.«

»Einen Freund? Dr. Sharkey?«

»Nein. Gewissermaßen ein Freund. Ein großer Kerl, farbig und mit dicker schwarzer Brille.«

»Tja«, meinte Kevin, »vorhin ist eine ganze Gruppe von

Neuankömmlingen durch den Hintereingang reingekommen. Ich glaube, sie treiben sich jetzt irgendwo oben rum. Vielleicht ist er ja dabei?«

Das heiterte Tesser sofort wieder auf. »Oh, vermutlich hast du recht.« Impulsiv küsste sie ihn auf die Wange. »Ich werde mal nachsehen, ob er mit dabei ist. Tausend Dank.«

Zuerst ging sie in den Hauptvorführraum, wo sie ihren Film und ihren Rucksack abholte, und dann arbeitete sie sich nach oben vor, wo sie den Raum mit ihren Blicken durchkämmte. Doch sie konnte ihn nirgendwo sehen. So langsam ärgerte sie sich ein wenig, möglicherweise machte sie sich aber auch Sorgen. Was natürlich dumm war, denn er war nicht hier, weil er nie vorgehabt hatte, herzukommen, und das war alles. Dummerweise waren die Leute, die sich hier oben aufhielten, genau die, über die sich die Geyser-Filmemacher zuvor lustig gemacht hatten. Gehörte er etwa zu denen? Nun ja, er war ja auch ein berühmter Künstler, oder etwa nicht? Im Grunde genommen schon. Ihr Blick wanderte über die Menschenmenge, aber sie konnte ihn einfach nicht entdecken. Sie benahm sich doch normal, oder nicht? Denn andernfalls wäre es äußerst peinlich, wenn er tatsächlich hier wäre und mitbekäme, dass sie ihn wie eine verzweifelte Ehefrau suchte. Sie gab vor, sich stattdessen auf einen Kurzfilm zu konzentrieren, der an die Wand gestrahlt wurde und in dem es um eine Aubergine ging. Zu jedem anderen Zeitpunkt hätte sie diesen Film faszinierend gefunden. Doch jetzt war sie abgelenkt. Sie entdeckte Kevins Mutter, die sich angeregt mit den Kulturtouristen unterhielt. Einmal trafen sich sogar ihre Blicke, und Eve nickte ihr höflich zu, mehr aber nicht. Offensichtlich hatte sie ein besseres Ziel für ihre Aufmerksamkeit gefunden. Hey, Lady, dachte Tesser, ich hab gerade Ihren Sohn gefickt.

Sie versuchte, sich auf den Auberginenfilm zu konzentrieren, doch ihre Blicke schweiften immer wieder durch den

Raum, und sie umklammerte unsicher die Kiste, in der sich die Filmrolle mit *The Passion Flowchart* befand. Ihr war zum Weinen zumute. Das Geplapper über Kunst schien in diesem Raum immer lauter zu werden, und einige Worte stachen besonders hervor:

»... Post-Post ...«, stieß ein älterer, elegant gekleideter Mann aus.

»... Rotwein ...«, meinte eine gut frisierte blonde Frau, die an seinem Arm hing.

»... wirklich das wahre Leben ...«, sagte der ältere Mann gerade.

»... Nudelbar-Installation ...«, murmelte jemand, der aussah wie ein Kunststudent.

Durch diesen Wirrwarr an Worten und Menschen und verschwommenen Eindrücken glaubte Tesser kurz, Jamies Stimme zu hören, doch sie verebbte, als das alberne Gelaber wieder einsetzte, aber dann war sie erneut zu hören. Die Wirkung war schon fast unheimlich. Sie wirbelte herum.

Da war er! Auf der anderen Seite des Raumes konnte sie Jamie erkennen, der wie in Zeitlupe auf sie zuzukommen schien. Aber er stellte keinen Augenkontakt her! »Jamie!«, rief sie, doch er schien sie nicht zu hören. Die kunstbeflissenen Stimmen erhoben sich erneut über die allgemeine Geräuschkulisse hinweg. Alles erschien ihr auf einmal unwirklich und langsam zu sein.

»Es ist mir egal, ob sie Maries Tochter ist. Das ist Scheiße, und das habe ich ihr auch gesagt. Wie kann sie es wagen, uns in dieses Loch zu schleifen und uns zu zwingen, uns schäbige kleine handgemachte Filme anzusehen ...?«

»Ah«, sagte eine andere Stimme, diesmal eine männliche, die durch die Luft zu schweben schien, »aber werde ich meinen Lesern denn auch genau dasselbe sagen, Tara? Das ist die Frage.«

»In der Tat«, entgegnete Tara hinter Tessers Rücken.

Zu Tessers rechter Seite plapperte der Kunststudent weiter: »... und die Seite hatte allein am ersten Tag schon fünfhundert Hits. Bei meinem Jahresabschlussprojekt geht es genau darum, wie viele *Hits* wir pro Person und Tag im wirklichen Leben kriegen ... ›Der Multimedia-Körper‹ werde ich es vermutlich nennen, oder vielleicht auch ›Interaktives Fleisch‹. Was halten Sie davon ...?«

»Oooh ja«, murmelte eine Stimme direkt hinter Tessers rechtem Ohr.

Erneut wurden die Dinge wieder etwas realer.

Jamie war da, er stand direkt neben ihr. »Ist alles okay mit dir?« Er schien von ihrem leuchtend grünen Haar irritiert zu sein und musterte ihren Kopf mehrmals, aber er machte diesbezüglich keinen Kommentar. »Du siehst gut aus«, war alles, was er von sich gab.

Tesser antwortete nicht. Sie wischte sich eine Träne aus dem Augenwinkel – Jamie hatte noch nicht bemerkt, wie kurz sie davor gewesen war, in Tränen auszubrechen – und umarmte Jamie fest.

Dieser schien sich über ihre Aufmerksamkeit zu freuen. »Hey, tut mir leid, aber ich konnte dich einfach nicht finden.«

Tesser lächelte. »Ist schon okay.«

Ich habe mich seit zwei Wochen darauf gefreut, dich zu sehen, dachte sie, sprach es allerdings nicht aus. Ich bin so froh, dass du hier bist, blieb ebenfalls unausgesprochen.

»Tesser Roget!« (*Rodget!*, dachte Tesser.) Eine junge Frau mit dunklen Haaren und modischen Streetfashion-Klamotten hastete auf sie zu und schob jeden beiseite, der ihr im Weg stand. »Tesser Roget! Ich habe schon viel über Sie gehört, und ich wollte Ihnen nur sagen, dass ich Ihren Film *großartig* fand. Ich suche Sie schon den ganzen Abend, um mich mal unter vier Augen mit Ihnen zu unterhalten. Eine Freundin hat Sie mir empfohlen, und ich musste mir einfach selbst ein Bild von Ihnen machen.«

»Äh, danke.« Großer Gott! Das war der zweite Fan in Folge, den Dr. Sharkey auf Tesser losgelassen hatte. Tesser fühlte sich geschmeichelt, und sie glaubte, sich an das Gefühl gewöhnen zu können, auch wenn es sie noch etwas nervös machte. Okay.

»Nur eine Sekunde«, meinte sie zu Jamie. »Ich bin gleich wieder bei dir.«

»Okay«, erwiderte Jamie mit säuerlichem Lächeln. »Ich gehe nirgendwohin.«

Die Frau zog Tesser auf den Gang hinaus. »Oh, in diesem Raum kann man einfach nicht mehr klar denken«, stöhnte sie.

»Äh, ja.« So langsam war Tesser ein wenig genervt. Doch sie vermutete, dass die Sache nun mal so lief: Man schaffte sich Zeit für seine Fans und so weiter. Sie beschloss, freundlich, aber entschlossen zu sein, was ihre begrenzte Zeit für dieses Gespräch betraf. Denn sie wollte nur zurück zu Jamie.

»Hören Sie mal, ich muss Sie einfach fragen ...«

»Ja?«, fiel Tesser ihr ins Wort, die ihre Rolle als Autorenfilmerin genoss und sich an der Bewunderung, die ihrem Film zuteil wurde, ergötzte. Er hatte ihre Beliebtheit definitiv drastisch gesteigert.

»Ich muss Sie einfach fragen«, fuhr die dunkelhaarige Frau fort, »ob einer der Männer in der kurzen Episode in Ihrem Film zufälligerweise Eric heißt. Und wie lautet der Name des anderen? Vielleicht könnten Sie *mir* das ja verraten.« Ihr Tonfall klang irgendwie falsch.

Bei diesen Worten erstarrte Tesser. Sie war davon ausgegangen, dass niemand die Männer in den kurzen Szenen erkennen konnte – eigentlich war ihre Kameraarbeit sogar recht fehlerhaft, und die Sexszene konnte nur als verschwommene, impressionistische Darstellung beschrieben werden. Und sie begann, sich dafür schuldig zu fühlen, dass sie die beiden jungen Männer ohne deren Erlaubnis gefilmt hatte – schließlich hatte sie durchaus ein Gewissen. »Ähm …«

In diesem Augenblick griff die Frau nach der Filmrolle, die Tesser noch immer fest in der Hand hielt.

Großer Gott! Zum zweiten Mal innerhalb von vierzehn Tagen wurde sie wegen etwas gejagt, das mit diesen beiden sich Liebenden zu tun hatte. Und jetzt auch noch gewissermaßen auf heimatlichem Boden! Sie konnte nicht einmal ihr Klappmesser herausholen, um ihrem Gegenüber damit zu drohen, da sich das in den Tiefen ihres Rucksacks befand. Tesser drängte sich wieder in den Raum und versuchte verzweifelt, an den vielen Menschen vorbeizukommen. Sie bahnte sich den Weg zurück, den sie gekommen war, wobei die Gesichter um sie herum verschwammen, als sie vorbeieilte und versuchte, einen möglichst großen Abstand zwischen sich und der Frau, die hinter ihr her war, zu bringen. Eher nebenbei bekam Tesser mit, dass sie erst an Kitty und dann an Kevin vorbeikam – der mit einer älteren Frau mit Raubtierblick plauderte –, und dann natürlich ausgerechnet noch an Jamie, von dem sie den Eindruck hatte, er würde sie mit offenem Mund anstarren.

»Ich rufe dich an!«, rief Tesser ihm zu, und dann stürzte sie durch die Tür, wobei sie versehentlich Rotwein über den Anzug des älteren Mannes verschüttete, der verdächtig wie ein Kunstkritiker aussah und dem sie zuvor schon mit halbem Ohr zugehört hatte. Er hatte sich mit der jüngeren blonden Frau unterhalten, die jetzt völlig außer sich war.

Am Weintisch vorbei, durch das Foyer und raus. Wie eine moderne Cinderella stürzte Tesser aus dem Gebäude, rannte direkt zur Bushaltestelle und schaffte es gerade noch, den 38er Bus zu erwischen, der zu ihrem Glück noch dort stand.

Was tat sie denn? Aber Jamie wusste genau, was sie tat. Er hatte den ganzen Abend nach ihr gesucht, und jetzt ging sie ihm aus dem Weg. In Jamies Augen schmerzte es, aber er sah rasch nach unten auf seine Füße und räusperte sich. Wem machte er etwas vor? Eine Frau wie sie würde sich niemals ändern. Er musste hier weg. Und zwar musste er *auf der Stelle* hier weg. Dummerweise versperrte ihm der St.-Martins-Student den Ausgang.

»Die komplette Show meines dritten Jahres dreht sich eigentlich um den Körper ...«, sagte der Student gerade.

»Das hat man 1997 schon so gemacht, Michael«, tadelte ihn ein anderer Student.

»Entschuldigung«, warf Jamie ein, »darf ich mal vorbei?«

»Neunzehnhundertsiebenund*achtzig*, vielen Dank auch, und ich bin mir sehr wohl bewusst ...«

Aus der Raummitte wurde die Stimme des Konzeptkünstlers herübergetragen: »Oh, schön für dich, schön für dich ...«

»Entschuldigung«, sagte Jamie ein zweites Mal immer noch höflich, und dann zwängte er sich aus lauter Verzweiflung mit Gewalt hindurch. Vor ihm stand auf einmal Trevor, der ihn mit um Entschuldigung bittendem Blick ansah und eine Selbstgedrehte im Mundwinkel hängen hatte.

»Da war mächtig was los.« Er sah Jamie genauer an. »Und, wo ist sie?« Irgendwie schien er ungewöhnlich nervös zu sein.

Jamie war sich bewusst, dass er einen höchst merkwürdigen Gesichtsausdruck haben musste. »Nein, nein, keine Ahnung. Hör mal, vergiss es einfach, und lass uns von hier verschwinden.«

Doch ihnen standen verdammt viele Leute im Weg. War ja mal wieder typisch für ihn. Jamie versuchte, sich an der Menschenmenge vorbeizuschlängeln, und Trevor folgte ihm. Aber kurz darauf standen sie vor der Blondine und dem Kritiker, der über und über mit Rotwein bekleckert war.

»Oh, ich liebe Hackney ...« Die Blondine gestikulierte wild. »Ich liebe eigentlich ganz East London ... das ist so *trashy.*«

So langsam geriet Jamie in Panik. »Oh, ich muss jetzt echt hier raus.«

Endlich hatten sie es geschafft, und Jamie ließ sich erleichtert gegen die Mauer fallen.

»Gibst du mir eine Zigarette?«

Trevor reichte ihm den Tabak und ein Blättchen. »Dann war sie also nicht da, was? Das Mädchen, das du treffen wolltest.«

Jamie konzentrierte sich darauf, die Zigarette zu drehen. »Oh, doch, sie war da. Es ist nur so, dass die Sterne nun mal nicht zu meinen Gunsten standen.«

»Hä?« Trevor kam nicht mehr mit.

»Die Umstände waren nicht richtig.«

»Ah, okay«, erwiderte Trevor. »Ach, vergiss sie doch einfach. Es schwimmen so viele Fische im Meer und so weiter.« Er hielt inne und versuchte ganz offensichtlich, zu einem weniger prekären Thema überzuleiten. »Willst du dieses Wochenende malen?«

»Ja.«

»Und hast du jetzt vor, wieder nach Hause zu gehen?«

»Ich gehe lieber erst mal eine Runde spazieren«, meinte Jamie. »Bis später dann.«

6

Der erste Tag im neuen Job! Das war eigentlich richtig cool. Tesser sprang aus dem Bett und wühlte herum, bis sie ein hellblaues T-Shirt fand, das noch halbwegs sauber war. Sie besprühte es zur Sicherheit noch mit Parfum. Sie fand, dass die Farbe gut zu ihren grünen Haaren passte. In Kombination mit ihren Leopardenstiefeln würde sie richtig heiß aussehen.

Eigentlich sogar unwiderstehlich. Verzweifelt sah sie sich im Zimmer um und suchte etwas, das sie untenrum anziehen konnte. Es waren keine Röcke oder Hosen zu sehen, doch sie fand einen blaugrünen Kilt in ihrem Haufen aus Vier-Pfund-Röcken von Primark, und dann durchstöberte sie den Haufen mit den nicht ganz so dreckigen Klamotten in der Ecke und entdeckte eine schwarze Strumpfhose und die Jeansjacke, die sie in der Woche zuvor auch getragen hatte.

Als sie diese anzog, merkte sie, dass etwas in der Tasche steckte, und sie zog eine zerknitterte Visitenkarte hervor. Im ersten Moment konnte sie damit nichts anfangen, doch dann fiel es ihr wieder ein. Es wäre nicht fair gewesen zu behaupten, dass sie die Karte völlig vergessen hatte. Die Jeansjacke hatte in der Ecke des Raumes gelegen, in die sie sie geworfen hatte, als sie am Abend nach dem Festival nach Hause gekommen war. Und die Karte hatte ihr Interesse geweckt, weil ein Voyeur, der außerdem dem Okkulten zugetan war, einfach nur abgefahren auf sie wirkte. Sie hielt es für Narzissmus, denn schließlich war sie selbst ja auch eine sexbesessene

Geisterjägerin. Okkulter Voyeur – Geisterjäger-Nymphomanin. Da gab es viele Gemeinsamkeiten. Das versprach, interessant zu werden. Sie sah auf ihre Uhr. Eine Stunde hatte sie noch Zeit. Vielleicht konnte sie ja versuchen, sich unbemerkt bei einer der wochentags stattfindenden Geisterjagden einzuschleichen – wenn der Führer sie nicht bemerkte, musste sie auch nichts bezahlen. Doch dann warf sie einen weiteren Blick auf die Karte in ihrer Hand. Dieses eine Mal konnte sie ruhig von ihren Gewohnheiten abweichen und etwas Unerwartetes tun.

Die Adresse: Weypropth Road. Das klang irgendwie außerweltlich. Sie besaß keinen Stadtplan, aber sie verließ mit der Karte das Haus und radelte zur Homerton-Bibliothek, wo sie darum bat, das Telefon benutzen zu dürfen. Dort kannte man sie bereits und gestattete ihr dies, solange es sich um ein Ortsgespräch handelte. Sie rief den Londoner Transport-Informations-Service an, und schließlich konnte der Vermittler ihr erklären, wie sie zu der gewünschten Adresse gelangte. Auf diese Weise hatte sie doch tatsächlich die Handygebühren gespart, ha, ha!

Auch dieser Ort lag in Hackney an den Kanälen. Hackney schien neuerdings das Zentrum aller Dinge zu sein: von No-Budget-Festivals, den verlockendsten Wohnungen für Hausbesetzer, von chemischen Forschungslaboren ... Tatsächlich lag die Weypropth Road gar nicht so weit vom Kanalsystem entfernt. Tesser sah auf ihre Caspar-Uhr. Sie musste erst um elf Uhr anfangen zu arbeiten. Und jetzt war es viertel vor zehn.

Also stieg sie wieder auf ihr Fahrrad.

Sie stand vor dem Haus in der Weypropth Road, das nur fünf Minuten mit dem Rad von AMI Industries entfernt lag. Seltsam. Aber wie auch immer ... Das viktorianische Reihenhaus war seltsamerweise hellblau angestrichen. In der direkten Umgebung befanden sich nur Fastfood-Restaurants. Tesser drehte sich einmal um 180 Grad und zählte sechzehn Leute, die Egg McMuffins, Pommes frites oder Tennessee Fried Chicken aßen – die billigere britische Version von KFC –, und das so früh am Morgen. Dann ging sie auf das Haus zu, wappnete sich und läutete an der kleinen silbernen Klingel, auf der FINNA stand. Niemand antwortete. Vielleicht war zehn Uhr morgens doch zu früh. Die Tatsache, dass sie ein Frühaufsteher war, hatte ihr schon so manchen bösen Spruch von ihren jeweiligen Bettgeschichten eingebracht. Erneut drückte sie auf die Klingel. Gedämpft konnte sie im Inneren des Hauses eine Melodie hören, die an »The Yellow Rose of Texas« erinnerte. Das war nicht das erste Mal, dass Tesser diese ganz besondere Türklingelmelodie hörte. Sie fand deren weite Verbreitung allerdings eher erschreckend, vor allem angesichts der vor Kurzem stattgefundenen Wahlen in den Vereinigten Staaten, anlässlich derer sie ihre Briefwahlunterlagen mit den Worten IHR SEID ALLES WICHSER quer darüber geschrieben zurückgeschickt hatte. Doch jetzt bedauerte sie das, da die Wahl derart knapp ausgegangen war.

Die Tür wurde von einer beeindruckenden Person unbestimmbaren Geschlechts geöffnet. Bisher hatte Tesser immer gedacht, dass sie in dieser Hinsicht einen guten Riecher hatte. Sie achtete auf kleine verräterische Dinge wie Einkerbungen hinter den Ohren, aber sie war auch sehr geübt in der Analyse von Nasenrücken, Stirnwölbung und vor allem der Kiefermuskulatur. Normalerweise erkannte sie sogar den Unterschied zwischen einer sehr maskulinen Frau und einem sehr femininen Mann. Meist lag das eher an einer Kombination von Eigenschaften als an einer einzigen Anomalie. Die meisten Mädchen konnten sich, wenn sie entsprechend dazu ermutigt wurden, einen Bart wachsen lassen. Viele hatten außerordentlich lange Hände, manchmal sogar in Kombination mit tiefen Stimmen. Und einige wenige hatten sogar einen eingedellten Nasenrücken.

Selbst Tesser hatte schon einige Frauen mit eingedrückter Nase gesehen, und im Großen und Ganzen war es die Kombination mehrerer Faktoren, die einen dazu brachte, andere einem bestimmten Geschlecht zuzuordnen. Doch ihr Interesse war rein akademischer Natur. Da sie äußerst hübsche Männergesichter mochte, hatte sie sich in der Vergangenheit bei Verabredungen hin und wieder in einer ungewöhnlichen Situation befunden. Oh Mann. Bei ihrer ersten Geisterjagd in London war da dieses Mädchen gewesen, das sich als Junge entpuppt hatte – das war mindestens fünf Jahre her, als sie hier ihren Onkel und ihre Tante besucht hatte. Doch das hieß nicht, dass sich alle Beteiligten dabei nicht amüsiert hätten, allerdings hatte sie seitdem einen ausgeprägten Sinn dafür entwickelt, Männlein von Weiblein zu unterscheiden.

Das bewies Tesser nur wieder, dass in dem Fall, in dem sie das Geschlecht eines Menschen *nicht* erkennen konnte, das Geschlecht der fraglichen Person zweifellos unklar sein musste. Ms. Finna, falls es sich denn um sie handelte, war eine dünne, elegante Person mit zarten Knochen. Sie hatte etwas Anziehendes, eine Art magnetische Qualität, die bewirkte, dass Tesser sie anstarrte, bis ihr auffiel, dass das unhöflich wirken musste. Sie hatte ein seltsames Déjà-vu-Erlebnis. Waren diese Brüste nun da oder nicht? War das eine Sie oder ein Er?

»Kann ich Ihnen helfen?«

»Ähm …« Tesser hatte das Gefühl, es irgendwie falsch anzufangen. »Ich habe Ihre Karte gefunden.«

»Es ist ein bisschen früh, aber Sie können gern hereinkommen.«

»Nun, ich bin mir nicht sicher, ob ich mir das leisten kann ... Ich war eigentlich nur neugierig ...« Ihre Erklärung klang selbst in ihren eigenen Ohren töricht. Sie sollte lieber mitspielen, worum auch immer es sich handeln mochte.

»Folgen Sie mir«, sagte Finna mit einer Stimme, die ärgerlicherweise auch noch in mittlerer Tonhöhe rangierte, und Tesser kam der Aufforderung nach. Sie hatte das seltsame Gefühl, dass sie sich schon einmal begegnet waren, aber Tesser konnte sich Gesichter einfach nicht merken.

»Mir gehört das ganze Haus«, informierte Finna Tesser beiläufig.

Großer Gott! Wie viel Geld verdiente eine Wahrsagerin denn? Tesser hatte die Gelegenheit, sich die fragliche Person genauer anzusehen, als sie hinter ihr die Treppe hinaufging. Finna hatte glatte hellbraune Haare, in die mädchenhafte Bänder geflochten waren, wie sie nur Weiße benutzten, was Tesser mal auf dem jährlichen Bumbershoot-Musikfestival in Seattle gesehen hatte. Dort hatte sie sich derart danebenbenommen, dass sie ihre Kollegen von der Dateneingabe gebeten hatten zu gehen. Das war ein guter Abend gewesen. Ein schlanker hipper Junge mit freundlichem Wesen, der nach Patchouli roch. Dieser war von ihrer vorgetäuschten Jungfräulichkeit begeistert gewesen und sehr sanft mit ihr umgegangen.

Finna roch ganz und gar nicht nach Patchouli – tatsächlich glaubte Tesser sogar, eine Kombination aus Haschisch und Rosmarin zu erkennen. Aus irgendeinem Grund ließ sie das geil werden – aber das lag vermutlich nur daran, dass sie von Pot ohnehin immer geil wurde.

Sie blieben vor einer silber bemalten Tür stehen, die Finna aufdrückte. Dann bat sie Tesser hinein, allerdings recht ungeduldig, als hätte Tesser sie warten lassen. Ihr Körper war schlank, aber drahtig, und ihre Bewegungen wirkten anmutig und einstudiert. Das Zimmer war voller herumbaumelnder Kristalle, Windspiele und Dinge, die aussahen wie geflochtene Haarzöpfe, und all das hing von der Decke herunter. Das Leuchten der Kristalle schmerzte richtig in Tessers Augen. Sie sah auf ihre Uhr und stellte fest, dass sie immer noch jede Menge Zeit hatte. Als sich Finna umdrehte, um ein Fenster zu öffnen und Weihrauch zu entzünden, entschied sich Tessers Gehirn endgültig, die fragliche Person in die Kategorie »männlich« einzustufen. Doch Finnas »Energie«, ein weiterer Begriff, den Tesser auf dem Seattle-Musikfestival aufgeschnappt hatte, war eindeutig weiblich. Seltsam. Daher bestand sie darauf, Finna weiterhin als eine »Sie« anzusehen, wie sie es unterbewusst schon die ganze Zeit getan hatte, seitdem sie ihr begegnet war. Und sie kam ihr wirklich sehr vertraut vor. Doch welche Erinnerung sie auch immer heraufbeschwor, so handelte es sich dabei um eine gute. Tesser kreuzte die Beine.

Finna räusperte sich und bedeutete Tesser, sie möge zu einem kleinen Holztisch, neben dem ein Sessel stand, herüberkommen.

Tesser setzte sich. »So etwas habe ich noch nie zuvor gemacht ...«, begann sie und klang dabei, als würde sie gleich zu ihrer »Jungfrauenansprache« ansetzen – doch dann bedeutete Finna ihr zu schweigen.

»Pssst ... Es wird schon alles gut. Seien Sie still.« Die Wahrsagerin verteilte Karten auf dem Tisch, aus denen sich Tesser einige aussuchen sollte, deren Rückseite sie sich allerdings nicht ansehen durfte. Mit gesenkten Augenlidern beobachtete sie, wie sich das androgyne Wesen konzentriert auf die Lippen biss. Tesser war fasziniert von dem Schwung der dünnen, dunkelroten Lippen, die nicht so wirkten, als sei darauf Lippenstift aufgetragen worden. Außerdem merkte sie, dass sie immer gelassener wurde, als hätte sich eine große Ruhe auf sie herabgesenkt – sie hörte, wie ihr Herz klopfte, doch abgesehen von diesem schnellen Geräusch war sie von einer fast schon lethargischen, umfassenden Ruhe umgeben. Finna sah auf und erwischte Tesser dabei, wie diese ihr auf den Mund starrte, dann räusperte sie sich. Tesser errötete, als ob sie etwas Ungehöriges gesagt hätte oder bei einer blasphemischen Tat während der sonntäglichen Messe erwischt worden wäre (das war ihr als Kind sogar mal passiert). Dankenswerterweise sagte Finna jedoch nichts. Sie sah sich die ausgewählten Karten nur einen langen Moment an und holte dann tief Luft.

»Sie werden eine große Veränderung durchmachen, eine außerordentliche Veränderung ...«

»Das weiß ich«, fiel ihr Tesser ins Wort. »Wissen Sie, ab heute ...«

»Seien Sie still!« Finna sah sie erzürnt an. »Es gibt etwas, das Sie mit jemandem, der Ihnen sehr nahesteht, klären müssen, aber Sie sind in dieser Beziehung nicht ehrlich. Sie sollten es noch einmal versuchen. Vielleicht steht eine Geburt bevor, ein neuer Anfang, aber ...« Sie sah sich die Karten genauer an. »Nein, es kann keine Geburt sein, da es keinen Partner gibt und daher auch keine Liebe. Hmmm ...« Leicht beeindruckt, aber auch enttäuscht, schmollte Tesser, während Finna sie mit einem Blick taxierte, der der Vorsitzenden des Moralischen Mehrheitsrats gegen die sexuell freizügigen, falschen Jungfrauen würdig gewesen wäre. Die Wahrsagerin fuhr fort: »Dann ist es also keine Geburt, zumindest nicht im eigentlichen Sinne ... hmm ... Das ist so ungewöhnlich ... Darüber muss ich erst einmal nachdenken ...« Sie drehte die letzte Karte um, und Tesser lief ein leichter Schauer den Rücken hinunter, als sie erkannte, dass es sich dabei um DIE LIEBENDEN handelte. Finna kicherte und murmelte leise, fast wie zu sich selbst: »Ach, wie ungewöhnlich! Wie ...« Sie wandte ihre Aufmerksamkeit wieder Tesser zu. Auf einmal schien sie sich unbehaglich zu fühlen. »Was sagten Sie doch gleich, wie Sie heißen?«

»Tesser. Tesser Roget.« Tesser merkte, dass sie auf den strengen, leicht dominanten Tonfall der Wahrsagerin reagierte und leicht zitterte. Sie wusste, dass es Dr. Sharkey gewesen war, die ihre Sinne in dieser Hinsicht beeinflusst hatte.

»Machen Sie sich wegen der Karte keine Sorgen, meine Liebe – das ist nicht das, wonach es aussieht. Eigentlich ist sie ...« Sie sprang auf und wirkte plötzlich sehr nervös. »Ich bin gleich wieder zurück, meine Liebe.« Offenbar konnte sie Tesser nicht mehr direkt in die Augen sehen.

Die Wahrsagerin ließ Tesser an dem Tisch alleine und ging in ein Nachbarzimmer. Tesser beobachtete voller Bewunderung ihre Bewegungen. Sie besaß die Anmut eines Eunuchen am königlichen Hofe, zumindest kam Tesser dieses Bild in den Sinn: die trägen Bewegungen eines gut eingestimmten Kastraten ... Tesser ließ ihrer Fantasie freien Lauf.

Doch ihre leicht lasziven Fantasien verschwanden nach einer Weile, denn Finna war noch immer nicht zurückgekehrt. Des Däumchendrehens müde stand Tesser auf und ging zum Fenster hinüber. Auf dem Fensterbrett stand ein weiteres silberfarbenes Objekt, das Tesser in die Hand nahm. Dabei handelte es sich um eine winzige russische Kirche, die aus Zinn oder einem ähnlichen metallischen Material gefertigt worden war. Sie stellte sie zurück auf das Fensterbrett, ging zu dem ihr zugewiesenen Sessel zurück und wartete weiter. Es war schon fast eine Viertelstunde vergangen, und Tesser konnte Finnas Stimme längst nicht mehr hören. Sie überlegte schon, ob die Wahrsagerin sie völlig vergessen hatte.

Sie stand auf und ging zu der Tür hinüber, durch die Finna den Raum verlassen hatte. Sie öffnete sie. Das Zimmer dahinter schien eine Art Vorzimmer zu sein, und die Tür, die nach draußen führte, stand offen. Tesser erkannte, dass dahinter eine Holztreppe nach unten führte – in einen gut gepflegten, wenngleich auch sehr exzentrischen Garten. In dem Raum wurde es langsam kühl, da die Tür weit offen stand. Tesser sah auf die Uhr. 10:45 Uhr. Mist – sie hatte nur noch eine Viertelstunde Zeit, bis sie mit dem Filmen anfangen musste.

Aus diesem Grund konnte sie es sich einfach nicht erlauben, darauf zu warten, dass Madame Finna von dort zurückkehrte, wo immer sie sich aufhielt – vielleicht war sie auf das Außenklo gegangen? Oder war sie kurz um die Ecke gehuscht, um sich eine Schachtel Zigaretten zu holen? –, auch wenn sie noch so gern mehr darüber erfahren hätte, was die Karten über sie verraten hatten. Sie nahm sich einen Stift vom Schreibtisch, fand in ihrer Jackentasche einen alten Kassenbeleg und schrieb mit lilafarbener Tinte eine kurze Nachricht darauf: »Tut mir leid, aber Sie kamen nicht zurück, und ich musste los. Trotzdem vielen Dank.« Sie suchte in dem Bargeld herum, das sie letzte Woche als Vorschuss erhalten hatte, und legte eine Zehn-Pfund-Note neben den Zettel, überlegte es sich dann aber anders und steckte das Geld zurück in die Jackentasche. Sie durfte nicht vergessen, dass sie nicht vollständig bezahlt worden war – noch nicht. Dann – sie gab es nur ungern zu, doch sie schämte sich nicht, ihre eigenen schlechten Angewohnheiten eingestehen zu müssen – ging sie zurück in das andere Zimmer und zum Fenster, steckte die kleine Silberkirche in die Brusttasche ihrer Jacke und verließ das Gebäude auf demselben Weg, auf dem sie es betreten hatte.

Als sie durch die Eingangstür schritt, fühlte sie sich schuldig.

Vielleicht sollte sie sich doch den Anonymen Ladendieben oder einer ähnlichen Gruppe anschließen.

Sie klopfte auf die Beule in ihrer Jeansjackentasche, die von dem Zierobjekt herrührte. Aber sie kannte ja die Adresse und konnte es jederzeit zurückschicken. Sie holte es heraus und sah es sehnsüchtig an. Dann, bevor sie es sich anders überlegen konnte, ließ sie das Objekt durch den Briefschlitz gleiten, und es kam mit einem Poltern auf dem Boden innerhalb des Hauses auf. Finna würde den Gegenstand sehen, wenn sie das nächste Mal die Vordertür benutzte. Falls sie sich nicht wieder zur Hintertür hinausschlich. Tesser musste sich eingestehen, dass sie doch ein wenig beleidigt war.

Sie kam fünf Minuten zu früh bei AMI Industries an, war nervös und fühlte sich hinsichtlich ihrer vorgetäuschten Videoerfahrung fast wie eine Schwindlerin. Doch sie wusste, wie man Videos drehte, und sie hatte in der Vergangenheit auch schon einige geschnitten. Es würde schon alles glattgehen, beruhigte sie sich selbst. Alles würde nach Plan laufen.

Vielleicht hatte Finna recht gehabt. Möglicherweise würde sie sich besser fühlen, wenn sie einige Dinge aufklärte. Sie holte ihr Handy hervor, wühlte in ihrem Rucksack herum und fand die Visitenkarte, auf die Jamie seine Telefonnummer geschrieben hatte – was nun auch schon wieder Wochen her war. Es gab eine gewisse Chemie, eine Anziehungskraft zwischen ihnen. Wenn sie ihn anrief, würde sie mit dem Feuer spielen. Sie durfte die Dreimal-Sex-Regel nicht vergessen. Aber sie musste sich auch eingestehen, dass sie ihm eine Erklärung schuldete, da sie am Abend des Festivals einfach abgehauen war. Also tippte sie seine Handynummer ein, und dann schwebte ihr Finger über dem Tastenfeld. Sie hoffte, sie würde cool bleiben können.

Das Telefon klingelte.

»Hallo?«

»Jamie, hier ist Tesser.«

»Oh. Hi.«

Er klang ziemlich sauer.

»Hör mal, ich wollte dir erklären, was neulich Abend losgewesen ist.«

»Dann schieß los.«

Nein, er war nicht cool – er war eiskalt. »Das ist eigentlich *ziemlich* schwer zu erklären. Da war eine Frau, die hinter mir hergewesen ist, und ich hab keine Ahnung, warum. Sie wollte mir meinen Film klauen.«

»Ach ja, ich hatte noch gar nicht die Gelegenheit, dir zu deinem tollen Film zu gratulieren.«

»Hör mir einfach zu. Das hatte etwas mit den Typen zu tun, die ich bei der Geisterjagd gefilmt habe, du weißt schon, welche ich meine, ich habe dir von ihnen erzählt.«

»Die in deinem Film. Das waren die beiden, nicht wahr? Ich habe mir das anhand deiner Beschreibung des Raumes schon gedacht. Aber das war ziemlich unprofessionell, findest du nicht? Auch wenn ich glaube, dass man ihre Gesichter nicht erkennen konnte. Jedenfalls hast du dir das selbst eingebrockt.«

»Danke für dein Mitgefühl. Ich werde von einer Killerin gejagt, die einen schweren Anfall homosexueller Panik erleidet, und du nimmst die Sache einfach auf die leichte Schulter.«

»Pass mal auf, Tesser, du hast mich einfach sitzen lassen und dich aus dem Staub gemacht. Da musst du schon entschuldigen, dass ich nicht wie der empfindsame New-Age-Typ reagiere.«

Tesser schwieg einige Sekunden lang und dachte über seine Worte nach. »Okay. Mit der Ausnahme, dass ich dich nicht sitzen gelassen habe. Doch es tut mir leid, dass ich einfach so abgehauen bin. Es tut mir wirklich sehr, sehr leid.« Sie holte tief Luft und erkannte, dass sie kurz davor war, die Dreimal-Sex-Regel zu brechen. Vorausgesetzt, sie würden ficken. »Vielleicht hast du ja Lust, dich nachher mit mir zu treffen?«

Er schien nicht besonders begeistert zu sein. »Vielleicht.«

»Vielleicht könnte ich ja auch morgen vorbeikommen oder so? Wir könnten uns bei dir treffen.«

»Tja, da ich keine Ahnung habe, wo du wohnst, wäre das wohl das Beste.«

Damit konnte sie leben. »Dann morgen früh um zehn? Oder soll ich lieber später kommen?«

Er seufzte, und sie stellte sich vor, wie er auf der anderen Seite der Leitung resigniert grinste. »Ja, das ist verdammt früh, aber du kannst trotzdem gern vorbeikommen.«

Als sie auflegte, grinste auch sie. Sie hatte die Sache mit Jamie geregelt, und in einigen Monaten würde sie endlich *Chain of Lurve* schneiden können. Sie hielt ihren Rucksack fest, als sie die Treppe hinaufging – darin befand sich schließlich ihre Super-8-Kamera. Ihr war zwar klar, dass sie diese nicht brauchen würde, doch aus irgendeinem Grund hatte sie das Gefühl, jemand könnte aus heiterem Himmel »Betrügerin!« schreien, und dann konnte sie in ihren Rucksack greifen und die Kamera hervorholen, um sie wie einen gottverdammten FBI-Ausweis vorzuzeigen und so zu beweisen: »Hey, ich bin wirklich eine Filmemacherin.«

Fiona, die Rezeptionistin, war so unausstehlich wie zuvor. »Ihre Ausrüstung liegt dort drüben«, fauchte sie kurz angebunden und deutete mit dem Kopf auf eine ramponierte Videokamera und einen Stapel leerer VHS-Kassetten, die auf einem Tisch rechts neben dem Empfangstresen lagen. Großer Gott, was für Geizhälse. Ein derart schickes Gebäude, und dann konnten sie sich nicht mal eine vernünftige Kamera leisten.

»Altes Format?«, wollte Tesser in dem verächtlichsten Tonfall, zu dem sie fähig war, wissen.

»Ja, altes Format«, entgegnete Fiona knapp. »Sie haben doch nicht etwa angenommen, dass wir einer Studentin unsere modernste Digicam anvertrauen? Wohl kaum. Diese Ausrüstung steht nur für Dr. Sharkeys persönlichen Gebrauch zur Verfügung.«

Fiona stieß das Wort »persönlichen« derart geringschätzig aus, dass Tesser rot wurde, trotz des unterschwelligen Hinweises darauf, dass Tesser unzuverlässig und technisch inkompetent sei. Okay, dann würde sie das Video halt im alten Format drehen.

Rasch ging Tesser hinüber und versuchte dabei, so zuversichtlich wie möglich auszusehen, wobei sie Fionas aufmerksamen Blick die ganze Zeit auf sich spürte. Demonstrativ räusperte sich Fiona, als müsse sie ein Lachen unterdrücken. Vermutlich hatte sie Tesser vollkommen durchschaut und wusste sehr gut, dass diese eine mittellose Ex-Studentin war, die den Job einzig und allein des Geldes wegen angenommen hatte.

Voller Hoffnung sah sich Tesser nach Dr. Sharkey um, doch diese war nirgendwo zu sehen.

Stattdessen hatte ihr Dr. Sharkey den Gebäudeschlüssel dagelassen sowie eine Reihe genauer Anweisungen dazu, was Tesser an diesem Tag zu filmen hatte. AMI Industries hatte ein Kanalschiff gemietet und Hackney-Schulkindern eine Fahrt auf dem Kanal spendiert. Das war ja ganz großartig.

Sie hasste Kinder.

Das Boot mit den Schulkindern, mehreren Lehrern und einer missmutigen Filmemacherin glitt langsam den Kanal hinunter. An einer Seite hing ein riesiges Banner, auf dem stand: GESPONSORT VON BLAIRSTONE CHEMICALS, EINEM UNTERNEHMEN VON AMI INDUSTRIES, und Tesser hatte sichergestellt, dass sie eine gute Aufnahme davon bekam, da sie davon ausging, dass ihr Auftraggeber genau solche Bilder im fertigen Film sehen wollte. Sie war sich nicht ganz sicher, was und wie genau sie filmen sollte – erwartete man von ihr coole, experimentelle Aufnahmen oder sollte sie einfach direkte, klare Mainstream-Bilder abliefern? Ihrem Gefühl nach wurde eher Letzteres bevorzugt.

Pflichtbewusst filmte sie die Kinder, bis sie ein ganzes Band voll mit ihnen hatte. Ein besonders charmantes Balg, ein kleines Mädchen mit lockigem rotem Haar und süßem Gesicht, hatte sogar versucht, sie in den Kanal zu schubsen, daher hatte Tesser, als sie nach dem zweiten Videoband griff, das Gefühl, großes Glück gehabt zu haben, dass sie beim Filmen bisher noch nicht im Wasser gelandet war.

Nach dem Mittagessen versuchten die Lehrer, die Kinder für die verschiedenen Wasservogelarten zu interessieren, die in den Hackney-Marschen zu sehen waren. Einer der Erwachsenen bot Tesser freundlicherweise ein Thunfisch-Sandwich und einen Apfel an, und sie aß beides gehorsam auf. Als sie nichts mehr zu filmen hatte, wurde ihr langweilig, und immer, wenn niemand hinsah, filmte sie schöne Bilder von der Sonne, die durch die Äste der Bäume drang, vom Kanal selbst und Spiegelbilder der Industriegebäude und Fabriken, die zu beiden Kanalseiten standen. Dann, auf dem Rückweg, filmte sie auch das Gebäude von AMI Industries, nur um ganz sicher zu sein, dass sie eine gute Einstiegseinstellung für das irgendwann fertige Produkt hatte. Das Ziegelsteingebäude sah auf eine viktorianische Ausbeuterfabrik-Art interessant aus. Auf der Seite waren noch einige verblasste Buchstaben zu erkennen, die sie jedoch nicht entziffern konnte, nur ein »von« und ein »&«, Worte, die für das hohe Alter des Gebäudes sprachen, ebenso wie die beiden gothischen Kuppeln auf dem Dach, die zwiebelförmig und fast schon byzantinisch aussahen. Das Gebäude schien verschiedene architektonische Stile in sich zu vereinen, allerdings war Tesser nicht gerade eine Expertin auf diesem Gebiet.

Sie stellte fest, dass sie sich auf den kommenden Tag freute. Seit sie sich an Noriko die Finger verbrannt hatte, hatte sie mit keiner Person öfter als zwei Mal geschlafen. Und sie hatte es auch gar nicht gewollt. Bis sie Jamie begegnet war. Im Allgemeinen hatte es sie gelangweilt, eine letzten Endes begrenzte Anzahl an Positionen beim Sex wieder aufzuwärmen – anders konnte man es ja wohl kaum ausdrücken. Bis sie Jamie begegnet war. Sie richtete ihre Kamera auf einen Schwan, der den Kanal entlangglitt wie ein weißer Fleck auf dem moderig braunen Wasser. Dann steckte sie das zweite, noch nicht volle Band in ihren Rucksack und dachte sich, dass sie es bei ihrem nächsten Auftrag schon vollfilmen würde. Alles wirkte auf einmal viel positiver. So hatte sie sich schon seit einer ganzen Weile nicht mehr gefühlt.

Erst seitdem sie Jamie begegnet war.

»Hey! So sieht deine Wohnung also bei Tageslicht aus!« Sie sah sich in der modernen Behausung um. Wie geplant war sie mit dem Fahrrad hergeradelt und hatte dann mehrmals klingeln müssen, bis er endlich aufgewacht war. Zugegebenermaßen war sie ein wenig verärgert darüber, dass er ihren angekündigten Besuch vergessen hatte. Außerdem war er noch müde und schenkte ihr nicht seine volle Aufmerksamkeit. Die Wohnung hatte abgezogene Dielen, und es war ein sehr geräumiges Apartment, wenn man bedachte, dass es sich mitten in Islington befand. Ausgestattet war es klassischminimalistisch, inklusive einer einzelnen Vase aus Glas auf dem Fensterbrett, die voller blauer Gänseblümchen und kleiner roter Rosen war.

»Ja. Du hast sie bisher ja nur betrunken und um drei Uhr nachts gesehen, nicht wahr? Und dann bist du am nächsten Morgen ziemlich früh wieder verschwunden.«

Sie war nervös. Würde Jamie sie küssen oder nicht? Sollte sie versuchen, ihn zu küssen? Warum war sie so nervös? »Willst du mir denn keine Tasse Kaffee anbieten?«

»Als du das letzte Mal hier warst, bist du nicht mal zum Frühstück geblieben. Aber eigentlich wollte ich dir eine Tasse *Tee* anbieten, doch da du ja Amerikanerin bist, werde ich dir einen Kaffee machen. Ist löslicher Kaffee okay für dich?«

»Solange es kein Nescafé ist. Du weißt ja, was die ...«

»Ja, ja, ich weiß.« Jamies Stimme klang gedämpft zu ihr herüber, als er im Küchenschrank herumstöberte. »Ähm ... Ich scheine keinen löslichen Kaffee mehr zu haben. Trinkst du vielleicht doch einen Tee?«

»Earl Grey, danke. Ich mache es mir solange schon mal bequem, in Ordnung?«

Was zum Teufel tat sie denn da? Sie war mindestens eine Stunde zu früh aufgetaucht, und er war noch nicht mal richtig wach. Und da war Tesser nun, auf der Chaiselounge liegend mit so weit hochgerutschtem Rock, dass man ihre Unterwäsche durch ihre Strumpfhose hindurch erkennen konnte. Sie war durchsichtig, und Jamie war sich bewusst, dass sein Blick immer wieder zu ihrem Schritt glitt, während er versuchte, sich auf die Teezubereitung zu konzentrieren. Ihm war natürlich klar, dass sie das mit voller Absicht tat. Sie war eine kleine Hexe, und er war sich nicht sicher, ob er ihr das Festivalfiasko schon verziehen hatte, auch wenn sie sich übereifrig bei ihm entschuldigt hatte. Doch als er sie jetzt ansah, wie sie so schamlos und flirtend auf seiner Couch lag, da erkannte er, dass er ihr nur zu leicht vergeben konnte. Zumindest sein Schwanz hatte ihr längst verziehen. Er drehte sich um, um seine Erektion zu verbergen, die ihm unerklärlicherweise peinlich war.

»Ich habe leider nur Teebeutel«, meinte er an Tesser gewandt. Verdammt, sie lag noch immer in derselben Position da und sah ihn erwartungsvoll an: halb unschuldig, halb wissend. Was hatte sie vor?

»Was würdest du denn sonst nehmen?«

Sie sah kurz verblüfft aus, und dann blitzte ein unbestimmbarer Ausdruck auf ihrem Gesicht auf, doch es gelang ihr rasch, das zu verbergen, was ihr in diesem Augenblick durch den Kopf geschossen war. Jamie hatte diesen Blick zuvor schon bei anderen Menschen gesehen – die Erkenntnis, dass er einen anderen Hintergrund hatte und man aus verschiedenen Welten kam. Innerlich seufzte er und goss etwas Milch in Tessers Tasse. Bisher schien die Tatsache, dass er relativ wohlhabend war, für Tesser kein Problem gewesen zu sein. Er überlegte, ob das wohl daran gelegen hatte, dass sie Amerikanerin war, denn Amerikaner konnten Hinweise auf die Gesellschaftsschicht eines Briten vermutlich nicht so gut erkennen wie seine eigenen Landsleute.

Er trug die beiden Tassen hinüber. »Hier ist dein Tee. Ich weiß, dass Amerikaner ihn lieber mit Zitrone als mit Milch trinken, aber ich habe leider keine Zitronen da.« Tja, vielleicht konnte er sie zumindest mit seiner Kenntnis über kulturelle Unterschiede beeindrucken.

Tesser nahm den Tee dankbar entgegen und lächelte ihn strahlend an. »Danke.« Aber nein, irgendetwas war anders an ihr, als hätte die Erkenntnis, dass sie sich in mancher Hinsicht nicht ähnlich waren, irgendwie ihr Verhalten beeinflusst – es möglicherweise sogar befleckt. Sie sah ein wenig verschlagen aus. Die Veränderungen waren nicht wirklich negativ, denn das konnte auch etwas Gutes bedeuten. Ja, verdammt, sie sah heiß und verschlagen aus, wie sie da auf seiner Couch lag.

Er setzte sich auf den Hartholzboden vor die Chaiselounge und starrte sie an, wie sie schweigend an ihrem Tee nippte. Es hatte vor einigen Jahren mal eine Unterwäschewerbung gegeben – vermutlich von Agent Provocateur oder einer ähnlichen Marke. Eine Blonde in nichts als einem schwarzen Höschen, was schon ziemlich pornografisch wirkte, da man fast alles sehen konnte, und der Text dazu lautete: JEDE DAME VERDIENT EINE HALSKETTE. Oder so ähnlich. Es war gerade zweideutig genug, um dem Zorn der britischen Werbeaufsichtsbehörde zu entgehen, aber für jeden, der Bescheid wusste – was auf nahezu 99,9 Prozent der erwachsenen Bevölkerung zutraf –, war die Schlussfolgerung offensichtlich. Jetzt musste er daran denken, und sein Schwanz wurde härter. An die Art, wie das Bild ausgesehen hatte: Die Frau lag auf dem Rücken und hatte die Beine gespreizt, ebenso wie Tesser in diesem Moment. Der durchsichtige dünne/klassische schwarze Nylonslip war gerade blickdicht genug gewesen, dass der Betrachter nicht genau wusste, ob er das, was sich darunter befand, nun erkennen konnte oder nicht. Ebenso wie bei Tesser. Die Haut am Hals und am Oberkörper des Models war bereits durch die sexuelle Erregung gerötet gewesen. Diesen Effekt hatten zweifellos geübte Stylisten bewirkt, aber er war dennoch sehr wirkungsvoll gewesen.

Als Jamie die Werbung zum ersten Mal gesehen hatte, hätte er am liebsten auf die Brust des Models gewichst, um seinen heißen Samen dann über ihre Kehle und ihre rosafarbenen Lippen zu verspritzen, was vermutlich auch der gewünschte Effekt der Anzeige gewesen war. Das Model hatte so ausgesehen, als ob sie das gewollt hätte. Sie *hatte* es gewollt. Der Gedanke daran ließ ihn selbst jetzt noch fest und steif wie einen Stein werden. Er brachte ihn dazu, das Bild neu erschaffen zu wollen, um es dann zu degradieren, wenn er vor der heißen, sexy Tesser masturbierte und dann alles auf ihren blassen, unschuldig wirkenden Hals schoss. Vielleicht konnte er sie sogar dazu bringen, eine blonde Perücke zu tragen, um den reinen, trashigen Pornoappeal zu erreichen. Er hatte eine hier in der Wohnung, die Trevor nach einer Modellsitzung mit ihm und seinem Lover zurückgelassen hatte. Jamie stellte seine Teetasse auf den Boden.

»Ich bin gleich wieder da«, sagte er und stand auf.

»Wo willst du hin?«

»Ich will nur was holen.« Er ging in sein Schlafzimmer und wühlte herum, bis er die Einkaufstüte gefunden hatte, die noch von Trevors Freund stammte und in der sich Kleidung, Unterwäsche und eine Perücke befanden. Trevors Langzeitfreund war ein Drag-Künstler, der in Zivilkleidung jedoch ziemlich männlich wirkte. Jamie zog die Perücke heraus und nahm sie mit ins Wohnzimmer.

»Könntest du die mal für mich aufsetzen?«, fragte er, wobei seine Zunge vor Nervosität ganz trocken wurde. Was würde er tun, wenn sie Nein sagte?

Tesser starrte die blonde Perrücke eine Zeitlang einfach nur an. »Okay«, meinte sie schließlich. »Ich trage die Perücke, wenn du sie zuerst aufsetzt.«

»Okay …«

Das war nicht zu viel verlangt, auch wenn er keine Ahnung hatte, was Tesser durch den Kopf spukte. Doch sie hatte definitiv irgendetwas vor, denn sie suchte in ihrem großen Rucksack herum und holte bergeweise Make-up und sogar Nagellack heraus. Dann ging sie hinüber zu seinem Arbeitstisch und begann, eine Reihe verschiedener Acrylfarben in ihren Armen aufzutürmen. Frech wie immer. Sie sah sich die Pinsel an, die er in einigen Gläsern einweichte. »Nimm die nicht«, warnte Jamie sie und wurde auf einmal nervös. »Das sind welche mit Eberborsten. Nimm lieber die billigeren, die mit den beigefarbenen Griffen.«

Tesser drehte sich um und sah ihn merkwürdig an. »Ich bin nicht bereit, mich mit billigen Pinseln abspeisen zu lassen. Komm damit klar.«

»Äh, okay.« Was zum Teufel hatte sie nur vor? Jamie strich mit den Fingern über die Perücke, die er noch immer in der Hand hielt, und befühlte die Stränge aus künstlichem flachsfarbenem Haar. Er wollte das Bild des Mädchens mit der Perlenkette nicht aus seinem Kopf verbannen. »Du fasst meine Gemälde doch nicht an, oder? Ich kann es nicht ausstehen, wenn sich andere an meinen Bildern zu schaffen machen. Ich hab mich sogar von meiner ersten Freundin getrennt, weil sie genau das getan hat.«

Tesser kam wieder zu ihm zurück, wobei sich in ihren Armen mehrere Farbtuben und die teuren Pinsel türmten.

»Was hat sie denn gemacht?« Sie lächelte verschlagen. »Dann weiß ich, was ich lieber bleiben lassen sollte.«

Jamie sah sich nervös den hellen Holzfußboden und die kühlen melonengrünen Wände seiner schlichten Wohnung an. Er wollte, dass sein Heim so blieb, wie es war. Nie im Leben würde er zulassen, dass sie die Wände oder den Boden mit Farbe beschmierte. »Ich hatte einige Bilder von Menschen ohne Augäpfel gemalt, deren Augen ganz leer waren. Eines Tages kam ich nach Hause und fand heraus, dass sie in jedem Gemälde die Augen »korrigiert« hatte. Am nächsten Tag haben wir uns getrennt.«

»Das war aber nicht sehr nett von ihr«, stimmte ihm Tesser zu. Sie sah ihm direkt in die Augen, wobei sie die Finger der linken Hand an die Kehle gelegt hatte und offenbar ziemlich gedankenverloren war. Jamie schluckte bei dem Anblick ihres verletzlichen, milchweißen Halses. Er war mit sehr hellen Sommersprossen bedeckt, ebenso wie ihr Gesicht. »Wirklich gar nicht nett.«

Gegen seinen Willen zuckte Jamies Schwanz bei dem Wort »nett« leicht zusammen.

»Zieh dich aus.«

»Jetzt?« Jamie sah zur Tür. Sie sollten lieber abschließen. Trevor könnte wie üblich jeden Moment hereinplatzen.

»Die Tür ist nicht abgeschlossen. Das kann ruhig so bleiben. Und jetzt zieh dich aus, wie ich gesagt habe.«

Er entkleidete sich, wobei er ihr in die Augen sah, als er zuerst sein Hemd und dann seine Hose auszog, um sich danach auch seiner Unterwäsche, seiner Socken und seiner Turnschuhe zu entledigen.

»Und deine Uhr. Ich will dich so, wie dich Mutter Natur geschaffen hat.«

»Hatte Vater Natur da nicht auch die Hand im Spiel?«

Sie grinste ihn schief an. »Wer weiß ...«

Obwohl er getan hatte, was sie verlangte, war er die ganze Zeit in Versuchung, etwas Freches und Schnippisches zu sagen, um in seiner eigenen Wohnung wenigstens teilweise die Kontrolle zu behalten. Doch das war nicht gerade leicht, wenn man nackt und zitternd im Raum stand. Sie breitete einige Zeitungen auf dem Boden aus.

»Setz dich hin«, befahl sie.

Das Treffen mit Finna hatte Tesser auf eine interessante Idee gebracht. Das Bild der Wahrsagerin war in der vorangegangenen Nacht nicht mehr aus ihrem Kopf verschwunden. Sie wusste nicht genau, warum, aber aufgrund ihres mangelhaften Gedächtnisses war ein Rest an Inspiration zurückgeblieben. Wenn sie das jetzt nur durchziehen konnte ...

Sie stand vor Jamie, der mit verschränkten Beinen auf dem Boden saß, und fühlte sich mächtig. Das Adrenalin schoss durch ihre Venen. Vermutlich hatte sich Dr. Sharkey genauso gefühlt: Der zögerliche Moment, in dem die Muschi überquillt, wenn man sich fragt, ob man tatsächlich den Mumm hat, seine Fantasie in die Tat umzusetzen.

Tesser beugte sich nach unten, um es zu versuchen, und ihre Hand zitterte. Fast schon zeremonienhaft griff sie nach ihrer Palette aus Lidschatten und dem Applikatorschwämmchen. Dann trug sie Farbe auf seine Augenlider auf: Gelb auf die Ränder, Gold direkt unter den Brauen, die sie mit flüssigem Eyeliner nachzog. Ein schimmernder Strich aus mattem brombeerfarbenem Puder auf seinen schweren Lidern, sodass das Augen-Make-up in Purpur und Gold auf seiner dunkelbraunen Haut glänzte.

»Sieh her.« Sie zeigte Jamie die Halskette aus Rheinkieseln und Federn, die sie aus ihrer Tasche geholt hatte, und zog dann vor seinen Augen das Taschenmesser zwischen ihren Brüsten hervor, um den Faden, der die Perlen und die Federn miteinander verband, zu durchtrennen. Die Steine rollten über den Boden und bildeten einen schönen Kontrast zu den langsam herabschwebenden grünen Federn. Dann machte sie ausgiebigen Gebrauch von ihrer kleinen Tube mit Klebstoff für falsche Wimpern, presste seine Lider leicht mit den Fingerspitzen zu und begann, eine Reihe von kleinen Entenfedern in einem aparten Winkel auf seine Wangenknochen zu drücken, wodurch sein markantes, eckiges Kinn noch stärker betont wurde. Der Effekt war nicht gerade feminin. Das verunsicherte sie und gefiel ihr auch nicht gerade.

Er sah weniger aus wie eine Drag-Queen, sondern eher wie ein schön verzierter Gott oder eine Ikone.

Und das war nicht ihre Absicht gewesen.

Jamie atmete ganz ruhig und saß mit verschränkten Beinen wie ein Guru auf dem Boden. Er schien in einer unwirklichen, außerweltlichen Sphäre gefangen zu sein. Sie bemalte seinen Mund mit einer vergoldeten dunklen Cranberryfarbe, und als sie die wächserne Mischung mit einem winzigen Pinsel auf seine vollen, wunderschönen Lippen auftrug, traten deren natürliche Schönheit und Form noch deutlicher hervor. Wie auf Kommando leckte er sich über die Lippen, wobei seine Zunge so schnell herausschoss, als wäre sie ein lebendiges, rotes, reifes Tier zwischen dem künstlichen Wachs, und sie hockte wie erstarrt vor ihm. Ebenso wie das Make-up seine Männlichkeit nur betont hatte, schien sein Gebärdenspiel mit den Kosmetika nur dazu zu dienen, seine Vitalität und Lebenskraft hervorzuheben. Tesser bewunderte ihr Werk, bevor sie sich erneut an die Arbeit machte. Er sah wunderschön aus, nicht weniger maskulin, aber vielleicht ein klein wenig androgyner. Tesser wurde vor lauter Vorfreude feucht, als ihr bewusst wurde, dass sie das Bild, das ihr im Kopf herumgeschwebt war, doch noch realisieren würde.

Das war das Geheimnis. Sie trug seit ihrem vierzehnten Lebensjahr Make-up, aber diese Wahrheit war ihr bisher irgendwie entgangen. Als sie Jamies besondere männliche Schönheit auf dieselbe Weise herausputzte, verstand sie endlich, warum Frauen Masken aus Kosmetikartikeln trugen: nicht, um sich zu verstecken, sondern um Dinge zu akzentuieren. Wenn die modernen Männer doch auch nur Make-up tragen würden. Sie sollten sich vom Pfau inspirieren lassen. Sie wusste mit Sicherheit, dass sich Wikingermänner regelmäßig mit Wimperntusche und Eyeliner verschönert hatten.

Sie bedeckte ihn mit Acryl- und Wasserfarbe, bemalte seine Zehen orange mit silbernen Streifen und zog dann lange blaue Balken bis hinauf zu seinen Oberschenkeln. Er war vorübergehend merkwürdig ruhig und unterwürfig geworden und spreizte seine Beine mit Bedacht für sie, sodass die festen Muskeln hervortraten, was Tesser vor Verlangen das Wasser im Mund zusammenlaufen ließ. Weder die Acryl- noch die Wasserfarben waren giftig, zumindest nicht, solange man sie nicht in großen Mengen zu sich nahm. Auf die blaugefärbten Beine klebte sie die winzigen Rheinkiesel auf, die sie wie Perlen vom Boden aufhob, auf dem sie herumgerollt waren. Als diese befestigt waren, wirkten sie, als wären sie in seine Haut eingelassen worden, und als er sich leicht bewegte, glitzerten die Steine im von oben herabfallenden Licht. Dann bemalte sie jeden einzelnen seiner Fingernägel mit einem leuchtend grünen Nagellack.

Zu guter Letzt setzte sie ihm die blonde Perücke auf.

»Warte kurz«, flüsterte sie. Das war noch nicht ganz richtig. Sie wühlte in ihrer Tasche, bis sie das Haarspray gefunden hatte. Daraufhin verzwirbelte sie das künstliche helle Haar in ihren Handflächen, als wollte sie die darunter verborgenen dunklen Dreads imitieren, sprühte es mit einem leisen Zischen der Dose ein und flocht es mit den Fingern. Und während ihre Handflächen immer klebriger von den Haarsprayüberresten wurden, wurde ihr Höschen zwischen ihren Beinen immer feuchter. Als sie das Styling beendet hatte, ging sie hinüber zum Fenster und nahm die Glasvase in die Hand, die dort auf dem Fensterbrett stand, um das Wasser, das sich darin befand, in der Küche ins Waschbecken zu gießen. Dabei ließ sie sich Zeit in dem Wissen, dass Jamie mit jeder verstreichenden Sekunde zunehmend ungeduldiger wurde.

Mit den Blumen in der Hand kehrte sie zu ihm zurück, um die Blüten in die Perücke zu stecken. Sie waren rot und blau gefärbt und bildeten einen schönen Kontrast. Die Blüten waren nicht pastellfarben, sondern von einer reinen, ungesättigten Farbe. Die sternenartigen Blüten der künstlich blau gefärbten Gänseblümchen waren meeresblau, himmelsblau, beerenblau, und die gemaserten leuchtend roten Rosen sahen ebenso makellos aus: burgunderrot, lippenstiftrot. Sie wickelte diese kontrastreichen Blumen abwechselnd um die einzelnen Dreads. Als sie fertig war, wirkte er noch immer nicht sehr viel weiblicher, so wie es bei den meisten Männern in einer ähnlichen Situation vermutlich der Fall gewesen wäre. Stattdessen sah er heidnisch und weltlich aus, wie er mit schiefem Grinsen auf dem Boden saß und weiterhin seine freche Körperhaltung beibehielt. Sie hatte das Gefühl, er würde darauf warten, dass sie nachgab oder den Mut verlor. Doch er sah genau so aus, wie man sich Pan vorstellen würde: dekadent, heidnisch, geschmückt. Am liebsten hätte sie ihn so auf einer grünen Lichtung gefilmt.

»Lass mich mal sehen, was du aus mir gemacht hast.« Jamies Stimme erschreckte sie, doch sie gewann ihre Zuversicht rasch zurück. Er hatte keine Ahnung, was ihn erwartete. Sie starrte ihn an, und ihre Klit wurde immer härter.

»In Ordnung«, erwiderte sie einfach und gab ihm einen kleinen Taschenspiegel, damit er sich darin betrachten und bewundern konnte, wie sie ihn verändert hatte.

»Nicht übel«, gab er zu. »Du bist keine schlechte Malerin.«

»Herzlichen Dank«, erwiderte Tesser. »Und jetzt werde ich dir eine Muschi malen.«

»Du willst *was?*« Vor Überraschung verschluckte sich Jamie beinahe. Endlich wirkte er schockiert.

Aha, das macht dir zu schaffen, was, Mr. Außenseiter-Künstler?

Sie nahm ihm den Spiegel wieder ab. Jetzt wirkte er nicht mehr so selbstsicher, und Tesser genoss es, seine zunehmende Unsicherheit zu spüren. Sie zog ihre Kosmetikartikel und seine Wasserfarben erneut heran und malte rings um seinen Schwanz und seine Hoden eine dunkelbraun/lilafarbene Muschi, die sie mit grellem pinkfarbenem Lippenstift verzierte, und dann malte sie mit silberfarbenem Lippenstift die Klitoris auf.

»Das ist verdammt pervers, Tesser, und ich hoffe, du weißt das«, sagte Jamie, aber er ließ sich weiterhin von ihr berühren und bemalen. Großzügig schmückte sie seine neuen Genitalien aus, verlängerte seine künstlichen Schamlippen bis hinter den Penisansatz und zu seinem Arschloch, das als Vagina dienen würde. Erst in diesem Moment ließ er sich anmerken, dass er ihre Aufmerksamkeit genoss, als ein leises Stöhnen über seine Lippen drang. Tesser grinste und massierte mit den Fingern die Farbe in das empfindsame Fleisch direkt unter den Hodensäcken ein. Sie wurde ebenfalls heiß. Sie hatte ihren eigenen Androgynen erschaffen. Ihre Muschi wurde immer feuchter, als sie ihn mit seinem zweiten Geschlecht ausstattete, dem Geschlecht über seinem Geschlecht. Jamie stöhnte leise, und sein Schwanz, der bisher schlaff geblieben war, wurde etwas steifer – und als sie mit dem Pinsel um den After herumglitt, zitterte er, und sein Penis wurde richtig steif, wodurch er die Farbe, mit der er bedeckt war, deutlich ausdehnte.

Sie musste eine zweite Farbschicht aus lila Wasserfarbe auf seinen Schwanz auftragen, weil seine Erektion die Klit, die sie ihm aufgemalt hatte, zerstörte.

Immer heftiger atmend kitzelte sie die dunklen Haare an seinem Hintern und beschmierte sie dann mit roter und lilafarbener Farbe, damit sie zu einer Vagina wurden: einem kräftigen Purpurton, der seinem neonfarbenen purpurnen Lidschatten entsprach. Wie wunderschön.

»Sieh dich jetzt an, du kleine Nutte.« Es gefiel ihr, so mit ihm zu reden und ihm die Worte ins Ohr zu zischen. Zuerst wollte er nicht hinsehen, aber sie zwang ihn, den Spiegel in die Hand zu nehmen und den Blick zu senken, um sich seinen Körper anzusehen und die wunderschöne Muschi, die sie auf seine Genitalien gemalt hatte: in leuchtendem Lila und Pink, glänzend und pornografisch. Er packte seinen Schwanz, wobei sein grüner Nagellack einen heißen Kontrast zu seiner steifen bemalten Schönheit bildete, und küsste Tesser fest, die von seiner plötzlichen Bewegung erschreckt war, ebenso wie von seiner Zunge, die auf einmal in ihrem Mund steckte. Sie stöhnte und rückte näher an ihn heran, wobei sie das Bedürfnis verspürte, den violettfarbenen Schwanz in sich zu spüren.

»Fick mich«, stöhnte er. »Fick meine rosafarbene Muschi.«

Sie war augenblicklich geil und verspürte ein derart intensives Verlangen, dass sie schon glaubte, sie würde das Bewusstsein verlieren. Scheiße, nein – dann würde ihr ja der ganze Spaß entgehen. Sie wollte ihn besitzen, ihn ganz ausfüllen. Sie schob ihre Hand zwischen seine Beine, tief unter seinen Schwanz und seine Eier, über seine gesamte frisch aufgemalte Muschi, wo ihre Fingernägel gegen die dicke Farbschicht drückten. Je weiter ihre Hand wanderte, desto fester drückte er sich gegen sie.

»Ich lasse meine Hand über deine feuchte Muschi gleiten«, flüsterte sie ihm ins Ohr. »Wie fühlt sich das an, Jamie? Wie fühlt sich das an?«

»Gut«, konnte er gerade noch so herauspressen, und dann ließ er seinen Schwanz los und ergab sich ganz ihren perversen Liebkosungen. Ihre Hand wanderte weiter, und ihre Finger fanden seinen After, den sie so bemalt hatte, dass er wie eine dunkelrote, feuchte Vagina aussah, wie ein nasses, enges Loch zum Ficken – purpurrot, tropfend, leer. Sie rieb daran. »Ohh …«, stöhnte er.

»Magst du es, wenn man deine Muschi reibt?«, fragte Tesser.

»Ja! Reib meine Muschi, berühr meine Klit, streichel meinen Schwanz, es ist mir egal.« Er spreizte die Beine weit, wobei er die Muskeln und Sehnen anspannte wie ein Tänzer, und seine Hüften begannen, sich im gleichen Rhythmus wie Tessers beharrliche Hand zu bewegen.

»Du kleine Schlampe. Du hast eine hübsche Möse, das muss ich dir lassen«, murmelte Tesser ihm zu. »Ich werd deine Muschi gleich so richtig ficken.«

Jamie wand sich unter Tessers Berührungen und begann, seine Genitalien an ihren Fingern zu reiben. Sie holte eine Tube Gleitmittel aus ihrer Tasche und verschmierte es auf seinem Schwanz, seinen Eiern und seinem After.

»Jetzt bist du richtig feucht, was?« Sie drückte ihre Hand in das Gel und verrieb es auf seinem steifen Penis und seinen Hoden. Er stöhnte. Er *war* feucht. Er war ganz feucht und bereit für sie. Seine Muschi war feucht. Sie strich immer wieder über seinen Penis und bewegte die Hand bis zum Hintern weiter. Das fühlte sich so gut an, dass ihm der Schweiß ausbrach, und er spürte, wie sich auf seiner Stirn Schweißperlen bildeten und über das Make-up liefen. »Aah«, stöhnte er und drückte sich immer fester und fester gegen Tessers Hand, damit sie umso mehr von ihm berühren konnte – er wollte, dass sie alles berührte, alles auf einmal fickte.

»Fick mich«, flüsterte er. Er fühlte sich sehr verletzlich und offen. Es war wundervoll.

Sie ließ einen Finger tief in ihn hineingleiten. Zuerst spürte er nur einen brennenden Schmerz, doch dann wurde das Gefühl heiß, so heiß, dass er Verlangen in seinem Arsch spürte, und Jamie wollte mehr. Er merkte, wie er sich auf den Finger drückte, der von dem Gleitmittel ganz glitschig geworden war. Sie steckte einen weiteren Finger hinein und begann, ihn langsam zu ficken, und alles, was er spürte, war eine schmutzige Erleichterung. Er lag flach auf dem Boden, hob die Hüften und ließ zu, dass Tesser ihn auf diese Weise fickte. Ihre Hand bewegte sich schneller und schneller, und er konnte nur da liegen, stöhnen und keuchen. Es war viel zu intensiv.

»Willst du mehr, du kleine Schlampe?«

Ja. Er wollte mehr.

»Antworte mir.«

Er konnte nicht.

»Mehr?«

»Ja!«, schrie er schließlich. Und sie gab ihm mehr, stieß ihm vier Finger in den Hintern, während ihre andere Hand seinen steifen Schwanz packte. Die Perücke schabte über den Boden, die aufgeklebten Perlen fielen von seiner Haut, und die Federn schwebten ebenfalls auf den Boden. Er wollte es aus seinem bemalten Schwanz herausschießen lassen, seinen Samen über Tessers Hals ergießen, wie er es sich erträumt hatte. Und sie saß gebeugt neben ihm, ganz angespannt und dominant, die eine Hand in seinem Hintern, mit wackelnden Titten bei jedem Stoß und immer wenn ihre Hand fest an seinem Schwanz entlangglitt. Oh, Scheiße, er würde gleich kommen. Er würde kommen. Er ließ los und ergoss sich über ihre Kehle. Das fühlte sich so verdammt gut an. Es erinnerte ihn an das Werbeplakat. Es erinnerte ihn daran, wie er sich in der Herrentoilette in der Liverpool Street Station auf ihre Brüste ergossen hatte. Es war ihm egal, woran es ihn erinnerte. Er schoss seinen Samen einfach aus sich heraus, weiß und cremig, auf ihre Titten und ihren Hals. Verdammt, ja, das fühlte sich so gut an, so gut …

Er stöhnte, als er den letzten Tropfen vergossen hatte und auf dem Rücken lag, leer und darum bemüht, wieder zu Atem zu kommen. Und langsam, ganz langsam, zog Tesser ihre Finger wieder aus seinem Hintern. Kurz hatte er das

Gefühl, etwas verloren zu haben. Sie sagte etwas zu ihm. Er sollte ihr lieber zuhören.

»Was?«

»Ist das alles?«, meinte Tesser gerade.

»Natürlich nicht. Du weißt, dass ich ein moderner Mann bin. Ich werde mich um dich kümmern. Gib mir nur noch einen Moment Zeit.«

»Das ist nicht das, was ich meine.« Erneut hatte sie dieses merkwürdige Lächeln im Gesicht. »Ich rede von dir. Wenn du eine Frau wärst, dann könntest du auch noch weitermachen, nachdem du gekommen bist. So wurden wir geschaffen. Wir haben echt Glück, was?«

»Ja, aber ich bin ein Kerl«, erklärte ihr Jamie mit geduldiger Stimme.

»Nein, das bist du nicht«, erwiderte sie dickköpfig, »nicht, solange das noch da ist.« Sie ließ die Finger über das gemalte Muster zwischen seinen Beinen gleiten. Er fühlte sich erneut verletzlich und zitterte. Vielleicht sollte er einfach mitspielen. Wieder begann sie, ihn fest zu streicheln, eine sanfte Berührung, die von der Penisspitze an den Hoden entlang über den Damm führte, bis sie die Fingerspitze um seinen Anus gleiten ließ. Er sah nach unten und bemerkte, dass ihre Hand feucht war von seinem Erguss und der Farbe. Ihr Finger schwebte über seinem Arschloch. Aus dem Nichts flammte erneut das Verlangen in ihm auf. Unmöglich. Er hatte vorgehabt, es ihr mit dem Mund oder den Fingern zu besorgen, sie aber nicht zu ficken. Normalerweise dauerte es eine gute halbe Stunde, bis er nach dem Erguss wieder einen hoch bekam – mindestens.

»Das wäre geklärt«, sagte Tesser, die seinen Schwanz fest packte, und selbst er war überrascht, wie fest er in ihrer feuchten Handfläche wurde, als sich die klebrige Masse gegen die Spitze rieb, die plötzlich sehr empfindlich wurde. »Jetzt schieb deine schöne bemalte Muschi in meine und lass uns anfangen.« Einen Moment lang wirkten ihre Worte wie ein Nachhall derer, die er zuvor gesagt hatte, und Jamie spürte, wie ihm das Blut ins Gesicht schoss, als er daran dachte, dass er zuvor »Fick meine rosa Muschi!« geschrien hatte.

Jetzt wollte er sie. Er wollte sich in sie hineinschieben. Er kniete sich hin und war kurz überrascht von den vielen Farben, die sich auf seinem Körper miteinander vermischt hatten, und zwar überall – Farbe und Samenflüssigkeit tropften herab –, und dann zog er Tesser zu sich heran, schob ihren Rock hoch und rollte ihre Strumpfhose herunter. Sie zog sie aus, ebenso wie ihre Unterwäsche, und dann drängte er sie auf den Boden, ließ sich direkt auf sie herabsinken und zwängte seinen Schwanz in ihre Muschi, die sich ebenso heiß und weich anfühlte wie geschmolzene Butter, aber viel, viel enger. Die Reibung ließ seinen Penis vor Lust pulsieren. Sie zog ihn zu sich heran, und er legte den Mund auf eine ihrer Brustwarzen, um zu saugen, zu beißen und zu lecken, wobei sein dunkelroter Lippenstift ihre Haut färbte. Das wirkte absolut pervers auf ihn und sorgte dafür, dass er nur umso fester zustieß.

Ja. Jamie war gut. Sie ließ ihn tief in sich hinein, beugte sich nach hinten und legte eine Hand auf ihre Klit, um diese zu reiben und es zu genießen. Niemand konnte so ficken wie er. Niemand konnte – Moment mal! Was dachte sie da? Viele Leute konnten so ficken wie er. Es gab viele, *viele* gute Fische im weiten Meer. Großer verdammter Gott! Da passierte es schon. Sie hatten zum dritten Mal Sex, und jetzt würde es kein gutes Ende nehmen.

Dann hörte sie auf, das zu denken, und stöhnte laut, als er in sie hineinstieß, hart, schnell und schmutzig, denn in Wahrheit würde dieser ganz besondere Fick zu einem sehr guten Ende führen.

Danach gingen sie zusammen unter die Dusche und knutschten, während das Wasser die Farbe und den Samen von ihren Körpern abspülte. Während sie sich küssten, öffnete Tesser die Augen und beobachtete, wie die Farbe von Jamies Körper nach unten floss und im Abfluss verwirbelte. Kurz standen sie beide mit umeinander geschlungenen Armen da. Aus ihrem eigenen Haar tropfte grüne Flüssigkeit, weil die Haarfarbe zwar permanent war, sie aber aus Erfahrung wusste, dass es einige weitere Haarwäschen dauern würde, bis nichts mehr rauslief. Da sie diejenige gewesen war, die ihn derart kunstvoll dekoriert hatte, schrubbte sie ihn auch wieder sauber, und er jaulte fröhlich auf, als sie sich im Schambereich zu schaffen machte. Danach wusch er ihr die Haare, und sie musste kichern, als er einen Schaumberg darauf auftürmte. Er war so viel größer als sie, dass sie nur ihre Zunge rausstrecken musste, um eine seiner dunklen, kleinen Brustwarzen lecken zu können. Ohne Farbe war er genauso schön wie mit.

Er war wunderschön. Punkt.

»Hier, bitte sehr.« Er reichte ihr ein flauschiges weißes Handtuch aus ägyptischer Baumwolle, als sie nach ihm aus der Dusche kam. Großer Gott. Es hatte echt Vorteile, etwas mit einem reichen Typen zu haben. Nicht, dass sie etwas miteinander hatten … Er trocknete sich schnell ab und ging dann wieder ins Wohnzimmer. Tesser, die nichts für große Abtrockorgien übrig hatte, folgte ihm und tropfte dabei den Boden voll. Sie hoffte, dass er das nicht bemerkte. Er stand da mitten im Raum im Sonnenlicht und streckte sich. Anfänglich blieb ihr Blick wie gebannt auf ihm haften, doch dann bemerkte sie ein Gemälde, das an der ihr gegenüberliegenden Wand lehnte und das ihr zuvor noch nicht aufgefallen war, weil sie in die andere Richtung gesehen hatte. Erstarrt blieb sie stehen, und plötzlich fiel ihr auf, wie nackt und verletzlich sie war. Außerdem glaubte sie, nicht mehr atmen zu können.

Auf dem Bild war Eric abgebildet, den sie vor zwei Wochen bei der Geisterjagd kennengelernt hatte. Er war von hinten gemalt worden, wobei er über die Schulter hinweg den Betrachter ansah. Die Vorderseite seiner Oberarme war nicht zu sehen, daher war sie sich einen Augenblick lang nicht ganz sicher. Die Tätowierung wäre der eindeutige Hinweis gewesen, da sie sich Gesichter nun mal nicht gut merken konnte. Sie ging näher heran, was ihre Vermutung nur bestätigte. Er war es.

»Jamie«, murmelte Tesser, deren Gehirn jegliche Aktivitäten eingestellt zu haben schien, »bitte sag mir, warum du ein Bild dieses Mannes in deiner Wohnung hast.«

»Hey.« Jamie trat von hinten an sie heran und nahm sie in den Arm. »Ich male Akte. Du bist doch nicht etwa eifersüchtig, oder?«

7

Verrückt.

Der Typ auf dem Gemälde – Eric – war der Freund von Jamies Stiefbruder. Tesser dachte darüber nach, als sie später am Nachmittag auf ihrem Fahrrad nach Hause fuhr: Ihr Leben war in letzter Zeit voller seltsamer Zufälle. Und so langsam wurde es kompliziert.

Sie raste durch eine Pfütze und bespritzte eine Frau mit einem Kinderwagen mit Wasser.

»Tut mir leid!«, brüllte sie über die Schulter zurück, doch die Frau fluchte dennoch.

Jamie hatte ihr versprochen, seinen Stiefbruder taktvoll nach der Geisterjagd zu fragen, doch er wollte das auf subtile Art und Weise tun, da er aufgrund der Tatsache, dass der bisexuelle Eric offenbar mit Männern und Frauen fremdging, nicht so viel Aufregung verursachen wollte. (Tesser war erleichtert gewesen, dass Jamies Bruder nicht den Namen Alistair trug.)

Sie radelte an der Chatsworth Road in Richtung Heimat und wollte unterwegs noch ein paar Lebensmittel einkaufen. Endlich. Von ihren letzten fünfzehn Pfund konnte sie noch einiges zu essen besorgen – vorausgesetzt, sie kaufte die Hausmarke von Tesco. Damit ließ sich eine Menge Geld sparen.

Und so war es auch. Nach dem Einkauf war ihr Rucksack voller Erdnussbutter, Nudeln, Brot vom Vortag zum halben Preis, Billigdosen mit passierten Tomaten und einem riesigen schweren Sack Kartoffeln. Sie schob ihr Fahrrad das letzte Stück des Weges, da sie Angst hatte hinzufallen, wenn sie mit ihrer schweren Last weiterradelte. Neben dem aufgestockten Nahrungsvorrat befand sich auch das Videoband des Vortages in ihrem Rucksack, da sie vergessen hatte, es herauszunehmen und Fiona zu geben. Im Großen und Ganzen hatte sie gute Laune: Sie kam sich vor wie ein verspäteter Nikolaus mit einem Sack voller Köstlichkeiten für die Mädchen und Jungs in dem besetzten Haus, die sich das alles mehr als verdient hatten. Doch als sie die Wohnung betrat, traf sie auf eine ernste, angespannte Versammlung am Küchentisch. Ihr erster Gedanke war, dass man sie hinauswerfen wollte, weil sie den Einkauf erst nach mehreren Tagen erledigt hatte.

»Was ist los?«, fragte sie nervös, holte die Plastiktüten aus dem Rucksack und stellte sie geräuschvoll auf der Arbeitsplatte ab. Dann ließ sie sich neben Kitty nieder. Doch selbst die konnte ihr nicht in die Augen sehen. O großer Gott, das war echt übel.

»Uns wurden Sachen geklaut«, verkündete Jana mit anklagender Stimme. Sie sah Tesser an. »Ich hoffe, du hast alles gut weggeschlossen. Jemand ist durch das hintere Fenster im Keller reingekommen und hat in allen Zimmern rumgeschnüffelt.«

»Scheiße! Was fehlt denn?« Sofort fiel ihr ihre Sammlung an Blockabsatzschuhen aus den Siebzigern ein.

»Komische Sachen. Einige von Kittys Rechtsbüchern. Mein Fön. Jakes CD-Player. Mmolukes Handy. Du musst schon selbst nachsehen, was dir geklaut wurde.«

Kitty sah Tesser entsetzt an. »Bleib ganz locker …«

Doch Tesser rannte bereits die Treppe hinauf zu ihrem Zimmer. Die Schuhe waren noch alle da. Gut. Dann schweifte ihr Blick zu der Stelle unter dem Fenster, an der sie immer ihre Super-8-Kamera aufbewahrte. Scheiße! Sie war weg. Sie blickte unter das Bett – all ihre VHS-Kassetten, ob kopiert oder original: weg. Sie rannte zu dem zur Dunkelkammer umfunktionierten Schrank, in dem sie ihre Filmrollen aufbewahrte – nichts! Nichts! *The Passion Flowchart* war auf ewig verloren. Da sank sie auf den Boden und stützte den Kopf in die Hände.

»Hey«, Kitty stand in der Tür, »ich dachte mir schon, dass es so wäre. Hör mal, wir finden schon heraus, was ...«

»Das ist Scheiße!«, jaulte Tesser. »Was zum Teufel soll ich denn ohne meinen Film anfangen?« Diese Schlampe Jana mit ihrer dummen Bemerkung darüber, ob sie alles gut weggeschlossen habe.

Langsam trottete sie zurück in die Küche und fühlte sich am Boden zerstört. Kitty ging schweigend hinter ihr her und hatte offensichtlich entschieden, dass dies kein guter Zeitpunkt war, um den Mund aufzumachen. Tesser unterdrückte den Drang, in Tränen auszubrechen. In letzter Zeit war alles so gut gelaufen, sie hatte den Job bekommen, und vielleicht lief sogar die Sache mit Jamie in den richtigen Bahnen. Das war Scheiße. Das war so was von Scheiße.

Da sie endlich den gemeinsamen Vorrat aufgestockt hatte, beschloss sie, sich abzulenken, indem sie für alle deprimierten Anwesenden Pfefferminztee kochte. Kitty reichte einen schönen fetten Joint herum, und schon bald sahen die Dinge sehr viel positiver aus.

»Wir haben an alle unteren Fenster ein Schloss gehängt«, erklärte Jana. »Ich bin heute losgezogen und habe welche gekauft. Der Preis war echt heftig, und ich werde mir das Geld definitiv aus der Gemeinschaftskasse zurückholen und das Ganze nicht aus eigener Tasche finanzieren. Ich hatte heute schon genug Ärger, jetzt, wo mein Fön weg ist. Zuerst dachte ich, du wärst es gewesen ...« Sie drehte sich zu Tesser um. »... da du dir ständig Dinge wie Chips leihst, ohne vorher zu fragen, aber dann wurde mir klar, dass du viel zu kurze Haare hast, die du außerdem an der Luft trocknen lässt – zumindest lässt das der Zustand des Badezimmers vermuten, in dem es ist, nachdem du es benutzt hast.«

Tesser schäumte innerlich, aber sie biss sich auf die Zunge. »Zucker?«, fragte sie Jana freundlich und rührte den Tee unnötig heftig um.

»Hey, Leute«, mischte sich Jake ein, »jetzt bleibt doch mal ruhig.«

Jana grinste und war zufrieden, dass sie Tesser einen Spruch reingedrückt hatte. »Ein Stück, bitte. Und ich mag ihn nicht zu stark, aber das weißt du ja.«

»Hör mir mal gut zu«, meinte Tesser mit bedrohlichem Unterton, »dir wurde vielleicht dein verdammter Fön geklaut, aber ich habe *Kunst* verloren.«

»So nennst du deine kleinen Diashows? Du solltest dir mal eine neue Kamera zulegen, Süße. Du benutzt dieselbe, mit der mein Onkel damals in den Siebzigern Filme gedreht hat. Seitdem hat es diese Sache namens Technologie gegeben, weißt du.«

Tesser tobte innerlich, aber sie sagte keinen Ton. Stattdessen setzte sie sich neben Jake und ließ den Joint, der sie beruhigte und entspannte, auf sich wirken ...

Wenigstens eines der Bänder befand sich bei AMI Industries, und das andere war in ihrem Rucksack in Sicherheit. Großer Gott! Wenn sie daran dachte, dass sie beinahe die ganze Ausrüstung mit nach Hause genommen hätte, sodass der Dieb die Bänder auch hätte stehlen können. Dann wäre sie entlassen worden und hätte kein Geld mehr bekommen. Sie hatte zwar ihren geliebten Kurzfilm verloren, aber auf diese Weise konnte sie noch immer ihren Dreißig-Minuten-Film finanzieren. Es hätte noch schlimmer kommen können: Die kranken Verbrecher hätten auch den linken Schuh jedes

Paares klauen können – das war mal einer ihrer früheren Mitbewohnerinnen passiert. Ein Glück, dass sie sowohl die Ausrüstung als auch das erste Band bei AMI Industries gelassen hatte, denn sie wusste, dass Dr. Sharkey sie sonst augenblicklich gefeuert hätte. Die Firma hätte niemals eine neue Ausrüstung bezahlt, und sie hätte auch bestimmt keine weitere Bootsreise für die minderprivilegierten Schulkinder finanziert, nur weil Tesser ein Videoband verloren hatte. Letzten Endes hätte Tesser ihnen vielleicht sogar noch Geld geschuldet.

»Hast du das gesehen?« Trevor warf Jamie ein Magazin zu. »Sieh dir Seite vierzehn an.«

UNDERSTATED-KUNSTWETTBEWERB. UNDERSTATED IST DIE PRESTIGETRÄCHTIGSTE AUSSTELLUNG. SIE WIRD FINANZIERT VON DER LIGA DER AUFSTREBENDEN LIBERALEN DRUCKERZEUGNISSE, DER BRITISCHEN ÖLGESELLSCHAFT, DEM BRITISCHEN TELEFONMONOPOL UND DEM BALD PRIVATISIERTEN UNTERIRDISCHEN LONDONER TRANSPORTSYSTEM. INS LEBEN GERUFEN VON DEN LEUTEN, DIE ERFOLGE WIE DEN ÖFFENTLICHEN MACH-DEIN-EIGENES-MILLENNIUM-KONZEPT-KUNST-RAVE ORGANISIERT HABEN. 10.000 PFUND PREISGELD UND UNERHOFFTER RUHM. VERLEIHUNG DES GUINEVERE-PREISES – HEY, DEN HABEN WIR ERFUNDEN – UND ANDERER BRIT-ART-AUSZEICHNUNGEN UND VON PREISEN IN DEN NÄCHSTEN DREI KALENDERJAHREN. BESTÄTIGTE ZUSAMMENARBEIT MIT ALLEN MODERNEN STILMAGAZINEN. ANMELDEDATUM: 30. JULI. ERGEBNISSE WERDEN AM NÄCHSTEN TAG AUF UNSERER WEBSITE VERÖFFENTLICHT. SCHNELLSTE KUNSTJURY DER STADT.

»Fang lieber an zu malen, Bruder. Das könnte dein großer Durchbruch werden.«

»Ach, halt den Mund.« Doch Jamie las sich die Anzeige trotzdem durch. Okay. Das klang verlockend. Das Problem war nur, dass er nicht die leiseste Ahnung hatte, was er da einreichen sollte.

»Eric hat mich übrigens gebeten, seinen Kram mitzunehmen«, sagte Trevor zu seinem Stiefbruder. »Wo hast du das Zeug versteckt?«

»Die Tasche steht in meinem Schlafzimmer«, antwortete Jamie. »Sag ihm, er soll dran denken, wenn er mir das nächste Mal Modell steht. Hey, da fällt mir ein, wegen Eric …«

»Ja?«, rief Trevor aus dem Schlafzimmer. »Was ist denn?«

Ach, verdammt, er konnte seinem Bruder nicht das Herz brechen und ihm erzählen, dass Eric ihn – Tessers Worten nach – betrog. »Äh, vergiss es einfach. Sag ihm nur, dass mir das mit den Blumen in der Perücke leidtut.«

»Du bist schon ein verrückter Vogel, Bruder.«

»Das sagt man von mir.« Jamie machte sich erneut daran, die Anzeige zu studieren. Doch seitdem er die Perücke erwähnt hatte, musste er wieder an Tesser denken. Er würde sie einfach anrufen.

Und er würde sie zu einer richtigen Verabredung einladen.

Derweil hatte Tesser gewissermaßen eine persönliche Krise. Ihr kompletter Kurzfilm war verschwunden. Jetzt kritzelte sie verzweifelt alle Ideen und Bilder aus *The Passion Flowchart* auf Papier, damit nicht alles aus dem Kurzfilm auf immer und ewig verloren war. Der Film war ein Rohentwurf ihres Dreißig-Minuten-Films gewesen, und je mehr ihr davon wieder einfiele, desto weniger hätte sie im Endeffekt verloren.

Sie war überrascht, als Jamie anrief. Überrascht darüber, dass ihr Herz gleich schneller schlug und dass sie lächelte, als sie das Telefon ans Ohr hielt. Er wollte mit ihr ins Kino gehen, und das klang für sie sehr verlockend. Also kamen sie überein, sich im Rio Cinema zu treffen, das ziemlich genau in der Mitte von ihnen lag: in Dalston, auf halbem Weg zwischen Islington und Zentral-Hackney. Als es Abend wurde, fand sie noch einige halbwegs saubere Klamotten: eine hellblaue Armeehose und ein flatterndes psychedelisches Blüschen im Siebziger-Jahre-Stil. Zusammen mit ihren Motorradstiefeln war das Outfit perfekt (die sie besaß, obwohl sie viel zu große Angst hatte, als dass sie jemals selbst auf ein Motorrad gestiegen wäre).

Die gesamte Busfahrt über musste sie unerklärlicherweise grinsen. Aber dann, als hätte jemand an der Einstellung ihrer Gefühle ein Feintuning vorgenommen, verschwand ihre anfängliche Unbeschwertheit und sie wurde nervös. Da war irgendetwas, es gab irgendeinen Grund, aus dem sie ihm nicht trauen konnte, noch nicht, und der hatte nichts mit der Dreimal-Sex-Regel zu tun. Irgendeine Erinnerung, oder eine Vorahnung, sagte ihr das – doch sie konnte einfach nicht herausfinden, warum das so war.

Als sie am Kino ankam, wimmelte es dort von Menschen. Zuerst konnte sie Jamie nicht entdecken. Aber das Rio war ein cooles altes Kino, das erst vor Kurzem renoviert worden war. Sie kaufte sich eine Tüte Popcorn und wartete. Zuvor war sie glücklicher gewesen, doch jetzt spürte sie einen eisigen Schauer bei dem Gedanken daran, ihn zu sehen. Und sie wusste nicht einmal, ob ihr Verdacht wirklich fair war. Doch ihr Bauchgefühl schrie: »Roter Alarm! Roter Alarm!« Würde sie darauf achten? Oder würde sie eher ihrer Klit folgen? Sie aß das salzige Popcorn und versuchte, sich auf ihre grundlegendsten, offensichtlichsten Gefühle Jamie gegenüber zu konzentrieren: Sie mochte ihn, sie wollte ihn ficken, er brachte sie zum Lachen.

»Da bist du ja! Ich habe dich zuerst gar nicht gesehen.« Jamies Stimme klang so freundlich wie immer, aber das machte Tesser nur noch nervöser. Sie war froh, dass sie ihm bei ihrem Besuch in seiner Wohnung nicht noch mehr von der Psychotante erzählt hatte, die sie auf dem Filmfestival angegriffen hatte. Der Psychotante, die sogar Erics Namen kannte.

Großer Gott. Sie wusste nicht mehr, wem sie vertrauen konnte, und das jagte ihr Angst ein.

Aber in gewisser Weise machte sie das auch an.

Der romantische, süße Jamie. Der böse, berechnende, mögliche Psychofreunde habende, gut fickende Jamie. Sie wusste nicht, welcher ihr lieber war. Doch sie küsste ihn auf die Wange und versuchte, sich so normal wie möglich zu geben.

Er schien zu spüren, dass ihr etwas auf der Seele lag, doch er bohrte nicht nach. Sie setzten sich auf die unbequemen Stühle, um sich den Film anzusehen. Tesser stopfte ihr Popcorn in sich hinein. Sie war sich bewusst, dass Jamies Hand ihrem Schoß immer näher rückte. Wollte er Popcorn oder sie streicheln? Sie versuchte, sich auf den Film zu konzentrieren, der sich als ziemlich banale romantische Komödie herausstellte. Selbstbewusst räusperte sich Jamie, und ihr war klar, dass er sich ebenfalls langweilte. Die ganze Situation erinnerte sie an Mickey Rourke in *American Diner*, als sein Charakter zu guter Letzt seinen Schwanz ins Popcorn steckte, damit das »nette« Mädchen, mit dem er verabredet war, ihn nicht berühren konnte. Die Szene hatte Tesser immer gleichzeitig erschreckt und fasziniert, da es nach einer verzweifelten Tat aussah – letzten Endes erfolglos, und doch war Rourkes Charakter derart von seinem Verlangen und seiner Sehnsucht getrieben, dass er nicht richtig ermessen konnte, wie korrektes sexuelles Verhalten aussah. Er wurde von seinem Schwanz gesteuert. Irgendwie konnte Tesser das nachempfinden.

Endlich schritt Jamie zur Tat, indem er den Arm ausstreckte und mit einer Hand über Tessers Bein strich, um sie dann auf ihrem Oberschenkel liegen zu lassen und den Stoff ihrer blauen Hose zu streicheln.

»Hey«, flüsterte er ihr ins Ohr, »der Film ist echt langweilig.«

»Wollen wir rüber in die Spielhalle gehen und Ms. Pac-Man spielen? Wer als Erster zwei von drei Spielen gewonnen hat?« Ihr war eingefallen, dass er auf einfache Arcade-Spiele stand. Eigentlich erinnerte sie sich nur vage daran, dass er behauptet hatte, ein großer Pong-Fan zu sein. Wer's glaubte ...

»Nein, lass uns an einen gefährlicheren Ort gehen.«

»Ich bin Wachs in deinen Händen.«

Sie gingen die Kingsland High Street entlang. Wie üblich war die Stimmung hier aufgeladen. Die Clubgänger waren aufgeregt, die dürren, angespannten Leute waren auf Crack, die Teenager kicherten und kreischten, da sie mal einen Abend Ausgang hatten. Sie ließ sich von Jamie führen: Er hatte ihr versichert, dass sie zu einem »gefährlichen« Ort gingen, doch auch hier lag schon eine gewisse Gefahr in der Luft. Sie wichen einer zerbrochenen Flasche aus. Ein alter Skinhead spuckte ihnen, dem gemischtrassigen Paar, hinterher. Ja, man konnte durchaus behaupten, dass Dalston nach Anbruch der Dunkelheit nicht der angenehmste Ort war. Solange man allerdings nicht weiter auffiel, wusste, wohin man wollte, und den Weg dorthin nicht verließ, geschah einem normalerweise nichts. Doch in dem Moment, in dem Jamie und Tesser von der High Street auf die Amhurst Road abbogen, begannen sie sich beide deutlich unsicherer zu fühlen.

Es waren kaum noch Fußgänger unterwegs, und überall entlang der Straße standen schnelle Wagen vollbesetzt mit Leuten, die darauf aus waren, sich in gesündere Gegenden zu begeben, und sei es auch nur für diese Nacht. Die Busse dröhnten vorbei, so schnell sie konnten, auf dem Weg ins Zentrum von London und fort von den Stadtvierteln, in denen das Londoner Leben ungehobelter verlief – Orten wie Hackney, Brixton, Peckham. Anders als die Fahrzeuge waren Tesser und Jamie nicht auf dem Weg in die Stadtmitte – sie wollten weiter nach Hackney hinein. Das Adrenalin machte Tesser ganz geil, und sie hielt mit Jamie Schritt, obwohl sie deutlich kleiner war als er.

Sie hielten sich nicht an der Hand. Das kam ihnen an diesem Abend nicht richtig vor: Zwischen ihnen war keine Romantik, und das war eine Erleichterung. In einem kleinen wütenden Teil ihres Gehirns war Tesser immer noch stinksauer wegen des gestohlenen Films, sie war deswegen so wütend, dass sie nicht einmal in der Lage war, darüber zu sprechen. Stattdessen ließ sie sich von ihrem Zorn mitreißen und gestattete es Jamie, sie auf seine kaum spürbare Weise zurück nach Hackney zu führen, die Graham Road entlang, dann die Lower Clapton hinunter und schließlich die Millfields Road – sie bewegten sich schweigend durch die Nacht, bis sie auf einmal erkannte, dass er sie auf die Kanäle zuführte.

Für einen Augenblick wurde ihr Mund vor Furcht ganz trocken, und sie ließ sich etwas zurückfallen. Doch Jamie ging weiter wie ein Getriebener, und sie musste rennen, um ihn wieder einzuholen.

»Wo genau wollen wir eigentlich hin, Kumpel?« Der britische Ausdruck kam ihr auf einmal komisch vor, und normalerweise benutzte sie ihn auch kaum.

Er sah sie merkwürdig an. »Das wirst du schon sehen. Geh einfach weiter.«

Langsam wurde es unheimlich. Das machte sie nervös. Jamie schien fest entschlossen zu sein, nachts zu den verlassenen, schaurigen Kanälen zu gehen, zu einer Zeit, in der verdammt viele Vergewaltigungen und Morde an derart dreckigen, unheimlichen Orten wie dem Kanalsystem geschahen. Doch dieses Thema wollte sie lieber nicht anschneiden. Das unheimliche, ungute Gefühl, das sie schon im Rio Cinema beschlichen hatte, begann sich in ihrem Hinterkopf zu regen. Sie konnte Jamie doch vertrauen, oder?

Sie gab sich Mühe, mit ihm Schritt zu halten. Gerade durchquerten sie einen Park. Die Nacht war dunkel und schwer wie ein Glas Guinness; da auf der anderen Seite des Kanals gleich die Marschen lagen, hielt sich die Lichtverschmutzung in Grenzen. Konnte sie ihm vertrauen? Warum war da etwas in ihrem Hinterkopf, irgendeine Erinnerung, die sich einfach nicht greifen lassen wollte?

Es war diese Jamie-Eric-Verbindung, nicht wahr? Der Freund von Jamies Stiefbruder. Tessers Füße sanken in dem feuchten Gras ein, als sie Jamie weiterhin folgte und dem Wasser immer näher kam. Das, was ihr Jamie über den »Freund seines Stiefbruders« erzählt hatte, klang in ihren Ohren auf einmal ziemlich dämlich. Und wie war das mit der Frau, die ihr am Abend des Filmfestivals ihren Kurzfilm hatte klauen wollen? Den Film, den man jetzt ohnehin aus ihrem Haus gestohlen hatte. Großer Gott. Sie sah sich rasch um und überblickte die gesamte Weite des verlassenen Millfields Parks. Es war zu spät, um jetzt noch umzukehren und alleine nach Hause zu gehen. Sie folgte Jamie weiter in Richtung Kanal, und das nicht etwa, weil sie ihm vertraute, sondern weil sie sich fast sicher war, dass man sie überfallen würde, wenn sie hier allein herumspazierte. Von den zwei Übeln wählte sie dann doch lieber das, das sie schon kannte.

Dann standen sie unten am Wasser und starrten in den

Nebel hinaus. Einige Schwäne schwammen vorbei, wie verschwommene weiße Flecken, und verschwanden dann wieder im Nebel. Tesser hatte sich zuvor noch nie den Kopf darüber zerbrochen, ob Schwäne nachtaktive Tiere waren, und sie wollte auch jetzt nicht darüber nachdenken.

»Wunderschön, nicht wahr? Und wirklich schaurig.« Jamie sah auf Tesser herab und lächelte. Sie versuchte, nicht zusammenzuzucken. Das Übel, das sie schon kannte ... »Wollen wir den Weg unten am Wasser nehmen?«

»Ich weiß nicht so recht.« Sie versuchte, Zeit zu gewinnen, um die Einzelteile in ihrem Kopf doch noch zusammensetzen zu können. Doch das Puzzle blieb lückenhaft, und nichts ergab einen Sinn. Jamie legte ihr eine Hand auf die Schulter, und sie schrak zusammen.

»Hey, bleib ganz ruhig. Ich werde dir nicht wehtun.«

Selbst seine Worte klangen falsch. Jetzt fielen ihr auch andere Dinge wieder ein, Dinge, die sie als Zufall abgetan hatte, weil sie anders einfach nicht möglich zu sein schienen: dass Dr. Sharkey eine Freundin zum Festival geschickt hatte. War das einfach nur echte künstlerische Bewunderung gewesen? Wohl kaum. Die Visitenkarte der Wahrsagerin, die sie im Zoo auf dem Boden gefunden hatte – der Wahrsagerin, die praktisch direkt neben AMI Industries lebte. Und, oh Mann, dann war da noch die Tätowierung bei dem Kerl von nebenan, die genauso ausgesehen hatte wie die auf Erics Arm. Die Herzform. Wo hatte sie die schon mal gesehen, wo man sie nicht mit Farbe in Fleisch geritzt hatte? Wo hatte sie sie gesehen? Es war nicht in Verbindung mit einem Fick gewesen, und sie war auch nicht gerade romantisch veranlagt. Sie konnte sich beim besten Willen nicht erinnern, woher sie das Motiv kannte. Sie konnte sich beim ... Sie zitterte, Jamie starrte sie an. Er wirkte amüsiert, doch auch das konnte nur vorgetäuscht sein.

»Klingt doch super«, sagte sie mit überschwänglichem Enthusiasmus. »Dann lass uns mal losgehen.« Ihre Stimme klang in ihren Ohren völlig gekünstelt – und sie wusste, dass Jamie das ebenfalls aufgefallen sein musste.

In ihrer Jackentasche steckte ihr Messer, das sie seit dem Zwischenfall mit den Verbindungsstudenten vor der Schwulenbar vor einigen Jahren bei sich trug. Nachdem sie sich dort zwei blaue Augen und eine blutige Lippe geholt hatte, wusste sie, dass sie nirgendwo mehr ungeschützt hingehen würde. Sie war sich zwar nicht sicher, ob sie es wirklich einsetzen würde – aber allein die Tatsache, dass es dort war, bewirkte bereits, dass sie sich viel sicherer fühlte. Allein die Tatsache, dass sie ein Messer *hatte*.

Natürlich wusste Jamie von ihrem Messer, denn sie hatte in der Herrentoilette der Liverpool Street Station ihrer beider Unterwäsche damit zerschnitten.

Als sie weitergingen, nahm er zum ersten Mal an diesem Abend ihre Hand, und anstatt sich beruhigt zu fühlen, stieg in Tesser ein Gefühl der Gefahr auf. Feucht lag ihre Hand in seiner. Vor Angst bekam sie Magenschmerzen, aber sie zwang sich, belanglos weiter zu plaudern, darüber, dass sie ihr Haar rot färben wollte, da sie das Grün langsam leid sei. Das konnte doch nicht so schwer auszuwaschen sein, oder?

»Du solltest vielleicht etwas leiser sprechen«, schlug Jamie mit gedämpfter Stimme vor. »Ich denke, wir sollten hier nicht so viel Aufmerksamkeit auf uns ziehen. Ist nicht gerade die beste Gegend, oder?« Er drückte ihre Hand fest, und Tessers Herz begann zu pochen.

Wollte er, dass sie leise war, weil er Angst hatte, jemand könnte sie überfallen, oder weil er sicherstellen wollte, dass niemand zufällig mithörte?

»Okay«, erwiderte Tesser nur. Sie grinste, und bei dieser Anstrengung taten ihr die Zähne weh.

Lieber das Übel, das sie schon kannte ...

Sie kamen zu einer Unterführung – einer dunklen Nische unter einer Fußgängerbrücke, die über den Kanal führte, und sie zögerte.

»Was ist los?« Es war so dunkel, dass sie sein Gesicht nicht erkennen konnte. »Ich dachte, du magst Risiken.«

»Das tue ich auch.« Die dunklen Ecken der Unterführung wirkten undurchdringlich, dort konnten Ratten, oder aber auch Vergewaltiger oder gar Mörder lauern – Wesen, die ihr schaden konnten. Vielleicht wollte Jamie ihr schaden. Sie sah ihn an und erinnerte sich an seine Freundlichkeit, an sein nettes Lachen und das Funkeln in seinen Augen. Er sollte keinesfalls mitbekommen, dass sie in diesem Augenblick Angst vor ihm hatte. Das würde ihn möglicherweise verletzen. Sie rief sich ins Gedächtnis, wie er sie am Nachmittag des vergangenen Tages zum Abschied geküsst hatte. Sie fühlte sich von ihm angezogen, trotz der Tatsache, dass ihr Leben vielleicht in Gefahr war. Und nach dem Duschen gestern hatte er Frühstück für sie gemacht. Sein Kuss war sehr sanft und sehr liebevoll gewesen. Sie würde das Risiko eingehen und ihm vertrauen. Sie hielt seine Hand fest und machte einen ersten Schritt in den dämmrigen Bereich unter der Fußgängerbrücke. An einem solchen Ort konnte dich niemand schreien hören – keine Menschenseele.

Auf einmal waren sie dort, unter der Brücke, und Jamie zog sie dicht zu sich heran. Sie versuchte zu schreien, aber ihre Stimme versagte, und sie brachte nur ein Keuchen hervor. Jamie zog sie noch enger an sich. War das der Moment, um ihr Messer herauszuholen? Wenn sie den Ellenbogen nur ein kleines Stück bewegen konnte ...

»Psst!«, zischte ihr Jamie ins Ohr. »Sei doch mal still. Da ist jemand hinter uns.«

Sie versuchte, umzuschalten und Jamie als möglichen Verbündeten zu sehen – und stellte fest, dass ihr das schwerfiel. Doch sie ließ zu, dass er sie fest im Arm hielt, und sie konnte hören, dass *sein* Herz ebenfalls raste. Vielleicht hatte er Angst. Vielleicht war er aber auch nur aufgeregt.

Aber nein, er hatte recht: Da oben war jemand und ging über die Brücke. Tesser zwang sich, die Luft anzuhalten, nicht zu zucken und nicht zu blinzeln. Jamie stand stocksteif da, seine Arme schienen um sie herum erstarrt zu sein, als würden sie zu einer Statue gehören. Die Schritte über ihnen hielten inne, und Tesser versuchte, den spitzen Schrei zu unterdrücken, der ihr bereits auf den trockenen Lippen lag. Dann wurden die Schritte langsam leiser und schienen in die Richtung zu verschwinden, aus der Tesser und Jamie gekommen waren. Doch Tesser und Jamie bewegten sich immer noch nicht und wagten kaum zu atmen, geschweige denn zu sprechen.

Aus der Ferne konnte Tesser eine Diskussion hören, doch die unbekannten Sprecher waren nicht nah genug, als dass man mehr über ihr Alter, ihr Geschlecht oder das Thema ihrer Unterhaltung sagen konnte.

Auf einmal war sie äußerst dankbar dafür, dass Jamie sie im Arm hielt, auch wenn er die Ursache dafür war, dass sie sich überhaupt in diesem aufgelösten Zustand befand. Er war ein großer Mann. Wenn er seine Brille abnahm, sich ein wenig aufplusterte und die Zähne bleckte, würde er vielleicht ebenso einschüchternd aussehen wie jeder andere großgewachsene Kerl. Allerdings war er dann blind wie eine Fledermaus.

Sie drückte den Kopf gegen seine Brust und lauschte seinem Herzschlag. Dann, als ob sie das die ganze Zeit geplant hatten und diese ganze Episode nichts als ein abartiges Vorspiel gewesen war, beugte Jamie den Kopf zu ihr herunter, ihre Lippen trafen sich, und sie küssten sich innig, mit feuchten, suchenden Zungen, und die ganze Furcht verwandelte sich in reine, magische Lust. Tesser wollte ficken. Hier in diesem finsteren, versteckten Loch, das nach Pisse, Schimmel und dem widerlichen Wassergeruch der Kanäle stank. Hier, wo sie jemand entlang des Kanals verfolgte. Sie wollte ficken, sie wollte spüren, wie er seinen warmen Schwanz in sie hineinsteckte. Sie war so geil, als ob er sie stundenlang bearbeitet hätte. Sie wollte nicht mehr denken. Sie wollte nicht mehr reden. Sie wollte nur noch ficken, ficken, ficken, ficken, ficken.

Sie packte seine Hand und schob sie sich zwischen die Beine, sodass er ihre Schamhaare durch den Baumwollstoff ihrer Hose spüren konnte. Sie rieb seine Hand vor und zurück, und er begriff, was sie von ihm erwartete. Er griff ihr in den Schritt und zog sie zu sich, sodass ihre Knie nachgaben und sie gegen ihn prallte. Er öffnete ihre Hose und befingerte sie hart. Seine Hände in ihrer Muschi waren kalt. Sie mochte es grob. Grob war gut. Sie griff nach seinem Schwanz, und der war so hart, dass sich sein Umriss schon dick und deutlich erkennbar in seiner Jeans abzeichnete. Sie drückte zu, und er winselte. Dann stieß er in einer abartigen, perversen Weise seine Zunge in ihr Ohr, als würde er das zu seinem eigenen und nicht zu ihrem Vergnügen tun, als wäre sein Motiv die Lust und als wäre das Einzige, was ihn interessierte, die Erleichterung, die sein angespannter Schwanz brauchte. Er wollte schocken, lecken und ficken. Sie wand sich, als sie seine Zunge in ihrem Ohr spürte, halb vor schmutzigem Verlangen und halb vor Ekel. Seine Absichten waren egoistisch. Das gefiel ihr.

Sie öffnete seine Hose.

Gerade als ihre Finger in seine Unterwäsche glitten und seinen harten, heißen Penis berührten, hörte sie etwas.

»Sei leise, okay?«, flüsterte sie. »Da draußen ist immer

noch jemand.« Ja, da waren Schritte, die erneut auf sie zukamen. Sie erstarrten beide, und Tesser wurde eine Sache klar: Der Geruch von Angst in der Luft turnte sie an. Das war echte, zähneklappernde, einnässende Furcht. An einem Ort wie diesem konnten sie tatsächlich umkommen. Was war, wenn derjenige, wer immer da draußen war, ein Messer hatte und wirklich wusste, wie man es benutzte, anders als sie? Oder wenn er eine Pistole hatte? Jamies Hand hörte auf, sich in ihrer Muschi zu bewegen, und seine Gliedmaßen erstarrten ebenso wie ihr Verstand, der zugegebenermaßen voll eisigem Grauen war.

Während dieser albtraumhaften Situation sank sie auf die Knie. Sie wusste nicht, ob sie das aus Instinkt tat, aber sie kam nicht dagegen an. Der Klang ihrer Fingernägel, die über den Jeansstoff kratzten, schien um sie herum widerzuhallen. Sie zog seinen Schwanz heraus. Sie konnte immer noch Schritte hören. Und sie begann, an seinem Penis zu saugen, der vor lauter Angst ein wenig erschlafft war. Sie war so feucht, dass es aus ihr heraustropfte. Ihre Klit war hart. Sie wollte sich an ihm reiben, als ob sie selbst einen Schwanz besäße.

Irgendwo knackte ein Ast oder klapperte ein Stein, etwa zwei Meter von ihnen entfernt. Vielleicht war es auch das Geräusch eines aufklappenden Messers. Zu ihrem Glück konnten sie in den Schatten unter der Brücke nicht gesehen werden, dazu musste man sich ihnen schon bis auf wenige Zentimeter nähern. In diesem Moment lernte Tesser etwas: Angst hatte keine erschlaffende Wirkung. Jamies Schwanz wurde immer dicker und füllte ihren Mund aus. Großer Gott. Sie begann, richtig zu saugen, und ließ ihre Zunge über ihn gleiten. *Knack.* Es war unmöglich zu sagen, wie weit die Schritte noch entfernt waren. Wenn er wie üblich zu stöhnen und zu keuchen begann, waren sie erledigt. Aber, Gott, sein Schwanz war so hart und so verlockend. Sie wusste, dass er auch Angst hatte. Das war aufregend. Er zitterte, aber sein Schwanz wurde immer härter, dick und fest, als könne er das nicht kontrollieren. Was vermutlich auch der Fall war. Sie wollte damit aufhören, ihn zu lecken, wollte ihn aus dem Mund nehmen und mucksmäuschenstill sein. Aber sie hatte keine andere Wahl. Mit einem Verlangen, das sich wie eine an den Hinterkopf gehaltene Waffe anfühlte, bearbeitete sie ihn mit dem Mund. Die Penisspitze wurde immer feuchter. Er war nervös.

Näher, die Schritte kamen immer näher.

Sie hatte sich seinen Schwanz so weit es ging in den Mund geschoben, er schwoll immer weiter an, und sie war so feucht. Was zum Teufel tat sie denn da? Vor lauter Angst kniff sie die Beine zusammen, ihre Muschi schmerzte schon vor Lust. Dann ein weiteres Knacken – diesmal über ihren Köpfen. Sie hielten sich mitten in der Nacht inmitten des Hackney-Kanalsystems auf. Hackney, ein Stadtviertel, bei dem an jeder Ecke gelbe MORD: ZEUGEN GESUCHT-Schilder hingen. Vorgestern, als sie von AMI Industries nach Hause geradelt war, war sie mit dem Rad über einen Knochen gefahren, der verdächtig nach einem menschlichen Wirbel ausgesehen hatte. Doch sie war weitergeradelt. In Hackney gab es einige Angelegenheiten, in die man seine Nase lieber nicht zu tief hineinsteckte. Also, was in aller Welt tat sie hier?

Jamie lehnte sich mit dem Rücken gegen die feuchte Wand und stieß einen leisen Seufzer aus, der eher einem Flüstern glich. Es hätte auch der Wind gewesen sein können, aber Tesser wusste, dass es Lust gewesen war: Furcht, die sich in Seligkeit verwandelt hatte. Scheiße noch mal, ja. Sie bearbeitete ihn hart, fast so, als wollte sie, dass er sich zurückzog, als wollte sie ein schmutziges, lustvolles Stöhnen hervorrufen. Vielleicht wäre das die Sache wert. Es war ihr egal. Wenn es ihr Leben kosten würde, dann war es eben so.

Sie zog sich zurück und konnte seine Enttäuschung, vielleicht sogar seine Verbitterung spüren, doch er gab kein Geräusch von sich.

Sie war so leise, wie es nur ging. Aus der Ferne ertönte ein Schrei, er schien von der anderen Seite des Parks zu kommen. Sie stand auf und führte ihre Hand zu den Stoppeln an seinem Kinn: kratzend und sexy. Kurz berührten ihre Finger in der Dunkelheit seine Lippen. Er küsste sanft ihre Fingerspitzen. Sie zog sich die bereits geöffnete Armeehose und den Slip bis auf die Knie herunter und stellte sich neben ihn. Allerdings sah sie in Richtung Mauer – als würde man sie filzen oder als wäre sie ein billiger, verzweifelter Stricher. Ihre Handflächen wurden von der feuchten, glitschigen Wand ganz nass.

Sie musste keinen Ton sagen. Er stand schon hinter ihr. Das Geräusch einer Kondompackung war zu hören, und sie erstarrte vor Schreck, dass das noch jemand anders mitbekommen konnte. Dann schob er seinen Schwanz von hinten in sie hinein, tief in ihre feuchte, zitternde Muschi. Ihre Angst war ebenso groß wie ihr Verlangen. Und, o Gott, sie brauchte es so sehr. Sie wollte, dass er sich in sie hineinbohrte, dass er zustieß, sie fickte und es ihr besorgte. Sie zitterte vor Kälte. Fick mich. Ja. Sein Schwanz füllte sie aus, er war fast schon zu dick, und sie wimmerte leise. Aber dann umschlossen ihn ihre schlüpfrigen Schamlippen, und sie nahm ihn tiefer in sich auf, tiefer und immer tiefer. Ja. Es war eine kalte Nacht. Über ihnen auf der Brücke konnte sich noch immer jemand aufhalten. Aber Jamie schob seinen Schwanz in sie hinein, und ihre Empfindungen waren so rein, so klar. Schmutzig und köstlich. Sie trieb jetzt oberhalb ihrer Angst dahin, sorglos, und wollte nur, dass ihr Körper dieses Vergnügen genießen konnte – dass er sich von den stinkenden, feuchten Hackney-Kanälen entfernte, und von der möglichen Gefahr, in der sie schwebten. Jamie schob seinen Schwanz in sie und fickte sie hart. Wie sah das für ihn aus? Konnte er ihren runden, blassen Hintern im Mondlicht erkennen, wenn er sich wie ein verdammter Hase vor und wieder zurück bewegte? Hatte er Angst, dass er stöhnen, keuchen oder sonst ein Geräusch machen würde?

Angst war so köstlich. Sie bewegte ihre Muschi, benetzte sein Schamhaar und spürte, wie er in ihr kam, eine Explosion der Kraft in ihrer Muschi. In ihrem Kopf wurde sie zu ihrer eigenen Muschi: zuckerweich, zart und nach der stählernen Festigkeit verlangend. Draußen mochte es dunkel sein, aber ihr ganzer Körper schien zu glühen. Dann führte er eine Hand nach vorn und rieb sie, bis sie ebenfalls kam, wobei er seinen noch immer harten Schwanz in ihr ließ und sie spüren konnte, wie sie um ihn herum zuckte. Verdammt schön. Endlich, als sein Schwanz immer schlaffer wurde, zog er sich aus ihr zurück.

Sie hatten noch immer keinen Ton von sich gegeben.

In der Finsternis, die sie in dieser verborgenen Nische unter der Fußgängerbrücke umgab, war es ruhig. Es waren keine Schritte zu hören.

Jamie drehte sie herum und zog sie an sich. »Hättest du dir lieber einen Film angesehen?«

Sie wünschte sich, sein Gesicht besser erkennen zu können. Dann stellte sie sich auf die Zehenspitzen und küsste ihn. »Nein.«

Als Tesser am folgenden Morgen erwachte, blieb sie noch eine Weile im Bett liegen, was für eine Frühaufsteherin wie sie völlig untypisch war. Mit gerunzelter Stirn betrachtete sie einen Riss in der Decke, bis ihr aufging, dass es eigentlich etwas ganz anderes war, das an ihr nagte.

Es fühlte sich komisch an, alleine zu schlafen.

Also geschah es bereits. Sie war angefixt. Und nun musste sie ihn dringend aus ihrem Sonnensystem verbannen – am besten ganz weit in den Weltraum hinaus.

Vielleicht war es mal wieder Zeit für eine Geisterjagd.

Keine Wahrsager, kein paranormaler Scheiß. Ein einfacher, altmodischer Aufriss. Nun gut, dann würde sie also wieder an einer Geisterjagd teilnehmen. Sie würde zur Chatsworth Road laufen und sich eine Ausgabe der *Break-Time* kaufen. In letzter Zeit hatte sie diesbezüglich ziemlich nachgelassen: Sie konnte sich nicht einmal mehr erinnern, welche historischen Geisterjagden dienstags überhaupt stattfanden.

Auf dem Weg zum Zeitschriftengeschäft kamen ihr auf einmal Jamies braune Augen in den Sinn. Sie drangen auf sie ein wie ein Film, der in ihrem Verstand abgespielt wurde, und sie blieb direkt vor der Pendeltür stehen. Seine langen Wimpern, das warme Braun seiner Iris. Ja, und? Sie bekam sich wieder in den Griff und betrat den Laden. Das hieß noch lange nicht, dass sie ihre Libido verloren hatte, oder? Es gab ja sogar eine Pro-Promiskuitätstheorie – darüber hatte sie im Wartezimmer ihres Zahnarztes mal einen Artikel im *Scientific Layman* gelesen –, die besagte, dass eine Vielzahl an Sexpartner die Risiken von Krankheiten und Schwangerschaften sogar minimierte, solange man die üblichen Vorsichtsmaßnahmen traf. Tesser fühlte sich besser, als ihr das wieder eingefallen war, schnappte sich eine Ausgabe der *Break-Time* und ging zur Kasse. Sie konnte sich die Argumente präzise ins Gedächtnis rufen: Der weibliche Körper behandelt den fraglichen Sexualpartner in der Tat als Fremdkörper und bewahrt sich ein starkes Immunsystem. Alles klar? Es gab sogar wissenschaftliche Beweise dafür, dass die Promiskuität gut für einen war.

Sie kaufte das Heft und schlenderte wieder nach Hause.

Vorher kritzelte sie noch ihre Handynummer auf den Kassenbeleg und ließ diesen für den niedlichen Kassierer zurück, obwohl dieser keine Andeutungen gemacht hatte. Demzufolge sah er auch schockiert aus, und Tesser wusste, dass er nicht anrufen würde, aber zumindest blieb sie dadurch in Form.

Doch als sie zu Hause angelangt war und sich bei einer politisch korrekten Tasse Fair-Trade-Kaffee – stibitzt aus Janas Vorrat, aber die war in letzter Zeit so gemein zu ihr gewesen, dass sie das auch verdient hatte – die Liste der historischen Geisterjagden ansah, sprach sie keine davon wirklich an. Alle wirkten auf sie eher langweilig und wie für Touristen gemacht. Oh, das war ja erbärmlich. Das Letzte, was sie wollte, war, sich derart an ihren aktuellen Fickpartner zu binden, dass sie nur noch jammernd zu Hause herumsaß und an ihn dachte. Sie war keine dieser Frauen, die ihrem Mann stets zu einhundert Prozent treu waren. Romantische Liebe bedeutete, dass man für den Rest seines Lebens nur noch Sex mit einer einzigen Person haben konnte – zumindest sah das ihrer Meinung nach so aus.

Doch das kam für sie überhaupt nicht in Frage. Also malte sie einen dicken Kringel um die erste Geisterjagd auf der Liste und griff nach ihrem Handy.

8

Die Zeit war reif für eine Veränderung. Jawohl. Sie verteilte die dunkelrote Farbe in ihrem Haar, bis sie wie lila Schlagsahne schäumte. Diese Haarfarbe war der richtige Weg, fand sie. Ich werde mir diesen Mann einfach aus den Haaren spülen. Mach's gut, Jamie. Du bist Geschichte, mein Freund.

Fünfundvierzig Minuten später hatte das Badewasser einen herrlichen Violettton angenommen. Zufrieden duschte sie sich ab. Der Tag war wirklich sehr befriedigend gewesen. Ein so süßer junger Mann, eher der dünne Brillentyp, der ebenso gut aussah wie Jude Law. Augen wie Sterne, ein Gemächt wie ein Pferd – was konnte man mehr verlangen? Ihre Muschi tat noch immer weh, aber dabei handelte es sich eher um einen lustvollen Schmerz.

Sie wusch sich ein weiteres Mal die Haare (schließlich sollte das Glück bringen), und die in ihrem Kopf herumspukenden Gedanken an Jamie wurden zusammen mit der überschüssigen Haarfarbe fortgespült. Ein verdammt guter Tag lag hinter ihr.

Der nächste Morgen. Zum Glück war Kitty an der Reihe, Lebensmittel einzukaufen. Doch da Tesser gute Laune hatte und diese nur zu gern teilen wollte, bot sie sich an, die Tüten von Tesco mit nach Hause zu tragen.

»Ich kann Jana echt immer weniger ausstehen«, gestand Kitty Tesser, als sie auf dem Heimweg waren und dabei eine

Tüte in jeder Hand trugen. »Sie geht mir total auf die Nerven. Sie ist zwar schon immer eine Nervensäge gewesen, aber seit dem Einbruch ist alles noch viel schlimmer geworden.«

»Wundert dich das?«

»Eigentlich nicht. Sie hat mich neulich sogar beschuldigt, ihre Chips zu klauen, ist das zu fassen ...« Aber was immer Kitty so unglaublich daran fand, geriet in den Hintergrund, als ein schwarzer Ford Mondeo auf den Bürgersteig und direkt auf die beiden zu raste. Er machte einen Bogen um Kitty, aber wenn Tesser nicht im letzten Augenblick beiseite gesprungen wäre, um im Eingang eines Geschäfts Zuflucht zu suchen, dann hätte er sie überfahren.

»Verdammte Scheiße!«, brüllte Kitty. »Tesser? Ist alles okay?«

Tesser stand in dem Ladeneingang und war vor Schreck fast katatonisch. Die Fenster des Wagens waren geschwärzt, sodass man nicht hineinsehen konnte. Das Nummernschild war nicht zu erkennen, und jetzt raste er auch schon davon. Der Wagen hatte versucht, sie zu überfahren – davon war sie überzeugt.

»Sehr seltsam.« Kitty zitterte sichtlich.

»Unfassbar. In meiner Umgebung passieren momentan so viele verrückte Dinge, dass ich gar nicht weiß, womit ich anfangen soll. Dieser Jamie bringt mir echt kein Glück.« Tesser zitterte ebenfalls, aber sie versuchte tapfer, das zu verbergen. Dann hob sie die Einkaufstüten auf, die sie bei ihrer Flucht fallen gelassen hatte, und ging schnell den schmalen Bürgersteig entlang, wobei ihr Kitty dicht auf den Fersen blieb.

»Da wäre übrigens noch eine Sache, die ich zu ›diesem Jamie‹ sagen wollte. Wie lange trefft ihr euch eigentlich schon?«, fragte Kitty, als sie Tesser endlich eingeholt hatte.

»Ich ›treffe‹ mich mit niemandem.«

»Wie du willst. Jedenfalls hat er dich gestern auf dem

Handy angerufen, als du oben warst und dir die Haare gefärbt hast. Jana ist übrigens mal wieder durchgedreht, weil du es in der Küche liegen gelassen hattest und sie durch deine Anrufe ›gestört‹ wurde.«

»Und?«

»Sie ist dran gegangen. Und sie war ziemlich sauer. Aber er ist ein Charmeur, das muss ich ihm lassen, denn er hat so lange Süßholz geraspelt, bis er sie dazu überredet hatte, ihm unsere Adresse zu geben. Er kommt Sonntag früh um elf Uhr vorbei, um dich zu sehen. Entschuldige – ich wollte es dir schon eher erzählen, aber du warst dann so lange im Bad, dass ich überhaupt nicht mehr daran gedacht habe.«

»Tausend Dank.«

»Erschieß nicht den Boten, okay?«

Tesser konnte es nicht über sich bringen, zurückzurufen, um abzusagen, also ließ sie es bleiben. Doch sie wusste, dass sie eine Ablenkung brauchte. Dabei dachte sie sofort an ihre Ex Noriko, die zu einer schnellen Nummer niemals Nein sagte. Diesen Umstand hatte Tesser bisher noch nicht ausgenutzt, da es aufgrund ihrer Trennung diverse emotionale Verwicklungen gegeben hatte, doch wenn es irgendjemanden gab, der ihr dabei helfen konnte, die Vortäuschung einer Romanze abzuschütteln, dann war es Noriko. Noriko würde sie wunderbar ficken und sie außerdem noch zur Vernunft bringen.

Sie rief an. »Hey, Noriko – hier ist Tesser. Wollen wir uns treffen?«

»Tesser, *Süße*. Lange nichts von dir gehört – was ist los, musst du mal wieder richtig durchgefickt werden?«

Sie bekam vor Scham rote Ohren. »Nein«, log sie. »Ich wollte nur mal hören, was es bei dir so Neues gibt.«

»Ich weiß, was du willst. Mir machst du nichts vor, Süße. Aber pass auf, ich bin momentan sehr beschäftigt, wenn du verstehst, was ich meine. Der erste Termin, den ich für dich frei hätte, wäre am 20. nachmittags.«

»Äh, okay.« Dieser Tag schien noch in weiter Ferne zu liegen. Aber zumindest würde Noriko ihr wieder den Kopf geraderücken.

»Dann treffen wir uns vor den Gewächshäusern im Springhill Park um 16:30 Uhr am 20. Ich schreib es mir auf, und das solltest du auch lieber tun. Du weißt schon, wo. Ich weiß, dass du es weißt.«

Und so war es auch. Als sie auflegte, war Tessers ganzes Gesicht knallrot, da sie die Erinnerung nicht mehr aus dem Kopf bekam.

Als der Sonntag anbrach, stand er um Punkt elf Uhr auf der Türschwelle.

Sie öffnete die Tür mit einem Lächeln auf dem Gesicht und war entschlossen, freundlich, aber distanziert zu bleiben.

»Hey!«, meinte Jamie. »Was zum Henker hast du mit deinen Haaren gemacht? Das sieht ja super aus. Bist du eigentlich überrascht, mich zu sehen?« Er grinste frech, und Tesser wusste, dass das nur daran lag, dass er endlich herausgefunden hatte, wo sie wohnte.

Trotz ihres guten Vorsatzes musste auch Tesser lächeln. Sie wusste, dass ihr Haar toll aussah, aber es war trotzdem schön, das noch von jemand anderem zu hören. »Gute Detektivarbeit. Musst du am Sonntagmorgen denn nicht in die Kirche?«

»Willst du mich nicht reinlassen?«

Sie gingen in die Küche. Außer ihr war noch niemand aufgestanden, da alle anderen ihren Rausch vom Vorabend ausschliefen, da hatten sie alle die Gratis-Party an der Lea Bridge Road besucht – bis auf Tesser, die Müdigkeit vorgetäuscht hatte und zu Hause geblieben war. Tesser warf rasch einen Blick in den Flur und bereitete dann fix Fair-Trade-Kaffee aus Janas Vorräten zu. Jamie schlenderte derweil in der Küche herum und schaltete geistesabwesend das Radio ein. Peinlicherweise war noch immer der uncoole Teeniesender eingestellt.

Jamie lachte auf. »Das ist also der Grund dafür, dass du immer diese lahmen Boyband-Melodien vor dich hinsummst.«

»Ich summe nie irgendwelche lahmen Boyband-Melodien. Ich lasse mich nur leicht von meiner Umgebung beeinflussen, und meine werte Mitbewohnerin Jana steht nun mal auf diesen Scheiß, verstanden?«

»Vielleicht brauchst du mal eine gesündere Umgebung.«

»Diese Worte aus dem Mund des Mannes, der mein Leben in Gefahr bringt, indem er sich mit mir fürs Kino verabredet, dann aber einen Spaziergang am Kanal mit mir macht? Danke, aber nein.«

Jamie stand auf und legte Tesser eine Hand auf die Schulter. »Was ist mit dir los? Du bist so zickig. Ich weiß doch, dass du gern Risiken eingehst, und ich dachte, das würde dir genauso großen Spaß machen wie mir.« Tesser gab keine Antwort. »Oh, verstehe. Du bekommst kalte Füße. Warum entspannst du dich nicht einfach und verbringst den heutigen Tag mit mir, ganz ohne Druck und unbeschwert. Du wirst dich schon amüsieren, versprochen.«

»Ganz ungezwungen?«

»Ganz ungezwungen.«

Sie schlenderten zusammen über den Blumenmarkt an der Columbia Road, auf dem sich die Leute drängten, um ihr schwer verdientes Geld für Blumen, Bäume, Kräuter und Büsche auszugeben. Im Herzen war Tesser eher der Wildnis zugetan, daher fühlte sie sich in allzu sorgsam gepflegten und gehegten Gärten immer ein wenig unwohl. Sie nannte das Gartenbaufaschismus. Doch der Spaziergang machte ihr Spaß, da sie ja nicht die Absicht hatte, etwas zu kaufen. Er glich einem Schaufensterbummel, nur dass die Waren hier im Freien standen, sich in Form und Farbe stark voneinander unterschieden und sehr viel besser rochen. Die Blumenhändler priesen die Vorzüge ihrer Waren mit lauten Stimmen an, die nach den vielen Jahren, die sie an der Columbia Road neureichen Yuppies Pflanzen verkauften, inzwischen schon ganz rau klangen.

»Ich kann es kaum glauben, dass du noch nie hier gewesen bist, wo du doch ganz in der Nähe wohnst. Und du bezeichnest dich als Bewohnerin von East London ...«

»Als transplantierte Bewohnerin von East London«, korrigierte ihn Tesser fröhlich, der dieser Spaziergang immer besser gefiel und die langsam richtig gute Laune bekam.

Eigentlich war hier alles ziemlich modern, aber auf sehr angenehme Art und Weise. Es war schön, mal aus ihrer schäbigen Gegend wegzukommen, hier herumzulaufen und den Straßenkünstlern zu lauschen, die klassische Musik spielten. Das sagte Tesser auch zu Jamie, und dann schalt sie sich innerlich für ihre Salon-sozialistische Einstellung.

»Ja, sogar die Straßenkünstler auf dem Columbia-Road-Markt können sich *vermarkten*.« Er betonte das letzte Wort und schien darauf zu warten, dass sie zu kichern begann, wie es Leute taten, die einen sehr, sehr schlechten Witz gemacht hatten. Es gab harmlose und nicht so harmlose Witze. Dieses ganz besondere »Wortspiel« war so schlecht, dass es nicht einmal eine Grimasse verdient hatte, daher tat Tesser einfach so, als hätte sie es nicht gehört. Es war auch die höflichste Reaktion, die ihr dazu einfiel.

Er wiederholte den Witz nicht.

Sie glaubte schon, er wäre beleidigt, als er sich auf einmal zu ihr umdrehte und sie fragte, ob sie sich später an diesem Tag wiedertreffen könnten.

»Aber klar …«, erwiderte sie leicht verärgert. Gerade als sie dachte, dass dieser unbeschwerte Nachmittag eigentlich ganz gut verlief. Sie hatte sich tatsächlich gerade so weit beruhigt, dass ihr die Sache langsam Spaß zu machen begann. »Willst du jetzt sofort abhauen? Hier und jetzt?«

»Ja. Ich werde es dir später erklären. Sei nicht sauer. Versprich mir einfach, dass du um 15 Uhr bei mir vorbeikommen wirst.«

Tja, das konnte sie ja problemlos machen. »Ganz ungezwungen?«

»Ganz ungezwungen.«

Also stimmte sie halb widerwillig zu, und dann gingen sie in unterschiedlichen Richtungen über den Blumenmarkt auseinander. Sie war schon versucht, sich umzudrehen und ihm heimlich zu folgen, aber dann entschloss sie sich, der Sache keine so große Bedeutung beizumessen. In letzter Zeit war sie ohnehin viel zu paranoid.

Abgelenkt ging sie über den Markt zurück und hob unterwegs immer wieder weggeworfene Blumen auf, bis sie schließlich einen schicken Strauß zusammen hatte. Diesen stellte sie zu Hause in ein mit Wasser gefülltes Marmeladenglas mitten auf den Küchentisch. Kitty und Jana hatten sich endlich von ihren jeweiligen Matratzen lösen können und unterhielten sich höflich, aber unverbindlich, während sie Toast und Tee zu sich nahmen. Aber selbst Jana schien erfreut zu sein, dass sich Tesser bemühte, den gemeinsamen Wohnbereich etwas angenehmer zu gestalten.

Jamies Wohnhaus. Sie schloss ihr Fahrrad unten an und drückte dann auf den Klingelknopf, auf dem DESMOND stand.

»Komm rauf«, sagte Jamie über die Gegensprechanlage und ließ sie herein. »Meine Wohnungstür ist offen.«

Tesser nahm den Fahrstuhl nach oben und fühlte sich mit ihrem schäbigen Rucksack in diesem schicken Haus ziemlich deplatziert. Sie hielt eine Zeitung und einen Kaffee aus dem Café unten an der Straße in der Hand – schließlich hatte sie schon Jamies Vorräte inspizieren können und dort nichts als Nescafé vorgefunden.

Aber als sie die Tür zu seiner Wohnung aufstieß und sah, wie er sie verwandelt hatte, war sie so verblüfft, dass sie beinahe die Zeitung und den Styroporbecher voller Kaffee fallen ließ.

Überall waren Blumen und Blüten und riesige Sommersträuße: Veilchen, Rosen, Hyazinthen, Gänseblümchen. Überall. Er musste sie auf dem Markt gekauft haben. Wie viel hatte er verdammt noch mal dafür ausgegeben? Er war reich, aber man konnte es auch übertreiben: Es musste eine stattliche Summe gekostet haben, um diese Fülle an Blumen auf dem Boden, der Chaiselongue und den Sesseln verteilen zu können. Einen Moment lang schmerzte sie der Gedanke, dass er den wunderschönen rubinroten Rosen ihre Blütenblätter geraubt hatte, aber der Effekt war zusammen mit den überall im Raum brennenden weißen Kerzen und der leise spielenden Moby-CD fast schon religiös. Die Fenster standen offen, doch die Vorhänge waren zugezogen, wodurch das Zimmer abgedunkelt wurde, aber noch den nachmittäglichen Glanz behielt. Es war einfach wunderschön, und das konnte sie nicht leugnen.

Mit in ihr aufkeimender Nervosität ging sie ins Zimmer und hielt ihre Zeitung und ihren Kaffee fest, voller Angst, auf die zarten Blütenblätter zu treten oder den Kaffee abzustellen und die magische Atmosphäre zu zerstören.

»Trinkst du den Kaffee noch?«, erkundigte sich Jamie. Seine Stimme war ganz sanft. Sie schüttelte den Kopf. Jetzt wollte sie ihn nicht mehr trinken: Auf einmal kam es ihr viel zu normal vor, jetzt Kaffee in sich hineinzuschütten. »Dann nehme ich dir das ab.« Sie reichte ihm ihren Rucksack und alles, was sie in den Händen hielt. Er ging damit in die Küche und kehrte mit leeren Händen zurück.

Tesser beugte sich nach unten und zog ihre Turnschuhe und die Socken aus, wobei es sich bei Ersteren um blaugrüne Nikes handelte, aus denen sie das Logo herausgeschnitten hatte. Dann trat sie auf die Rosenblätter, die sich unter ihren nackten Fußsohlen ganz weich anfühlten. Das alles war sehr romantisch. Es war süß und wunderbar, aber es entsprach überhaupt nicht ihrer Definition von »ganz unbeschwert«.

Jamie musste in ihrem Gesichtsausdruck etwas bemerkt haben, denn er sagte hastig: »Es war nur so, dass ich mich heute Morgen – du weißt schon, als du gesagt hast, dass du dich von deiner Umgebung beeinflussen lässt – gefragt habe, ob du dich in einer künstlich herbeigeführten romantischen Umgebung wohl anders fühlen würdest. Wie auf einer Bühne, meine ich, um ...«

Tja, Tessers Herz war nicht aus Stein – aber aus Knetmasse war es auch wieder nicht.

»Mir ist klar, dass das abgedroschen ist«, fuhr er fort, »aber ich dachte, es könnte dir vielleicht gefallen.«

Und das tat es auch. Das war genau das Problem. Das flackernde Kerzenlicht spiegelte sich in ihren Augen. Sie sah auf ihre nackten Füße herab, die zentimetertief in die Blütenblätter einsanken.

Jamie bemerkte, wie sie die Blütenblätter anblickte, daher hob er eine Blüte auf und reichte sie Tesser, nachdem er ein

Blütenblatt abgerissen hatte. Das Rot der Rose schien auf der nackten Haut seiner Handfläche zu glühen. »Sie liebt mich«, sagte er dabei.

Aha, die alte Kamelle. Sie hatte nicht einmal gewusst, dass die Briten das Blumenspiel überhaupt kannten. Sie starrte ihn an, zupfte ein weiteres Blütenblatt ab und legte es in seine Hand. »Sie liebt dich nicht.« Dann hielt sie inne und sah sich um, wobei sie abzuschätzen versuchte, wie viel Geld, Zeit und Mühe er in diese Sache gesteckt hatte. Er sah verletzt aus – am Boden zerstört. Langsam zupfte sie ein weiteres samtweiches Blütenblatt heraus und reichte es ihm. »Sie liebt dich. Sie liebt dich ...«

»Belassen wir es vorerst dabei«, unterbrach er sie. Sie sagte keinen Ton und fügte sich. Er stieß einen erleichterten Seufzer aus.

So viel zum Thema ungezwungen! Sie war für diesen übertriebenen romantischen Kram nicht bereit. Jamie war viel zu romantisch. Andererseits fickte er aber auch verdammt gut – daher hielt sie lieber den Mund.

Kurz schloss sie die Augen und versuchte nachzudenken, aber dann küsste Jamie sie auch schon, bevor sie überhaupt Zeit gefunden hatte, die Lider wieder zu öffnen. Als sie es tat, schwebte sein Gesicht direkt vor ihrem. Seine von einem Bienenstich verunstaltete Nase war so rot wie die Blütenblätter, fast schon fieberrot, seine Hand auf ihrem Hintern sexy, aber nicht unnachgiebig, seine Zunge heiß, warm, kalt. Sie spürte sämtliche Temperaturen, als er sie an ihren Zähnen vorbeischob, und dem empfindsamen Ziehen in ihrem Mund folgte ein leises, aber vernehmliches Pochen in ihrer Muschi. Sie war sich jeder Pore ihres wie auch seines Körpers bewusst. Ihre Brustwarzen, die sich jetzt gegen ihren BH pressten, kribbelten, als hätte er sie gestreichelt. Doch das hatte er nicht. Er hatte sie nur geküsst.

Sie legte die Hände auf seine Hüften und schob sie nach oben, wobei sie die festen Rippenbögen unter seiner dunklen wunderschönen Haut spürte. Sie strich ihm über die Brust und die Armbeugen, und sie spürte, wie seine Haut durch ihre Berührung empfindsamer, spannungsgeladen wurde – sie genoss die Gänsehaut, die an den Stellen, an denen sie ihn berührte, auf seiner Haut entstand.

»Nur einen Moment«, murmelte er, stand auf und verschloss die Tür. Das was das erste Mal, dass er das in ihrer Gegenwart tat. »Ich will nicht, dass Trevor reinplatzt«, erklärte er ihr.

Tesser lächelte ihn schwach an und sah ihm dabei zu, wie er wieder zu ihr herüberkam. Dass sich ein Mann auf diese Weise verletzlich zeigen konnte, erstaunte sie, und sie hielt kurz inne, bevor sie ihm das Hemd über den Kopf zog. Sie war ein Feigling, dass sie sich selbst nicht mal einen Bruchteil dieser Verletzlichkeit zugestand. Er hatte sie an den Kanälen nicht abgestochen, er hatte sie nicht in einem Ford Mondeo gejagt. Sein Körper war so großartig, als hätte man einer von Michelangelos sterilen, emotionslosen, marmornen Statuen Leben eingehaucht. Jamie war gut. Er war richtig gut.

Er half ihr dabei, ihm das Hemd über den Kopf zu ziehen, und dann sanken sie beide zusammen auf den mit Blüten bedeckten Boden herab, küssten sich hungrig, wobei jeder Kuss perfekt war, wie sehr sie sich auch voneinander unterschieden. Sie wurde zwischen den Beinen ganz heiß und feucht und sehnte sich danach, dass er sie dort langsam streichelte, im Rhythmus der verzückenden Musik: lang und cool. In Tessers Kopf summte es. Seine Arme waren anmutig und gebräunt. Sein Torso wirkte schlank und elegant, sein Hintern und sein Penis derb, wenn nicht vulgär – wie ihr eigenes Geschlecht, wie alle Genitalien. In ihrem Kopf fügte sie all diese Teile von Jamie zusammen und erschuf ein Ganzes, weder Engel noch Tier, aber eine interessante Kombination. Möglicherweise genauso wie sie selbst.

»Tesser, komm näher zu mir. Komm, leg dich in meine Arme und entspann dich eine Weile«, sagte Jamie mit leiser, überraschend heiserer Stimme. Und das wollte sie so gern tun. Sie wusste nur nicht, ob sie das auch konnte. Es war eine Sache, sich jemandem wie Dr. Sharkey zu unterwerfen, wenn weder Emotionen noch Zärtlichkeit im Spiel waren. Doch dies hier jagte ihr weitaus größere Angst ein: Sie sollte sich jemandem öffnen und ihr Innerstes einer anderen Person preisgeben, die – ja, gottverdammt, sie musste es zugeben, die ihr vielleicht ein bisschen was *bedeutete*. Das war etwas ganz anderes.

Er war sexy. Verdammt sexy. Vielleicht sollte sie zulassen, dass er sie in den Arm nahm.

Er stützte sich auf einer Hand ab, mit nacktem Oberkörper, in Jeans und barfuß. Seine Dreads standen ihm wie Sonnenstrahlen vom Kopf ab. Die Kerzen funkelten in der ganzen Wohnung, ihr Schimmern verlangte nach Aufmerksamkeit, doch sie war machtlos und konnte nichts anderes tun, als ihm in die Augen zu sehen. Er strahlte. Überall waren Blütenblätter. Ihr Duft war schwer: reich und süß. *Liebt dich. Liebt dich nicht. Lieber das Übel, das sie schon kannte.*

Sie wusste, dass sie bei ihm in Sicherheit war. Also sank sie auf den Boden, ließ zu, dass er seine starken, festen Arme um sie schlang, legte ihren Kopf an seine Brust und schloss die Augen. Selbst mit geschlossenen Lidern konnte sie das Kerzenlicht um sie herum erkennen. Sie roch Zimtduft, der von Jamie kam, sowie ein opulentes Parfum, das eine Mischung aus den unterschiedlichen Blumendüften war. Die Musik umgab sie, und sie hörte und spürte auch den Rhythmus seiner Atmung.

Dort ruhte sie, schmolz in ihn hinein, bis sie seinen schlanken Körper so deutlich spürte, dass sie allein ihr Verlangen voneinander trennte. Als sie sich erneut küssten, war sie feucht und bereit, nass wie ein Fluss, ein Strom, ein Bach – irgendetwas Aktives und Wildes. Er schob ihr eine Hand zwischen die Beine und spürte ihre Feuchtigkeit. Dann legte er sie auf die Blütenblätter und küsste ihre Schulterblätter, ihre Ellenbogen, die Kuhle in der Mitte ihres Halses – intime, vernachlässigte Bereiche. Jeder Kuss fühlte sich kühl an; jeder Kuss ließ sie ebenso gefrieren, wie er sie erregte. Schneeküsse, Schneenarben, die sie frieren und fließen ließen, die ihre Klit hart machten und ihr Fleisch mit solcher Extremität reagieren ließen, dass es ihr schon fast peinlich war.

Die Intensität dieser Intimität ließ sie innerlich erstarren, aber sie bat ihn nicht aufzuhören. Er schob den Kopf in ihren Schoss, küsste und leckte ihre Klit, und sie stöhnte für ihn. Sie gab sich für ihn auf, schob ihm mit jedem Höhepunkt den Schoß weiter ins Gesicht. Als er sie dann erneut küsste, schmeckten seine Lippen nach Rosen, Zimt und nach ihr. Sie zog ihn nah an sich heran, so fest sie konnte, und erkannte, dass sich tief in ihrem Inneren etwas löste. Tesser drückte ihm die Lippen gegen seine geschlossenen Lider, und einen Augenblick lang glaubte sie, eine Hitze zu spüren, die so rein und durchdringend war wie die Flammen, die an den Dochten im ganzen Raum glommen.

An diesem Abend wusste Tesser erst nicht, was sie tun sollte. Jamie hatte sie für zwanzig Minuten alleine gelassen, um vietnamesisches Essen für sie beide zu holen. Schließlich fiel ihr Blick auf seinen Videorekorder und dann auf den VHS-Adapter, der es ihr ermöglichen würde, sich ihre Blairstone-Aufnahmen anzusehen. Ja, Jamie hatte erwähnt, dass er eine Kamera in altem Format besaß, um sich beim Malen filmen zu können. Sie ging hinüber zu ihrem Rucksack und holte die Kassette heraus, die sie für Dr. Sharkey angefertigt hatte. Es sprach ja nichts dagegen, sich zu vergewissern, dass sie auch gute Arbeit geleistet hatte, bevor sie das Band abgab, und da sie zu Hause keinen Videorekorder hatte, konnte sie die Chance auch gleich nutzen.

Sie ging durch die Aufzeichnung und hoffte, sie ganz ansehen zu können, bevor Jamie zurück war. Sie kamen sich näher. Sie hatten sogar geplant, am folgenden Tag ein Picknick zu machen. Alles lief auf Hochtouren. Aber es kam ihr einfach nicht richtig vor, den Videorekorder eines brandneuen Quasi-Freundes zu benutzen, wenn er nicht anwesend war. Ihr war aufgefallen, dass er auch einen DVD-Player, aber nicht allzu viele DVD-Filme besaß. Tesser sah sich weiter ihre Aufnahmen an. Da waren die Kinder auf dem Boot, die Bäume und das Wasser, dann kam die Vorderseite von AMI Industries. So weit, so gut.

Hey! Was war das? Nur einen kurzen Moment lang hatte sie eine Bewegung erhascht. Jemand tat irgendetwas am Ufer des Kanals, direkt vor dem Gebäude. Aber die Bewegung war so schnell, dass sie sie nicht genau erkennen konnte, und als sie das Band endlich an der richtigen Stelle angehalten hatte, sah sie nichts als einen Mann in einem leuchtend grünen Kapuzensweatshirt, der sich mit einem großen Plastikkanister über den Kanal beugte. Doch es sah irgendwie merkwürdig aus. Sie wünschte sich, näher heranzoomen zu können, wie man es aus den modernen Hollywood-Thrillern kannte. Doch dazu fehlten ihr die erforderlichen technischen Spielereien.

Aber sie wusste, wer die benötigte Technologie zur Verfügung hatte.

Sie wühlte in ihrem Rucksack herum, bis sie das Programmheft fand, das sie als Souvenir vom Festival mitgenommen hatte, und rief die Telefonnummer des Geyser-Kollektivs an. Ein Mädchen mit leichtem australischem Akzent ging ans Telefon.

»Hey«, begann Tesser, »ich bin die, die auf dem Festival *The Passion Flowchart* vorgeführt hat.«

Einen Augenblick lang herrschte Schweigen am anderen Ende der Leitung, doch dann fiel es dem Mädchen offenbar wieder ein. »Oh, *genau*. Der war super.«

»Ihr habt doch verschiedene Videotechniksachen, stimmt's?«

»Tja, wir haben uns einiges ausgeliehen und bisher noch nicht zurückgegeben ...«

»Super. Würde es euch etwas ausmachen, wenn ich vorbeikomme – vielleicht morgen Nachmittag so gegen vier – und mal kurz was damit mache?«

»Hmm ... Ich wohne auf einem der Hausboote, und es ist ein bisschen schwierig ...«

»Wunderbar, danke. Es ist nämlich wirklich sehr wichtig.«

»Oh, na gut.« Das Mädchen klang, als wäre sie überredet worden und außerdem leicht amüsiert. Sie gab Tesser die Nummer der Anlegestelle, an der das Boot vertäut war. Es lag an dem links verlaufenden Kanal direkt am Springhill Park.

Im strahlenden Sonnenschein breiteten sie ihr Picknick auf den Sportseiten des *Sentinels* der vergangenen Woche aus, die keiner von ihnen jemals las. Tesser war am Morgen nach Hause geradelt und hatte unterwegs beim türkischen Laden in der Chatsworth Road Halt gemacht. Dort hatte sie Hummus, Pide-Brot und wunderbare dunkle Kalamata-Oliven gekauft, die so prachtvoll und prall waren, dass einem beim bloßen Anblick das Wasser im Mund zusammenlief. Und dann gab es da auch noch diese süßsauren roten Pfefferschoten in Knoblaucholivenöl, die so saftig und lecker waren und einem auf der Zunge zergingen.

»Das ist wirklich sehr lecker«, sagte Jamie zufrieden.

»Ich kann nicht wirklich gut kochen, weißt du. Mein Repertoire umfasst nur Frühlingsrollen und Nudeln. Daher dachte ich, jetzt verwöhne ich dich zur Abwechslung mal ein bisschen. Danke für das vietnamesische Essen von gestern, die Blumen und all das.«

»Gern geschehen. Wie viel hat dich das alles gekostet? Ich weiß, dass du pleite bist, und werde mich zur Hälfte daran beteiligen.«

»Das musst du nicht. Das hat mich keine vier Pfund gekostet.«

»Im Ernst?« Er sah sie beeindruckt an.

»Tja, du wusstest wohl nicht, dass man an der alten Chatsworth Road solche Schnäppchen machen kann.«

»Allerdings nicht.« Er häufte sich Hummus auf ein aufgeschnittenes Pide-Brot und biss herzhaft hinein. »Hmm.«

Tesser tat es ihm nach und nahm auch etwas von dem Aufstrich aus Kichererbsen, Knoblauch und Tahini. Danach leckte sie sich die Finger ab. Ja, das schmeckte wirklich köstlich.

»Was für ein Brot ist das?«

»Pide.«

»Du meinst Pitta-Brot.«

»Nein«, erwiderte Tesser leicht irritiert. Sie mochte es nicht, wenn man sie korrigierte. »Ich meine *Pide*. Das ist etwas völlig anderes. Du solltest mir wirklich besser zuhören.«

»Gib mir noch eine Olive.«

Sie beugte sich vor und schob Jamie eine Olive in den Mund. Er saugte daran und spuckte den Stein dann ins Gras.

Daraufhin packte er Tesser, zog sie an sich, küsste ihr Ohr und rollte sich mit ihr herum, sodass sie beide mitten im Victoria Park zu kichern begannen.

»Du bist verrückt«, schalt ihn Tesser, musste aber immer noch lachen.

»Verrückt ist gar kein Ausdruck.« Er wackelte mit einem Stück Pfefferschote wenige Zentimeter vor ihrem Mund herum. »Sag einen Zungenbrecher und du kriegst es.«

»Der Whisky-Mixer mischt … oh scheiße.« Tesser beugte sich rasch vor und biss in die Pfefferschote. Der Sieg schmeckte süß, auch wenn er nicht fair war.

Es war ein wunderbarer Tag. Er war nahezu perfekt. Die Sonne strahlte unglaublich heiß auf sie herab. Sie aßen fast alles auf, was Tesser mitgebracht hatte, und dann holte Jamie den Nachtisch heraus – Sternfrucht, Kiwis, Erdbeeren, Bananen und Pflaumen.

»Du hast ja all die schicken Islington-Früchte mitgebracht«, spottete Tesser.

»Tja, dann sollte ich dir vielleicht auch zeigen, wie man sie in Islington isst.« Er griff ihr an den Hintern.

»Hey!« Aber sie lachte immer noch, als er ihr die Hand bereits in die Hose steckte. Doch auf einmal wurde Tesser rot, als er flink mit den Fingern über ihren After strich. Großer Gott! »Wir sind hier in der Öffentlichkeit, ist dir das klar?« Es wäre zwar nicht das erste Mal, dass sie mitten in einem Park mit jemandem herummachte, aber trotzdem.

»Vielleicht noch nicht öffentlich genug. Iss eine Erdbeere.« Jamie stach mit der Fingerspitze in ihren After, während er ihr eine der glänzenden roten Früchte in den Mund steckte. Dann zog er den Finger wieder heraus. »Nicht so.« Er pellte eine Banane, biss einmal ab und zerdrückte den Rest dann mit seinen Händen, bis es nichts als Mus war.

»Oh nein, Jamie. Das kann nicht dein Ernst sein.«

»Probier es einfach mal aus, okay?«

Tesser sah sich seine verschmierten Hände an. Dann blickte sie zum blauen Himmel und dem durch die Baumäste hindurchscheinenden Sonnenlicht hinauf. Es war heiß, sogar für Juli, und sie begann zu schwitzen. Sie fühlte sich mutig. »Na gut.«

Er rieb etwas von dem Bananenmus an ihren Hintern. Das fühlte sich vulgär und seltsam an, aber auch irgendwie gut – und aufregend. Dann fing er an, seinen Finger immer wieder in sie hineinzustecken und wieder herauszuziehen. Sie bemerkte, dass er steif wurde. Bei der Penetration stöhnte sie auf, und sie glitt auf seinem verschmierten Finger hin und her.

»Das gefällt dir, nicht wahr? Du magst es, wenn ich dich so in den Arsch ficke?«

»Ja«, seufzte Tesser.

Sie wollte mehr, mehr in ihren Po. Er steckte ihr eine weitere Erdbeere zwischen die Lippen, und der Saft lief ihr am Kinn herunter. Die Erdbeere schmeckte herb. Er fickte sie eine Weile mit seiner Hand und fand in ihrem Anus einen Rhythmus, er schob immer wieder seinen Finger in sie hinein und verursachte einen süßen Schmerz. Das war eine der Empfindungen, die einem jedes Mal, wenn man sie spürt, unglaublich vertraut sind, als hätte man nie vergessen, wie gut sich das anfühlt. Sie keuchte. Ihre Muschi wurde feucht, aber sie wollte sich noch nicht selbst streicheln.

So köstlich. Sie blickte erneut hinauf zur Sonne, an Jamies ehrfürchtigem Gesicht vorbei – er hatte die Augen geschlossen und konzentrierte sich auf das, was er mit seinen Fingern tat. Sie war davon überzeugt, dass ihr Höschen inzwischen völlig durchnässt war. Vielleicht war es doch Zeit, dass sie sich endlich selbst berührte. Sanft legte sie sich eine Hand in den Schoß. Sie war so feucht und glitschig, dass ihre Finger sofort in sie hineinglitten. Seine Finger steckten noch immer in ihrem Hintern, und sein Atem ging ebenfalls schwer. Sie keuchte immer schneller und schneller, als sie mit sich selbst spielte, und schließlich kam sie: ein lang gezogener Orgasmus, der ihr so gefiel, dass sie ächzte, während sie immer auf seinem Finger auf und ab glitt, als wäre er ein glatter Schwanz, und er bearbeitete ihren Hintern mit seiner Hand. Sie war überrascht, wie grob sie sein konnte, wenn sie nach Befriedigung gierte. Und es war ihr völlig egal, wie ihr Verhalten auf andere wirkte. Dann zog Jamie vorsichtig den Finger aus ihrem Hintern heraus und wischte ihn sich an einer der Picknickservietten ab.

Er reichte ihr eine Zwei-Liter-Plastikflasche mit Wasser, und sie trank gierig lange, kühle Schlucke. Durch die Flasche warf sie immer wieder Blicke auf sein Gesicht, das sowohl vom Plastik als auch vom Wasser verzerrt und vergrößert war. Es gefiel ihr, ihn so anzusehen – wie in einem Zerrspiegel. Welches Gesicht war sein echtes? Sah er sie durch die Flasche ebenfalls an und fragte sich dasselbe?

Auf einmal knallte sie die Flasche auf den Boden und sprang auf die Beine.

»Hey, was ist los?«

So langsam kannte sie seinen »Enttäuscht«-Blick. »Nein, keine Sorge. Es ist nicht das, was du denkst. Ich drehe nicht durch. Es ist nur so, dass ich um vier auf einem Hausboot verabredet bin. Ich rufe dich später an«, fügte sie hinzu, als sie bemerkte, dass er nicht nur enttäuscht, sondern wirklich besorgt aussah. »Ganz im Ernst. Ich verspreche es. Und glaube mir: Das sage ich nicht zu jedem.«

»Du musst tun, was du tun musst.«

Sie gab ihm zum Abschied einen langen Kuss. Dann raste sie mit ihrem Fahrrad durch den Springhill Park zu der Stelle, an der die Boote festgemacht wurden – doch zuerst machte sie einen kurzen Abstecher nach Hause, um sich die Bananenreste vom Hintern zu waschen.

»Dr. Sharkey?« Tesser blieb zögernd vor der Tür stehen.

»Kommen Sie rein, Ms. Roget. Ich kann Sie doch vor der Tür hören. Seien Sie nicht so schüchtern.«

Trotz ihres festen Vorsatzes, nicht rot zu werden, spürte Tesser, wie sie es doch wurde, als sie das Zimmer betrat.

»Und was kann ich heute für Sie tun?«

Tesser war sich sicher, dass sie sich die Betonung nicht nur eingebildet hatte. »Ich dachte nur, dass Sie wissen sollten, dass ich etwas Merkwürdiges auf dem VHS-Band gesehen habe, das ich für Sie angefertigt habe.«

»Ach, haben Sie das? Und was soll das gewesen sein?«

»Tja, für mich sah es so aus, als hätte jemand etwas ins Wasser gekippt. Und das direkt vor dem Gebäude, vor AMI Industries.«

»Ach wirklich, meine Liebe? Es könnte auch jemand gewesen sein, der Blumenwasser weggegossen hat, nachdem die Blumen verwelkt waren, meinen Sie nicht?«

»Ja, das dachte ich zuerst auch, aber wissen Sie was? Ich habe das heute Morgen überprüft und festgestellt, dass das keine normale Müllentsorgung war: Das Zeug stammt aus dem Rohrnetz. Ich vermute, dass Sie über die Rohre Bescheid wissen. Ich habe mir vorhin die Freiheit genommen, nachzusehen, wohin diese führen, und ich kam direkt zur linken Seite des Gebäudes, wo ein weiteres Metallrohr aus dem Ziegelstein ragt wie ein Abfluss. Bis dahin war mir das noch gar nicht aufgefallen, aber als ich mir das Rohr genauer angesehen habe – auf dem übrigens ABWASSER stand –, fiel mir nichts als Chemieabfall ein, da dies hier ja Blairstone Chemicals ist und so. Und ich dachte einfach, Sie sollten das wissen.«

»Wirklich? Und das alles ist auf dem Band, das Sie gefilmt haben?«

Auf einmal verspürte Tesser ein unheilvolles Gefühl im Nacken, als hätte sie eine Warnung erhalten. In einem Sekundenbruchteil beschloss sie, Dr. Sharkey nichts von dem zweiten Band mit dem Bild zu verraten, das das Geyser-Cinema-Mädchen ihr am Montag vergrößert hatte. »Ganz genau.« Sie spürte, wie sie erneut rot im Gesicht wurde, wie es immer geschah, wenn sie nervös war oder log. »Das war auf dem Band, das ich Fiona nach dem Bootsausflug gegeben habe.«

»Das werde ich mir auf jeden Fall genauer ansehen. Vielen Dank für den Tipp, Ms. Roget. Gibt es sonst noch etwas?«

»Äh, nein.«

Dr. Sharkey sah sie durchdringend an, und Tesser verstand den Hinweis.

»Wiedersehen«, murmelte sie und schloss die Tür hinter sich. Als sie durch den Rezeptionsbereich zur Treppe ging, hatte sie das Gefühl, dass sich Fionas Blick in ihren Rücken bohrte. Das war wirklich unheimlich. Die ganze Situation war unheimlich. Tesser ging durch die Tür und rannte beinahe die Treppe herunter, weil sie das Gebäude so schnell wie möglich verlassen wollte.

Die ganze Zeit, während sie nach Hause radelte, hatte sie das Gefühl, verfolgt zu werden. Das war nicht *wirklich* paranoid, wenn man bedachte, dass sie in den letzten Wochen von mindestens drei Fremden angegriffen worden war – einmal auf der Geisterjagd, dann beim Filmfestival und schließlich mit dem Auto – und dass sie ausgeraubt worden war. Großer Gott. Vielleicht folgte ihr sogar jetzt jemand die Chatsworth Road entlang. Sie überlegte, ob sie einen Umweg machen sollte, aber dann kam sie zu dem Schluss, dass diese Leute ja ohnehin wussten, wo sie wohnte, falls es sich denn um dieselben handelte, die auch bei ihr eingebrochen waren.

Als sie die Haustür erreicht hatte, atmete sie schwer, sowohl vor Anstrengung als auch vor Panik. Ihr T-Shirt war völlig durchgeschwitzt.

Mann! Sie musste etwas wegen dieser Giftentsorgungsgeschichte unternehmen. Wenn möglich, wollte sie sich zuerst von AMI Industries auszahlen lassen, damit sie *Chain of Lurve* drehen konnte. Doch danach würde sie Greenpeace und Friends of the Earth anrufen, damit diese Anklage erheben konnten. Aber zuerst brauchte sie handfeste Beweise. Sie glaubte nicht, dass ein unscharfes Videoband ausreichte. Außerdem könnte AMI Industries auch argumentieren, dass das Video Firmeneigentum sei, da sie dessen Anfertigung in Auftrag gegeben hatten. Sie brauchte mehr Beweise. Sie brauchte Hilfe. Kitty steckte mitten in ihrem Sommerexamen, und daher fand Tesser es nicht fair, sie damit zu belästigen. Aber sie kannte jemanden, dem sie vertrauen konnte. Jemanden, der sich ihr Vertrauen auf die harte Tour verdient hatte.

Sie holte ihr Handy aus dem Rucksack und rief Jamie an.

Während es klingelte, sah sie zufällig in den gesprungenen Ganzkörperspiegel, der in ihrem Zimmer an der Wand lehnte. Wow. Ihre neue Haarfarbe sah wirklich groovy aus. Großartig. Sie strich sich mit den Fingern durch ihr kurzes, in punkigem Stil geschnittenes Haar und war sehr zufrieden mit ihrer Färbekunst. Brünette hatten mehr Spaß, zumindest in ihrer ganz persönlichen Welt. Sie war La Femme Tesserkita.

Und jetzt wurde es Zeit, einem die Erde zerstörenden, Gifte entsorgenden Kapitalistenschwein-Unternehmen in den Arsch zu treten.

9

Es dauerte eine Weile, bis sie ihn auf den neuesten Stand gebracht hatte. Sie trafen sich am folgenden Nachmittag im Chaucery-Museumscafé, wo sie ihm alles erzählte. Sie berichtete von all den Dingen, die sie zuvor nicht erwähnt hatte: der Giftentsorgung, die sie auf Video gebannt hatte, der Tätowierung des Freundes seines Stiefbruders und sogar von der Tarotkartenleserin namens Finna.

Er wirkte irgendwie ruhig.

»Was ist los?«

»Es ist nur so, dass ... Ach, schon gut, vergiss es. Ich werde dir helfen. Ich glaube, die Entsorgung im Kanal ist eine große Sache, aber nicht die Tätowierungen oder die Wahrsagerin. Ich hoffe, du entschuldigst, dass ich das so sage.«

»Zeig mir jetzt ja nicht die kalte Schulter, Jamie Desmond.«

»Wenn du mir auch nicht die kalte Schulter zeigst, Ms. Tesser Roget.« Er versuchte, sie auf die Lippen zu küssen, doch sie wich ihm aus.

»Es ist spät. Jake hat uns bereits länger bleiben und plaudern lassen, als erlaubt. Wir sollten rausgehen, bevor sie uns hier noch einsperren.«

Ihr Mitbewohner Jake arbeitete im Rahmen einer Arbeitslosen-Weiterbildung für das Chaucery-Möbelmuseum und mochte seinen Job sehr. Er war auch derjenige, der Tesser das Geheimnis verraten hatte, dass es in Dalston tatsächlich ein wundervolles Café gab und dass sie, wenn sie ihren reichen neuen Freund beeindrucken wollte, ihn mit in das Museumscafé nehmen musste. Jakes einzige Bedingung war gewesen, dass sie nichts aus dem Museum mitgehen lassen. Nachdem sie ihm dieses Versprechen gegeben hatte, durften sich Tesser und Jamie drei Stunden lang in allen Räumen umsehen, die wie die Häuser von Mittelklassefamilien aus den Jahren 1520 bis 1990 eingerichtet waren.

Dieses Museum hatte einen voyeuristischen Appeal, der weitaus größer war als bei anderen Museen, und Tesser hatte sich gefreut, dass Jamie davon begeistert war: Er staunte über das Spinett im Regency-Raum und machte abfällige Bemerkungen über die langweilige Ausstattung des »geschmackvollen« Loftzimmers von 1990. Was Verabredungen anging, so war dies eine sehr außergewöhnliche, doch das traf auch auf die an den Hackney-Kanälen zu. Sie hatte versucht, sich einen besonders ungewöhnlichen Treffpunkt auszudenken, um die Mühe, die sich Jamie mit den Blumen gegeben hatte, entsprechend zu würdigen. Sie wollte hinsichtlich ihrer Fantasie nicht von ihm übertroffen werden. Außerdem war er die Mühe wahrscheinlich sogar wert.

»Es ist sieben Uhr«, informierte Tesser Jamie.

Ihr Geschirr war bereits eine halbe Stunde zuvor abgeräumt worden, und die Caféküche war längst geschlossen, selbst das Licht hatte man bereits gedimmt. Sie hatten sich zwar mit leiser, gedämpfter Stimme unterhalten, aber trotzdem hätte sie jemand hören können. Tesser hatte schon damit gerechnet, dass Jake zurückkommen, ihnen auf die Schulter klopfen und sie hinauswerfen würde. Doch als sie jetzt aufstanden und sich umsahen, schrillte in ihren Köpfen der Alarm los und sie erkannten, dass man sie tatsächlich eingeschlossen hatte.

»Wir gehen einfach zur Eingangstür und versuchen, auszubrechen«, schlug Jamie vor.

»Das können wir nicht! Sie wissen, dass wir Jakes Freunde sind. Er hat sich zur Weiterbildung als Kuratorassistent angemeldet. Wenn sie herausfinden, dass er uns erlaubt hat, länger hierzubleiben – oder gar, dass wir eingeschlossen wurden und er uns kennt –, dann kann er sich das abschminken. Er hätte uns nie erlauben sollen, länger zu bleiben. Wir hätten einfach zusammen mit allen anderen gehen sollen.«

»Woher sollen sie denn wissen, dass wir Jakes Freunde sind? Wir könnten einfach nur ein dummes Paar sein, das nach Stunden gemerkt hat, dass es eingeschlossen wurde.«

»Erinnerst du dich noch an den netten alten Mann, den uns Jake vorgestellt hat, als wir hier ankamen, den, der uns einen Vortrag über die elisabethanischen Treppen gehalten hat? Das war Jakes Boss. Sie wissen, dass wir ihn kennen, hast du verstanden?«

Jetzt wirkte Jamie nervös.

»Was ist los? Hast du Angst im Dunkeln?«

»Nein, ganz und gar nicht. Oder hast du schon unseren mitternächtlichen Ausflug an den Kanal vergessen? Ich habe Angst davor, verhaftet zu werden.«

»Das ist nicht so schlimm. Sie labern dich voll, buchten dich ein, werfen dich in einen Raum mit …«

»Wenn du nichts dagegen hast, dann würde ich lieber nicht daran denken. Um wie viel Uhr macht das Museum denn morgens auf?«

»Ich glaube, um 10:30 Uhr.«

»Na, super. Dann müssen wir uns die ganze Nacht lang vorsehen, dass wir nicht von übereifrigen Sicherheitsleuten geschnappt werden. Und ich dachte, wir wären bloß hergekommen, um zu knutschen und über illegale Giftentsorgung zu diskutieren. Ich muss allerdings zugeben, dass das hier nicht zu meinen Plänen für den heutigen Abend gehörte.«

»Dann komm halt damit klar.« Auf einmal lernte sie eine andere Seite von Jamie kennen: die Person, die gereizt war, wenn die Dinge nicht genau so liefen wie geplant. Das überraschte sie, aber er wurde dadurch in ihren Augen nicht unsympathischer. Es war nur etwas, das ihr auffiel, eine weitere Facette seiner Persönlichkeit.

»Wir müssen uns verstecken«, schlug Tesser vor. Sie glaubte, Schritte in der Ferne zu hören, die auf sie zukamen. Auf keinen Fall kam es in Frage, dass sie Jake irgendwelche Schwierigkeiten machten, wo er doch so freundlich zu ihnen gewesen war und ihnen das Museum empfohlen hatte. Schnell verließen sie den offenen Cafébereich und gingen nach rechts in einen Gang, der es den Museumsbesuchern ermöglichte, in die in chronologischer Reihenfolge angeordneten Wohnzimmer zu sehen. In diesem Fall gingen sie natürlich in der Zeit zurück und kamen erst an dem edwardianischen und dann dem viktorianischen Raum vorbei. Auf dem Fußboden mussten sie den blauen Laserstrahlen ausweichen; Tesser war dankbar, dass Jake diese erwähnt hatte, sonst hätten sie sie vermutlich gar nicht bemerkt.

Aus dem Cafébereich waren jetzt Geräusche zu hören. Jeden Moment konnte der Wachmann den Gang entlangkommen und hätte gesehen, wie sie reglos vor dem Regency-Raum verharrten. Es gab nur einen Ort, an den sie flüchten konnten – Tesser zog Jamie mit sich, direkt hinein in den Ausstellungsraum.

Es gab keinen Flecken in dem Raum, wo sie sich hätten verstecken können, und so blieben sie wieder wie angewurzelt stehen, als wären sie Skulpturen, als der Wachmann sich näherte. Er schien etwas in dem viktorianischen Raum zu suchen, denn von dort war durch die dünnen Wände ein lautes Scharren zu hören. Tesser wusste, dass auch die Sicherheitsleute die Möbel und Dekorationsobjekte nicht anfassen durften, denn das hatte Jake ihr verraten, doch es klang so, als würde dieser ganz besondere Wachmann eine sehr gründliche Suchaktion durchführen. Augenblick mal. An dieser Stelle hatten sich die blauen Lasersensoren befunden, direkt vor dem viktorianischen Zimmer – Jamie oder sie mussten einen davon übersehen und ausgelöst haben.

»Verdammte Maus«, hörte Tesser den Wachmann schimpfen. Beinahe hätte sie vor Erleichterung aufgeseufzt. »Ich dachte, wir wären dich los, mein kleiner Freund. Wir hatten in fünfundzwanzig Jahren nur eine Maus hier, und morgen werde ich Fallen aufstellen, du kleiner Plagegeist. Dann werd ich's dir zeigen.«

Tesser war ziemlich überrascht über die lange Rede, doch dann überlegte sie sich, dass Wachmänner ja eigentlich niemanden hatten, mit dem sie sich die ganze lange Nacht unterhalten konnten.

Der Wachmann ging am Regency-Raum vorbei, ohne einen Blick nach rechts zu werfen, denn sonst hätte er bemerkt, wie ihn die sehr nervöse Tesser und Jamie mit großen Augen aus dem Ausstellungsraum anstarrten. Sobald seine Schritte am Ende des Ganges, zurück im Jahre 1520, verklungen waren, atmeten beide aus. Tesser sah Jamie von dem gepolsterten Sofa aus an, auf das sie sich geworfen hatte. Die Julinacht war dunkel und warm.

Das Mondlicht, das durch die weiter unten am Gang liegenden Fenster drang, erhellte die Umgebung ein wenig, aber viel konnte man nicht erkennen.

»Komm her«, flüsterte sie. Es geschah schon wieder. Die Gefahr turnte sie an. Und dieses Mal, nach der Episode am Kanal, hatte sie Jamie gegenüber einen Vorteil. Denn jetzt wusste sie, dass ihn das ebenfalls anmachte. Sie hätte wetten können, dass sein Puls raste.

»Zieh die Hose runter«, sagte sie in leisem, sehr sanftem

Tonfall. »Steck deinen Schwanz in mich. Na los, tu es. Ich bin schon ganz feucht.«

»Und was ist, wenn der Wachmann zurückkommt?«, erwiderte er flüsternd.

»Na und? Dann erstarren wir einfach wieder an Ort und Stelle. Ist doch ganz einfach.«

Er rückte näher. Tesser rief sich ins Gedächtnis, dass sie mit ihm geduldig sein musste, da er ein ordentlicher, rechtschaffener Kerl war, der noch nie eine Tracht Prügel bekommen hatte, weil er betrunken war oder sich danebenbenommen hatte. Er musste mal ein bisschen intensiver leben.

Sie lehnte sich auf dem blauen Regency-Sofa zurück, zog ihr T-Shirt hoch, schob den Rock bis über die Hüften, warf ihr Höschen neben sich und ließ zu, dass er seinen steifen Schwanz in sie steckte. Sie fühlte sich, als wäre sie zum Bersten voll, und sie stellte sich in einer Jane-Austen-Umgebung vor, eine Dienstmagd, die vom Hausherrn geschändet wurde. Wenn sie die Augen schloss und sich angestrengt konzentrierte, während Jamie an einer ihrer Brüste saugte, konnte sie sogar das Spinett klimpern hören. Spinett. Das war ein schönes Wort. Sie spürte keine Verantwortung, nur Emotionen. Schüchternheit vortäuschend, legte sie Jamie beide Hände seitlich an die Hüfte und zog ihn auf sich, und dadurch drang er so tief in sie ein, dass sie aufkeuchte. Sie bewegten sich in diesem schweigenden Raum aufeinander vor und zurück, wie einer der Uhrwerkautomaten aus dem viktorianischen Raum, wobei sie immer in den Gang lauschten, falls der Wachmann die nächste Runde drehen würde. Danach schob Tesser Jamie von sich herunter, sodass sein dicker Schwanz aus ihr herausglitt. Anfänglich fühlte sie sich leer. Dann bekam sie Durst. Sie zog seine Hose herunter und kniete sich auf das verschnörkelte Flechtwerk des Teppichs. Das Geräusch des Reißverschlusses klang in dieser einfachen Umgebung fast schon anachronistisch. Sie konnte es kaum erwarten, ihm lange und gut einen zu blasen.

Sie leckte sich die Lippen und dachte an all die Dienstmädchen, die man ermutigt hatte, auf eben diese Weise an den Schwänzen ihrer Dienstherren zu saugen. Sie waren gewiss scheu und hastig vorgegangen, begierig, die Sache hinter sich zu bringen, bevor die Herrin des Hauses zurückkehrte, um ja nicht als die verdorbenen, liederlichen Huren dazustehen, die sie in ihrem Innersten wirklich waren. Okay, vermutlich waren die meisten von ihnen dazu gezwungen worden, aber es musste auch einige gegeben haben, die das zu ihren normalen Tätigkeiten gezählt hatten. Und vielleicht waren sogar einige darunter gewesen, denen es Spaß gemacht hatte. Eine solche Dienstmagd wäre sie damals vermutlich gewesen.

»Ich werde dir so wunderbar einen blasen, dass du das Gefühl hast, deinen Schwanz in eine Schüssel mit warmem Honig getaucht zu haben«, versprach sie Jamie flüsternd. Dabei dachte sie an eine wunderschöne Porzellanschüssel voll mit warmem Honig, den die eifrigen jungen Hände der neuen Dienstmagd, die die Aufmerksamkeiten des Lords nicht kannte und die nicht davor gewarnt worden war, frisch vom Bienenstock herbeibrachten.

Jamie stöhnte leise. »Dann fang an«, murmelte er. »Denn danach werde ich meine Hand unter deinen Rock stecken und sehr lange an dir herumspielen.«

»Ich spiele die Dienstmagd. Wen spielst du?«

»Ich spiele nicht. Hör mir gut zu«, sagte Jamie, »selbstgefällige Schweine wie die reichen Männer, denen solche Häuser gehört haben, waren die Sklaventreiber, die ihr Geld mit dem Leben anderer Menschen verdient haben. Es ist mir ein Vergnügen, ihre falsche Vornehmtuerei dadurch zu entwürdigen, dass ich dich auf ihren Sofas ficke und mich auf ihre schönen, blütenweißen Zierdeckchen ergieße.«

»Amen.«

»Warte mal kurz.« Jamie rückte ein Stück von Tesser ab und kletterte dann zu ihr auf die Couch. Dort legte er sich so hin, dass sich sein Gesicht direkt vor ihrer Muschi befand. Sie nahm ihn erneut zwischen die Lippen, und er begann, sie zwischen den Beinen zu lecken. Oh, das fühlte sich gut an. Sie spürte, wie sich das Verlangen in ihr ausbreitete, von ihrem Kopf, der kurz vorm Platzen zu sein schien, bis hinunter in ihre kribbelnden Zehen.

Sie steckte sich seinen Schwanz in den Mund, an dem ihre Spucke glitzerte. Gleichzeitig begann Jamies Zunge, immer wieder in ihre Muschi zu tauchen.

Dann geschah das, was sie beide befürchtet hatten. Sie hörten den Wachmann wieder in ihre Richtung kommen, und sie erstarrten beide wie Rehe im Scheinwerferlicht.

Nein, nein, nein!, dachte Tesser. Nicht jetzt, nicht in der klassischen 69-Stellung in flagranti auf einem schmalen Regency-Sofa erwischt werden. Das war's dann mit Jakes Karriere im Museum. Gott, und Jamies Schwanz steckte in ihrem Mund, seine Eier hingen an ihren Lippen, wann immer sie ihn ganz in sich hineinschob, und sie hatte seinen Arsch im Gesicht wie in einem schlechten Film. Sein Schamhaar war ihr so nahe, der weiche Flaum zwischen seinen Pobacken. Er roch gut: reif, erdig, nach Duschgel. Ihr Mund wollte weitermachen. Er schwebte über ihr, in dieser pornografischen Position, und sein eigener Mund hing über ihrer Muschi.

Jetzt konnte sie den Wachmann nicht mehr hören. Sie versuchte, nicht an Jamies Schwanz zu saugen, sondern ihn einfach in ihrem Mund zu behalten. Doch es war, als hätte man ihr einen Lolli zwischen die Lippen gesteckt und ihr gesagt, sie dürfe ihn nicht genießen. Ihr Mund begann, sich nach dem Geschmack zu verzehren, und sie wurde immer verzweifelter. Sie wollte seinen Schwanz schmecken, ihre Zunge daran entlanggleiten lassen. Aber ebenso wie ihre Gliedmaßen hielt sie auch ihren Mund und ihre Lippen vollkommen ruhig.

Im Raum neben ihrem, dem jakobinischen Raum, war ein Poltern zu hören. Großer Gott. Der Wachmann war direkt nebenan. Sie wollte spüren, wie Jamie in ihrem Mund pulsierte. Sie wollte ihn schmecken. Tesser schickte ihm eine telepathische Nachricht: Beweg deinen Schwanz näher heran. Doch er bewegte sich nicht, kein Stückchen.

Der Wachmann kam aus dem jakobinischen Raum heraus. Er ging am Regency-Raum vorbei, und sie beide hielten erneut den Atem an. Inzwischen musste er schon den viktorianischen Raum passiert haben. O Gott, Jamies dicker dunkler Schwanz hing wie ein breiter Stock in ihrem Mund, und sie konnte es nicht riskieren, auch nur ein bisschen daran zu saugen. Das war nicht fair.

Sie leckte über den seidigen Kopf und bewegte die Lippen nur ein wenig weiter über seinen Schwanz, saugte einmal kurz und intensiv, wobei sie ihn mit der Zunge liebkoste. Es war wie verhext. Sie kam einfach nicht dagegen an.

Ein Stöhnen drang über Jamies Lippen, und seine Hüften zuckten, als ob er seinen Penis immer tiefer und tiefer in ihren warmen, feuchten Mund und in ihre Kehle schieben wollte.

Nein! Nicht stöhnen!

Aber es war zu spät, denn der Wachmann kam bereits wieder zurück – Tesser konnte seine Schritte hören, die näher kamen.

Das war's dann wohl.

Erneut hielt er vor dem viktorianischen Raum an. »Das ist mein Ernst, Micky!«, hörte Tesser ihn sagen, so deutlich, als ob er direkt neben ihr stehen würde, »morgen um diese Zeit bist du tot, du kleiner Plagegeist.«

Gott. Er sprach noch immer mit der Maus. Jamie und sie blieben still und unbeweglich, bis der Wachmann erneut in die Zukunft weitergewandert war, in Richtung der Räume aus dem Zwanzigsten Jahrhundert.

Tesser streckte die Hand aus, um ihre heiße, feuchte Muschi zu streicheln, aber Jamie hielt sie auf. Dann zog er sich zurück und biss sie zärtlich in den Oberschenkel.

»Nein«, sagte er. Zugegebenermaßen ein wenig gedämpft, denn inzwischen hatte er seinen Kopf wieder zu ihrer Muschi herabgebeugt, wobei seine Zähne kurz über ihre harte Klit strichen, und dann leckte er sie.

Tesser liebte es, an seinem Schwanz zu saugen, doch dass Jamie ihre Muschi leckte und liebkoste, machte sie noch heißer. Sie erschauderte voller Wonne, als seine wunderschönen Lippen an ihr knabberten und als seine Zunge leckte und streichelte. Weit spreizte sie die Beine und hielt seinen Kopf fest zwischen ihren Oberschenkeln gefangen. Sie wollte ihn auffordern, sie härter zu lecken, aber ihr Mund war voll mit seinem glatten, feuchten Schwanz, der sie beinahe erstickte. Also ließ sie ihn dadurch, dass sie selbst härter an ihm saugte, wissen, dass er mehr Druck auf ihre Klit ausüben sollte. Sie hörte sich selbst tief in der Kehle stöhnen. Sie schob ihm ihre Muschi ins Gesicht. Ja, Baby, leck mich. Leck mich, Süßer. Es funktionierte. Je härter und kraftvoller sie saugte, desto härter leckte auch er. Je sanfter und zärtlicher ihr Mund war, desto zarter wurden seine Liebkosungen.

Telepathie hatte nicht funktioniert, als sie es nur Minuten zuvor damit probiert hatte. Aber dies war weitaus besser als Telepathie.

Sie war wie wild vor Verlangen, aber sie versuchte, ruhig zu bleiben, während sie ihre Muschi gegen seine Lippen drückte. Dann sandte sie vermischte Botschaften aus. Sie saugte verzweifelt an seinem Schwanz, wollte aber, dass er ihre Klit sanft leckte, ganz sanft. Als er genau das tat, was sie verlangte, hätte sie vor Freude beinahe aufgeschrien, doch sie konnte es gerade noch unterdrücken und verschluckte stattdessen seinen glänzenden Schwanz. Doch sie wollte dennoch schreien. Sie würde am nächsten Tag unter Anklage gestellt und die Sache wäre ihr peinlich, aber was soll's? Das war es wert. Sie musste alles andere aus ihrem Leben abblocken.

Oh, sie war kurz davor zu kommen, durch Jamies Mund den Höhepunkt zu erreichen. Sie begann, schneller zu saugen, und nahm ihre Hand zu Hilfe, um ihn gleichzeitig zu reiben und zu saugen, immer wieder an seinem wunderbaren Schwanz entlang, oh, sie wollte kommen, sie wollte kommen. Der Geschmack seines Schwanzes in ihrem Mund. Der Geschmack des Safts, der aus der kleinen Ritze vorn an der Penisspitze drang. Sie kam. Und er kam ebenfalls, und sie schluckte seinen heißen Saft hinunter. Er behielt die Zunge auf ihrer Klit und verlängerte so ihren Höhepunkt. Allein aufgrund der Befriedigung hätte sie am liebsten aufgeschrien. Sie wusste nicht, ob sie den Schrei unterdrücken konnte.

Zum Glück hob er den Kopf aus ihrem Schoß.

»Ich habe meine Meinung geändert«, flüsterte Jamie. »Ich will doch nicht mehr an dir herumspielen.«

»Was?« Tesser war schockiert. Vage erinnerte sie sich daran, dass er etwas darüber gesagt hatte, dass er an ihr herumspielen wollte, aber das war vor einigen Minuten gewesen. Was zum Teufel hatte sie falsch gemacht?

»Mach nicht so ein besorgtes Gesicht. Es würde mich mehr anmachen, wenn du dich auf diese schöne Couch setzen und selbst an dir herumspielen würdest.«

»Ähm, ich bin bereits gekommen. Und sei ein bisschen leiser, okay? Wir wissen nicht, wann der Wachmann zurückkommt und erneut hier rumschnüffelt.«

»Ich weiß, dass du so geil bist, dass du masturbieren kannst, wann und wo du willst. Du bist so erregt, dass du dich sogar in einem Museum einfach zurücklegen und es dir selbst machen kannst, denn deine Muschi ist so feucht, angeschwollen und heiß. Es ist dir scheißegal – und das würdest du sogar selbst zugeben –, wer dir hier dabei zusieht, wie du es dir mit der Hand machst, weil du einfach kommen musst. Du brauchst das.«

Tessers Gesicht war knallrot. Wollte sie dieses Spiel mitspielen oder nicht? Sie fand seine Worte auf seltsame Weise bewegend.

»Du musst dich einfach unbedingt anfassen, habe ich recht? Gib es zu.«

Oh ja. So war es. Alles, was sie jetzt wollte, war, sich auf dem Sofa zurückzulehnen und sich selbst wie verrückt zu reiben, dieses brennende Verlangen zwischen ihren Beinen zu berühren, über ihre harte Klit zu streicheln und ihre Finger in ihre feuchte, nasse, pinkfarbene Muschi zu tauchen ...

Aber aus irgendeinem Grund hielt sie sich zurück. »Ich möchte ganz nah bei dir sein«, flüsterte sie. »Ich möchte dich berühren.« Ich will dich ficken. Doch das sagte sie nicht. »Ich möchte, dass du mich fickst.« Ich möchte wieder mit dir unter der Dusche in deiner Wohnung stehen und dich sanft und romantisch küssen.

Ich möchte nur dich ficken. Ich möchte alle anderen ficken.

»Komm schon, Tesser«, neckte er sie, »leg deine Finger auf deine Muschi, direkt auf deine Klit, damit ich sehen kann, wie du dich berührst. Das muss dir nicht peinlich sein, masturbier einfach ein wenig für mich ...«

»Nur, wenn du mich gleichzeitig fickst.«

Als sein Schwanz in sie hineinstieß und ihre Finger ihre Klit bearbeiteten, begann Tesser, sich um das kostbare antike Sofa Sorgen zu machen, das unter ihnen zusammenbrechen konnte, aber sie war dann doch zu sehr im tiefen, empfindsamen Schlampenhimmel. Jamie legte ihr einen Finger auf den After und rieb in kleinen Kreisen um das Loch herum. Das erinnerte sie an das Picknick im Park, und es war ihr ein bisschen peinlich, dass ihr Verlangen sich auf ihren Hintern konzentrierte, den er so sorgsam streichelte.

Auch wenn sie es ihm nie eingestand, war es ihr doch immer noch ein wenig peinlich, wenn sie jemand anderes dort berührte, selbst nach dem Picknick. Der Gedanke, dass sie sich in einem Museumsraum versteckt hielt und Jamies Schwanz immer wieder so heftig in ihre Muschi glitt, dass sie nach Luft schnappen musste, dass ihre seidige wunderbare feuchte Muschi ihn in sich aufnahm, dass ihre Finger immer wieder wundervolle schmerzhafte Schauer verursachten, wenn sie über ihre Klit strichen, dass Jamies Finger auf obszöne Weise die reine dreckige Süße ihres Hinterteils liebkosten – tja, all das reichte aus, um ein Mädchen wieder und wieder kommen zu lassen. Was auch der Fall war.

Irgendwann schliefen sie ein. Um 10:35 Uhr am nächsten Morgen schlichen sie aus dem Museum, sehr zur Überraschung des neuen Wachmannes, der sich beim besten Willen nicht daran erinnern konnte, sie fünf Minuten zuvor hineingelassen zu haben.

»Pornografie. Nein. Landschaften. Nein. Skulpturen. Nein.« Jamie knüllte den Zeitungsausschnitt zusammen und schleuderte ihn quer durch seine Wohnung. »Ich will so sehr bei *Understated* dabei sein, dass es fast schon wehtut, aber um an der Show teilnehmen zu können, muss ich ein Kunstwerk einreichen«, sagte er zu Trevor.

»Dir wird schon was einfallen. Fass dir ein Herz, junger Mann, fass dir ein Herz.«

»Verpiss dich, junger Mann, verpiss dich.« Jamie verstellte seine Stimme, damit Trevor auch merkte, dass er nur Spaß machte. Er hatte nicht einmal das Herz, richtig mit einem Wortspiel zu kontern.

Der nächste Mittwoch. Dieses Mal bestand ihre Aufgabe darin zu zeigen, wie AMI Industries den Hackney-Müllbeseitigungstrupp unterstützte – eine Gruppe aus Freiwilligen, die in den großen Parks in Hackney den Müll aufsammelten. Dabei handelte es sich größtenteils um frisch Pensionierte, aber es waren auch einige ältere Rentner dabei. Dr. Sharkey hatte nichts zu Tessers neuer Haarfarbe gesagt – sie hatte das Dunkellila rausgebleicht und es durch ein helles Blau ersetzt, das der Farbe einer Lavalampe glich. Dr. Sharkey hatte nur geblinzelt und es einfach ignoriert.

Das Einzige, was sie zu Tesser gesagt hatte, war, dass sie heute einen weiteren Drehtag habe, fernab des Gebäudes von AMI Industries. Darüber hatte sich Tesser geärgert. Ein halbherziger Annäherungsversuch wäre nett gewesen. Doch es schien, als ob frühere Unterwerfungen die Doktorin nicht mehr interessierten. Überdies hatte Dr. Sharkey auch nicht über die Bilder von der Giftentsorgung gesprochen, was noch seltsamer war. Aber Tesser war davon überzeugt, dass Dr. Sharkey der Sache nachging – vielleicht war sie sogar schon dabei, Beweise zusammenzutragen.

Tesser lief in ihren grünen Turnschuhen und mit ihrem hellblauen Haar durchs Gras und versuchte, die älteren Bürger, die großmütig den Müll aufsammelten, richtig ins Bild zu bekommen. Sie hoffte nur, dass der Regen das Innenleben der teuren Kamera nicht beschädigte.

Dr. Sharkey hatte gesagt, sie solle ganz nah rangehen, um eine gute Aufnahme zu erhalten. Tessers Füße würden ebenso grün werden, wie es ihr Haar in der vorangegangenen Woche gewesen war, wenn ihre Schuhe noch nasser wurden.

Doch sie hielt die Kamera ruhig und machte die Nahaufnahmen. Einige Leute bewegten sich immer wieder ins Bild hinein oder aus dem Blickwinkel heraus, aber Tesser glaubte, genug Material zum Schneiden zu haben und dass alles gut laufen würde. Dann konnte sie Dr. Sharkey die Aufnahmen geben, und diese würde zufrieden sein. Und – wer weiß? – Tesser würde vielleicht noch eine kleine körperliche Belohnung erhalten. Das wäre doch schön.

Dr. Sharkey gehörte zu den Dingen, die sie Jamie im Chaucery-Museum nicht gestanden hatte. Aber schließlich waren Jamie und sie ja auch nicht verheiratet und sie musste ihm nicht Rede und Antwort stehen. Dennoch kam ihr das irgendwie nicht richtig vor – es waren nicht gerade Schuldgefühle, die sie plagten, aber sie fühlte sich unbehaglich bei dem Gedanken, dass sie Beweise zurückhielt, wenn man es denn so ausdrücken wollte.

Das war genau der Grund, warum sie Beziehungen nicht mochte.

Sie war ein ehrlicher Mensch – mit Ausnahme der seltenen Fälle, in denen sie zur Ladendiebin geworden war. Sie mochte es nicht, andere Menschen anzulügen und ihnen zu sagen, sie würde sich mit niemand anderem treffen, selbst wenn das genau das war, was diese hören wollten. Sie wusste, dass es diese Treue war, die Jamie wollte. Das wusste sie ganz genau, ebenso wie sie wusste, dass ihr linker Fuß langsam grün wurde. Und sie wusste auch, dass sie ihm das nicht geben konnte.

Als sie mit dem Filmen fertig war, waren ihre Füße nicht das Einzige, was sich verfärbt hatte. Die blaue Farbe war nicht so permanent, wie sie geglaubt hatte – der Regen, der ihr über Gesicht und Hals lief, hatte jetzt eher eine bläuliche Farbe angenommen. Na super – grüne Füße, blauer Hals. Wie schön.

Sie steckte das Band in eine Plastiktüte von Somerfield, um es zu schützen, steckte diese dann in ihren Rucksack und trottete wie ein begossener Pudel durch den Park, um auf ihr Fahrrad zu steigen und zu AMI Industries zurückzufahren. Endlich brach die Sonne durch die Wolken. Leider zu spät.

Als sie wieder bei ihrem Arbeitgeber eingetroffen war, strahlte die Sonne am blauen Himmel.

»Was haben Sie denn da? Heute sollten Sie doch gar nicht filmen, soweit ich weiß«, schimpfte Fiona. Tesser versuchte sie so gut es ging zu ignorieren, während sie die Kamera auf den Tisch im Rezeptionsbereich stellte. Dann holte sie die Plastiktüte aus ihrem Rucksack und zog das trockene Videoband daraus hervor. Fionas Blick spiegelte deutlich ihr Interesse wider, doch Tesser hatte noch immer nicht vor, die verschlagene, heuchlerische Rezeptionistin aus der Hölle aufzuklären.

Sie ging in Dr. Sharkeys Zimmer, ohne dass Fiona vorher dort anrief, und sie klopfte nicht einmal an.

Dr. Sharkey strahlte, sofern man bei ihr davon sprechen konnte. Sie klopfte Tesser auf die Schulter. »Sehr schön, das ist sehr gut gelaufen. Das könnte der letzte Filmauftrag gewesen sein, den wir für Sie haben – aber ich denke, Sie haben gute Arbeit geleistet und sich Ihren Lohn redlich verdient. Wir werden Sie vermutlich noch etwa eine Woche lang für den Schnitt brauchen, aber ich werde Sie wissen lassen, wann wir damit anfangen. Wie besprochen gilt der Lohn von zweihundertfünfzig Pfund auch für diese Aufgabe, das dürfen Sie nicht vergessen. Aber Sie erhalten das Geld schon früher, keine Sorge. Bei Fiona liegt ein schöner dicker Scheck für Sie, den Sie sich abholen können, wenn Sie gehen. Natürlich abzüglich des Vorschusses von fünfzig Pfund, den Sie bereits erhalten haben.«

Oh, bitte, bemerken Sie mich, Dr. Sharkey. Bitte, bitte, sehen Sie mich an.

Aber Tesser bekam nichts außer einem höflichen Händedruck. Innerlich seufzte sie. Sie musste sich wohl der Tatsache stellen, dass die Episode mit Dr. Sharkey eine einmalige Angelegenheit gewesen war. Dabei sehnte sie sich nach den kräftigen, fähigen Händen der Frau und dachte an den glücklichen Moment, als sie so gut von ihr festgebunden worden war. Dann endlich begriff sie, was Dr. Sharkey soeben zu ihr gesagt hatte.

Geld!

Jetzt war Tesser wieder frohen Mutes, und sie hüpfte so schnell sie konnte zur Tür. Ihr fiel auf, dass die Lippen der Doktorin leicht zuckten, als sie sich verabschiedeten. Was denn, war sie niemals pleite gewesen?

Tesser nahm ihren Scheck über zweihundert Pfund von der hasserfüllten Fiona entgegen. Was sie wirklich bedauerte, war, dass sie Fiona nie wieder auf die Nerven gehen konnte. Sie war an einem Punkt angelangt, an dem es ihr fast schon Spaß machte, die hochnäsige Rezeptionistin auf die Palme zu bringen. Auf gewisse Weise würde sie sie vermissen. Aber sie würde es überleben.

Und die zweihundert verdammten Pfund würden sie erst recht gut leben lassen. Ja! Vorausgesetzt, der Scheck platzte nicht – und sie hatte keinen Grund, davon auszugehen –, konnte sie schon in der kommenden Woche damit anfangen, das Storyboard für *Chain of Lurve* zu erstellen.

Frohlockend schwang sie die Tür auf, doch sofort, als sie draußen war, fühlte sie sich erschlagen und irgendwie krank. Sie beschloss, sofort zur Bank zu radeln und ihren unverhofften Geldsegen einzuzahlen – es war immer noch genug Zeit, bevor diese um 17 Uhr schloss. Außerdem würde sie dadurch den Kopf freibekommen. Vielleicht konnte sie sich ja einen

Teil des Geldes gleich auszahlen lassen. Oder, falls der Scheck nicht sofort eingelöst werden konnte, bestand immer noch die Möglichkeit, dass ihr die Bank darauf einen Vorschuss zahlte, da er ja von einem angesehenen Aussteller unterzeichnet worden war.

Die kühle Luft wirkte Wunder. Tesser radelte zu ihrer Bankfiliale, die an der Old Street lag. Der Verkehr sauste an ihr vorbei, aber dieses eine Mal war sie wirklich sorglos, innerlich jubelte sie. Zum ersten Mal seit vielen Jahren hatte sie richtig viel Geld. Sie erreichte den Kreisverkehr an der Old Street, und gerade als sie sich innerlich stählte, um sich den diversen Ausfahrten zu stellen, stach ihr ein vorbeifahrender Lieferwagen ins Auge. Er wurde langsamer und ließ jemanden aussteigen, aber Tesser achtete nicht weiter auf den Mann. Stattdessen starrte sie den Wagen an. BLAIRSTONE CHEMICALS stand in bunten, wellenförmigen Buchstaben darauf. Und unter dem Schriftzug befand sich das Logo: ein umgedrehtes Herz. Ein verdammt seltsamer Zufall, oder?

Sie ignorierte es einfach, weil sie Wichtigeres zu erledigen hatte. Sie musste den Scheck einlösen.

Tesser fuhr in das Labyrinth aus Tunneln unter dem Kreisverkehr der Old Street, schlitterte mit ihrem Fahrrad um die Kurven und verärgerte die Fußgänger. Sie war glücklich, dass sie den Scheck hatte – *Chain of Lurve* war so gut wie fertig –, aber sie fühlte sich innerlich merkwürdig leer. Ihr Lebensziel würde realisiert werden, sobald sie die Möglichkeit hatte, ihr Drehbuch zu verfilmen, aber irgendetwas verhinderte, dass sie sich darüber freuen konnte.

Sie wurde langsamer und radelte gemächlich um die Ecke auf Ausgang 8 zu. Dann sah sie zu ihrer Bestürzung den Mann vom Labor, den mit dem leuchtend grünen Kapuzensweatshirt. Er fuhr auf seinem Fahrrad vor ihr her. Ein kurzer Flashback, und ihr dämmerte, dass er der Mann gewesen war, den der Lieferwagen gerade eben abgesetzt hatte. Dann geschah alles ganz schnell, fast zu schnell, als dass sie alles auf einmal begreifen konnte. Tesser raste auf die Gestalt auf dem Fahrrad zu, sie trat so fest in die Pedale, wie sie nur konnte. Sie dachte, dass sie ihn vielleicht besser erkennen konnte, wenn sie nur nah genug herankäme. Doch er sah sie zu früh, als sie ihn noch nicht erreicht hatte, und dann strampelte er ebenfalls wie wild los.

Sie hatte keine andere Wahl, als ihm zu folgen. Durch Ausgang 8 hinaus, die Rampe hinauf ans Tageslicht und direkt auf die Straße in Richtung Hackney – wo er offensichtlich hinwollte –, um dort dem Bus Nr. 55 auszuweichen. Der Fahrer trat auf die Bremse und drückte die Hand auf die Hupe, aber Tesser war bereits mehrere Straßen weiter und verfolgte den Mann in dem grünen Kapuzensweatshirt. Der Wind sauste in ihren Ohren, ihr Puls raste, großer Gott, verdammter heiliger alter Jesus …

Bis hinunter zur Kingsland Road jagte sie ihm nach. Er war ihr bereits ein ganzes Stück voraus, sein Fahrrad mit einer Hand lenkend, und dann raste er direkt vor einem Lastwagen vorbei nach rechts in Richtung London Fields. Dieses Mal musste Tesser den LKW vorbeilassen, sonst hätte sie dieser überfahren, und als sie endlich in dieselbe Straße einbog, war der Mann verschwunden. Sie bog in die nächste Straße nach rechts ein, um zu sehen, ob er versucht hatte, sie auf diese Weise abzuschütteln, und so war es auch, sie konnte ihn gerade noch so erkennen – einen winzigen grünen Fleck in der Ferne, der auf den London Fields Park zuradelte.

Sie fuhr ebenfalls in den Park und direkt auf das Gras, auf dem noch die Wassertropfen vom Regen funkelten. Dadurch rutschte ihr Rad über den Rasen und den Schlamm, aber sie musste einfach wissen, wer das war. Sie musste den Mann sehen. Sie senkte den Kopf und raste auf ihrem Fahrrad weiter wie ein Fahrer bei der Tour de France, wie ein gereizter Stier, wie Evil Knievel vor dem weitesten Sprung seiner Karriere.

Sie sauste durch das Gras, über den schlammigen Fußballplatz und auf den Asphaltweg hinauf. Und sie hatte Glück! Weit voraus war der Mann in seiner Eile gegen einen Passanten gefahren und vom Fahrrad gefallen. Endlich konnte sie den Abstand verringern. Mit jeder verstreichenden Sekunde konnte sie mehr von ihm erkennen. Die grüne Kapuze, die er sich über den Kopf gezogen hatte, dass er Handschuhe und eine Jogginghose trug und dass er um sein Leben zu laufen schien. In wenigen Augenblicken hätte sie ihn erreicht, und dann würde sie diesem ganzen verdammten Schlamassel auf den Grund gehen. Das Glück würde ihr hold bleiben, wenn sie nur weiter mit aller Kraft in die Pedale trat, wenn sie einfach nur weiterradelte …

Kawumm! Sie war gegen denselben Passanten geprallt, den schon der Mann im grünen Sweatshirt umgefahren hatte. Er hatte sich gerade wieder aufgerappelt und fluchte jetzt wie ein Seemann.

Der verdammte Jamie! »Was zum Teufel machst du denn hier?«, schrie Tesser. »Verfolgst du mich schon wieder?«

»Ja! Ich bin bei dir vorbeigegangen, weil ich wissen wollte, ob du schon von der Arbeit zurück bist! Was zum Henker machst du denn, dass du mich hier im Park über den Haufen fährst? Genauso wie der Typ gerade eben?«, brüllte Jamie zurück.

Aber dann fiel sie vom Fahrrad und warf Jamie erneut um. Einen Augenblick lang lagen sie in einem Wirrwarr aus Beinen und Wut da. Aber all das war so dumm, dass sie beide einfach lachen mussten.

Sie rollten sich auf dem Gras herum und lachten. Tesser konnte ihn riechen, diesen wunderschönen Zimt-Moschusduft. Er zog sie dicht an die schwarze Wolljacke heran, die er trug, und dann konnte sie auch das riechen: alten Zigarettenrauch. Auf seiner Jacke wirkte er nicht stinkend oder widerlich – der Geruch war einfach wunderschön. Sie hoffte, er würde sie küssen, aber stattdessen legte er einfach nur beide Hände an ihr Gesicht und hielt es fest, sodass sie ihm einfach in die Augen sehen musste. Sie war entnervt, aber Jamies Blick war so gütig und seine Pupillen waren so riesig und verträumt, dass sie sich von ihm so festhalten ließ – als wären sie ein Paar. Und sie glaubte, dass sie das auch waren. Es war sehr intensiv. Er vertraute ihr.

Sie konnte ganz deutlich erkennen, dass er ihr vertraute. Er vertraute ihr mit seinem Herzen, seiner Liebe und seinen Fehlern. Und das war kein Vertrauen, das etwas mit Monogamie zu tun hatte, so war das nicht. Das war etwas ganz anderes. Das Vertrauen in seinen Augen war sein Geschenk an sie, und sie war sich nicht sicher, ob sie es wirklich annehmen konnte. Den Kopf wandte sie dennoch nicht ab. Ihre Gesichter waren nur eine Wimpernlänge voneinander entfernt, ihr Atem vermengte sich, und vermutlich vermischten sich auch ihre Auren dort auf dem grünen Gras, ebenso wie der wunderbare Zimt-Zigarettengeruch und die Farben des grünen Grases, der ausgeblichenen dunklen Wolljacke, der dunklen schokoladenbraunen und der mit Sommersprossen gesprenkelten hellen Haut. Sie wollte sich abwenden. Sie wollte näher an ihn heranrücken, in seine Haut, tief in seine Venen, seine Fasern und seine Knochen eintauchen.

Sie glaubte, das dass passende Wort ambivalent heißen musste.

Über ihnen knallte die Sonne grell und heiß auf ihren Hals und ihre Gesichter herab und vertrieb mit ihrer Wärme die

Feuchtigkeit und Regenrückstände aus ihrer Kleidung. Die Bäume bewegten sich im Wind, und durch ihre Äste wurde die Sonne gefiltert: Es gab Schatten und Licht. In ihrem Kopf wirbelten die Gefühle durcheinander. Sie wusste nicht, ob sie in der Sonne oder im Schatten waren. Der Wind rüttelte an den Zweigen, die sich weit über ihnen befanden, und sie lagen da, blinzelnd und zitternd. Von oben mussten ihre Körper aussehen, als hätten sie sich vereint. Seine Wolljacke lag über dem grünen Fell ihres Mantels. Würden sie für einen Vogel wie eine oder wie zwei Gestalten aussehen?

Ihre Augen begannen zu brennen.

Bis zu diesem Augenblick hatten sie sich noch nicht geküsst. Und dann taten sie es, und sein Mund war süßer als die Sonne selbst, süßer als das schmerzhafte Licht, das sie blinzeln ließ, als ihr auf einmal Tränen in die Augen stiegen, und sie küssten sich und küssten sich weiter, während die Sonne auf ihre Gesichter und Körper herabstrahlte und sich die Bäume über ihnen bewegten. Ihre Zungen glitten langsam umeinander, seine Lippen waren so weich wie die eines Mädchens, und immer noch lagen seine Hände an ihrem Gesicht, hielten sie fest und sicher. Sie würde ihm vertrauen. Sie konnte ihm vertrauen. In diesem Moment der Reinheit verspürte sie keine Lust. Sie spürte nichts als Zärtlichkeit. Jamies Hände glitten tiefer, sie strichen sanft über ihren Hals. Wie ein Feuerrad loderte es plötzlich in ihrem Bauch auf, und sie verspürte ein derart ziehendes Verlangen, dass sie schon glaubte, es würde sie zerreißen. Glänzendes, strahlendes, *großartiges* Verlangen. Sein Gesicht war schöner, als es das eines Hollywoodstars jemals sein konnte. Seine Haut glühte, und da sie ihm ganz nahe war und von seinem Licht berührt wurde, glühte sie ebenfalls. Und doch war sie wie erstarrt. Sie konnte sich nicht bewegen. Sie konnte nur zittern und beben, und seine Hände strichen und drängten über ihr Fleisch – sie glitten unter ihren Mantel, unter ihr T-Shirt und über die Spitze ihres BHs. Als er eine ihrer Brustwarzen drückte, biss sie ihm aufgrund des kurzen, spitzen, süßen Schmerzes, den er verursacht hatte, in die Lippe.

Es war, als wäre sie auf einmal erwacht, denn jetzt hatten ihre Hände auch Macht, und sie wollte seine Haut spüren: Sie wollte Nähe, Intimität mit ihm. Das hatte nichts und doch alles mit Sex zu tun. Es war kein Sex, wie sie ihn jemals zuvor in ihrem Leben gehabt hatte. Sie war schnell, ihre Finger lagen an seiner Taille.

Erst danach, als sie blinzelnd im Sonnenlicht unter den sich verändernden und bewegenden Bäumen lagen, wurde Tesser ganz plötzlich bewusst, dass sie vergessen hatte, ihren Scheck einzulösen.

War ja mal wieder typisch.

10

Das war nicht gut. Alles, was ihm einfiel, passte einfach nicht in die Kategorie »innovative Kunst«. Und verdammt noch mal, er wusste einfach, dass er den Durchbruch endlich geschafft haben würde, wenn er diese Show gewinnen konnte. Er hatte das Gefühl, dass er sie gewinnen würde. Das war Karma. Wenn ihm denn nur endlich irgendeine gottverdammte Idee kommen würde.

Gemälde waren out. Sie waren zu konventionell, und selbst wenn das nicht auf sein Medium und seine Themen zutraf, so blieben sie dennoch – was ja fast schon frevelhaft war – gegenständlich.

Das würde niemals ausreichen.

Dasselbe galt für Skulpturen. Er ging die Liste seiner Möglichkeiten durch, die er gemeinsam mit Trevor zusammengestellt hatte. Neue Medien waren out, da sie ebenfalls als zu normal galten. Selbst ein mit Formaldehyd gefüllter Tank voller nackter, williger Kannibalen würde der Jury nichts als ein gelangweiltes Gähnen entlocken. Er wusste das. Filme waren in, doch er wusste nicht genug über den Video- oder Filmschnitt, um etwas in dieser Hinsicht produzieren zu können, und er war viel zu stolz, um Tesser um Hilfe zu bitten. Er wünschte, ihm würde etwas einfallen – irgendetwas.

Er ging die Essex Road in Richtung Islington hinunter. Als er Dalston in Hackney erreicht hatte, stapelte sich der Müll bergeweise an der Straße. Mit einem Tritt beförderte er eine Coladose aus dem Weg. Die Müllsammler in Hackney arbeiteten hart, aber er wusste auch, dass (a) es nicht ansatzweise genug von ihnen gab, denn die Lokalverwaltungen hatten die Budgets ziemlich gekürzt, und dass (b) die Leute ihren Müll einfach auf die Straße schmissen, wenn sie den Big Mac oder ihre Chips verzehrt hatten. Vielleicht konnte die Gruppe, die Tesser neulich gefilmt hatte – was hatte sie doch gleich gesagt, wie die hieß? Die Hackney-Müllbrigade oder so ähnlich – vielleicht konnten die hier ja mal eine schnelle Runde drehen.

Schon überlegte er, ob er Tesser anrufen und nach innovativen und ideenreichen Kunstvorschlägen fragen sollte. Schließlich hatte sie immer viele gute Ideen.

Ihr Handy klingelte. Tesser sah sich die Nummer des Anrufers an und ging dann ran. »Wie läuft's, Mr. Außenseiter-Künstler?«

»Ganz okay. Was treibst du gerade?«

»Ich mache Frühlingsrollen für meine Mitbewohner. Wir essen an jedem 20. des Monats zusammen, und dieses Mal bin ich mit dem Kochen an der Reihe.«

»Rufe ich zu einem ungünstigen Zeitpunkt an?«

Tesser faltete ein Päckchen zu einer schönen, kompakten Frühlingsrolle. »Nun ja ...«

»Ich könnte ja später noch mal anrufen.«

»Ja, das wäre cool! Ich bin gerade ziemlich beschäftigt. Ruf mich um ...« Auf einmal fiel ihr ein, dass sie ja mit Noriko verabredet war. »Ruf mich doch morgen an, ja?«

»Okay.« Er klang irgendwie enttäuscht.

»Es wäre schön, wenn wir uns bald wiedersehen, Jamie.«

Das schien ihn aufzuheitern, und sie verabschiedeten sich, ohne dass er weiterhin Trübsal blies.

Die Frühlingsrollen waren ein voller Erfolg, und sogar Jana

war voll des Lobes. Und das war gut, denn Tesser hatte sich bei der Zubereitung an ihren Mohrrüben, ihren Bohnensprossen, ihrer Sojasoße, ihrem Zucker, ihrem Kohl und ihrem Öl bedient. Allerdings hatte sie nicht vor, ihr das auch zu beichten.

Sie hatte Noriko seit Monaten nicht gesehen, nicht seit diese ihr das Herz gebrochen hatte, und zwar so richtig. Daher ging sie tief in sich, um herauszufinden, ob da noch irgendwelche Gefühle für sie vorhanden waren. Definitiv nicht.

Die Gewächshäuser waren ihr bevorzugter Treffpunkt gewesen, bis Tesser genug von Norikos zahlreichen Flirts hatte, die selbst ihre eigenen bei Weitem übertrafen. Es gab eben Mädchen, die Affären hatten, und solche, die *richtig viele* Affären hatten.

»Du siehst gut aus, Süße. Das Singleleben scheint dir gutzutun«, das war Norikos Begrüßung, als sie hinter Tesser auftauchte und ihr mit den Händen die Augen verdeckte. »Rate mal, wer hier ist.«

Norikos Körper war warm, verlockend und drückte sich gegen ihren Rücken. Tesser konnte das Parfum der anderen Frau riechen: den rauchigen, maskulinen Zederduft von Guccis *Rush*. Zwar konnte Tesser Gucci nicht von irgendeinem anderen Parfum unterscheiden, aber sie wusste noch, wie Noriko ihr den Flakon gezeigt hatte. Und in diesem Moment erinnerte sie sich sehr gut daran. Ja, Noriko hatte einen guten Geschmack, auch wenn sie jetzt einen schlichten Urban-Streetwear-Look trug: ein Band-T-Shirt und eine teure Designerjeans. Dazu hatte sie einen dünnen, pastellgelben Chiffonrock angezogen, als wollte sie noch ein Punk-Element mit einbringen. Sie ließ ihr kurzes schwarzes Haar in teuren Friseursalons schneiden, die sie sich von ihrem kargen

Lohn als Buchhaltungsauszubildende eigentlich nicht leisten konnte.

Noriko stellte sich auf die Zehenspitzen und knabberte an Tessers Ohr. Tesser war verwirrt, als sie das Verlangen mit voller Wucht in die Magengrube traf – *peng!* –, direkt an der Stelle, an der es den größten Schaden anrichten konnte. Aus diesem Grund hatte sie Noriko doch gar nicht angerufen. Oder doch? Sie konnte sich nicht mehr genau erinnern, warum sie ihre Exfreundin überhaupt angerufen hatte. Noriko pustete die kurzen Härchen in Tessers Nacken in die Luft, weil sie genau wusste, dass Tesser das so sehr mochte. Oh ja. Jetzt fiel ihr alles wieder ein. Sie hatte Noriko angerufen, um die romantische Distanzierung zu üben und weitere Einsichten zu gewinnen. In diesem Bereich war Noriko einfach ein Profi.

Nun schob Noriko sie langsam und nahezu unmerklich in das Gewächshaus, in dem sie sich schon früher so oft vergnügt hatten. Anfänglich glaubte Tesser, Noriko habe romantische Absichten, aber sie wusste, dass das nicht der Fall sein konnte. Noriko hatte in ihrem ganzen Leben noch nie romantische Absichten gehabt. Sexuelle Absichten mit Sicherheit, aber romantische – *nada*. Das war auch Teil des Problems gewesen, abgesehen von der Tatsache, dass Noriko sie am Tag ihres zweimonatigen Jubiläums eiskalt abserviert hatte. Sie hatte ein wenig Romantik gewollt, nur ein klein wenig, doch Noriko war eine eingefleischte Realistin. Möglicherweise – Tesser hatte zwar noch nie wirklich darüber nachgedacht, aber es konnte ja sein – hatte sie sich von Jamie derart angezogen gefühlt, weil er selbst auch ein Romantiker war. Und nicht, weil sie eine treue, monogame, kuschelsüchtige Partnerin war. Diese Dinge musste man alle nicht befürworten und konnte dennoch ein Romantiker sein.

Sobald sie das Gewächshaus betreten hatten, ging alles

ganz schnell. Runter mit Tessers Hose, rauf mit Norikos legerem *Queens of the Stone Age*-T-Shirt, rein mit Norikos Fingern.

Das Licht, das ins Gewächshaus drang, war durch die Fenster gefiltert und wirkte grün und schaurig. Tesser mochte das. Es gab ihr das Gefühl, in einem Science-Fiction-Film zu ficken. *Blumen des Schreckens* oder etwas in der Art.

»Fick mich härter«, verlangte sie von Noriko, die dem Wunsch augenblicklich nachkam. Noriko war eine niedliche, derbe Fickpartnerin, ein wirklich direktes Riot-Girl mit Fashionista-Anwandlungen. Tesser überlegte, ob sie ihrem Glücksstern danken sollte, dass sie sie vögeln durfte.

Noriko biss in Tessers Brust.

»Autsch!«

»Du bist so eine Memme«, sagte Noriko, die zugegebenermaßen weitaus abgebrühter war als Tesser. Sie zog ihre feuchten Finger zwischen Tessers Schamlippen hervor, doch Tesser war zuversichtlich, dass sie sich bald wieder dort befinden würden, daher beschwerte sie sich nicht. »Komm, lutsch an *meinen* Titten, dann zeige ich dir, wie eine echte Lady mit solchen Schmerzen fertig wird.«

Dazu musste man Tesser nicht lange überreden, denn Noriko hatte wirklich tolle Titten, klein und mit dunklen, dreifach gepiercten Brustwarzen. Eines der Piercings war ein klarer grüner Zirkonia, der an einem silbernen Ring hing. Tesser nahm diesen gleich vorsichtig zwischen die Lippen und zog sanft daran.

»Fester!«, befahl Noriko, und Tesser gehorchte. Als Noriko an ihre Schmerzgrenze kam – was sie durch ein leises, kaum hörbares Winseln kundtat –, leckte Tesser liebevoll an der Brustwarze und liebkoste diese. Ihrer Erfahrung nach war eine Mischung aus Zärtlichkeit und Grausamkeit ein wirksamer und sexuell tödlicher Cocktail. Außerdem hatte Noriko das verdient.

»Verdammt noch mal, wird es nicht langsam Zeit, dass du mich fickst?«, beschwerte sich Noriko mit gereizter, aber doch immer noch irgendwie charmanter Stimme. Natürlich hatte Tesser schon von der Feuchtigkeit in Norikos weicher, süßer Muschi geträumt und überlegt, wie es sich wohl anfühlen würde, die Finger in die andere Frau hineinzustecken und sie damit richtig durchzuficken.

Sie sanken auf den grobkörnigen schmutzigen Boden des Gewächshauses, und Tesser strich mit der Hand über Norikos Hintern. Der Geruch, der sie an diesem Ort umgab, war üppig und lehmig, er brannte in Tessers Nase. Sie warf sich auf Noriko und küsste sie, wobei sie deren schlanken, kompakten Körper unter ihrem spürte. Beinahe wäre sie in diesem Gefühl aufgegangen – so gut fühlte es sich an. Doch dann sagte Noriko: »Komm schon, Tesser, Tribadie ist ein Mythos, den man nur auf den Leserbriefseiten im *Penthouse* und auf *Channel 5* findet. Ich will diesen zärtlich verklärten Mist oder irgendein Softcore-Muschilecken nicht, falls du das denken solltest. Du sollst mich ficken, wie es eine Lesbe tun würde, selbst wenn du selbst nichts als eine verräterische Bisexuelle bist.«

Noriko grinste.

Tesser fühlte sich der Herausforderung gewachsen. Mit ihren Händen riss sie Norikos Chiffonrock auseinander.

»Der war von Donna Karan!«, keuchte Noriko, die ihre Aufregung jedoch schnell wieder vergessen hatte, als Tesser ohne irgendein Vorspiel vier Finger in ihre Muschi steckte. Noriko seufzte zufrieden. Großer Gott, sie brannte im Inneren ja förmlich – als hätte sie Sexfieber oder etwas in der Art –, und wie im Einklang mit ihren Fingerspitzen wallte in Tessers Bauch das Verlangen auf.

»Ich – will – dass – du – mich – fickst«, murmelte Noriko, die sorgsam jedes Wort betonte, während sie gleichzeitig seufzte und ihre Muschi um Tessers Finger herum auf und ab bewegte.

»Glaube mir«, erwiderte Tesser, »das will ich auch.« Sie gab Noriko einen innigen Kuss. Ihre Münder waren miteinander verschmolzen, Norikos heiße Zunge drehte liebevolle kleine Kreise um Tessers Zunge und bewirkte, dass deren ganzer Körper zu zittern begann und ihre Muschi feuchter und immer feuchter wurde.

»Härter!«, forderte Noriko, und Tesser machte sich an die Arbeit und fickte sie mit ihrer Hand. Noriko schrie, seufzte und benetzte Tessers Finger mit ihrer Feuchtigkeit. Tesser fistete sie nicht direkt, aber sie fickte sie ziemlich kraftvoll mit vier gespreizten Fingern. Sie wusste, dass sich das genauso anfühlte wie ein breiter, dicker Schwanz, und sie wünschte sich, dass sich mehr Männer Mühe geben würden, sich diese kleine, praktische Technik anzueignen. Denn dann müssten sie sich nicht mehr so viele Gedanken um die Größe ihres Schwanzes machen. Hände hatten sie doch schließlich auch, oder nicht? Lesben waren normalerweise auch viel besser darin, einfach zur Sache zu kommen und schamlos ihre Klits zu berühren, wie Noriko es gerade tat, etwas, das »Heterofrauen« – und Tesser hatte schon mit einigen Frauen aus dieser sogenannten Kategorie geschlafen – seltsamerweise so gut wie nie taten, als wäre es eine Beleidigung der Person, die sie gerade fickte. Männer würden nicht einmal im Traum daran denken, beim Sex nicht ihren Schwanz mit ins Spiel zu bringen. Und dasselbe galt für Tessers Klit. Viva la Klit.

»Fick mich, fick mich, fick mich«, keuchte Noriko, und Tesser, die mit Dreck und Schweiß bedeckt war und mitten in einem Gewächshaus voller hervorsprießender Pflanzen und feuchter, organischer Düfte hockte, fickte Noriko so brutal, wie sie ihres Wissens nach noch niemanden gefickt hatte. Sie fickte sie richtig, so wie es eine Lesbe getan hätte. Schließlich sollte sich Noriko hinterher nicht beschweren können.

Noriko legte den Mund auf Tessers Ohr und leckte sie, sodass Tesser erneut das brennend heiße Verlangen in sich spürte, ein warmes Feuerwerk, das bis hinunter in das empfindsame Fleisch ihrer Muschi reichte.

Währenddessen wand sich Noriko, sie rieb sich an ihr, schrie und kam endlich, wobei sie Tesser mit einem Arm packte und für eine derart kleine Frau überraschend fest hielt. Sie ließ sie erst wieder los, als sich Tesser aus ihrem Griff befreite.

Überrascht entdeckte Tesser Tränen in Norikos Augen. Sie hielt sie fest im Arm und versuchte, sie zu beruhigen. »Was ist los?«, wollte sie wissen. »Stimmt was nicht?«

»Nein«, erwiderte Noriko, »ich werde nur immer so emotional, wenn ich gekommen bin. Das ist eine Art merkwürdige Befreiung.«

Tesser staunte. Das war ihr vorher nie aufgefallen. Hey, vielleicht war sie ja sogar die Unsensible gewesen. Doch jetzt war es zu spät, um sich darüber noch Gedanken zu machen. »Das liegt nur daran, dass du die restliche Zeit so eine harte Nuss bist, würde ich sagen.«

Noriko lächelte und gab Tesser einen zärtlichen Kuss auf die Nase. »Das kann sein«, gab sie zu. »Schließlich habe ich ja auch einen weichen Kern.«

»Einen sehr weichen.« Tesser dachte an die wunderbare, köstliche Sanftheit von Norikos Muschi und wie diese angeschwollen war und gezittert und reagiert hatte, als sie gekommen war. »Ich habe nicht mal geahnt, dass du eine romantische Seite hast, falls dich das überhaupt interessiert.«

Ob das der richtige Zeitpunkt war, um mit Noriko über Jamie zu reden? »Hör mal«, begann sie, »ich bin momentan irgendwie liiert.«

»Wie heißt sie?«

»Er.«

»Du bist *wirklich* eine Verräterin, weißt du das?«

»Ja, ja, ja. Hör endlich auf damit«, erwiderte Tesser fröhlich. Dann erzählte sie Noriko alles über ihn.

Als sie fertig war, blieb Noriko ganz cool. Sie hatte keine seltsamen besitzergreifenden Anwandlungen in Bezug auf ihre Exfreundinnen, wie sie manch andere Leute an den Tag legten. Letzten Endes war Noriko einfach eine sehr gute Freundin. Eine überaus gute Freundin, die ihr auch noch verdammt gute Ratschläge gab.

Und der beste lautete: Gib dem Kerl eine Chance.

Tesser fuhr ein wenig herum, um sich nach der Sache im Gewächshaus ein wenig abzukühlen. Als wäre es unvermeidlich, fand sie sich am Rand der Kanäle wieder, fast so, als würde sie von einem unsichtbaren Magneten angezogen.

In hohem Tempo radelte sie an AMI Industries vorbei, erst drei-, dann viermal, und versuchte herauszufinden, welcher Teil des Puzzles ihr noch fehlte, damit sie alles in einen Zusammenhang bringen konnte. Als sie das erste Mal vorbeisauste, befürchtete sie noch, dass man sie entdecken könnte, doch vor dem viktorianischen Gebäude hielt sich keine Menschenseele auf, und sie war sich auch ziemlich sicher, dass Dr. Sharkey sie aufgrund der vor ihrem Fenster stehenden Bäume nicht sehen konnte. Also fuhr sie auch noch ein zweites, drittes und viertes Mal an dem Gebäude entlang, ohne sich wirklich bewusst darüber zu sein, was sie dazu bewog, sich überhaupt hier aufzuhalten. Erst als sie beim vierten Mal anhielt, um den Luftdruck in ihren Reifen zu überprüfen, sah sie mit gesenktem Kopf zu dem Gebäude herüber und hatte auf einmal einen völlig anderen Blickwinkel. Die Kuppeln sahen aus dieser Position aus wie Herzen. Sie blickte auf und sah sich die Kuppeln auf dem Gebäudedach genauer an.

Kuppeln entsprechen eigentlich nicht der viktorianischen Bauweise, schoss es ihr in diesem Moment durch den Kopf. Und diese Kuppeln sahen eher aus, als würden sie auf das Dach einer Kirche russischer Bauart gehören. Zwiebeltürme. Ja – ihr Herz begann jetzt zu rasen, als sie so schnell sie konnte von dem Gebäude weg radelte. Kuppeln, die ein bisschen so aussahen wie umgekehrte Herzen, wenn man sich ein wenig künstlerische Freiheit erlaubte.

Jamies Bruder. Künstlerische Freiheit. Der Außenseiter-Künstler, der berühmte und listige Jamie Desmond. Oh Scheiße.

Ihre Beine schienen wie in einem Zeichentrickfilm zu verschwimmen, als sie in die Pedale trat, als ginge es um ihr Leben.

Jamie warf sich auf den beigefarbenen Sitzsack und griff sich verzweifelt an den Kopf. Er würde nie im Leben etwas zustande bringen. Und wenn er kein Kunstwerk schuf, dann war seine einzige Chance auf wahren Ruhm dahin. Eine innere Stimme sagte ihm, dass er keine zweite Chance bekommen würde. Aber er war viel zu deprimiert, um aufzustehen und sein Skizzenbuch hervorzuholen, da er glaubte, dass er doch nur wieder eine zum Scheitern verurteilte Idee auf Papier bannte.

Er war sogar zu deprimiert zum Rauchen.

Während er auf seine lackierten Bodendielen herabblickte, spürte er, wie eine tiefe Traurigkeit seinen ganzen Körper zu übermannen schien. Zumindest glänzt mein Boden, dachte er und versuchte sich damit halbherzig aufzuheitern. Er war nicht der manisch depressive Typ, daher reichte es normalerweise aus, wenn er sich selbst zur Räson rief. Doch dieses Mal schien das nicht zu funktionieren. Der Boden glänzte ihn an, teuer, schimmernd – als würde ihn das Geld, über das er stets verfügen konnte, das ihm aber nicht dabei geholfen hatte, die Dinge zu bekommen, die er wirklich wollte, verspotten. Ansehen. Respekt. Die künstlerische Bewunderung der ganzen großen weiten Welt.

Ein riesiger, deprimierender, glänzender Boden, bedeckt mit den Überresten seiner wilden, aber fruchtlosen künstlerischen Versuche, Papierfetzen und herumfliegende komische Haare. Es war eine Weile her, dass er das letzte Mal geschlafen hatte.

Komische Haare.

Komische rote Haare, komische blaue Haare, komische grüne Haare, komische blonde Haare, komische schwarze Haare.

Komische bunte Haare. Tessers Haare. Weggeworfene Haare. Hackney-Müll. Empfindliche, komplizierte, unternehmensfeindliche Tesser. Bunter, unternehmensfeindlicher Müll.

Jamie sprang wie von der Tarantel gestochen vom Sitzsack auf. Er wusste *genau*, wie sein Beitrag für diesen Wettbewerb auszusehen hatte.

11

Setz die Einzelteile zusammen. Na los, Tesser, setz die Einzelteile zusammen.

Noriko hatte gemeint, dass sie Jamie vertrauen sollte, aber wie zum Teufel konnte sie ihm jetzt noch »trauen«? Die Tätowierung des Freundes seines Stiefbruders und die des Mannes von nebenan. Ein zwiebelförmiges Kuppellogo von AMI Industries, das genauso aussah wie die Tätowierungen. Zufall? *Wohl kaum.*

Sie saß in der Küche, trank Janas Pfefferminztee und rief dann bei AMI Industries an. Erneut teilte ihr die schreckliche Fiona mit, dass Dr. Sharkey in einer Besprechung wäre. Ob sie eine weitere Nachricht hinterlassen wolle? Dr. Sharkey war in den letzten fünf Stunden in einer Besprechung gewesen. Selbst wenn es sich dabei um so eine Besprechung handelte, wie sie sie mit Tesser gehabt hatte, musste sie doch irgendwann mal eine Pause machen. Tesser beschloss, noch eine weitere Nachricht zu hinterlassen. Um 15 Uhr, nachdem sie sechs Stunden lang regelmäßig dort angerufen hatte, kam sie zu dem Schluss, dass Dr. Sharkey ihre Anrufe ignorierte. Und ihr fiel auf, dass ihr Prepaidhandy langsam keinen Saft mehr hatte. Außerdem würde Fiona sie vermutlich erwürgen, wenn sie ihr das nächste Mal unter die Augen kam.

Welche Optionen blieben ihr jetzt noch?

Da fiel ihr ein, dass sie noch immer den Schlüssel für AMI Industries hatte. Sie konnte sich in ein Labor in der Etage über Dr. Sharkeys Büro schleichen und selbst herausfinden, was bei den widerlichen Heuchlern wirklich vor sich ging. AMI Industries hatte einen Filmemacher gesucht, um die großzügige Unterstützung benachteiligter Schulkinder zu filmen, während gleichzeitig Giftabfälle in die Umgebung geschüttet wurden. Die würden ihr Fett schon wegbekommen, so viel stand fest.

Sie beschloss, sich am nächsten Abend dort einzuschleichen. Es war unwahrscheinlich, dass Dr. Sharkey den Schlüssel vorher zurückverlangen würde, insbesondere jetzt, da sie sogar Tessers Anrufe ignorierte. An diesem Abend wollte sich Tesser mit Jamie im Vortex treffen. Sie hatte vor, dabei ganz cool zu bleiben und nicht durchsickern zu lassen, dass irgendetwas nicht stimmte. Wenn sie nur daran dachte, dass sie diesem heuchlerischen Künstler so nahegekommen war. Möchtegernkünstler war wohl treffender.

Stoke Newington gehörte zu den wenigen schickeren Gegenden in Hackney und grenzte außerdem an das etwas vornehmere Islington. Der Stadtteil war sowohl für seine guten und nicht zu teuren Restaurants als auch für seinen Boheme-Flair bekannt. Im Allgemeinen bewertete Tesser Gebiete danach, wie gut man dort Kaffee trinken konnte. Es gab mehr als ein gutes Café in Stoke Newington, doch Tesser hielt sich, wenn sie Geld hatte – und manchmal auch, wenn sie keins hatte, weil man dort einen Kräutertee für nicht mal ein Pfund bekam und den ganzen Tag dort herumsitzen konnte –, am liebsten im Vortex auf. Und das nicht nur, weil es sich abends in eine verdammt gute Jazzbar verwandelte, sondern auch weil sich direkt darunter ein Laden für gebrauchte Bücher befand, in dem man sich nach Herzenslust umsehen und stöbern konnte.

Im Kaffeehaus herrschte eine dezente Beleuchtung, das

hatte sich in all den Jahren mit den vielen Konzerten so eingebürgert. Tesser war gern hier – sogar dann, wenn sie heuchlerischen Lügnern gegenübersaß.

Leichte Jazzklänge hallten durch das Café, als Jamie und sie in dem abgedunkelten Gastronomiebereich in der oberen Etage Händchen hielten. Tesser löste ihre Finger von seinen und trank einen Schluck Kaffee. Sie erinnerte sich an das letzte Mal, als sie zusammen in einem Café gesessen hatten, vor einiger Zeit in der Old Street, nachdem sie von der Geisterjagd hatte fliehen müssen. Das schien ihr auf einmal sehr lange her zu sein.

Wie konntest du mich nur so hinters Licht führen?, dachte Tesser und sah Jamie an. Er schien überhaupt kein schlechtes Gewissen zu haben. Anstatt mit eingekniffenem Schwanz zwischen den Beinen herumzuschleichen, schien er vor Aufregung fast zu platzen. Mit gesenkten Augenlidern beobachtete Tesser ihn. Er wollte sie reinlegen, das sagte ihr ihr Bauchgefühl. Sie blickte ihn weiterhin an. Es wurde Zeit, dass sie auf ihr Hirn und nicht länger auf ihre Klit hörte. Aber er sah sehr gut aus, daran bestand gar kein Zweifel.

Vielleicht sollte sie seine körperlichen Qualitäten lieber noch ein wenig ausnutzen, solange sich ihr die Gelegenheit dazu bot.

Ja.

Sie ließ ihre Hand unauffällig in seinen Schoß gleiten. Er war nicht hart, aber sobald sie über den Schritt seiner Hose strich, zeigte er eine Reaktion – als wäre ein elektrischer Funke von ihren Fingerspitzen auf seinen Schwanz übergesprungen.

»Wir können die Situation auch umkehren«, schlug Tesser vor.

»Wie meinst du das?« Der Judas. Der wunderschöne Kollaborateur. Er wirkte müde, hatte die Augen halb geschlossen und lehnte sich auf seinem Stuhl zurück, wobei er den Mund halb geöffnet hatte und sich mit der Zunge vielsagend über die herrlichen Lippen leckte. Tesser überlegte, ob sogar das kalkuliert war.

»Ich meine, dass ich mich revanchieren und *dich* heiß machen könnte, Süßer. Du erinnerst dich doch noch an die Sache im Café, oder?«

»Ich erinnere mich.« Seine Stimme klang langsam und schwer. Mann, er war wirklich gerissen. Er schien im Einklang mit sich selbst zu sein – zufrieden! –, und das setzte ihr zu. »Wie könnte ich so etwas jemals vergessen? Ich war danach eine ganze Woche am Stück hart, ich musste einfach ständig daran denken.«

»Na dann ...« Tesser verstärkte den Druck in seinem Schritt und spürte seine Antwort: Er war jetzt erigiert, auf schmerzhafte Weise. Die Musik hatte sich verändert. Die sanften Blues-Klänge passten zum Ambiente. Niemand beobachtete sie.

Mit Ausnahme des hübschen Mädchens mit dem markanten Gesicht, das ihnen gegenüber saß. Des Mädchens, das sie anstarrte. Des Mädchens, das sie auch unter dem Namen Fiona kannte.

Tesser spürte einen gewissen Thrill. Sie konnte sich gut vorstellen, was Fiona gerade dachte: was für eine billige kleine Schlampe Tesser war, dass sie solche Dinge in aller Öffentlichkeit machte, widerlich! Was sie anging, hatte Tesser nie auch nur in Erwägung gezogen, dass Fiona so etwas wie ein Sozialleben haben und tatsächlich derart normale Orte wie Restaurants oder Cafés besuchen könnte. Und es turnte sie auf gewisse Weise an, dass sie jetzt endlich die perfekte Gelegenheit hatte, Fiona *so richtig* auf die Nerven zu gehen. Ha, ha, das war *suuuuuuuper*. Die Tatsache, dass es ihr völlig egal war, was Fiona von ihrem Verhalten hielt, machte alles nur noch perfekter. Fiona saß dort mit ihrer Verabredung – auch wenn es sich bei ihrem Begleiter vermutlich nur um ihren Bruder oder einen Cousin handelte. Und Tesser spielte direkt vor den Augen der hochnäsigen Zicke an Jamie herum. Erneut drückte sie Jamies Schwanz, er fühlte sich durch den Stoff fest und steif an. Sie wartete darauf, dass Fiona eine Bemerkung zu ihrem Begleiter machte, doch zu Tessers Überraschung tat sie das nicht.

Dann sah Tesser Fiona direkt in die Augen und öffnete Jamies Hose. Sie steckte ihm die Hand in die Unterhose, damit sie seinen harten, warmen, erigierten Penis spüren konnte. Seine Haut war seidig, das Fleisch darunter steinhart. Mental forderte sie Fiona heraus, einen Ton zu sagen, während sie die Rezeptionistin aus der Hölle keinen Moment aus den Augen ließ. Doch Fionas einzige Reaktion bestand darin, dass ihr Patriziergesicht noch ein bisschen blasser wurde, und dann trank sie noch einen Schluck Kaffee.

»Geht es dir gut, Liebes?«, erkundigte sich Fionas Begleiter. Seine Stimme kam Tesser bekannt vor, aber er saß mit dem Rücken zu ihr. Großer Gott! Es war ja doch eine richtige Verabredung. Da konnte man ja direkt an Wunder glauben!

»Es ist alles in bester Ordnung, danke der Nachfrage«, versicherte Fiona ihrem Tischnachbarn und hustete höflich in ihre Serviette. Es war nur zu offensichtlich, dass sie genau hinsah und gespannt war, was als Nächstes geschehen würde. Es kaum erwarten konnte.

Also beschloss Tesser, ihr eine Show zu bieten. Sie begann, Jamie direkt vor den sorgfältig geschminkten Augen der Rezeptionistin ihres Arbeitgebers einen runterzuholen. Dabei spürte sie, dass sie selbst auch ganz klebrig und feucht wurde und ihre Klit zu kribbeln begann. Ah ja. Jamie geriet jetzt auch langsam in Fahrt. Trotz der Täuschung wartete Spaß auf sie.

»Lass deine Hüften ein wenig nach unten sinken«, flüsterte Tesser Jamie zu, und er kam der Bitte nach.

»Sieht jemand zu?«

Sie konnte das gesamte Restaurant überblicken. Eine gehetzt aussehende Kellnerin eilte auf sie zu und wandte sich dann ab. Peinlich berührt, erregt oder auch beides. Das war schwer zu sagen. Sie drehte sich noch einmal um, wie um sich zu vergewissern, dass sie auch wirklich das gesehen hatte, was sie zu sehen glaubte, sagte aber keinen Ton. Im Geiste dankte Tesser ihr. »Nein«, log sie. Das geschah ihm nach seinen eigenen Ausflüchten ganz recht.

Dank des neuen Blickwinkels konnte Fiona die ganze Sache jetzt ungehindert beobachten, und Tesser sorgte dafür, dass sie auch was zu sehen bekam. Sie ließ Jamies Unterhose noch ein wenig weiter heruntergleiten und begann dann wie beiläufig, mit der Hand immer wieder über seinen gesamten Penis zu streichen. Fiona musste seinen erigierten Schwanz und auch seine Schamhaare sehen können. Tesser streichelte ihn ganz ruhig und sanft. Sie machte es ihm sehr gern mit der Hand. Oh ja. Sie liebkoste ihn, bis sein Atem schneller ging, und dann ließ sie – natürlich völlig unabsichtlich – einen Löffel fallen, um auf die Knie zu gehen und seinen Schwanz einige Sekunden lang in den Mund zu nehmen, der danach von Lippenstiftspuren gezeichnet war. Als sie den unschuldigen Löffel aufgehoben hatte, setzte sie sich wieder auf ihren Stuhl und blickte zu Fiona hinüber, da sie deren Reaktion interessierte. Die Rezeptionistin sah beeindruckt aus. Beeindruckt und nervös.

»Dein Mund hat sich gut angefühlt«, flüsterte Jamie Tesser zu, dessen Wonne deutlich auf seinem Gesicht abzulesen war. Fiona hingegen zappelte unbehaglich auf ihrem Stuhl hin und her. Er war sehr hart und drückte Tessers Hand einen Moment lang erneut in seinen Schoß. Dann stöhnte er. Einige andere Gäste drehten sich kurz um, konnten von ihrer Position allerdings nichts erkennen. Nur Fiona und die Kellnerin, die ebenfalls genau zusah, wussten Bescheid. Unter Aufwendung größter Selbstbeherrschung zog sich Jamie die Unterhose und die Hose wieder hoch, stand von seinem Stuhl auf und ging, nicht zu schnell, aber auch nicht zu langsam, zur Toilette. Ihr Höschen wurde noch feuchter, als sie daran dachte, dass er die Sache dort zu Ende brachte und sich einen runterholte, während Fiona, die Kellnerin und sie genau wussten, was er da gerade tat. Tesser stellte sich vor, wie seine Hand immer wieder über seinen steifen dunklen Schwanz glitt, bis er mit einem unterdrückten Stöhnen kam, sich in ein Blatt Toilettenpapier ergoss und endlich Erlösung fand. Sie rutschte auf ihrem Stuhl hin und her. Vielleicht sollte sie ebenfalls mal schnell die Toilette aufsuchen.

Sie fragte sich, ob Fiona gerade dasselbe dachte, denn in diesem Moment sah sie ziemlich erhitzt und aufgelöst aus. Es waren doch immer die spröden kleinen Mädchen, die es am dringendsten wollten. Tesser setzte sich sittsam hin und zwinkerte Fiona zu, während sie spöttisch die Hände im Schoß faltete wie die kleine Dame, zu der ihre italienische Großmutter sie immer hatte erziehen wollen.

Sie war sich nicht *wirklich* sicher, aber einen kurzen Augenblick glaubte sie, ein Lächeln auf Fionas Gesicht aufblitzen zu sehen. Doch dann ging alles viel zu schnell, als dass sich Tesser sicher sein konnte, denn Fiona und ihre offenkundige Verabredung zogen ihre Mäntel an und gingen hinaus. Tesser senkte den Blick, aber Fiona sah nicht einmal zu ihr herüber, als sie an ihrem Tisch vorbeiging. Doch Tesser bemerkte, dass die Rezeptionistin zehn Pfund Trinkgeld auf dem Tisch zurückgelassen hatte.

Momentan war die Aufmerksamkeit der Kellnerin nicht auf diesen Bereich des Restaurants gerichtet. Tesser überlegte, ob sie den Geldschein einfach einstecken sollte. Dann sah sie jedoch das arme, abgehetzte Mädchen an, das am Tresen hantierte, und lächelte: Das war doch ein hübsches Schweigegeld für eine sehr diskrete Kellnerin, ein kleines Bestechungsgeld dafür, dass sie die Show nicht unterbunden hatte, die Show, die Tesser und ihr – Freund? Liebhaber? Sexpartner? Persönlicher Verräter? – hier gerade geboten hatten.

Nachdem Fiona gegangen war und sich die zufriedene Kellnerin das Trinkgeld eingesteckt hatte, fühlte sich Tesser ermattet. Danach wurde sie wütend. Und noch wütender. Sie würde dafür sorgen, dass er die Karten auf den Tisch legte. Die Zeit war gekommen.

Jetzt ging er auf sie zu. Er sah sie an, und sein Gesichtsausdruck wirkte schuldbewusst – oh nein. Oh nein, Jamie. Wie konntest du nur? Sie spürte, wie der Schmerz des Verrats durch ihren Körper wogte.

»Tesser, hör mir zu. Ich will nicht, dass du wütend wirst, aber ich muss dir etwas gestehen. Ich habe mir geschworen, dass ich es dir heute sagen werde.«

Bitte nicht. Und warum zum Teufel grinste er so?

Sie hatte sich geschworen, dass sie einen kühlen Kopf bewahren würde. Aber sie wusste, dass sie sich gerade nicht besonders cool verhielt, da sie sauer war, doch das ließ sich nicht ändern. Sie würde auf der Stelle gehen müssen, damit sie nicht vor lauter Zorn losplapperte und ihm enthüllte, dass sie von seiner Beteiligung an dieser ganzen Giftentsorgungs-, Tätowierungs- und versuchten Fahrerfluchtverschwörung wusste.

Sie würde gehen.

Sie stand auf, die Tränen schossen ihr in die Augen, und sie griff blind nach ihrem Rucksack.

»Was ist los, Tesser?« Wenigstens lächelte er nicht mehr,

das dumme Grinsen schien ihm aus dem Gesicht gewischt worden zu sein. »Hast du es schon gewusst?«

Zeig ihm nicht, dass du weißt, dass er darin verwickelt ist. Genau das versucht er doch gerade herauszufinden: wie viel du weißt. Halt einfach den Mund und sieh zu, dass du von hier verschwindest.

»Tesser, bitte hör mich an und versuch, mich zu verstehen ...«

»Ich habe dir bereits lange genug zugehört. Eigentlich denke ich, dass ich auch mehr als genug mit dir zu tun gehabt habe.« Sie hob die rosafarbene Rechnung auf und überlegte tatsächlich einen Augenblick lang, ob sie das Essen bezahlen sollte, als eine Art großer Abschiedsgeste. Doch dann überlegte sie es sich anders und reichte sie Jamie. »Hier, bitte sehr, du reicher Junge. Betrachte das als deine Kündigung. Diese Beziehung, so es denn eine war, ist hiermit offiziell beendet.«

Sie schnappte sich ihren Rucksack und ging hinaus.

»Tesser!«

Sie versuchte, den Klang von Jamies Stimme im Restaurant zu ignorieren, der weiterhin traurig ihren Namen rief.

Sie ging die Treppe hinunter und durch den Gang, der mit zahlreichen Werbepostern für Konzerte und Ausstellungen gepflastert war. Einer der Flyer erregte aufgrund seiner großen roten Buchstaben ihre Aufmerksamkeit:

UNDERSTATED – ZEIGT DAS WERK VON JAMIE DESMOND.

Ohne stehen zu bleiben, riss sie ihn von der Wand und eilte zur Tür.

Als sie die Church Street hinunterging, gestattete sie es sich, einmal tief Luft zu holen und sich das Stück Papier anzusehen, das sie in ihrer Hand zusammengeknüllt hatte. Die Galerie lag in Hoxton. Und es war der größte, verlogenste, aufgeblasenste Wettbewerb des Jahres. Sogar sie hatte schon davon gehört. Dann verengten sich ihre Augen, als sie das Kleingedruckte unter seinem Namen las: DESMOND UNTERSUCHT DIE MÜLLKULTUR, DIE UMWELTVERSCHMUTZUNG UND DIE WELT DER KAPITALISTEN.

Der hatte ja Nerven! Sie *wusste*, dass er mit dieser ganzen Umweltverschmutzungsgeschichte zu tun hatte. Sie *wusste* es einfach. Zum Teufel mit dieser ganzen modernen anmaßenden Kunstscheiße. Vor Wut zitterte sie am ganzen Körper. Erneut überprüfte sie die Adresse. Hoxton, East London, mal wieder.

Sie war drauf und dran, dorthinzufahren und ihn vor den Galeristen als umweltverschmutzende Gifte verstreuenden Heuchler bloßzustellen, obwohl sie das nicht wirklich beweisen konnte. Als sie in die Stoke Newington High Street einbog, stellte sie fest, dass ihr Herz wie wild klopfte.

Vielleicht sollte sie genau das tun.

Sie stieg in den 149er Bus.

Die Frühlingsrollen waren bunt, in jeder Farbe des Regenbogens koloriert, und sie lagen auf dem Boden der Galerie verstreut herum. Der Frühlingsrollenteig war offensichtlich mit Lebensmittelfarbe gefärbt worden – wo immer man hinblickte, befand sich ein riesiger Haufen aus grünen, blauen, violettfarbenen, grauen, purpurroten oder pinkfarbenen Rollen.

»Verdammt.« Tesser starrte wie betäubt auf die Begleithinweise, die auf konservative und ungünstige Weise an der Seite des Schauraums platziert worden waren, damit sie die künstlerische Integrität des Werkes nicht zu sehr beeinflussten. Es bestand kein Zweifel. Vor Schreck wie erstarrt begann sie, die Hinweise zu lesen. Die Frühlingsrollen repräsentierten laut der Erklärung die Verwandlung der westlichen Kultur, den schnellen und einfachen Junk-Food-Ansatz des Kapitalismus. Jedes diamantförmige Teigpäckchen enthielt tatsächlich echten Müll, der von den in Hackney verstreuten Müllhaufen aufgesammelt worden war. Diese seien, so fuhr der Begleittext fort, ferner ein Hinweis auf die »Wegwerfkultur« und sowohl den menschlichen Instinkt, die Umwelt zu verschmutzen, als auch den Müll, der von den kapitalistischen Kräften angehäuft und an die Massen verkauft werde.

Sie konnte es einfach nicht glauben.

Und natürlich war er als Bester prämiert worden. Was für ein Verräter. Er hatte sogar ihre Ideale mit Füßen getreten. Sie war nicht die Einzige, die von ihm hinters Licht geführt worden war.

»Tesser!«

Und da war er, wie aufs Stichwort. Sie wandte sich von ihm ab und hatte das Gefühl, keine Energie mehr zu haben. Sie war in die Galerie gekommen, um ihn vor den kulturellen Massen bloßzustellen, doch jetzt wollte sie einfach nur nichts mehr mit ihm zu tun haben.

Jamie holte sie ein. »Tesser! Hast du nicht gehört, dass ich dich in der Church Street gerufen habe? Ich sah, wie du mit dem Flyer in der Hand in den Bus eingestiegen bist, und ich dachte mir schon, dass du hier auftauchen würdest. Ich musste eine Ewigkeit auf ein Taxi warten. Das ist es, worüber ich mit dir reden wollte!« Er bettelte sie an. »Komm mit mir an die Bar, dann können wir über alles reden. Mir ist klar, dass du jetzt sauer bist, aber das ist doch keine *so* große Sache. Ich gebe zu, dass ich mich verkaufe – aber ich bin ein guter Kauf.«

Sprachlos starrte sie ihn an. Wie durch einen Nebel ließ sie zu, dass er sie in den Barbereich führte.

»Ich muss dir danken«, fuhr Jamie fort, nachdem er für sie einen Baileys und für sich selbst ein Bier bestellt hatte. »Du bist diejenige, die mir erst die Idee eingegeben hat. Die Art und Weise, wie du dich über die Kommerzialisierung und Wegwerfgesellschaft ausgelassen hast. Die Frühlingsrollen, die du neulich zubereitet hast. Deine Haarfarbe war meine letzte Inspiration – ich fand, das sei der zusätzliche farbenfrohe Touch, der die ganze Präsentation sehr viel ansprechender machen würde. Vielen Dank.«

»Bitte sag mir, dass das ein Witz ist«, erwiderte Tesser. »Komm schon, Jamie – sag mir, dass du mich auf den Arm nimmst.«

»Würde ich über meine Kunst Witze machen, Tesser? Ich dachte eigentlich, dass es dir gefallen würde. Tatsächlich ist es eine Art Hommage. Ich war davon ausgegangen, dass die Botschaft ganz in deinem Sinn ist.«

Sie wusste nicht, was sie sagen sollte. Um Zeit zum Nachdenken zu gewinnen, kippte sie den kompletten Baileys auf einmal hinunter. »Ich kann nicht fassen, dass du mich so völlig verrätst«, stieß sie endlich hervor. »Fahr zur Hölle, Jamie Desmond.«

»Augenblick mal.« Jamie bewegte sich schnell auf sie zu, zu schnell. »Nur eine Sekunde. Das Einzige, womit ich dich hintergangen habe, ist die Kunst. Das war die einzige Täuschung. Bei allem anderen bin ich auf deiner Seite, das musst du mir glauben.«

»Und du erwartest, dass ich dir das abkaufe?«

»Ja, das tue ich.« Sie sah ihn an. Er war so wunderbar. Sie wollte ihm glauben. Aber das bedeutete, dass sie nur wieder verletzt würde. Und sie konnte ihn nicht wissen lassen, dass sie Bescheid wusste.

»Tut mir leid, Kumpel«, sagte sie und ließ ihn zum zweiten Mal an diesem Abend alleine zurück, um die Rechnung zu bezahlen.

Doch dieses Mal rief er ihr nicht hinterher.

Es war stockdunkel. Sie radelte zur Fabrik und war sich die ganze Zeit bewusst, dass es nicht gerade vernünftig war, als junge Frau nach Einbruch der Dunkelheit alleine in Hackney unterwegs zu sein. Zu Fuß hätte sie sich besser zur Wehr setzen können, aber so brauchte es nur eine Gang, die ebenfalls auf Fahrrädern unterwegs war, oder einen Fußgänger mit einer Waffe, und dann würde es heißen: Bye, bye, Tesser ist Geschichte. Selbst ihre Schwäne hielten in dieser Nacht nicht Wache, wie sie es getan hatten, als sie mit Jamie den Spaziergang am Kanal entlang gemacht hatte – das Wasser lag unheimlich ruhig da, und der träge dahinfließende Strom wurde an keiner Stelle von sich bewegenden Vögeln gekräuselt. Sie zitterte auf ihrem Fahrrad, und jetzt fing es auch noch an zu regnen. Auf gewisse Weise war das gut – sie war immer der Meinung gewesen, dass Regen potenziellen Mördern und Vergewaltigern die Lust verdarb, ebenso wie sie von heißen Sommertagen ermutigt wurden, auch wenn es für ihre Theorie keine Beweise gab. Doch sie dankte Gott für den schützenden Regen in dieser typischen Londoner Julinacht. Und es war zudem der letzte Tag des Monats, oder etwa nicht? Am nächsten Tag würde der Spätsommer anbrechen.

Kurz bevor sie AMI Industries erreichte, griff sie sich mit einer Hand an die Hosentasche, um durch den Stoff den Schlüssel zu ertasten, als wäre er ein Amulett. Ihre Hand fühlte sich klamm an. Der Mond war hinter den Wolken hervorgekommen.

In der Nähe des Gebäudes war niemand zu sehen, es gab auch kein Licht und keine Geräusche. Das Herz sank ihr in die Hose, denn jetzt wusste sie, dass sie ihren Plan durchziehen würde. Das alte viktorianische Gebäude stand abgelegen wie ein Spukhaus aus einem Horrorfilm da, und sie verspürte eine entsprechende Beklommenheit, als sie ihr Fahrrad leise und unauffällig hinter das Haus schob, um es dort gut in den

Büschen zu verstecken. Jetzt fühlte sie sich noch nackter. Jeder konnte sehen, wie sie im Mondlicht über den Parkplatz ging – jeder, der sie vom Kanal, von den Hackney-Marschen jenseits des Wassers, aus den dunklen Büschen oder aus dem Gebäude selbst beobachtete.

Es wäre unsinnig gewesen, ihr Fahrrad abzuschließen. Dabei würde sie zu viel Lärm verursachen und die Aufmerksamkeit auf sich ziehen, falls sich in der Nähe doch noch andere Menschen aufhielten, und falls sie jemand sah, war es ohnehin zu spät. So hatte sie zumindest noch die Chance zu entkommen.

Sie hielt sich dicht am Gebäude, als sie sich dem Hintereingang näherte, und umging den großen Parkplatz, so gut es ging.

Der Schlüssel fühlte sich in ihrer Hand ganz heiß an und war jetzt durch ihren Schweiß auch noch glitschig. Sie hatte ihn noch nie benutzt, weil die Tür tagsüber stets unverschlossen gewesen war. Was war, wenn das der falsche Schlüssel war und sie hier draußen am Kanal völlig umsonst ihr Leben aufs Spiel setzte? Wieder einmal. Und dieses Mal war sie ganz allein, selbst der verräterische Jamie war nun nicht bei ihr.

Ihre Hand zitterte, und sie steckte den Schlüssel ins Schloss. Er passte.

Die Tür vibrierte, als sie sich automatisch hinter ihr schloss, und Tesser erschauderte bei dem Geräusch. Sie wartete eine ihr endlos erscheinende halbe Minute, doch im ganzen Gebäude war nichts zu hören. Also begann sie, leise die Treppe hinaufzugehen. Bis hinauf zum dritten Stock: Dr. Sharkeys Büro. Jetzt rauf zum vierten Stock, auf dem sich das Labor befand und den sie bisher noch nie betreten hatte.

Vorsichtig betrat sie das abgedunkelte Labor. Vor sich sah sie eine Vielzahl verschiedener beschrifteter Gläser und

Kanister sowie einen Glaskäfig mit mehreren träge aussehenden Mäusen. Igitt. Abgesehen von ihnen und der Tatsache, dass dort ein riesiger Tisch stand, der wie der eines forensischen Wissenschaftlers aussah, wirkte der Raum nicht wie das Labor, mit dem sie gerechnet hatte. Sie erinnerte sich an ihre Enttäuschung, die sie an ihrem ersten Tag bei AMI Industries verspürt hatte. In ihrer Fantasie hatte sie sich einen Ort voller blubbernder blauer Flüssigkeiten und seltsamer mechanischer Apparaturen vorgestellt, was vermutlich daher kam, dass sie in ihrem Leben schon viel zu viele Science-Fiction-Filme gesehen hatte. Doch hier roch es seltsam, und Tesser erkannte den Geruch, bei dem ihr immer schummrig wurde, wieder: Es war der Geruch, den sie bereits unten im Empfangsbereich gerochen hatte. Fiona schien er überhaupt nicht zu stören, aber andererseits war Fiona ja auch kein Mensch.

An der gegenüberliegenden Wand stand ein Schreibtisch. Tesser schnüffelte, ob es hier nach Gas roch, was sie verneinen konnte, und dann zündete sie ihr Feuerzeug an und ging auf den ordentlich aufgeräumten Schreibtisch zu. Er gehörte jemandem, der offensichtlich eine recht zwanghafte Natur besaß, wenn es um Ordnung ging. Zuerst dachte sie an Dr. Sharkey, aber da war sie sich nicht sicher. Sie begann, sich rasch den Inhalt der Schubladen anzusehen, in der Hoffnung darauf, etwas zu finden, was sich als Beweis für die Giftmüllentsorgung eignen würde. Nun wünschte sie sich, sie hätte Kitty mal in einem ruhigen Moment beiseitegenommen und sie danach gefragt, was genau sich vor Gericht als Beweis eignete. Außerdem hätte sie auch jemandem erzählen sollen, wo sie sich in dieser Nacht aufhielt, doch im Nachhinein war man ja immer schlauer. Niemand wusste, dass sie hier war. Keine Menschenseele.

Dann wurde ihr Blick von einem Poster angezogen, das

über dem Schreibtisch an der Wand hing. FIRMENPARTY stand darauf. DER JUNIBALL FÜR AMI-MITARBEITER UND DEREN FAMILIEN. GRATISBALLONS. GRATIS SILBERSCHMUCK. GRATISGETRÄNKE. GRATIS IN DIE ZUKUNFT SEHEN. KÜNSTLICHE GRATISTÄTOWIERUNGEN. GRATIS, GRATIS, GRATIS. DER GESCHÄFTSFÜHRER RICHARD DESMOND WIRD ANWESEND SEIN UND SICH UNTER DAS VOLK MISCHEN – DAS KÖNNTE DER RICHTIGE ZEITPUNKT SEIN, UM IHN UM EINE GEHALTSERHÖHUNG ZU BITTEN!

Künstliche Gratistätowierungen? Augenblick mal! Richard Desmond? Das musste Jamies Vater sein. Ihm *gehörte* AMI Industries? Sofort fiel ihr das Logo auf Erics Oberarm und das auf dem Arm des Glatzköpfigen, der für kurze Zeit ihr Nachbar gewesen war, wieder ein. Künstliche Tätowierungen? Nicht permanente Tätowierungen? Das konnte durchaus möglich sein – schließlich arbeiteten bei AMI Industries vermutlich viele Menschen, die hier in der Gegend wohnten. Der Glatzköpfige und die Frau hatten ausgesehen wie ein Paar, das sich von einer durchgefickten Nacht erholte. Vielleicht hatten sie ja eine wilde Nacht hinter sich gehabt, wie man sie von Firmenweihnachtsfeiern kannte, und den Spaß am nächsten Tag einfach fortgesetzt. Eric war der Freund von Jamies Stiefbruder. Angenommen Jamies Familie war nicht schwulenfeindlich – und es gab keinen Grund, davon auszugehen –, dann wäre er vermutlich auch zu der Party eingeladen gewesen. O Gott. Jetzt ergab alles langsam einen Sinn. Kein Wunder, dass Eric hinter ihr und ihrer Super-8-Kamera hergewesen war – das war keine homosexuelle Panik. Er hatte eine Affäre und hatte aufgrund seiner Untreue Angst bekommen! Großer verdammter Gott. Scheiße! Was war sie doch nur für ein Idiot gewesen.

Aber da war immer noch die Giftmüllentsorgung! Jamie

war noch nicht vom Haken. Noch nicht. Seinem Vater schien dieser Schuppen momentan zu gehören, oder er war zumindest dessen Geschäftsführer.

Plötzlich hörte Tesser in der Ferne ein Geräusch – es schien zwar nicht sehr nahe zu sein, jagte ihr aber dennoch eine Heidenangst ein. Sie musste sich beeilen und etwas über AMI Industries herausfinden, solange sie noch die Gelegenheit dazu hatte. Also suchte sie in dem Papierstapel herum, und dann entdeckte sie es. Sie las, so schnell sie konnte, und hielt dabei weiterhin das Feuerzeug hoch. Letzten Endes hatte sie doch recht gehabt: AMI Industries verschmutzte die Umwelt. Und Dr. Sharkey wusste Bescheid. Angewidert und voller Angst überflog Tesser den Text. Sie stellten Chloroform her, aus diesem Grund war ihr auch immer schwindlig, wenn sie sich in dem Gebäude aufhielt. Diese wilde Form der Müllentsorgung praktizierten sie bereits seit über drei Jahren, unter der direkten Aufsicht von Dr. Sharkey. Und, siehe da: In den Schubladen war noch mehr, sehr viel mehr – es sah aus wie ein Stapel Videos, eine Super-8-Filmrolle und …

Ein Lichtstrahl traf Tessers Augen, und sie erstarrte.

»Ich würde diese Papiere sofort wieder hinlegen, wenn ich an deiner Stelle wäre.« Die männliche Stimme kam ihr bekannt vor, aber da sie von der Taschenlampe geblendet wurde, konnte sie den Mann nicht erkennen.

Dann machte es Klick. Kevin. Vom Geyser-Filmfestival. Und seine Stimme. Sie hatte sie vor Kurzem erst gehört – in dem Café, bei Fiona! Warum, oh, warum vergaß sie ihre Sexpartner nur so schnell wieder? In dieser Hinsicht war sie schlimmer als der übelste Schürzenjäger. Doch jetzt ratterte es in ihrem Kopf: Genau, die Mutter des jungen Kevin war eine Freundin von Dr. Sharkey. Angesichts des Laborkittels, den Kevin trug, schien er ebenfalls hier zu arbeiten.

»Kevin.« Tesser ließ ihre Stimme so sanft und verführerisch klingen, wie sie nur konnte, da ihr irgendwo tief in ihrem Inneren bewusst war, dass Kevin auf sie stand. Vergiss das nicht, sagte sie sich. Nutz das aus.

»Was hast du hier zu suchen?« Kevins Stimme zitterte. Er konnte jede Sekunde einknicken. Wenn Tesser ihn denn irgendwie ablenken konnte.

»Komm her, Kevin. Ich habe nur etwas überprüft, worum mich Dr. Sharkey gebeten hat. Warum kommst du nicht etwas näher?« Mit großer Mühe gelang es ihr, ihre Stimme ruhig zu halten.

»Nein, du überprüfst hier nichts. Das sehe ich. Du wühlst in ihren Sachen herum.«

»Tja, wenn du davon überzeugt bist, Kevin, warum kommst du dann nicht her und nimmst mich in Gewahrsam?« Tesser drückte den Rücken durch und ihre Brüste nach vorn, da ihr eine Million verschiedener sexueller Klischees durch den Kopf schossen. Das Problem war nur, dass sich Kevin ebenfalls durch und durch klischeehaft verhielt.

»Hör auf damit, meinen Namen zu sagen! Lass das!«

»Warum denn, Kevin? Mache ich dich nervös?«

Sie steckte sich einen Finger in den Mund und saugte daran, wobei sie hoffte, dass sich keine Chemikalien in der Luft befanden. Natürlich taten sie das. Daher hoffte sie stattdessen, dass sie diese nicht auf der Stelle umbrachten.

Kevin starrte sie an. Er senkte die Taschenlampe, sodass sie ihr nicht länger in die Augen leuchtete. Seine vielen Sommersprossen wurden nun in seinem blassen, nervösen Gesicht vom Mondlicht erhellt. Sie war schon kurz davor, aufzugeben und wegzurennen, als sie ihn mit leiser, beschämter Stimme sagten hörte: »Ja, du machst mich wirklich nervös.« Ein Fortschritt!

»Warum legst du dann nicht die Taschenlampe weg, kommst rüber zu mir und wir reden darüber?«

»Ich ... Ich weiß nicht, ob ich das tun sollte.«

Er versuchte noch immer, sich gegen sie zu wehren, das kleine Lämmchen.

»Kevin.« Sie ließ ihre Stimme jetzt streng klingen. »Komm sofort zu mir.«

Das funktionierte tatsächlich, wie sie es von jemandem, der für eine Zuchtmeisterin wie Dr. Sharkey arbeitete, auch erwartet hatte.

Er stand vor ihr und schämte sich zu sehr, als dass er sie ansehen konnte.

»Ist das die richtige Art, eine Dame zu behandeln, Kevin?« Tesser neigte seinen Kopf, sodass er gezwungen war, ihr direkt in die Augen zu sehen. »Hat Dr. Sharkey dich gebeten, herzukommen und dafür zu sorgen, dass niemand heute Nacht ihre Papiere durchgehen kann?«

Er ließ den Kopf hängen und antwortete nicht.

»Kevin. Rede mit mir.«

»Ja. Sie hat mir in den letzten beiden Wochen zwanzig Mäuse pro Nacht bezahlt, damit ich herkomme und dafür sorge, dass hier niemand herumschnüffelt. Ich glaube, irgendetwas macht sie sehr nervös. Und jetzt hat es ganz den Anschein, dass sie auch guten Grund dazu hat«, fügte er hinzu und schien einen Teil seines Selbstbewusstseins wiedergefunden zu haben.

»Und was sollst du ihrer Meinung nach tun, wenn du jemanden erwischst?«

»Sie hat mir gesagt, dass ich auf keinen Fall die Polizei rufen soll. Ich soll sie direkt auf ihrem Handy anrufen, dann würde sie sich persönlich darum kümmern.«

»Ach ja? Was hat sie noch gesagt?«

Aber Kevin sah sie mit einem dickköpfigen, verängstigten Blick an, als ob ihm langsam zu dämmern schien, dass er ihr bereits viel zu viel erzählt hatte. Auf einmal befreite er sich aus Tessers Griff und trat hastig einige Schritte beiseite. Er holte sein Handy hervor und hielt es in die Luft. »Das ist mein voller Ernst. Ich werde sie jetzt anrufen, nur dass du es weißt. Ich habe ihre Nummer schon gewählt, siehst du, und mein Finger liegt bereits auf der Wahltaste.« Ihr kam es so vor, als würde er sie auf die Probe stellen.

»Gib mir das Telefon, Kevin.« Tesser machte einen Schritt auf ihn zu und gab sich Mühe, ihm im Licht der Taschenlampe, mit der er herumwedelte, stets in die Augen zu sehen. »Ich denke, wir werden weitaus mehr Spaß haben, wenn du mir einfach das Telefon gibst.«

»Ich warne dich ...« In seinen Augen war seine Angst zu erkennen. Er war kurz davor, in Panik auszubrechen. Tesser wusste, dass sie ihn innerhalb weniger Minuten unter Kontrolle haben konnte, doch ihr war nicht klar, ob sie diese Minuten auch bekommen würde. Großer Gott! Sie sah zu, wie sein Daumen – fast in Zeitlupe – langsam die Taste herabdrückte. Da hatte sie ihn auch schon erreicht und schlug gegen seine Hand, aber das Telefon wählte bereits, heilige Scheiße – und sie packte das Handy in dem Moment, in dem sich Dr. Sharkey meldete.

»Hallo?«

Beruhige dich, sagte sich Tesser. Sei ganz ruhig. Kevin hielt aus irgendeinem Grund, der sich ihr nicht erschloss, den Mund. Er schien wie erstarrt bei dem Gedanken, dass jemand eine Botschaft abfangen konnte, die nur für die Ohren der Doktorin bestimmt war. »Hi, Dr. Sharkey. Hier ist Tesser.«

»Ms. Roget? Wissen Sie, wie spät es ist?«

»Das tue ich, Dr. Sharkey. Es tut mir leid.« Sie versuchte, ihre Stimme tief und schlüpfrig klingen zu lassen, verdammt! Kevin sah aus, als ob er gleich losschreien würde. Sie musste etwas unternehmen. »Ich musste einfach Ihre Stimme hören, Dr. Sharkey«, murmelte sie in das Handy.

Dr. Sharkey klang verärgert. »Das ist ja gut und schön, Ms. Roget, aber momentan wohl kaum angebracht.«

Tesser musste Kevin ablenken. Da kam ihr eine Eingebung, und sie begann, ihre Bluse aufzuknöpfen. Zu ihrem Glück schien ihn das zu fesseln. Ein Knopf. Dann der nächste.

»Aber ich hatte noch nicht die Gelegenheit, Ihnen persönlich für die, die, äh ... die Leda-Sache zu danken. Und ich habe gestern den ganzen Tag versucht, Sie zu erreichen, da ich mich gern mit Ihnen treffen möchte.« Das war eine verdammt gute Idee! Fiona musste der Doktorin erzählt haben, dass Tesser sehr oft angerufen hatte. Sie beugte sich vor, sodass Kevin direkt in ihren Ausschnitt sehen konnte.

»Oh, stimmt.« Dr. Sharkey schien ein wenig besänftigt zu sein. »Es tut mir leid, dass ich nicht dazu gekommen bin, Sie zurückzurufen. Allerdings dachte ich, dass es dabei um etwas anderes geht. Doch das ist wirklich nicht der richtige Zeitpunkt, um so etwas zu besprechen, möchte ich noch einmal anmerken.«

Tesser strich über ihren BH und zog dann die fuchsiafarbene Unterwäsche ein wenig herunter, damit Kevin ein Stück ihrer Brustwarze sehen konnte.

»Soll ich Sie denn nicht noch einmal lecken?« Tesser starrte Kevin an, als sie das sagte, hielt das Handy aber weiterhin an ihr Ohr.

»Wie bitte?«, erwiderte Dr. Sharkey am anderen Ende der Leitung.

Kevins Schwanz war hart, das konnte Tesser deutlich erkennen. Er war verdammt hart.

»Ich fragte, ob ich Sie nicht noch einmal lecken soll – Ihren Saft schmecken, Sie mit meiner Zunge liebkosen soll ...« Tesser streckte den Arm aus und zog Kevin an einer Gürtelschlaufe näher zu sich heran, dann rammte sie die Hand in seine Hose und packte seinen steifen Schwanz. »... meine

Muschi in Ihr Gesicht drücken und dorthin und her bewegen soll, damit Sie mich gut riechen können, all meinen heißen Saft riechen, merken, wie mein Schamhaar voller Duft und Saft ist, nur Millimeter von Ihrem Gesicht entfernt ... So wie Sie es bei mir gemacht haben?«

»Hmm. Das ist interessant, Ms. Roget. Warum reden Sie nicht weiter?«

»Dann würde ich, äh, meine Hand zu Hilfe nehmen ...«, Tesser zog an Kevins Schwanz, zuerst langsam und dann immer schneller, »... und Sie anfangs sehr sanft und langsam berühren.« Sie zog die Hand heraus, und sofort begann Kevin, mit seiner eigenen Hand weiterzumachen. »Und dann, Dr. Sharkey, dann würde ich Ihnen sagen, dass Sie mit sich selbst spielen sollen.« Kevin begann, so schnell und kraftvoll zu masturbieren, wie es nur sehr junge Männer taten, und Tesser merkte, dass ihre eigene Hand langsam in Richtung ihres Schoßes wanderte. Nein!, sagte sie sich. Das ist nicht der richtige Zeitpunkt dafür!

Doch sie öffnete ihre Hose und rieb mit der Hand über ihr Schamhaar, auf der Suche nach ihrer Klit. Oh, das fühlte sich so gut an. Sie war ganz feucht und erregt davon, Dr. Sharkeys Stimme zu hören und Kevin beim Masturbieren zuzusehen. Jetzt brauchte sie selbst auch ein wenig Befriedigung.

»Oh ja, genau das werde ich tun«, stöhnte Tesser abgelenkt ins Telefon und verlor den Anschluss. Sie rieb ihre Klit immer heftiger und schneller und sah Kevin dabei direkt in die Augen. Ihre Finger waren nass. Ihre Muschi pochte aufgrund der schnellen, stetigen Reibung. Das fühlte sich so gut an. Das fühlte sich unglaublich, wahnsinnig gut an. Sie wollte nicht aufhören. Gleichzeitig war es ihr unglaublich peinlich, dass sie masturbierte, während Dr. Sharkey am Telefon zuhörte, aber sie musste einfach an sich herumspielen, und jetzt machte es ohnehin keinen Sinn mehr, das Telefongespräch noch in andere Bahnen zu lenken.

Oh! Sie dachte an Dr. Sharkeys spitze, feste Brüste unter dem engen Rollkragenpullover, und eine kleine Welle schmutzigen Vergnügens schwappte über sie hinweg. Oh! Als sie sah, dass sich Kevin nicht mehr berührte, sondern sie mit einem verzweifelt wirkenden Blick ansah, durchlief eine weitere heiße Welle ausgehend von ihrer Klit ihren gesamten Körper.

»Ms. Roget? Ms. Roget? Sie sind sehr still geworden, aber ich muss feststellen, dass ihre Atmung immer heftiger zu werden scheint. Sie berühren sich doch nicht selbst, oder? Zwischen Ihren Beinen? Denn Sie wissen, dass ich Ihre volle Konzentration verlange. Warum beschreiben Sie mir nicht, was Sie gerade tun?«, verlangte die Doktorin nun schon zum zweiten Mal.

Tesser merkte, dass die Doktorin am weit entfernten anderen Ende der Leitung ebenfalls schneller zu atmen schien. Sie keuchte fast schon, die geile, aufgeblasene Schlampe! Gott! Aber sie war so sexy. Einen Augenblick lang wünschte sich Tesser, dass Dr. Sharkey ebenfalls mit ihr im Raum wäre, bis ihr erneut ihre Mission einfiel. Arg! Sie verlor den Faden. Also ließ sie ihre Stimme tief und vertraulich klingen und sah Kevin tief in die schimmernden grünen Augen, während sie sprach. »Ich würde das zu gern ausführen, Dr. Sharkey, aber das sollten wir lieber persönlich tun. Vielleicht morgen Mittag? Bei AMI?«

Dr. Sharkey kicherte. »Sie sind wirklich sehr frech, Ms. Roget, dass Sie mich zu dieser Uhrzeit anrufen. Und ich muss zugeben, dass Sie es geschafft haben, mich ziemlich ... feucht zu machen. Es ist sogar so, dass ich mich, während wir uns unterhalten, eher ungebührlich berühre. Ich freue mich darauf, mich morgen mit Ihnen zu unterhalten.«

»Oh ...« Tesser gab es nur äußerst ungern zu, aber Dr. Sharkey hatte *sie* tatsächlich auch ungemein erregt. Und Dr. Sharkey masturbierte in diesem Moment? Oh, allein der Gedanke daran bewirkte, dass Tesser in Schweiß ausbrach. Sie wollte ficken, saugen und lecken. Nein! Sie wollte nichts weiter, als sich aus dieser Situation zu befreien! Kevin sah sie immer noch bittend an, und Tesser formte aus Daumen und Zeigefinger einen Kreis und begann, Kevins Schwanz mit vorsichtigen, sanften Bewegungen zu reiben.

»Was ist los, Ms. Roget? Hat es Ihnen die Sprache verschlagen?«

Ihr fiel ein, dass Jamie mal dieselbe Wortwahl benutzt hatte. »Nein ...« Nein, ich will nur Ihre Stimme hören, es diesem Teenager besorgen und mich selbst wie verrückt berühren, obwohl ich mir doch eigentlich Sorgen um die Umwelt machen sollte und – was noch viel wichtiger ist – um mein Leben. »Nein. Wir sehen uns dann morgen.«

»Sorgen Sie dafür, dass Sie nicht völlig ermattet sind«, erwiderte Dr. Sharkey trocken und legte auf. Tesser war viel zu erregt, um noch etwas sagen zu können. Sie senkte den Kopf und begann, Kevin erst zu lecken und ihm dann einen zu blasen. Er reagierte sofort, zog ihr die Hose herunter und machte sich seinerseits ans Werk. Seine Zunge flatterte über ihre Muschi, tauchte manchmal ein wenig hinein und schien dann wieder den Saft aufzunehmen. Als sich Tesser selbst berührte, fühlte sie sich wund an – wund, geil und unglaublich feucht. Sie brachte sich selbst zum Höhepunkt, gerade in dem Moment, in dem auch er kam, und ließ seinen dicken, süßen Saft ihre Kehle hinablaufen. Er leckte ihre Muschi noch, als er kam, und das schien ihm sogar einen noch intensiveren Orgasmus zu bescheren.

Auf einmal drang von der Tür her erneut Licht in den Raum. Nicht schon wieder! Völlig aufgelöst auf dem Boden liegend, den Mund noch feucht von Kevins Saft und ihre eigene Feuchtigkeit auf seinem Gesicht und seinen Haaren verteilt, bemühte sich Tesser, schnell aufzustehen. Dieses Mal würde sie sich den Weg nach draußen vermutlich freikämpfen müssen – und zwar ohne Verzögerung.

Aber nein: Die Rezeptionistin aus der Hölle hielt eine Waffe in der Hand. Tesser zog ihre Hose hoch und bemühte sich, einen kleinen Teil ihrer Würde zurückzugewinnen, selbst wenn sie jetzt draufgehen musste. Verdammt. Was hatte ihre Mutter immer darüber gesagt, dass man seine schönste Unterwäsche anhaben sollte?

»Mann, Fiona, du gottverdammte Schlampe!«, hörte sie sich selbst sagen. Wenn sie schon sterben musste, dann war es doch auch egal, welche Beleidigungen sie der bösen Blondine an den Kopf warf.

»Beruhige dich, okay. Komm einfach wieder runter.«

Fiona sprach und betrat gleichzeitig den Raum. Tesser erkannte, dass die Waffe, aus welchem verrückten Grund auch immer, nicht auf sie deutete, sondern auf eine entfernte Zimmerecke, in der man aufgrund der Schatten kaum etwas erkennen konnte. Was zum Teufel?

»Tesser, das ist nicht das, was du denkst.«

»Ist es nicht?« Tesser wollte schon losrennen und ihren verdammten Arsch in Sicherheit bringen.

Fiona sah nervös aus, ihre Hände, mit der sie die Waffe festhielt, zitterten. Nein, sie war nicht wegen Kevin und Tesser hier. Woher hätte sie das auch wissen können? Wie verrückt war sie überhaupt? »Ist hier noch jemand in diesem Raum? Sag es mir!«

»Warum sollte ich dir das sagen?«

»Ich bin hier nicht dein Feind, Tesser.«

»Hey, versuch, das den Tausenden von Menschen zu sagen, deren Umwelt auf hinterhältige Weise verschmutzt wird. Erzähl das Jamie Desmonds Vater. Ach, noch viel besser, erzähl das doch einfach Jamie, er schien dich gestern im Vortex ja ziemlich gefesselt und fasziniert zu haben. Ich vermute fast, dass du auf ihn stehst, Fiona. Viel Glück mit ihm. Ihr seid bestimmt ein Traumpaar.«

»Warum erzählst du es ihm nicht selbst?« Fiona sah nicht so peinlich berührt aus, wie Tesser gehofft hatte. Es war eher so, dass ihre Hände die Waffe jetzt deutlich fester zu halten schienen. »Bist du dir sicher, dass außer dir und Kevin niemand hier ist?« Zum Glück senkte sie endlich die Waffe.

Tesser schlich auf die Tür zu. Anders, als man es in den Krimiserien im Fernsehen sah, wandte sie Fiona dabei den Rücken zu, da sie dachte, es würde für diese übler aussehen, wenn sie sie in den Rücken schoss. Vielleicht würde sogar die irre Fiona es nicht riskieren, für bestimmte Taten hinter Gitter zu wandern. Sie konnte den undeutlichen Schatten einer Person erkennen, die an der Treppe stand, und gerade so ein Profil ausmachen. Sie konnte ihn praktisch riechen ...

Wer auch immer er war, so trug er ein Aftershave, das sehr viel Zimt enthielt.

Großer verdammter beschissener verfickter Herrgott.

Es *war* Jamie, der da an der Treppe stand und sich lässig an die Wand lehnte. Viel zu lässig.

»Du Schwein!«, schrie sie. »Du hast mich verraten!«

»Nein, Tesser! Ich bin derjenige, der Fiona angerufen und sie gebeten hat, herzukommen.«

»Darauf möchte ich wetten, dass du sie angerufen hast.«

»Das ist mein Ernst. Ich bin dir schon den ganzen Tag gefolgt.«

»Warum überrascht mich das jetzt nicht?«

»Warum hörst du mir nicht zu? Meinem Vater gehören einige Unternehmen. Uns geht es ziemlich gut.«

Als ob das etwas Neues für sie war.

»Ihm gehören sogar etliche Unternehmen. Er ist ein sehr mächtiger Mann, weißt du.«

»Ach ja?« Sie hatte Angst vor dem, was er als Nächstes sagen würde, auch wenn sie bereits wusste, was das war …

»Ihm gehört ein Unternehmen namens AMI Industries, eine normale Mechanikfirma, deren Tochterunternehmen Blairstone Chemicals ist. Zwar geben sie einige Aufträge weiter, aber Blairstone ist größtenteils unabhängig.«

Er hatte es gesagt.

»Hör mal, Tesser … Ich weiß, dass du Videos für sie gedreht hast, aber ich wollte es dir nicht sagen, weißt du, denn dann hättest du vielleicht gedacht, dass ich dir den Job besorgt hätte oder so etwas.«

»Ja, da ist es doch viel besser, dass ich dich für einen verlogenen Drecksack gehalten habe. Augenblick mal. Tut mir leid, aber das bist du immer noch. Es hat sich nichts geändert.«

»Nein, hör mir zu … Mein Vater ist gar nicht so übel. Zumindest nicht für einen Anzugträger. Er ist sogar derjenige, der die Wohltätigkeitsaktionen ins Leben gerufen hat. Nicht Blairstone. Und er vermutet schon seit einiger Zeit, dass sie die Umwelt verschmutzen – darum hat er Fiona angeheuert. Sie ist ein Undercover-Cop und arbeitet für die Umweltschutzbehörde.«

Tesser drehte sich rasch um und sah Fiona an, die jetzt hinter ihnen stand. »Aber das bedeutet ja, dass du mir tatsächlich helfen willst!«

»Das will ich auch, Tesser. Allerdings heißt das noch lange nicht, dass ich dich auch nur einen Deut besser leiden kann.«

»Das ist gewissermaßen eine Erleichterung«, gestand Tesser trocken.

Sie ging hinüber zu Jamie. Fiona hatte noch immer die

Waffe in der Hand. Kevin war gerade dabei, sich die Hose wieder anzuziehen. »Du Scheißkerl, Jamie!«, schrie Tesser. »Wie konntest du mich nur so anlügen?«

»Ich habe dich nicht angelogen. Außerdem muss ein Künstler nur die Regeln seiner Kunst befolgen«, erwiderte Jamie scheinheilig.

Oh, sie hatte nicht vor, ihm diesen ausgemachten Blödsinn auch nur eine Sekunde lang abzukaufen. Niemals würde sie das Risiko eingehen, ihm erneut zu vertrauen.

Plötzlich fiel Tesser ein, wobei sie vorhin unterbrochen worden war, und sie sah zu der offen stehenden Schreibtischschublade hinüber. Ohne ein Wort zu sagen, hastete sie an Jamie vorbei und holte ihren Kurzfilm heraus. »Oder *ihrer* Kunst«, entgegnete sie und rannte dann wie von der Tarantel gestochen los. Ja! *The Passion Flowchart* befand sich endlich wieder in ihrem Besitz.

»Gib mir Rückendeckung«, schrie Tesser Fiona zu, als sie aus dem Raum und auf die Treppe zurannte. Falls Fiona wirklich auf ihrer Seite stand, dann konnte sie das jetzt unter Beweis stellen. Sie konnte hören, dass Fiona »Halt« brüllte, doch es waren keine Schüsse zu hören. Und jetzt war Jamie hinter ihr her!

Scheiße! Scheiße! Scheiße! Sie raste die Treppe hinunter, während Jamie hinter ihr her rannte und Fiona oben hinter ihnen beiden her schrie. Sie musste schneller als Jamie Desmond sein, sie musste es schaffen, sie musste es einfach schaffen ...

Peng!

Was zum Teufel tat Dr. Sharkey hier, und noch dazu mit einer Pistole?

»Hallo, Tesser. Du bist heute nicht gerade die Schnellste, was? Ist dir nie in den Sinn gekommen, dass ich Kevins Rufnummer auf dem Display sehen könnte? Aber ich muss zugeben, dass ich deinen eher verzweifelten Versuch des Telefonsexes sehr genossen habe. Nachdem ich aufgelegt hatte, musste ich es mir erst einmal selbst besorgen, so heiß hast du mich gemacht. Das hat mich lockere zehn Minuten gekostet, aber jetzt bin ich ja da.«

Tesser sank das Herz in die Hose. Sie war erledigt. Sie war Geschichte. Und Jamie auch, das wurde ihr ebenfalls klar. »Was, kein ›Ms. Roget‹? ›Selbst besorgen‹? Das ist aber sehr persönlich, finden Sie nicht, Dr. Sharkey?«

»Geh wieder nach oben, Tesser, zusammen mit deinem Freund und meiner lieben, verräterischen Fiona.«

»Tesser«, schrie Jamie hinter ihr.

Urplötzlich wurde Tesser klar, dass es eine verdammt gute Idee gewesen wäre, Jamie einfach zu vertrauen.

Sie lief nicht weg. Sie hielt stand und widersetzte sich Dr. Sharkey sogar, so gut sie es vermochte. Selbst im Angesicht des drohenden Todes sollte man nicht behaupten können, dass Tesser Roget den Mund hielt.

»Sie! Ihr Unternehmen leitet Giftmüll in die Hackney-Kanäle – und nicht nur das, ich habe sogar eine Aktennotiz gefunden, die besagt, dass Sie kurz davor gewesen sind, die Ausschreibung für die Wartung der europäischen Kanalsysteme zu gewinnen, ebenso für die in den Dritte-Welt-Ländern. Und wissen Sie was, *Miriam*?« Tesser spuckte den Namen förmlich aus. »Wissen Sie was? Darin stand auch, dass Blairstone genau dieselbe Entsorgungsmethode einsetzen wollte wie in Hackney! Dieselbe Methode, das bedeutet, dass Sie nicht nur die Kanäle von East London mit widerlichem Giftmüll verschmutzen, sondern das auch auf weltweiter Ebene vorhatten! Ich werde Sie melden, Miriam! Ich habe jetzt die Kontrolle!«

»Ach, wirklich, Tesser? Und wem genau willst du das melden?«

»Das wird sie mir melden, wenn Sie es genau wissen wollen«, sagte Fiona, die immer noch weiter oben stand. »Sie wird es mir melden, Dr. Sharkey«, fuhr Fiona fort, »denn diese Informationen möchte ich ganz gewiss in meinem Bericht an die Umweltschutzliga stehen haben. Außerdem habe ich gehört, dass sie auch Videobeweise gedreht hat – was sehr gut ist, denn obwohl ich mir die anderen Bänder genau angesehen habe, hatte ich nichts Konkretes gegen Blairstone Chemicals in der Hand. Doch das ist jetzt natürlich anders.«

Ohne die Waffe zu senken, wühlte Fiona in ihrer Tasche und warf Dr. Sharkey und Tesser eine Marke zu. Diese landete mitten auf dem Boden, und Tesser sah, dass darauf stand: EUROPÄISCHE UMWELTSCHUTZLIGA, ERMITTLUNGSBEHÖRDE.

Fiona war eine Spionin? Unmöglich!

Oder auch gut möglich.

»Sie waren nie der spitzeste Pfeil im Köcher, was, Fiona? Vielleicht sollte ich an diesem Punkt auch mal erwähnen, dass Sie eine wirklich furchtbare Rezeptionistin waren. Ineffizient und unhöflich.«

Entgegen ihrer Absicht musste Tesser bei Dr. Sharkeys Worten zustimmend nicken.

»Doch das ist jetzt ohne Belang«, fuhr die Doktorin fort, »denn wie Sie sehen, halte ich alle Trümpfe in der Hand. Sie mögen zwar da oben mit einer Waffe stehen, aber bei der kleinsten Bewegung puste ich Tesser das Gehirn aus dem Schädel.«

Jetzt hörte Tesser auf zu nicken.

»Ich weiß, dass Sie sie ohnehin nie besonders gemocht haben«, fügte Dr. Sharkey hinzu. »Ich hingegen …«

Aber dann war von weiter unten ein Schuss zu hören – ein Meisterschuss wohlgemerkt –, und die Waffe flog aus

Dr. Sharkeys Hand, wobei ihre schönen Finger auf wundersame Weise verschont blieben.

»Hände hoch, Sharkey!«

Tesser wagte es kaum, sich zu bewegen, selbst dann noch nicht, als das Verstärkungsteam der Polizei, das weiter unten gewartet hatte, nach oben stürmte und die Doktorin unter Androhung von Waffengewalt festnahm.

Schockiert sah Tesser das alles mit an. Etwa ein halbes Stockwerk über ihr war Jamie auf der Treppe ebenfalls erstarrt. Und noch weiter oben standen Fiona und Kevin. Alle drei wirkten wie sie völlig betäubt.

Als Dr. Sharkey in Handschellen abgeführt wurde, konnte Tesser nicht anders, als sich vorzustellen, wie die Doktorin wohl mit Silberfäden festgebunden aussah, wenn sie um Orgasmen und sexuelle Erlösung flehte. Wer hatte jetzt das Sagen, Doktor? Tesser war eben auch nur ein Mensch.

Es war für alle ein Schock, als sie herausfanden, dass Kevin ebenfalls undercover arbeitete, genau wie die Frau, die sich auf dem Festival als seine »Mutter« ausgegeben hatte. Eigentlich war er ein netter verheirateter fünfundzwanzigjähriger Mann, der für sein Alter ziemlich jung aussah. Ups. Im Rahmen seiner Pflichterfüllung war er ganz schön weit gegangen. Aber Tesser hielt den Mund. Offenbar hatte man sie überwacht, weil man sie für eine Komplizin von Blairstone Chemicals gehalten hatte, und man war davon ausgegangen, dass ihre Filmerei nur ein Ablenkungsmanöver sei, das über die wahren Aktivitäten des fraglichen Unternehmens hinwegtäuschen sollte. Letztendlich war es Fiona jedoch gelungen, die meisten Ermittler, die an dem Fall arbeiteten, davon zu überzeugen, dass Tesser gar nicht den Mumm oder den Grips hätte, um einen solchen Betrug durchzuziehen, und es war vor allem diese Aussage, die Tesser noch wochenlang zusetzte. Fiona mochte eine der »Guten« sein, aber sie litt trotz allem unter einer schweren Persönlichkeitsstörung, so viel stand fest.

Zumindest Kevin hatte vermutet, dass Tesser durchaus Unheil anrichten konnte. Während seines Undercover-Einsatzes hatte er Dr. Sharkey davon überzeugt, dass es eine gute Idee wäre, wenn er nachts im Labor Wache hielt, falls Tesser einen Einbruch planen sollte. Was er dabei jedoch eigentlich herausfinden wollte, war, wessen Interessen Tesser wirklich im Sinn hatte. Zusammen mit Fiona hatte Kevin schon seit Monaten gegen Blairstone ermittelt, und mit seiner scheinbaren Naivität war es ihm gelungen, jedermann zu täuschen. Er hatte an allen Firmenaktivitäten teilgenommen – den Juniball eingeschlossen. Und er war derjenige gewesen, der Tesser bis in den Zoo gefolgt war, wo er versehentlich Finnas Karte fallen gelassen hatte (Finna hatte die Karten auf der Firmenfeier an alle Anwesenden verteilt).

Noch zwei weitere Puzzleteile rückten an die richtige Stelle, nachdem sich der Staub gelegt hatte, Teile, die auf verrückte Art und Weise Sinn ergaben. Das Erste war, dass Jamies Vater tatsächlich kein so übler Kerl war, was Jamie ja selbst behauptet hatte. Er hatte die Gerüchte über die Giftentsorgung nie aus den Augen verloren und aus eigenem Antrieb die Umweltschutzliga alarmiert und auf die richtige Fährte gesetzt. Er war ein beliebter Chef, der Feiern für seine Angestellten veranstaltete, wie beispielsweise den Juniball – den Tessers kurzzeitige Nachbarn tatsächlich besucht hatten. Der Glatzköpfige, ein Mr. Mickey Rogers, hatte eine der künstlichen Tätowierungen erhalten und seine Adresse im Firmengästebuch hinterlassen, wie es bei der jährlichen Party Brauch war. Dann hatte sich der Glatzkopf jedoch heftig betrunken, die Rothaarige aufgerissen und die Party verlassen. Später kam bei der Befragung ans Licht, dass Dr. Sharkey das Gästebuch mit Tessers Adresse verglichen hatte, ihr eine Ähnlichkeit aufgefallen war und sie Tesser aufgrund dieses Zufalls bereits von Anfang an für eine Spionin gehalten hatte. Daher hatte sie versucht, Tesser ein Bein zu stellen, darauf hoffend, dass diese beim illegalen Filmen erwischt würde, sodass die Beweise vor Gericht nicht zugelassen werden konnten. Doch als sich Tesser als zu gerissen herausstellte, setzte Dr. Sharkey nicht weniger als drei Mal ihren Schlägertrupp auf sie an: Dieser hätte den Film beim Festival beinahe an sich gebracht; er raubte die Wohnung aus; und schließlich saß er auch in dem Ford Mondeo. Der Mann in dem grünen Kapuzensweatshirt war natürlich auch einer von Dr. Sharkeys kleinen Freunden. Doch sie hatten nichts finden können – was vor allem daran lag, dass Tesser nun mal keine Doppelagentin war. Offenbar war Dr. Sharkey jedoch überzeugt davon gewesen, dass Tesser ein Genie mit überragendem Intellekt sei.

Endlich mal eine schmeichelhafte Analyse.

Zurück zu Jamies Vater. Er interessierte sich für das Okkulte. Für Firmenfeiern engagierte er daher immer dieselbe Wahrsagerin – Finna.

Die androgyne Finna war es auch gewesen, die Trevor von den Geisterjagden erzählt hatte. Was zur zweiten Enthüllung führte: Trevor war Alistair. Er war zu feige gewesen, bei der Geisterjagd seinen richtigen Namen zu nennen. Eric und er waren immer auf der Suche nach neuen Anregungen, mit denen sie ihre Beziehung aufpeppen konnten, aber Eric war auch ein hitziger Drag-Künstler, der es überhaupt nicht mochte, ohne ausdrückliche Genehmigung fotografiert oder gefilmt zu werden. Ebenso wie es Jamie nicht hatte über sich bringen können, Trevor zu erzählen, dass Eric eine Affäre hatte, war es Trevor unmöglich gewesen, seinem Stiefbruder zu beichten, dass er Sex mit dessen neuer Freundin gehabt hatte.

Und was war jetzt mit Finna? Es stellte sich heraus, dass sie eigentlich unglaublich schüchtern war. Den Gerüchten zufolge fiel es ihr äußerst schwer, früheren Liebschaften direkt ins Gesicht zu sehen. Doch auch wenn sie schüchtern war, schwelgte sie gern in Erinnerungen. Irgendwann hatte sie mit einer sehr netten Person bei einer Geisterjagd Sex gehabt, einer Neunzehnjährigen mit regenbogenfarbenem Haar, und nach zu vielen Flirtinis auf dem Juniball hatte die Wahrsagerin Trevor und Eric betrunken anvertraut, dass sie auch mal eine Geisterjagd mitmachen sollten, wenn sie ihr Sexleben bereichern wollten.

Und das war natürlich genau das, was Tesser immer gesagt hatte.

Und so fügte sich eins zum anderen: Richard Desmond versprach, für sauberes Wasser zu sorgen und auch Bootsfahrten für weitere Hackney-Schulkinder zu finanzieren, Trevor und sein Freund waren glücklich, Tesser erhielt tausend Pfund Belohnung dafür, dass sie die Umweltverschmutzer bloßgestellt hatte (und Dr. Sharkeys Scheck platzte natürlich auch nicht!), Jamie gewann einen mit zehntausend Pfund dotierten Kunstpreis – als ob er noch mehr Geld gebraucht hätte –, und Fiona Curew, Detective Inspector Oberzicke, erhielt eine Belobigung.

Jamie mochte sich zwar verkaufen, aber das machte ihm Spaß, und Tesser hatte beschlossen, ihm sein Bedürfnis nach Anerkennung des Mainstreams zu vergeben. Außerdem hatte er ihr versprochen, dass er seine Hybrid-Cyborg-Kunstausstellung trotz allem auf die Beine stellen würde, was ihr die Sache versüßte.

Tesser hatte bereits mit der Arbeit an *Chain of Lurve* begonnen – der Idee, dass Liebe und Sex alles beeinflussten und dass jeder schuldhaft sei (sei es nun, weil er seinen Partner oder die Natur liebte); der Idee, dass wir alle immer auf gewisse Weise um mehrere Ecken mit Sex und Liebe in Verbindung stehen; der Idee, dass die sich bewegenden Flügel von liebestrunkenen Schmetterlingen in China die Verliebtheitssituation in kleinen Dörfern in Alaska beeinflussten; der Idee, dass jeder und alles im Leben miteinander verbunden waren. Mann, wer konnte das besser wissen als *sie*?

Sie lag in Jamies Wohnung im Bett, in dem sie die letzten fünf Stunden verbracht hatte, und überwand sich, Kitty eine kurze SMS zu schicken, bevor sie dann doch endlich mal aufstehen wollte, um sich tatsächlich in ihre eigene Wohnung zu begeben.

BIN BEI JAMIE. KOMME ZUM ESSEN NACH HAUSE. KLAU JANA EINIGE TEEBEUTEL, DAMIT WIR MEINE TRIUMPHALE RÜCKKEHR FEIERN KÖNNEN. SONST VERMISST SIE MICH NOCH.

Tesser drückte auf SENDEN, doch dann fiel ihr noch etwas ein, und sie schickte eine zweite SMS hinterher:

WIR FEIERN MIT PFEFFERMINZ, DA DU VERMUTLICH DEN GANZEN ALK AUSGETRUNKEN HAST.

»Bist du sicher, dass Jana nichts dagegen hat, wenn du ständig ihren Pfefferminztee trinkst?«, fragte Jamie, der ihr beim Tippen über die Schulter gesehen und den Text der SMS gelesen hatte.

Sie küsste ihn spielerisch auf die Nase. Er war so lieb.

»Gib mir das mal eben.« Er nahm ihr das Handy aus der Hand und tippte noch einige Wörter ein. Dann küsste er sie warm, innig, zärtlich. Tesser schielte auf das Display und konnte die Nachricht gerade noch lesen, bevor er sie abschickte.

HAB'S MIR ANDERS ÜBERLEGT UND KOMME DOCH ETWAS SPÄTER. BIS NACHHER. T & J

Seine Arme umschlangen sie, und das Handy fiel auf den Boden.

»Wenn das das ist, was nach dem dritten Mal Sex passiert, was geschieht dann nach dem hundertdritten Mal?«, wollte Jamie wissen, als er wieder Luft bekam.

»Keine Ahnung«, gestand Tesser und sah ihm direkt in die Augen. »Aber ich bin bereit, es herauszufinden. Alles, was ich verlange, ist, dass du nicht erwartest, dass ich die ungeraden Zahlen mit dir mache.« Das war alles, was sie hinsichtlich ihrer treulosen Natur zu sagen in der Lage war, ohne seine Gefühle zu verletzen. Wenn Jamie ihr treu sein wollte, dann war das sein eigener Entschluss. Es bedeutete nur, dass sie trotz allem ihren Spaß haben konnte, wenn sie wollte.

»Das würde ich auch nie erwarten, Tesser Roget. Allerdings glaube ich, dass das Fick Nummer zehn ist, und das bedeutet, dass die heutige Nacht ganz mir gehört.«

Er lachte und küsste sie erneut.

Mehrere Minuten später begann das auf dem Boden liegende Handy zu piepen und zeigte eine eingetroffene SMS an:

WO SEID IHR? KOMMT SOFORT HER.

Es dauerte eine Weile, bis Kitty eine Antwort bekam.